国家社会科学基金重大项目“中国新诗传播接受文献集成、研究及数据库建设（1917—1949）”（16ZDA240）

华中师范大学中国语言文学一流学科建设资助项目

科学与中国现代诗歌

金新利 著

现代汉语诗歌传播接受研究丛书

王泽龙 主编

中国社会科学出版社

图书在版编目(CIP)数据

科学与中国现代诗歌/金新利著. —北京：中国社会科学出版社，2022.10

(现代汉语诗歌传播接受研究丛书)

ISBN 978-7-5227-0685-6

Ⅰ.①科… Ⅱ.①金… Ⅲ.①诗歌研究—中国—现代 Ⅳ.①I207.22

中国版本图书馆CIP数据核字(2022)第144560号

出 版 人 赵剑英
责任编辑 郭晓鸿
特约编辑 杜若佳
责任校对 师敏革
责任印制 戴 宽

出　　版 中国社会科学出版社
社　　址 北京鼓楼西大街甲158号
邮　　编 100720
网　　址 http://www.csspw.cn
发 行 部 010-84083685
门 市 部 010-84029450
经　　销 新华书店及其他书店

印　　刷 北京明恒达印务有限公司
装　　订 廊坊市广阳区广增装订厂
版　　次 2022年10月第1版
印　　次 2022年10月第1次印刷

开　　本 710×1000 1/16
印　　张 18
插　　页 2
字　　数 248千字
定　　价 99.00元

总序　传播接受视域中的中国现代诗歌

王泽龙

在新文学经历了百年历程之后，系统考察中国现代诗歌的传播接受，是为了从新诗传播的历史语境与读者接受的视角，深入阐释中国诗歌现代缘起与变革，重现新诗经典建构过程中的历史图景，总结新诗变革的规律特征与经验教训，为当下诗歌理论建设与创作实践提供参照。

一　科学思潮传播与“五四”新诗变革的历史语境

清末民初现代科学思潮的传播与大众启蒙是中国新诗滥觞的重要语境，白话新诗运动在“五四”新文学运动中具有至关重要的意义。

中国诗歌的历史是古代中国文明历史的一个重要组成部分，史与诗是古代人文知识结构中最重要的内容。从《诗经》开始，中国诗歌几度辉煌。然而，在经历了唐宋诗歌诗体之变的探索与创新之后，中国诗歌再没有大的改观与新变，至清末民初，在外来科学与文化思潮的洪涛巨浪冲击中，中国诗歌显得更加衰弱萎靡，失去了中华帝国往日的精神气象，与20世纪初世界格局中的新思潮、新文化格格不入。20世纪初，一批留学海外的先进知识分子，强烈地感受到了中国古老文化的日趋没落，共同意识到只有传播西方现代文明的种子，才能改良中国文化的基因。经历过洋务运动、辛亥革命政治运动的社会变革与思考，一批精神界精英、思想家更加坚定且更加深入广泛地开展了思想文化启蒙运动。他们把办报与倡导文学改良运动作为传播新思想、启蒙大众的双翼。梁启超从 1890 年第一次在上海看到介绍世界地理的《瀛寰志略》和上海机器局所翻译的西书后，就萌发了创办白话报的初衷，先后在北京主笔《万国公报》，在上海主笔《时务报》；百日维新失败后，流亡日本，创办《清议报》《新民丛报》；同时，借助白话报这一新的传媒发起了影响广大的文学改良运动。陈独秀 1903 年协助章士钊主编《国民日报》，1904 年在家乡芜湖创办《安徽俗话报》。从 1908 年开始，胡适参与、主编上海《竞业旬报》。白话报刊成了这两位新文学运动领袖在“五四”前大力传播启蒙思想与白话文的舞台。“五四”前这一代知识精英，大力借助现代报刊出版传媒，采用现代白话翻译外来科技、人文思想著作，广泛传播科学知识与现代文明。他们认识到，要启蒙愚弱的国民，提高大众智慧，了解现代科技文明，必须让老百姓有文化，必须对古老的汉字进行改革。有学人声言：“今日议时事者，非周礼复古，即西学更新。所说如异，所志则一，莫不以变通为怀，如官方兵法、农政、商务、制造、开矿、学校。余则以变通文字为最先。文字者，智器也，载古今言语心思者也。文字之易难，智愚蠢强弱之所由分也。”① 从 20 世纪之初的白话文运动、国语运动到“五四”白话文运动，虽然文字改革策略不同，但是目标一致，就是要通过改革文字，实现文言合一，它们为“五四”白话新诗运动做了有力的铺垫与充足的思想准备。

清末民初的白话文运动、国语运动——包括诗界革命、文界革命，并没有完成语言的变革，因为当时仍然是文言、白话两套话语并行，

---

① 沈学：《盛世元音·原序》，载《盛世元音》，文字改革出版社 1956 年版，第 4 页。

知识分子也仍然在并用两套语言，文言分离问题没有解决，对传统文言文持保留立场。方言问题，白话文推广与运用得不到根本解决，中国语言与文学的现代转换不可能实现。“五四”文学革命的成功，最重要的就是公开坚持了白话文对文言文彻底革命的立场，主张了对文言文毫不含糊的取代。“五四”文学革命作为现代文学的标志，“五四”白话新诗运动作为新诗的界碑，是众多因素影响的结果——“五四”文学革命是一次有思想、有阵地、有组织、有纲领、有成果，通过广泛的传播，被大众较普遍接受，有广泛社会影响、被官方认可的自觉文学运动。

“五四”白话新诗运动与“五四”新文学运动相伴而生，白话新诗运动的成败是“五四”文学革命成败之关键。中国人的心目中只有诗歌是最纯粹的、最正宗的、最有成就的文学，也是不可以随便革命的。可以说，白话新诗运动是中国文学历史转变的一个界碑，它开启了中国文学一个崭新的历史时期，把中国诗歌带到了一个与20世纪西方现代诗歌一体化的新阶段，与中国新文化一道突破了传统文化的封闭与禁锢，开启了古老文明与西方现代文明全面汇通交流、共生发展的新时代。尽管我们的现代文明、现代文学与新诗还不尽如人意，但是我们的民族真正从“五四”开始新生，开始了人类共同追求的民主、自由、科学、平等的现代文明的崭新时代。19、20世纪之交的科学、民主、革命、自由的社会思潮的传播接受不同程度地成了中国诗歌转型的历史语境。

清末民初西方科学技术的迅速传播与接受，促进了中国现代报刊出版的兴起与发展。从1900年到1919年，中国有100多种科学刊物创刊，包括物理学、地理学、数学、生物学、气象学、医学、农业、水利等，其中最有影响的中国科学社1915年创刊的《科学》月刊，全部采用横排书写，成为现代传播方式的一个重要标志。《新青年》1915年创刊（原名《青年杂志》），1918年1月第4卷第1号改版，全部采用白话与新式标点。中国古代传统的竖排书写形式已经不能适应西方科技知识（大量的科学公式拟定与演示必须横排书写）的传播，西方表音文字横排书写成为与科学技术传播、人们阅读生理条件更加适应的书写符号。接受外来科学思潮与外来诗歌翻译的影响，白话诗歌开始迎来采用横排书写的时代。

现代报刊的横排书写，直接改变了中国读者的阅读习惯，为白话自由体诗歌的倡导与推广创造了传播接受的便利条件。书写、阅读习惯的改变，直接影响了诗歌形式与观念，诗歌可以不必歌，主要依靠固化的韵律声音节奏的口头传播传统开始被打破，镜像阅读逐渐成为普遍形式，分行书写、自由排列、多元现代节奏等成为可能，给自由诗体的自由实践提供了平台。现代报刊的白话文字，自由多样、便于阅读的诗体形式，提供了现代诗歌走向广大读者的新途径，没有现代报刊的广泛传播，就不会有新诗广泛而迅速的传播与诗歌形式的现代转变。

二　现代汉语传播接受与“五四”现代诗歌形式建构

现代汉语诗歌的新构型是建立在现代汉语广泛传播接受基础之上的现代形式。现代汉语与“五四”新诗形式变革的关系主要体现在以下几个方面。

一是大量现代汉语词构成了新诗的语言基础。大量的现代汉语词来自外来科技与人文社会科学新词汇的翻译与借鉴。语言学家王力指出：我们的现代汉语词汇大量来源于对外来词汇的接受，“近百年来，从蒸汽机、电灯、无线电、火车、轮船到原子能、同位素等等，数以千计的新词语进入了汉语的词汇。还有哲学、社会科学、自然科学各方面的名词术语，也是数以千计地丰富了汉语的词汇。总之，近百年来，特别是最近五十年来，汉语词汇发展的速度，超过了以前三千年的发展速度”。① 现代汉语词汇，其中包含了丰富的思想观念的内涵，这些词语的现代性与精确性从根本上顺应了现代人、现代生活与现代思想情感交流、表现的需要。

二是新的语义关系（现代汉语语法或汉语组织结构）改变了汉语诗歌的思维方式。现代语言的传播与接受带来的是语言思维、语言内部关系的新变化。傅斯年认为，在白话新词的产生中，“不得不随西洋语言的习惯”，“直用西洋文的款式，文法、词法、句法、章法、词枝……一切修词学上的方法”。② 现代汉语接受西方语言的影响，包括语法观念体系的影响，形成了文言一致与表意的完整与精密，改变了传统格律诗歌的文言分离，把古汉语超语法、超逻辑的功能转向了接受语义支配的表述功能，特别是虚词成分的激增，使得现代汉语具有了与讲究严密逻辑的西方语法相生相融的便利条件。

三是现代诗歌语言重新建构了新诗形式与新诗趣味。新诗的滥觞是与对西方诗歌的翻译借鉴直接联系的。朱自清认为，“新文学大部分是外国的影响，新诗自然也如此”。“新文学运动解放了我们的文字，译诗才能多给我们创造出新的意境来。”译诗不仅丰富了我们的语言，“它还可以给我们新的语感、新的诗体、新的句式、新的隐喻”。③ 在新诗发生期，新诗倡导者大都通过翻译自觉探索着新诗形式的建构。比如胡适自认为最满意的译诗《关不住了》，就是他对新诗自然口语节奏与新诗自由诗体的尝试。

现代汉语直接影响了汉语诗歌现代形式建构。比如人称代词在古代汉语格律诗中较少入诗，较多处在一种被省略或缺位的状态，或者以人物身份作为指代。受西方翻译诗歌与语法体系的影响，现代汉语

① 王力：《汉语浅谈》，见《王力文集》（第3卷），山东教育出版社1985年版，第680页。
② 傅斯年著，欧阳哲生主编：《傅斯年全集》（第1卷），湖南教育出版社2000年版，第132页。
③ 朱自清：《译诗》，见朱乔森编《朱自清全集》（第2卷），江苏教育出版社1988年版，第371—374页。

人称代词大量入诗，带来了诗歌书写观念与表达方式的转变。第一人称代词大量入诗，体现的是诗歌主体意识的觉醒、人物身份确定与叙写视角的变化。第二人称代词大量入诗，体现的不仅仅是对话的叙事方式，也是平等立场、客观交流的现代价值观念反映。人称代词的大量交叉使用，既是叙事方式的转换，也是丰富复杂的现代世界与现代人思想表达的必然要求。受西方科学主义思潮传播影响，在逻辑化、理性化诗思方式与知性化表现诗潮影响下，现代汉语虚词大量入诗，成了中国诗歌现代形式变革的一个重要因素，现代汉语虚词的入诗扩充了汉语诗歌的句式，改变了汉语诗歌语义关系与诗歌内部结构，是构成诗歌现代节奏形态最活跃的因素，增强了诗歌叙事与知性表达的功能，丰富了诗歌的表现形态，把抒情表意的传统诗歌风格推进到了宏阔、深厚、复杂的现代审美境界，有效地促进了汉语诗歌语言的转化、诗体的解放、诗意的深化与审美的嬗变。

三　中外诗歌传统的接受与新诗变革

毫无疑问，现代诗歌是自觉接受外来现代诗学观念、诗歌形式影响的结果。我们应该怎样评价“五四”以来新诗的欧化倾向呢？我们应该在历史语境中，发现、梳理现代诗人对外来文化与外来诗歌传统的取舍立场与探索实践；客观看待西方资源选择接受中的复杂性。从“五四”前的南社诗人开始，他们革新社会的态度受同盟会影响，政治上是激进的，但是对文学变革却持保守主义态度，像他们在上海成立国学保存会，出版《国粹学报》（陈去病主编）；柳亚子、苏曼殊等一批南社诗人用文言文翻译外国诗（胡适、郭沫若也曾尝试用文言文翻译外国诗歌，但是无一成功）。五四期间白话新诗派诗人在翻译与创作中都走上了现代白话、自由体诗歌的散文化路子。他们从正反两方面启示我们，现代白话与自由诗体是与外来诗歌语言、诗体最兼容的选择。

而这种接受选择中的中国文化、诗歌传统趣味，语言、节奏等传统形式都会不同程度地起作用，这都需要我们深入辨析。

西方诗歌的影响也不仅仅是艺术形式的。像郭沫若五四时期诗歌个性的张扬，发扬踔厉的青春气息；徐志摩诗歌呈现的自由个性、真诚人格、潇洒的抒情风格，分明体现的是西方现代浪漫主义个性解放、主体精神高扬的反传统思想。如徐志摩《雪花的快乐》："假如我是一朵雪花，/翩翩的在半空里潇洒，/我一定认清我的方向——/飞扬，飞扬，飞扬——/这地面上有我的方向。//不去那冷寞的幽谷，/不去那凄清的山麓，/也不上荒街去惆怅——/飞扬，飞扬，飞扬——/你看，我有我的方向！//在半空里娟娟的飞舞，/认明了那清幽的住处，/等着她来花园里探望——/飞扬，飞扬，飞扬，/——啊，她身上有朱砂梅的清香！//那时我凭藉我的身轻，/盈盈的，沾住了她的衣襟，/贴近她柔波似的心胸——/消溶，消溶，消溶——/溶入了她柔波似的心胸！"这一首诗的现代品格，采用的虽然是传统的拟物抒情的方式，但是自主的个性，真诚的人格，对爱情理想的坚定向往与追求，这在古代诗歌含蓄委婉的文人抒情诗里是较少见到的。徐志摩代表的新格律派诗歌注重形式对称、韵律和谐的传统烙印，在这一首诗歌中有鲜明体现。外来现代诗歌影响与中国古代传统作用互相交织，是中国现代诗歌演变的主流。

30年代以戴望舒为代表的现代派一方面接受西方现代主义诗歌的影响，同时他们对古代诗歌的优秀传统也用心吸纳。现代派诗人对传统的接受，主要继承了晚唐诗歌流派中的温李一派，它们都属于一种追求纯艺术的文学潮流，偏离"诗教"传统，社会担当意识削弱，文学功利性降低，主体性增强，注重表现丰富的"内宇宙"；他们一反"乐而不淫，哀而不伤"的中庸传统，在情感表现上具有情韵缠绵、感伤忧郁、纵情声色、颓然自放的特征。在意象使用上超越了感物吟志的比兴传统，以心灵主观化打破时空界限，诗意晦涩朦胧；诗歌语言典丽精工，雕琢锻炼，注重韵律、对仗和典事使用，具有改造传统，化古为新的形式美和音韵美。

三四十年代现代派诗歌中的另外一脉，以废名为代表的京派诗人（包括废名、林庚、朱英诞、杜南星等）一方面接受了西方现代知性诗学的影响（像朱英诞就明确表示，他的诗受到了艾略特的影响）；另一方面，他们的诗歌中以议论为诗、诗思融合的知性特征，简练平实的语言，讲究用典，含蓄而晦涩风格等均有鲜明的宋诗传统的痕迹。当然，他们的出发点是与古为新，不是厚古薄今，是继承传统，别立新宗，对古代诗歌传统接受的辩证态度与现代立场是我们不应该忽视的。

新诗对外来诗歌的接受传播具有鲜明的阶段性特征。在新诗滥觞期，外来诗歌的翻译接受是为了突破古代诗歌僵化格律的限制，创造新生的语言词汇，对传统诗歌较多持有对立姿态，胡适倡导的“话怎么说诗就怎么写”，是为了建立一种白话的口语节奏，求得文言一致的目标，并不是要混淆诗歌与散文的界限。像周作人早期的白话诗集《过去的生命》，就是采用现代白话语言与口语自然节奏。有一些诗歌借鉴了西方现代主义诗歌散文化叙事结构，戏剧化手法，现代派的隐喻艺术（比如《小河》）探索新诗的道路。“五四”白话新诗运动高潮过后，新诗初步得到了接受群体的认可，可是新诗的艺术规范并没有建立起来，诗人们便开始了重建新诗秩序的艺术化探索。以闻一多、徐志摩为代表的新格律诗体实践，把视野向外转向英美近现代浪漫主义与古典主义诗歌的翻译借鉴，向内转向对传统诗歌的理性反观。同时期，以李金发、穆木天为代表的象征派诗歌，开始了对法国现代象征主义诗潮的引进与艺术模仿。30 年代戴望舒代表的现代派，表现出对法国象征主义诗歌知性化现代传统与中国古代诗歌抒情传统的综合性融通与选择。40 年代穆旦代表的现代主义诗潮，标举告别中国抒情传统，走向“象征、玄学、现实”，他们选择接受的主要是艾略特、叶芝、里尔克、燕卜荪、奥登为代表的现代主义诗学传统，但是，他们的创作中又无不含混地交织着古代诗歌精神与现代社会的民族情绪。外来诗歌的接受传播与现代中国诗歌艺术变革道路的探索，民族的现实国情与文化语境的紧密联系，外来诗歌接受传播的自主性、复杂性、含混性构成了中国现代诗歌接受传播语境的主导性历史态势。

在新诗外来诗歌的接受传播的影响研究中，我们有了许多可喜的成果，而中国古代诗歌优秀传统的接受传播与西方现代诗歌的会通是我们研究的薄弱环节，也是我们新诗传播接受研究新的生长点。

四　近现代学校教育与现代诗歌传播接受

清末民初，现代科学文化思潮的广泛传播，推进了中国现代学校教育的兴起与发展。基础教育主要是白话文的推广与普及教育。1903年，京师大学堂的一批学生上书北洋大臣："窃思国之强不强，视民之智不智；民之智不智，视教育之广不广。……如欲开民智以自强，非使人人能读书、人人能识字、人人能阅报章、人人能解诏书示谕不可。虽然时至今日，谈何容易，非有文言合一字母简便之法不可。彼欧美诸邦，所以致强之源，固非一端，而其文言合一，字母简便，实其本也。"① 当时基础学校教育为了推动白话文的传播，扩大教育启蒙的影响，借鉴西方与日本的乐歌教育，以白话歌谣对学生开展文化知识启蒙教育。早在1898年，康有为在《请开学校折》中就主张向西方与日本学习，废除科举，广开学校，培养人才，并提出了将乐歌课程纳入学校课程体系的建议。

1891年，在他开办的广州万木草堂，就开设了乐歌和体操等课

① 何凤华等：《上直隶总督袁世凯书》，见《清末文字改革文集》，文字改革出版社1958年版，第35页。

程。梁启超指出，“盖欲改造国民之品质，则诗歌音乐为精神教育之一要件”[①]。梁启超认为，西方儿童教育得法在于其注重实物教育和按照儿童心智发展规律来展开教学，并强调诗歌音乐教育在儿童教育中的重要作用，歌谣音乐，“易于上口也；多为俗语，易于索解也”。[②]在他主编的《新民丛报》上就刊载了他自己用白话作词的《爱国歌》《从军乐》《终业式》《黄帝歌》等，还刊登有黄遵宪的《出军歌》《军中歌》《旋军歌》等。

中国古代素有诗教传统，诵读古诗是儿童启蒙教育的重要课程；古代把眼看的诗称为“徒诗”，用嘴唱的称“声诗”。清廷订立的《学堂章程》，到1904年小学普遍开始实施乐歌课堂教育（成为与物理、算术等同样的新式课程），学堂乐歌当时成为一种普及与时尚的活动。当时把这种有声音的乐歌也称为“新声诗”。不少文学改革者、倡导者都是学堂乐歌与新声诗的作者。在文学改良运动时期的黄遵宪就专门写有《小学校学生相和歌》；李叔同写有大量乐歌，像广为传唱的《送别》就是由他写词谱曲的。“五四”前后，大量的现代白话诗被谱曲成广为传唱的乐歌，如刘半农的《教我如何不想她》、胡适的《上山》、刘大白的《卖布谣》等。

还有不少教育界人士专门写有大量的现代白话教育诗。像陶行知共创作白话教育诗700多首，不少诗歌被谱曲后在学校与社会广为流行。民国初年，出版媒介专门出版有乐歌专辑，代表性的有沈心工编辑的《学校唱歌三集》（商务印书馆1912年版）、王德昌编辑的《中华唱歌集》（中华书局1912年版）。民国小学国文教科书中也选用有歌谣内容；官方还推荐出版有通用的乐歌教科书，像胡君复编辑的《共和国教科书新唱歌》（1—4册）（商务印书馆1914年版）。

如果说小学教育是白话诗歌教育启蒙与传播接受的基础，那么大

① 梁启超：《饮冰室诗话》，人民文学出版社1959年版，第58页。

② 梁启超：《变法通议》，见《饮冰室合集》，中华书局1989年版，第45页。

学教育则是现代诗歌启蒙教育与传播接受最活跃的成分。北京大学的《新青年》《新潮》，清华大学的《清华周刊》等，是“五四”新文化与新文学运动最为活跃的校园期刊。《新青年》作为倡导与推动“五四”文学运动与白话新诗运动最有力的前沿阵地，为学界所共知，《新潮》《清华周刊》作为“五四”文学革命运动与新诗运动的重要舞台，却较少被关注。美国学者维拉·施瓦支在《中国的启蒙运动——知识分子与五四遗产》一书中指出：新潮社及《新潮》是北大青年学生共同觉醒下的产物，作为学生杂志的《新潮》，通过与老师辈创办的《新青年》进行代际间的合作，在文学革命尤其是语言革命中发挥了重要作用，加速了“五四”新文化运动的进程。[①] 黄日葵在《北京大学二十五周年纪念刊》中指出：“《新潮》于思想改造、文学革命上，为《新青年》的助手，鼓吹不遗余力，到今这种运动已经普遍化了。”[②]

新诗倡导与推广是《新潮》最重要的内容之一。《新潮》杂志除第 1 期外，每一期都开辟有新诗专栏，主要人物都是活跃在“五四”诗坛的主将。包括胡适在《谈新诗》中评价的新潮社的几个主要新诗人——傅斯年、俞平伯、康白情，《新潮》诗歌作者还包括汪敬熙、傅斯年、杨振声、周作人、罗家伦、顾颉刚、叶绍钧、江绍源等。《新潮》第 1 卷第 5 号刊登有周作人以笔名仲密发表的两首新诗——《背枪的人》和《京奉车中》。周作人是最早尝试散文化自由诗体方向的现代诗人之一。《新潮》主帅俞平伯与康白情十分活跃。俞平伯发表于《新青年》的《白话诗底三大条件》和康白情发表于《少年中国》的《新诗底我见》，在当时诗坛上非常有分量，前者得到了胡适的认同，后者则被闻一多视为新诗的“金科玉律”之一。《新潮》在《新

---

① ［美］维拉·施瓦支：《中国的启蒙运动——知识分子与五四遗产·序言》，见《中国的启蒙运动——知识分子与五四遗产》，李国英等译，山西人民出版社 1989 年版。

② 转引自张允侯、殷叙彝等编《五四时期的社团》（二），生活·读书·新知三联书店 1979 年版，第 35 页。

青年》的影响下诞生，它与《新青年》恰似一种结盟关系，二者不仅互相为对方刊登广告宣传，还在思想主张与新诗倡导方面彼此应和，为白话诗浪潮推波助澜。正如《新潮》主将罗家伦所说："我们主张的轮廓，大致与《新青年》主张的范围，相差无几。其实我们天天与《新青年》主持者相接触，自然彼此间都有思想的交流和相互的影响。"① 查阅《新青年》的目录，可以看到俞平伯的诗作经常和胡适、刘半农、周作人等老师辈的诗作共同刊登在《新青年》"诗"栏目里。如1918年《新青年》第4卷第5号第一次出现了俞平伯的诗《春水》，并且这一期还有唐俟（即鲁迅）、胡适、刘半农的诗作；《新青年》第8卷第3号在"诗"栏目刊登了俞平伯的三首诗《题在绍兴柯岩照的照片》《绍兴西郭门的半夜》《送缉斋》，胡适的《〈尝试集〉集外诗五首》，周作人的《杂译诗二十三首》。1921年1月1日，俞平伯的两首诗《潮歌》《乐观》刊登于《新青年》第8卷第5号"诗"栏目上，同期还有胡适的三首诗《梦与诗》《礼》《十一月二十四日夜》。康白情、俞平伯作为《新潮》的代表诗人，不仅立足于自身的刊物《新潮》，还通过在当时社会的主流期刊上发表新诗创作与新诗理论文章，有力扩大了《新潮》的白话诗影响。事实上，《新潮》第1卷发行后，就受到了许多师生的欢迎，《新潮》作为传播"五四"新思想、新文学、新诗歌的期刊，每一期销量都远远超过预期，在青年读者中产生了广泛影响，"顾客要买而不得的很多，屡次接到来信，要求重版"。②

另一本影响较大的大学生校园期刊《清华周刊》，1914年3月创刊，直到1937年5月结束。1914年，年仅15岁的闻一多担任《清华周刊》编委，随后又当选总编辑，开始在周刊上发表诗作、评论文章。从创刊至1925年期间，闻一多在《清华周刊》及其副刊《文艺增刊》上共发表了25首新诗。1922年，"清华文学社"出版了闻一多

① 罗家伦：《逝者如斯集》，传记文学出版社1981年版，第169—170页。

② 《启事》，《新潮》1919年第2卷第1号。

的《冬夜评论》，闻一多差不多成了清华诗坛的新人领袖。《清华周刊》上发表新诗的主要成员有洪深、蔡正、陈达、汤用彤、李达、梁实秋、顾毓琇、朱湘、孙大雨、饶梦侃、陈铨、吴宓、杨世恩、罗念生、柳无忌等。《清华周刊》在"五四"前后的办刊倾向相对《新潮》较为激进的变革传统的姿态，显得较为理性平和，它既发表自由体白话新诗，也发表文言旧体诗，同时开展新旧诗歌的争论。对西化思潮的接受也较为中庸，创作上主张新创格律，艺术上倡导节制为美的原则，后来主要成员成为新月诗派的骨干。当时大学生期刊是学生社团活动的主要阵地，对新诗传播起到了有力的引领作用。

大学课堂新诗讲授在新诗教育传播与接受中的历史影响更是不可低估。废名 1936 年在北京大学开讲新诗，讲授内容包括胡适、沈尹默、刘半农、鲁迅、周作人、康白情、湖畔诗人、冰心、郭沫若的新诗，几乎涵盖了五四时期最有代表性的白话诗人及其诗集，抗战开始后中断。1939 年朱英诞被林庚、废名推荐到北京大学中文系任教后，1940 年至 1941 年接续废名讲授新诗。他讲授的诗人与诗歌群体有：刘大白、陆志韦、《雪潮》诗人群（包括俞平伯、朱自清、梁宗岱、徐玉诺等）、王独清、穆木天、李金发、冯至、沈从文、《新月》诗群（包括徐志摩、闻一多、朱湘、于赓虞、林徽因）、废名、戴望舒、何其芳、卞之琳、《现代》诗群（金克木、徐迟）等。废名抗战胜利后回到北京大学，继续讲新诗，讲授内容包括卞之琳、林庚、朱英诞、废名自己的诗歌。废名与朱英诞的新诗讲义（陈均编订《新诗讲稿》，北京大学出版社 2008 年版），可以说是"五四"以来至 20 世纪 30 年代，中国现代诗歌经典诗人较为权威性的发现与甄选，形成了对中国现代文学史诗歌经典建构的基本叙述内容与呈现框架，与中华人民共和国成立后的文学史现代诗歌叙述比较对照，各种文学史的叙述大多只是表现为对上述诗人不同的取舍，以及价值评述的差异，废名、朱英诞的讲义基本确定了中国现代诗歌学术研究与经典传播的对象。

1937 年 8 月至 1939 年 8 月，英国诗人、著名的英美新批评派代表人物燕卜荪受邀到西南联合大学讲学。他对英美现代诗歌介绍与理论传播（包括他自己的创作），启发了以穆旦、袁可嘉、王佐良、赵瑞蕻、杨周翰、杜运燮等为代表的学生对英美现代主义诗歌的新认知，激发了他们现代主义新诗创作与理论探究的热情，叶芝、艾略特、奥登、霍普金斯等成了爱好新诗创作学生们的偶像，一时间在西南联大英美现代主义诗歌与理论成了时尚，西南联大校园诗歌与理论传播直接构成了影响 40 年代中国现代诗坛的一个新潮流，成为中国现代诗歌的一个新走向。

民国以来，现代学校教育制度的建立，白话文教育的推广，国语教材的改革，现代报刊在学校的创办，学生社团的勃兴，现代诗歌的课堂讲授，文学史教材的编撰等，为中国新诗的传播开辟了最广阔、最活跃的读者市场，学校教育是中国现代白话新诗传播接受最重要的途径，直接参与并深刻影响了中国诗歌的现代变革。

五　传播接受与中国现代诗歌经典建构

中国现代诗歌经典的建构是在中国现代诗歌的传播接受历史过程中形成的。经典是要经过文学历史的检验，被不同时代广大受众接受的文学遗留，文学经典需要历史的观照，需要经过不同时代接受主体的阐释、认同，在某种意义上经典是离不开读者参与的，经典是作者与接受者共同建构的。诗歌历史上有不少伟大诗人，在同时代没有被认可，是经过后人的发现与阐释被确认的。比如唐代山水诗人孟浩然，在他去世后 100 多年才被提及，开始引起文人关注；陶渊明经宋代苏轼的推崇才被彰显；杜甫也直到宋代才被尊崇为大诗人。

现代诗歌理论批评是一种重要的诗歌接受与传播活动，是对现代诗歌经典形成、历史建构的一种阐释与确认。其主要内容应该包括诗歌理论与批评（包括专家学者、诗人的评论与研究），包括历史上的诗歌选本（专家选本，比如朱自清编选的《中国新文学大系·诗集卷》、民间书商选本、诗人自选本、国文教材中的诗选等），包括不同时期文学史的叙述评价，还有序跋广告等副文本等，只有多视角的传播接受研究，才会形成对诗歌经典较为全面的认知。我们应该怎样把握上述不同层面的关系，研究主体价值观、考辨史料能力与历史意识将起到重要作用。比如我们对郭沫若《女神》经典性问题的阐释，首先应该在"五四"时代语境中、中国诗歌历史长河中这样一个时间空间交集的坐标上来讨论它。《女神》在中国诗歌历史演变中，以"天狗"般的自我高扬的现代主体精神，"凤凰涅槃"似的发扬踔厉姿态，浴火重生，冲破了传统思想与格律规范的禁锢，为中国诗歌思想解放与形式自由开辟了新境界、新天地，成为最能表现"五四"时代精神、最具现代审美气息的"五四"时代的镜像，闻一多称它是"五四""时代底一个肖子"。发表《凤凰涅槃》的《学灯》编辑宗白华称《凤凰涅槃》如惊雷闪电，"照亮了中国诗歌的天空"。当然，《女神》中的诗歌，有不少作品经过诗人多次修改，并且诗歌艺术水平参差不齐，需要我们在接受过程中细心辨析。其中，哪一些作品是经典，还需要我们继续探究，进一步接受后人的检验。经典的形成过程构成了经典作品的传播接受史。

传播接受会受时代语境的影响，经典阐释中常常会出现过度阐释或消解经典的倾向，经典建构的过程是历史再发现、再阐释，真正的经典是经得起历史检验的。我们今天的经典定位，是现代经典，不同于传统经典，我们不能简单地用唐宋诗歌经典价值与趣味来检验现代诗歌经典。然而，我们共同面向的是文学经典，不能搬用政治学、社会学的价值观来判断诗歌经典，古今中外的诗歌艺术有着共同的基本美学元素。总之，历史视野、现代观念、审美价值是我们共同要坚守的现代经典研究的原则。

诗歌的传播与接受是以读者为本位的。传播是向读者传播，读者的接受影响传播主体。传播主体一是诗歌创作主体，二是评价或批评主体。诗歌创作主体往往通过诗歌自选、编辑、序跋、注解（创作谈）推介自己的作品。现代文学史早期，大量诗歌集的出版，都是由诗歌作者自己编辑、自费出版，或者由名家推荐出版。胡适的《尝试集》自己编辑，初版于1920年3月，至1922年10月出版的《尝试集》是经过作者增删过的第4版，初版本与第4版有了很大不同。第4版在第1版基础上新增加诗歌15首，删减诗歌22首，同时删减序言3篇（钱玄同序1篇，自序2篇），第4版保留第1版诗歌仅32首，增删篇幅比保留的还要大。从自选本的不同版本中，我们可以看到作者思想与艺术探索变化的轨迹。《尝试集》增加的诗歌，是作者集中于民国九年、十年的创作，作品中增加了关注时事的诗篇（《平民学校校歌》《四烈士冢上的没字碑歌》《死者》《双十节的鬼歌》，另有4首写给亲友的诗）。这些诗歌更加注重自然音节与白话语言的探索，所删诗歌作者认为有较多旧诗词的气息，“是词曲的变相”①。他最满意的诗作集中在第二编，包括《鸽子》《老鸦》《老洛伯》《关不住了》《希望》《“应该”》《一颗星儿》《威权》《乐观》《上山》《一颗遭劫的星》等，几个版本都保留上述作品原样，未做修改，收集的主要是民国六年到民国八年的作品，在内容上具有新时代气息，艺术上作者认为是真正的“白话新诗”尝试。胡适在《再版自序》中说：“我本来想让看戏的人自己去评判。……我自己觉得唱工做工都不佳的地方，他们偏要大声喝彩……我只怕那些乱喝彩的看官把我的坏处认做我的好处，拿去咀嚼仿做，那我就真贻害无穷。”② 胡适的《尝试集》自选本的变化与序言，包括自序（特别是再版自序）对接受者认识评价胡适的新诗实践与早期新诗观都具有较重要的作用。

① 胡适：《尝试集·再版自序》，《尝试集》，人民文学出版社1984年版，第193页。

② 胡适：《尝试集·再版自序》，《尝试集》，人民文学出版社1984年版，第193页。

作为《尝试集》副文本的钱玄同的《〈尝试集〉序》(初版本序，1918 年 1 月)，从文言一致的白话文学史的梳理辨析中，以评论者的身份、新文学同路人有力声援了《尝试集》的传播，旗帜鲜明地指出：我们现在作白话的文学，应该自由使用现代的白话，自由发表我们自己的思想和情感，这才是现代的白话文学，——才是我们所要提倡的“新文学”。[①] 可以说，这是五四文学革命时期最切近新文学或现代白话文学的定义，从思想观念上为《尝试集》的传播与现代诗歌经典阐释做了铺垫。以接受主体身份编选的权威诗歌选本，经过历时性的读者检验，对经典的形成会产生较重要的影响。比如 1935 年由上海良友图书印刷公司出版的《中国新文学大系》(赵家璧主编)，其中由朱自清编辑的“诗集卷”对中国现代文学史与现代诗歌经典建构可谓影响深远。朱自清对新诗第一个十年主要诗人诗选与评述（导言），对自由诗派、格律诗派、象征诗派的分类，几乎影响了从王瑶的《中国新文学史稿》到钱理群等的《中国现代文学三十年》的写作。文学史的传播对诗人形象的建构与新诗经典的形成具有重要的作用。民国时期文学史对新诗的评介极为简略，对现代诗歌的历史性描述的系统框架是从王瑶的《中国新文学史稿》开始建立的，后来的文学史有了不同程度的观念性变化，对诗人经典性选择与意义定位也有不同。在王瑶的文学史中，40 年代穆旦代表的西南联大诗群就是缺席的，对 30 年代现代派诗人的评介也是非常单薄的。后来文学史接受了 80 年代以来学术研究成果的影响，补充、丰富了现代主义诗歌在文学史中的评述，提升了现代主义诗歌的地位，而对某一些艺术性缺失的诗人评价有了改写。特别是官方性文学史或权威性文学史的写作，在现代文学经典的传播中对读者的接受有较重要的影响。

总之，现代传播接受从多元通道开启了中国诗歌的现代转型，决

① 胡适：《尝试集》，人民文学出版社 1984 年版，第 131 页。

定了现代诗歌嬗变的路向，成为建构中国现代诗学品格、形成现代诗歌丰富形态的重要动因与思想资源，为我们深入研究现代诗歌提供了广阔空间与新的生长点。

“中国新诗传播接受文献集成、研究及数据库建设（1917—1949）”是由我主持的国家社科基金重大项目。项目由五个子项目组成：一是现代汉语传播接受与中国现代诗歌形式变革；二是外来诗歌翻译传播与中国现代诗歌；三是现代报刊出版传播与中国现代诗歌；四是现代诗歌理论批评与中国现代诗歌传播接受；五是现代学校教育与中国现代诗歌传播接受。整个项目由华中师范大学诗歌研究中心、北京大学诗歌研究院、首都师范大学诗歌中心有关专家分别带领子项目团队共同实施。主要成果将陆续按专题结集出版，相关数据库平台建成后陆续向社会开放。我们殷切期待广大读者的建议与批评。

2021 年 4 月 18 日于武昌桂子山

目　录

绪论 …………………………………………………………………… (1)

一　研究意义 ………………………………………………………… (1)

二　研究现状 ………………………………………………………… (6)

三　研究思路与方法 ………………………………………………… (12)

第一章　科学思潮与中国现代诗歌理论 ……………………………… (21)

第一节　现代文学面临的文化语境 ………………………………… (21)

一　古代文学中的科学元素及其局限 ……………………………… (22)

二　科学思潮与现代文学 …………………………………………… (35)

第二节　科学语境下的现代诗歌理论 ……………………………… (46)

一　科学与胡适的诗歌理论 ………………………………………… (47)

二　科学与郭沫若的诗歌理论 ……………………………………… (56)

三　科学与卞之琳的诗歌理论 ……………………………………… (61)

四　科学与九叶诗人的诗歌理论 …………………………………… (69)

第二章　科学思维与中国现代诗歌思维方式 ………………………… (77)

第一节　情与理的互渗 ……………………………………………… (77)

一　西方理性传统的传入 …………………………………………… (78)

二　情理结构的再组合 …………………………………………（85）
三　情感体验的综合化 …………………………………………（90）
第二节　虚与实的显隐 …………………………………………（93）
一　中国传统艺术的虚实观 ……………………………………（93）
二　尚虚向写实的转变 …………………………………………（97）
三　诗歌语言的虚实变化 ………………………………………（104）
第三节　字思维与句思维的转换 ………………………………（107）
一　古代诗歌与字思维 …………………………………………（107）
二　现代诗歌句思维的转变 ……………………………………（113）

第三章　科学主义与中国现代诗歌意象 ……………………（121）
第一节　诗歌意象理论变迁 ……………………………………（122）
一　中国古代诗歌意象理论 ……………………………………（122）
二　西方意象理论 ………………………………………………（130）
三　中国现代诗歌意象理论 ……………………………………（135）
第二节　诗歌意象推陈出新 ……………………………………（141）
一　古代诗歌意象类型 …………………………………………（141）
二　化旧为新的意象 ……………………………………………（148）
三　新生的现代意象 ……………………………………………（153）
第三节　意象构造方式的变化 …………………………………（160）
一　意象构造的复杂性 …………………………………………（160）
二　意象构造的逻辑性 …………………………………………（167）

第四章　科学语境与中国现代诗歌语言 ……………………（171）
第一节　科学与诗歌语言观念的新变 …………………………（171）
一　科学影响下的诗歌语言观念 ………………………………（172）
二　诗歌语言精密化 ……………………………………………（178）

三　诗歌语言逻辑化 …… (186)
第二节　虚词与现代诗歌 …… (192)
一　虚词入诗的历史语境 …… (192)
二　虚词与现代诗歌的整体性 …… (198)
三　虚词与现代诗歌的空间性 …… (203)

第五章　科学风格与中国现代诗歌审美趣味 …… (209)
第一节　审美趣味的变迁 …… (209)
一　科学对美学和诗论的影响 …… (209)
二　审美现代性在现代中国的生发 …… (214)
三　审美趣味的阶层性及其变迁 …… (217)
第二节　由趋道向求真的滑动 …… (222)
一　"以道为美"的审美趣味 …… (222)
二　"求真"的美学趣味 …… (226)
三　平实的美学风格 …… (231)
第三节　戏剧化与知性化 …… (236)
一　现代诗歌的戏剧化 …… (236)
二　现代诗歌的知性趣味 …… (242)

结语 …… (247)

参考文献 …… (250)

后记 …… (264)

绪　论

对20世纪的中国而言，现代化是国家和民族必须直面的课题，现代性则是思想界、文学界绕不开的话题。在国家政治体制、社会思想观念、民众生活方式等方面的现代化，是一个现代民族国家逐步形成的必然要求，而实现的手段可以多种多样。在这个发展的历程中，科学与民主是其中尤为要紧的两种动力。自科学与民主在20世纪初从西方引入之后，在思想观念、政治经济、学术研究、行为模式及日常生活中引起了翻天覆地的变化，促进了20世纪中国人的觉醒。文学作为启迪民智、传播思想、建设新文化以实现救国重任的重要路径，在中国现代化的过程中发挥了历史性的作用。诗歌作为一种独特的文本存在和历史因子，裹挟在国家和民族现代化的洪流中，与社会政治、文化行为互为联动，逐步实现自身的现代转型，形成了文学的现代性特征。科学技术作为现代商业世界的强势力量和文化主流，不仅在当代生活中随时随地地发挥影响，即便回到历史现场，清末以来的“西学东渐”对当时国人的思想和生活等诸多方面的影响也是潜滋暗长，这为探讨科学与现代诗歌的关系，特别是科学思潮在现代诗歌传播接受中的重要作用提供了可能。

一　研究意义

笔者将科学与中国现代诗歌的关系作为研究内容，是出于两点考虑：一是基于当下的人文困境。在这个互联网、大数据、转基因等知识技术风行世界的时代，科学技术尤其是应用性的技术文化当仁不让地成为强势文化，技术与商业的联姻渗透到社会、经济、政治以及个人生活的角角落落。工业革命以来科学与人文包括文学的力量此消彼长，人文的影响力与主导性日益萎缩，21 世纪的信息技术则加速了科技侵蚀传统人文领地的脚步，文学成为艺术小圈子的孤芳自赏，或者成为富裕阶层、中产阶级茶余饭后的谈资，或者成为个人微信朋友圈晒心情的资本，科技对文学和诗歌的渗透已大大超乎我们的预期。网络文学、微信诗歌、自媒体写手、民间诗人……科技正以其无往不胜的实力，逐步改变人们的写作方式、交流手段、阅读习惯、传播渠道，人的思维方式和价值观念也在潜移默化中被改变，这种文学在与科技的碰撞中步步退缩的局面，与 20 世纪初西学东渐、科学兴盛、文学百花齐放的局面何等相似，只不过上一次是在枪炮声中被动的转变，文学不期然走向了社会的中心；这一次是利用科技商业力量主动求变，文学却越来越边缘化，但其共同之处在于，科学技术都是两次历史变局的重要动力之一，并深刻地影响了诗歌的传播接受状况。两次历史改变，前一次是科学引导文学、融入文学，显露出渐趋靠近的迹象；后一次则是技术压缩思想、商业肢解文化，科学与文学渐行渐远，似乎呈现科学与人文分裂的图景。二是基于当前的研究现状。在中国现代文学研究领域，关于“五四”运动及其施予文学影响的研究成果很多，大多涉及历史背景、政治体制、社会思潮等与文学之间的关系。这其中也有众多论著从文学现代性的角度切入，站在政治、民族、民主的立场来进行阐释，更多是“想象现代民族国家的一种方式”，而从科学角度切入，探讨科学与文学之间关系的论文著作则较少。俞兆平在《写实与浪漫》序言中指出，在人文社会科学领域，杨国荣等哲学界学者重新审视了科学与人生观这场大讨论及泛化后的科学主义，罗志田以“走向国学与史学的‘赛先生’”为题从历史学角度梳理

"五四"时期的科学印象，史学界重新探讨历史学中的科学因素，而文学理论界似乎失语了。就"五四"精神的两大要质——科学与民主来说，现代文学界探讨民主政治、民族国家与文学之间关系的论著较多较深，但探讨科学思潮、科学思维与文学之间关系的论著较少①，这为后来的研究者留下了深挖拓展的空间。

科学作为"五四"时期高扬的两面旗帜之一，它对人的思想观念和行为方式的影响不言而喻，自然也改变了其时大众对于文学的接受方式，文学研究不可能忽视这样一个客观存在。金观涛、刘青峰在《中国近现代观念起源研究和数据库方法》中做了统计，"《新青年》中'科学'一词共出现1843次，而'民主'只有1067次，加上'德谟克拉西'、'德先生'总共是1283次，只有'科学'的70%"②。在统计数据的基础上，得出了"这两种观念并不对等"的结论③。这样的数据统计与当前学界对"科学与文化研究"的冷门看待有些背离，因为科学与民主是新文化运动中知识群体极力推广的两种新观念，在当时的时代环境下科学概念的热度远高于民主观念，为何在数十年的人文社会科学研究历程中，关于民主影响的研究成果汗牛充栋，关于科学影响的研究成果寥若晨星？无论是否回到历史现场，科学对传统文化乃至文学的影响都是不可否认的历史事实④。撇开科学因素来总结一个世纪的中国现代文学，无论如何都是残缺的。既然这是一个不能绕过的客观存在，作为研究者要做的就是尽量客观描述这段历史，梳理新文化运动中兴起的科学思潮与文学的关系，弄清二者之间的学理机制，从而为时下处在科学技术强势力量包围下的文学寻找微光、

① 俞兆平：《写实与浪漫—科学主义视野中的"五四"文学思潮·自序》，上海三联书店2001年版。

② 金观涛、刘青峰：《中国近现代观念起源研究和数据库方法》，《史学月刊》2005年第5期。

③ 金观涛、刘青峰：《中国近现代观念起源研究和数据库方法》，《史学月刊》2005年第5期。

④ 何锡章、王书婷：《云水相生：百年中国文学与科学掠影》，《江汉论坛》2007年第10期。

把握走向。

关于中国古代的“科学”（或者称为技术）的发展水平众说纷纭，以李约瑟为代表的学者认为“从3世纪到13世纪，中国一直处于西方望尘莫及的科学知识水平……明清以后逐渐落后了”[①]，没有产生现代意义上的科学，从而提出了著名的“李约瑟难题”。任鸿隽、冯友兰、竺可桢等学者都在寻找“中国古代无科学”的原因，从政治制度、儒道文化的角度来做分析。真正的现代科学知识与观念的引进并产生广泛的社会影响，还是19世纪中叶之后的事情。这里所说科学指的是西方意义上的科学，是将数学与实验结合起来的知识与技术体系。乔治·萨顿持有跟李约瑟相同的看法，肯定了古代两个世界的人们从事相同的科学工作，而“从16世纪开始，走上了不同的道路。分歧的基本原因，是西方科学家领悟了实验方法并加以应用，而东方科学家却未领悟它”[②]。这是乔治·萨顿找到的中西科学在近现代时期发展速度有巨大差异的原因。“五四”新文化运动所推崇的两个先生之一的“赛先生”就是指的西方现代科学。

在西方现代科学宏大的知识体系中，进化论是最为中国人所熟知的，进化论及其衍生出的一系列理论，是影响现代中国思想文化界的主要科学理论，对现代文学包括诗歌的影响涉及各个层面。胡适说：“一时代有一时代之文学……乃文明进化之公理也……此可见文学因时进化，不能自止。”[③] 因此“凡文言之所长，白话皆有之。而白话之所长，则文言未必能及之。白话文并非文言文之退化，乃是文言之进化”。[④] 这是用进化论为白话文的合法性寻找历史根据。康白情说：

---

① ［英］李约瑟：《中国科学技术史》（第1卷），袁翰、王冰、于佳译，科学出版社1990年版，第2页。

② 参见席泽宗《科学史十论》，复旦大学出版社2003年版，第31页。

③ 胡适：《文学改良刍议》，见季羡林编，郑大华整理《胡适全集》（第1卷），安徽教育出版社2003年版，第6页。

④ 胡适：《白话文言之优劣比较》，见季羡林编，郑大华整理《胡适全集》（第28卷），安徽教育出版社2003年版，第391页。

"新诗以当代人用当代语，以自然的音节废沿袭的格律，以质朴的文词写人性而不为一地底故实所拘，是在进化底轨道上走的。——进化非人力所能挡得住的。"① 这是在胡适文学进化论的基础上，从新诗这个具体文类的内容与形式发展方向，进一步强化进化论的推动力，显示进化是某种非人力的客观规律性。周无在《诗的将来》中也说："诗的进化和诗的实体进化，中间是有一定尺度"，"实体进化如何方能满意，也关系到科学"。② 由此看来，无论是作为五四新文学运动的精神驱动，还是作为建设新文学体式的指导观念，进化论学说都有着理所应当的存在。那么我们是否可以说，西方科学思潮悄然地通过进化理论，影响了文学同人的价值观念与审美趣味，进而渗透到诗歌的理论创设、思维模式与语言运用中。

考察科学与文学之间的关系，还有一个概念需要提及，这就是现代性。关于文学现代性的讨论在 20 世纪一直是学术界的热点，不管是争议还是讨论，这些论著与言论都给予后来者研讨问题的视角或空间。这里暂且搁置关于现代性的诸多争议，姑且认为现代化在现代中国依然是一个进行中的过程与事件，现代性是百年中国社会逐步具备的时间性质，而科学是现代性主要是社会现代性的内涵之一。从这个角度来说，科学与文学的现代性之间就存在较为密切的知识性、思想性和创造性联系，有学者认为"科学理性思维逻辑方式和科学精神，成为一种对人文社会科学包括文学的'现代性'进行衡量的参照系"。③ 既然如此，我们探讨科学与文学之间的关系，也即从科学的角度切入探讨文学的现代性，以及在现代性基础上所生成的现代文学的传播接受问题，现代性在这里成为联结科学与文学的桥梁。2006 年，30 多位专

---

① 康白情：《新诗底我见》，见赵家璧主编《中国新文学大系·建设理论集》，上海文艺出版社 1980 年版，第 323 页。

② 周无：《诗的将来》，见赵家璧主编《中国新文学大系·建设理论集》，上海文艺出版社 1980 年版，第 342 页。

③ 何锡章、王书婷：《云水相生：百年中国文学与科学掠影》，《江汉论坛》2007 年第 10 期。

家学者齐聚神农架研讨20世纪中国文学与科学的关系，他们意识到全面深入地梳理现代文学与科学的历史关系是一个亟须着手研究的问题，并就这一问题的深层挖掘指明了方向：一是科学对文学的渗透过程；二是科学对文学影响的结果；三是文学对科学传播的结果；四是文学何为①。这里所尝试探讨的即是前两个领域的一些具体问题。

二　研究现状

关于科学与中国文学关系的论述，就近些年的阅读范围而言，虽有部分论著提及，但专著或专论较少，大多是在讨论诸如文学思潮流变、语言发生演变等问题时作为一个维度或一些要素才涉及，至于更详细更聚焦地探讨科学与中国现代诗歌关系的研究资料就更少了。

有著作从思维层面探讨科学与艺术的关系，张岱年认为“中国古代传统思维方式到近代思维方式的转变，是发生在半封建半殖民地历史时期”，严复、胡适等人通过翻译西方科学著作，引入西方科学思潮，着手建立中国人自己的逻辑思维体系②；有学者以特殊历史阶段的标志性事件和人物为坐标，梳理了清末民初的社会心态，由科学引入带动了社会崇新崇洋、注重物质、讲究实用、看重理性等，这些为新文学、新诗歌的诞生提供了心理基础③；还有学者从社会学的角度探讨了科学与人文之间存在的差异及融合的可能④，或者通过整理中国现代性几个关键词的历史，揭示了科学“技进于道”向艺术领域思

① 王书婷：《“中国20世纪文学与科学”学术研讨会综述》，《中国现代文学研究丛刊》2006年第6期。

② 张岱年、成中英等：《中国思维偏向》，中国社会科学出版社1991年版。

③ 耿传明：《决绝与眷恋：清末民初社会心态与文学转型》，复旦大学出版社2010年版。

④ 曹文彪：《科学与人文：关于两种文化的社会学比较研究》，学林出版社2008年版。

维方式的渗透[①]。学者们看到，文学与科学的互动历来存在，科学对文化及文学的渗透从未停止，只是不同阶段渗透的程度及效果不同，现代科学造成了文学的祛魅，后现代时期两者又逐渐返魅[②]。学者们立足于将文学研究作为一门现代学科门类，呼吁将科学的实证方法、理性精神与审美感悟有机结合起来，使文学研究在具有实证精神和思辨理性的同时，还蕴含着生命体验与人生睿智[③]。

有研究者从文学思潮的层面重新定义新文学的外部影响，力图还原科学与文学之间被忽略被遮蔽的历史关系。俞兆平在世纪之交的一系列著作中重新检视了科学与现代文学的关系，他基于20世纪八九十年代"重写文学史"话题提出及实践中的困惑，从现代性的视野出发，重新分析写实主义、浪漫主义与文化保守主义等三大文学思潮的形成变化，科学主义作为一种思潮在其中的酝酿转化，在宏观的把握中亦有"科学主义与郭沫若的文学选择"的具体分析[④]。同期出版的《写实与浪漫》则是俞兆平文学思潮研究的深化，他将科学主义作为文学现代性的一把尺子，着重分析科学主义与写实主义、浪漫主义的关系，实现文学研究中"科学主义角度的突围"。而在2013年出版的《中国现代作家论科学与人文》中，他将科学与人文的关系放入人类思想史的洪流中，从细处着手选取了近现代思想史、文学史的代表作家进行个案分析，归纳出现代作家对科学或抗衡，或崇奉，或调和的不同态度[⑤]。在长达十余年对科学的关注中，俞兆平的难能可贵之处在于，试图为现代文学研究提供一个新的观察视角，挖掘现代文学史上司空见惯史实材料背后所蕴含的学术生长点。其不足之处是占有的历史资料和学术资源还不充分，较多从文学的外部环境出发作判断，

---

① 高瑞泉：《中国现代精神传统——中国的现代性观念谱系》，上海古籍出版社2005年版。

② 魏家川：《科学与文学：从"两种文化"看文学的祛魅》，《文艺争鸣》2006年第3期。

③ 张毅：《"赛先生"与中国文学研究》，《中国社会科学》2007年第2期。

④ 俞兆平：《现代性与五四文学思潮》，厦门大学出版社2002年版。

⑤ 俞兆平、王文勇：《中国现代作家论科学与人文》，广西师范大学出版社2013年版。

甚少涉及科学影响在文学文本中的具体表现，理论论述较为单一，缺少文本分析和材料支撑。

还有一些研究者从学科交叉的角度出发探讨科学对中国文学的实在影响，尝试深入文体、文思、语言、审美等具体领域中。刘为民《科学与现代中国文学》是一部较为全面具体研究科学与现代文学关系的著作，他从作家知识结构、文学观念、文体形式及传播渠道等多方面入手，选取了鲁迅、郭沫若、高士其等作家及《太白》《晨报副镌》等杂志作为个案，对作家观念中的理性精神、诗歌的科学意象及科普散文的流行等现象条分缕析、抽丝剥茧，为文学的现代性探讨给出了别开生面的一条道路。较之俞著，刘著的可贵之处在于描述了外在的科学思潮内化为作家知识结构的过程，并转化到文本的具体实践中。而且，论者还选取典型代表对小说、散文、诗歌、戏剧及传播形式做了逐一分析，说明了社会思潮对文学的影响是全方位的。刘著的不足之处是篇章之间较为松散，前后逻辑性不强，对作家的解读较为深入，对文体和文本的研究较为粗疏，这也为后来的研究者留下发挥的空间。姚文放用历史的眼光，比较了文学传统与科学传统在创造活动、文本形式与阐释方法等方面的异同，认为只有互补相融，文学传统才能真正发扬光大①。在这些前期研究的基础上学界进一步拓展，有学者从20世纪初中国文学面临“正名”问题加入，探讨了科学理性对现代文学学科确立、文学题材拓展、具体创作文本及文学研究的影响，试图回答科学如何将传统的载道话语模式转化为现代文学观念②，也有分析科学主义促使中国现代文学理论走向知识化、专业化、系统化、学科化，同时伴生了许多负面因

① 姚文放：《文学传统与科学传统》，《文学评论》2000年第3期。

② 何锡章、王书婷：《云水相生：百年中国文学与科学掠影》，《江汉论坛》2007年第10期。

素[1]；有学者看到了西方现代科学技术的进入带给现代中国文化环境、状态的一系列重大影响，并成为文化生态构成要素而制导、制约着现代中国文化文学的发生[2]，认为科学理性决定了中国文学的现代转型[3]。还有的学者考察了科学精神对新感觉派小说的观察姿态与话语方式的影响[4]，或者重新审视科学理性与文学之间的关系[5]，或者揭示以怀疑批判为内核的科学精神对问题小说的影响[6]。

值得一提的是汪应果的跨学科交叉研究，他将自然科学的理论方法引入文学领域，试图将文学现象纳入物理学的理论框架中，用熵理论来解释文学中各种元素的存在变化[7]。这种大胆尝试是在寻找新的研究范式，探索科学与文学在技术层面打通的可能性。虽然汪著沟通科学与文学两者的方法显得生硬，但尝试行动本身具有开创意义。不过，也有学者认为新文化潮流中科学概念的过度使用，成为一种泛滥的标签，而文学的情感性与超功利性天然地排斥实用的科学，文艺的科学主义在新文化语境中并没有得到真正的应用[8]。这样的判断及时提醒跨学科的交叉研究应该立足文本材料，注意不同学科属性所应有的边界。

由科学与文学关系的宽泛研究进入诗歌文体具体研究的，是1923年闻一多写的《〈女神〉之时代精神》一文，文章用感想式、呼喊式的笔法肯定了“《女神》里富有科学的成分”[9]，应是较早对科学影响现代诗歌所作的论断。其后，朱湘中看到郭沫若“转向现代文明里面

---

① 张清民：《科学主义与中国现代文学理论的兴起》，《江西社会科学》2008年第3期。

② 周晓明：《现代科学技术实践与现代中国文化生态》，《江汉论坛》2007年第10期。

③ 张超：《“为大中华，造新文学”——论胡适的科学理性与中国文学的现代转型》，博士学位论文，山东师范大学，2010年。

④ 李俊国、陈璇：《科学精神与新感觉派都市叙事》，《江汉论坛》2007年第10期。

⑤ 王乾坤：《文学与科学理性》，《江汉论坛》2007年第10期。

⑥ 岳凯华：《科学精神与五四文学的理性品格》，《南京师范大学文学院学报》2005年第2期。

⑦ 汪应果：《科学与缪斯：从自然科学架往中国现代文学的桥梁》，上海文艺出版社1991年版。

⑧ 朱寿桐：《论汉语新文学传统中的科学因素》，《学术月刊》2013年第3期。

⑨ 闻一多：《〈女神〉之时代精神》，见朱旺青编《闻一多全集（第3卷）》，生活·读书·新知三联书店1982年版，第351页。

来找他想得到的题材”，而且认为“这使得我们惊喜了”①，这里的现代文明当是指以科学为主导的现代社会文明，诗人对此表示了赞赏。“文化大革命”之后的1979年，思想解禁，文学评论也再次活跃起来，蓝棣之在新时期最早关注到科学与诗歌的关系，提出：“郭沫若如何从科学、技术、现代文明中吸取诗的灵感？这给郭诗带来了哪些新东西？在文学史上的地位和影响如何？”这也是笔者试图回答的问题。他从诗歌风格、运思结构、意境创造及表现方法等方面分析了科学对郭沫若的影响，认为郭沫若找到了表现五四时代精神的新路径，那就是依靠多年科学知识和科学训练所带来的新观念、新视角酝酿诗情与灵感，用科学的概念、直接的表达来表现五四时代打倒专制的民主诉求。这种源自与科学的灵感，使得郭沫若的诗歌从形象、构思、题材、想象、手法及至诗的感受，都带上崭新的色彩，放大了诗歌表现生活和反映时代的力量②。

蓝棣之的论文具有承转之功，向上接续了闻一多等前辈关于文学与科学融通的见解，并加以生发拓展；更可贵的是，面向前沿他呼吁正在恢复中的现代文学研究，应该具有宽广的视角，把科学作为文学研究的问题之一。只是在新时期以来的三十年诗歌研究中，科学未能作为文学的一个主要参照系引起足够重视。当科学技术成果再次席卷社会生活的方方面面，实实在在影响到文学和诗歌创作的时候，学界不得不正视这一既新亦老的话题。黄曼君较早意识到郭沫若泛神论思想与科学的联系，自然科学的人文化潮流带来泛神论的新构成，从思维方式上增强了泛神论的主体性③。王泽龙在分析现代诗歌意象时指

---

① 朱湘：《郭君沫若的诗》，见孙玉石编《朱湘散文选集》，百花文艺出版社2009年版，第167页。

② 蓝棣之：《黑牡丹与诗的灵感——谈郭沫若早期新诗中的科学色彩》，《中国现代文学研究丛刊》1980年第1期。

③ 黄曼君：《自然科学的时代精神与郭沫若的泛神论思想》，《中国现代文坛的“双子星座”——鲁迅、郭沫若与新文学主潮》，华中师范大学出版社1992年版。

出，“中国社会生活的日益都市化、工业化的现代性变迁，这都成了现代意象生成的现实的土壤”①，都市意象是现代科学精神与现代文明意识的确立，为诗歌研究开辟了新道路。有研究者从情与理、虚与实、字与句三方面探讨科学思潮对中国现代诗歌思维方式转换的影响，指出现代诗歌由重直觉性向情与理相结合转变②。有研究者在探讨知性诗学与中国现代诗歌的行文中，涉及西方文学传统中的科学理性传统，理性精神伴随知性诗学的传入融化到新诗文本中③。一些论者从都市的角度切入，或者探讨工业文明与都市生态对诗歌话语的挤压扭曲④，或者分析以速度、物质为代表的现代文明对诗歌意象与审美趣味的改变⑤。

随着语言学理论在诗歌研究领域的深化，中国现代诗歌的语言学研究逐渐成为热点，在一些论著中将五四科学思潮作为诗歌语言演化的外生动力做了一些探讨。有论者谈到了科学主义与说理诗，从诗人观念和诗歌意象两个角度探讨科学对某一特殊类型说理诗歌的影响⑥；也有人指出实验主义哲学和进化论思想史是胡适构建新文体的理论资源⑦。值得一提的是，钱韧韧在《现代汉语虚词与现代汉语诗歌研究》中，立足于中国诗歌现代转型的历史任务详细探讨了虚词与现代汉语诗歌发生发展、诗歌思维、诗歌形式及对审美趣味的影响，并且认为现代诗歌中虚词的大量出现是文学适应科学思潮在社会领域泛化的必然。此文将宏大的思潮研究坐实为具体的文本分析，提出“诗行的排列、分行、押韵的变化、标点符号的运用、现代诗歌意象的类型扩展等，都与科学思潮的影响直接相关”的结论给人以启迪⑧。

---

① 王泽龙：《论中国现代诗歌意象的都市化特征》，《人文杂志》2006 年第 4 期。

② 马海：《科学思潮与中国现代诗歌思维方式的转换》，《北方论丛》2013 年第 1 期。

③ 汪云霞：《知性诗学与中国现代诗歌》，上海书店出版社 2009 年版。

④ 鲍昌宝：《中国现代诗歌都市话语研究》，博士学位论文，南京大学，2002 年。

⑤ 卢桢：《现代中国诗歌的城市抒写》，中国社会科学出版社 2012 年版。

⑥ 王晓生：《语言之维——1917—1923 年新诗问题研究》，上海三联书店 2010 年版。

⑦ 刘东方：《“五四”时期胡适的文体理论》，齐鲁书社 2007 年版。

⑧ 钱韧韧：《现代汉语虚词与现代汉语诗歌研究》，博士学位论文，华中师范大学，2014 年。

关于科学与诗歌两者之间研究不仅在中国现代诗歌研究中存在，在外国文学与比较文学领域也得到一些论者关注。吴笛在其博士学位论文中，采用生态批评的视角来审视中西诗歌中的自然意象，探讨了自然意象的文化内涵及审美价值，试图将生态意识纳入文学批评的系统中[①]。他持续关注西方诗歌历史上自然科学对文学的革命性影响，他的学生采用跨学科比较研究的方法，深入探讨了玄学诗歌中的科学意象、科学意象的诗学功能及诗歌科学特质的文化来源等问题，其中采用文本细读法用科学知识对英国诗人约翰·多恩诗歌的逐一解读让人耳目一新[②]。亦有从当代诗人个案切入，指出科学词语建构诗歌意象、科学文体承载诗歌情感、科学方法展示诗歌境界，提供了另一条分析路径[③]；或者描述当代西方诗歌世界中，诗人科学家身份集于一身、诗歌与科学知识互动共生在各自的领域产生积极的反响[④]。其他学科领域中对科学与诗歌之间关系的探讨，对深入研究科学与中国现代诗歌这个问题同样具有借鉴意义。

三　研究思路与方法

现代性不仅构成20世纪中国文学的重要脉络，并且也是它区别于中国古代文学的根本标志。[⑤] 中国传统文学的现代转型是20世纪文学家们的历史使命。王瑶先生站在启蒙的立场呼吁学界重视现代文学的现代性，从他给现代文学所下的那个通俗明白的定义——现代文学是用现代人的语言来表现现代人的思想的文学——可以看出，现代性是

① 吴笛：《人文精神与生态意识——中西诗歌自然意象研究》，博士学位论文，浙江大学，2004年。

② 沈杨：《科学与文学关系视域下的多恩诗歌研究》，博士学位论文，浙江大学，2012年。

③ 陈尚真：《科学入诗：蒲龄恩在〈伤口回应〉中的艺术探索》，《当代外国文学》2008年第4期。

④ 严蓓雯：《文学与科学的新关系》，《外国文学评论》2011年第2期。

⑤ 严家炎主编：《二十世纪中国文学史》，高等教育出版社2010年版，第3页引论。

现代文学区别于古代文学的时代特征，并且进一步解释现代人的语言是白话文，现代人的思想就是民主、科学以及后来提倡的社会主义[①]。现代文学的时代特征表现为现代性，现代诗歌的现代化道路自然是一种历史的选择，科学精神和科学知识是现代人思想领域的重要内容。王泽龙在《20 世纪中国诗歌现代化历程的回眸》中指出，“20 世纪中国诗歌是古代诗歌向现代诗歌蜕变的转型期，逐渐获得了自己的现代品格”，并进一步总结出“现代人性意识的确立，意象抒情体系的变革，诗歌话语及方式的转换，感性与智性交汇形成的智性诗化特征及象征主义的潮流趋势”等五大特征[②]。这其中，谈到了科学输入及随之带来的社会工业化、都市化等特征，是中国诗歌现代化的历史因素。科学思潮及科学主义是 20 世纪中国诗歌现代化的重要历史背景和外在动力，而诗歌现代转型的选择之一就是诗歌散文化，这种散文化是思维模式、语言结构与审美趣味全方位的现代化。

现代性是个学者们众说纷纭、常说常新，又很难达成共识的概念。作为一个源自西方的概念，体现了 20 世纪中国被西方强行拖入全球化的一种境遇，也是后发外生型国家在世界体系中寻找话语权的集体焦虑。在西方，现代性首先是一个代表“当下”的时间概念，在 19 世纪法国作家中被使用[③]。从横向来看，现代性的内涵随着哲学、伦理学及社会的快速发展，呈现出完全不同的价值取向，形成人们通常说的“两种现代性”的解读。社会学角度下的现代性，是一种中性或者褒义的概念，指示人类社会不重复地线性进步、发展的轨迹；而伦理学角度下的现代性，则带有否定和批判色彩，对工业化及由此走向工具论

① 王瑶：《在东西古今的碰撞中 · 序》，见中国现代文学研究会编《在东西古今的碰撞中——对“五四”新文学的文化反思》，中国城市经济社会出版社 1989 年版。

② 王泽龙：《20 世纪中国诗歌现代化历程的回眸》，《人文杂志》1998 年第 6 期。

③ 一些研究者考察过现代性的变化历程，［法］伊夫 · 瓦岱：《文学与现代性》，田庆生译，北京大学出版社 2001 年版。

的理性提出质疑[①]。中国的现代性概念不完全等同于西方两层含义，更多代表着从社会制度、国家实力到个人生存状况的理想形态，暗含着进步、先进、优越的价值判断，晚清以来的现代性追求就一直表现出“进步的理性主义”。进步理性主义，是将社会历史过程看作以“进步”为方向的线性发展图式，不同于中国传统“循环论”的历史观。钱中文对现代性内涵所作的规定，可以说很好地表现出这种进步理性，“所谓现代性，就是促进社会进入现代发展的阶段，使社会不断走向科学、进步的一种理性精神、启蒙精神，就是高度发展的科学精神与人文精神，就是一种现代意识精神，表现为科学、人道理性、民主自由、平等权利、法制的普遍原则”[②]。从其内涵看，科学是现代性的构成要素之一，科学及科学技术带来的改变则是现代性的外在体现。

由此看来，当现代性成为中国现代文学研究的重要问题时，科学与文学的关系自然是一个绕不开的话题。本书尝试在文学现代性的大背景下，从科学这个概念切入，逐步梳理出20世纪初科学思潮对现代诗人、诗歌的影响，以及这种影响在诗歌文体中的变化和诗歌传播接受中的重要作用。《辞海》中的“科学”词条这样写道，“科学是运用范畴、定理、定律等思维形式反映现实世界各种现象本质和规律的知识体系”，从根本上说是一种知识体系。从广义上说，“凡有组织有系统之知识均可称之为科学”；从狭义上说，“只指自然科学”[③]。据考证，“科学”概念在19世纪末传入中国，此前的中国语言系统中没有“科学”概念[④]，只有“科”与“学”两个单字，连在一起的意思是“分科举人之学”，也就是科举取士的学问或方法。明清时期与西语Science相对应的词语是“格致”。追溯“科学”作为词语的起源，

① 参见［法］利奥塔尔《后现代状态：关于知识的报告》，车槿山译，生活·读书·新知三联书店1997年版；［英］鲍曼《现代性与大屠杀》，杨渝东、史建华译，译林出版社2002年版。

② 钱中文：《文学理论现代性问题》，《文学评论》1999年第2期。

③ 《辞海》，上海辞书出版社2011年版，第2430页。

④ 樊洪业：《“科学”概念与〈科学〉杂志》，《科学》1997年第6期。

Science 来源于拉丁文 Scientia，其意义是“学问”“知识”。随着哥白尼天文学、牛顿经典力学等知识与实验的丰富，科学的力量日渐强大，实证主义哲学家孔德将从经典哲学中分离出来的自然哲学加以分类，分成物理学、化学、生物学、天文学、地理学等专门科目，科学的实证性与分类性特征越发鲜明。近代时期，日本人西周在翻译英语 Science 时，使用了“科学”这个词，意思是分科之学。康有为将日语中的“科学”一词引入中国，指物理、化学、医学、地理等分门别类的知识系统，也就是近代西方建立在实验与逻辑基础上的自然科学。严复将科学的内涵由自然科学扩大到社会科学，“执果穷因，是惟科学”，意思是只要使用了实证等科学方法的都可以算作科学。随着严译著作的风行及其他日文译介的涌入，“科学”逐渐代替“格致”而对应西语中的 Science 一词①。此文中所使用的“科学”概念，主要是取其狭义，指自然科学及在此基础上发展起来的技术、工程、设备等。所涉及的内涵，从学科分类来看包括物理学、生物学、化学、天文学、工程学、地矿学等分支；从结构层次上来看，包括科学精神、科学知识、科学方法和科学成果。

五四时期“科学”概念，从内涵上讲是建立在自然科学基础上的系统知识，适用于自然界各种现象研究，但同时科学所包含的科学精神、科学方法也应用到社会科学、人文研究领域。从鸦片战争国人战败以来，认识科学、理解科学和接纳科学经历了一个由器到道、技进于道的过程②。这种自然科学的泛化首先表现在科学技术在器物层面产生了真正的影响，也就是近代自然科学的重要特征“力量化”首先现实呈现出来。洋务派坚持的“中体西用”理论，学习西方的武器制造、机械工艺等，创建了江南机器制造局、汉阳铁厂等一批新式工业企业，实用层面的技术首

---

① 冯天瑜：《“科学”名词探源》，《中国科技术语》2008 年第 3 期。

② 杨国荣：《科学的泛化及其历史意蕴——五四时期科学思潮再评价》，《哲学研究》1989 年第 5 期。

先传入中国而被接受，“中国这个一千多年来抗拒任何发展和历史运动的国家现在怎样被英国人、被机器翻转过来，卷入文明之中”①。洋务运动虽然失败了，但它打开了社会的小缺口，在一定程度上使得专制封闭的农耕社会生长出一个具有可溶性的社会空间，为制度的更新和思想的变革培植了现实的土壤。维新运动、辛亥革命、新文化运动在器物之变的基础上，从科学这个维度上形而上为制度之变、思想之变。所以，当舰船军队在与西方列强碰撞中完败之时，国人认识到“中国之政，所以日形其绌，不足争存者，亦坐不本科学。是故以科学为艺，则西艺实西政之本”②。要利用科学技术生产出先进的产品，还需要在管理机制乃至社会治理、政治结构等方面采用科学的办法才行。先进管理机制与政治秩序的运转，需要人的素质和思想与之配套，这就进一步要求教育体制、思想文化等领域发生变革，于是科学由自然科学与工程技术领域上升为一种普遍的研究方法和价值取向，严复将实证、量化的办法用于分析社会产生了社会学，“群学何？用科学之律令，察民情之变端”③。这也正是蔡元培所倡导，传统学术囿于经验、悬想独断的弊端，随着科学的日渐普及，“乃可以科学的方法纠正之矣”④。本书主要从自然科学内涵层面来讨论科学与文学的关系。

自然科学层面上的科学概念之所以能够扩散到人文领域，在于实证主义兴起之后科学被认为是用普遍适用性的方法建立起来的知识体系，由于建立在客观的描述与严密的逻辑推理基础上，并且方法具有普适性，因而人们认为科学所反映的世界是真实的⑤，也是正确的，

---

① 《马克思恩格斯全集》（第42卷），人民出版社1979年版，第472页。

② 严复：《与〈外交报〉主人书》，见王栻主编《严复集》（第3册），中华书局1986年版，第559页。

③ 严复：《译〈群学肆言〉自序》，见王栻主编《严复集》（第1册），中华书局1986年版，第123页。

④ 蔡元培：《教育界之恐慌及救济方法》，见高平叔编《蔡元培全集》（第2卷），中华书局1984年版，第486页。

⑤ 周程：《“科学”的起源及其在近代中国的传播》，《科学学研究》2010年第4期。

科学与正确之间画上等号。由此，科学历史地成为20世纪初中国最具权威的概念之一，它一直在精神生活与物质社会中居于强势地位。作为传入中国最早的西方思潮之一，与民主政治理念等共同催生了具有划时代意义的新文化运动及新文学革命，从文学观念到文体样式到语言形式，或多或少受到医学、生物学、心理学、数学、物理学等不同学科的影响。许祖华认为："科学对20世纪中国文学的影响是通过一系列中介因素来完成的，其中包括哲学和政治在内的众多因素的作用影响了20世纪中国文学的价值取向、艺术精神、形式规范、话语系统等。"① 科学作为"五四"新文学的内核之一，不仅仅是一个抽象的概念，它还具体化为门类众多的文学作品。

许霆对新诗现代化做过细致的剖析，他认为现代诗歌是从语言符号、诗艺技巧、诗学观念与情思生活等四个层面实现现代化的②，这四个层面涵盖了诗论、诗语、诗艺及诗美等诸多方面，也就是说诗歌的现代化是一个从理念到形式、从语言到技巧的系统性的有机性的整体变革。在讨论科学对诗歌的影响时，本书吸收了许霆关于新诗现代化的分析框架，从科学思潮与诗歌理论、科学思维与诗歌运思、科学主义与诗歌意象、科学语境与诗歌语言及科学风格与诗歌审美等五个方面着手展开，立足于文本和材料，用科学知识、诗论知识来进行找寻科学在新诗现代品格形成过程中留下的印痕。在这种交叉研究中运用到的办法，主要有文献方法、文本细读、比较研究及语言学理论。基于这样的设想，本书既历时性地梳理现代诗歌的发展变化，也具体到诗人个案和诗歌本体，主要分为以下几个部分。

第一章讨论科学思潮与中国现代诗歌理论的关系。罗钢曾指出："如果我们把中国传统文论与"五四"时期诞生的中国现代文学理论

① 王书婷：《"中国20世纪文学与科学"学术研讨会综述》，《中国现代文学研究丛刊》2006年第6期。

② 许霆：《中国新诗发生论稿》，人民出版社2012年版，第13页。

加以比较，就会发现，二者在思维方式、理论架构、基本术语等方面都面貌迥异，几乎就是两种完全不同的话语。”[①] 本章从新诗诞生发展的时代环境入手，考察古代文学中的科学因素、“五四”知识分子的教育背景及科学思潮影响文学的可能性。在此基础上，对胡适、郭沫若、卞之琳及九叶诗人群体进行个案研究，分析科学与胡适文学进化论、与郭沫若泛神论、与卞之琳知性诗歌、与九叶诗作的深层次关系，勾勒出科学对现代诗歌产生影响的历史轨迹。

第二章讨论科学思维与中国现代诗歌思维方式的关系。朱自清说中国的新文学是另起炉灶的新传统[②]，这里所说新传统的一个重要内容是思维方式的现代化。科学对传统诗歌的思维结构和思维程序产生激烈冲击，传统思维重直觉感悟、重整体辩证的思维程式被重客观、量化、理性、实证的新方法取代，表现在思维形式层次由以情为主转为知性重理，在思维导向层次由尚虚为显到尚实为显，在思维运行层次由字思维过渡到句思维，相应造成了诗歌取材的客观化、情感体验的综合化、语言表达的逻辑化、审美趣味的知性化，共同展现出古代诗歌思维方式的现代性变革与转向，从根本上动摇了传统中国文学主流文体的根基。

第三章讨论科学主义与中国现代诗歌意象的关系。意象是诗歌的本体性因素，也是中国传统诗歌与诗论的重要范畴。受理性与实证等科学观念的影响，现代诗歌的意象体系发生了根本性的变化，或者在经典意象基础上新增他意，或者引入科学技术等新意象，进一步拓宽了诗歌意象的物象范围。与此同时，意象的构造方式在传统诗歌已有的并置、层递等方式的基础上引入异质意象，意象的异质构成诗的张

---

① 罗钢：《历史汇流中的抉择：中国现代文艺思想家与西方文学理论》，中国社会科学出版社2000年版，第2页。

② 朱自清：《关于大学中国文学系的两个意见》，见朱乔森编《朱自清全集》（第2卷），江苏教育出版社1988年版，第114页。

力，突破了古诗意象静穆、和谐的美学传统。

第四章讨论科学语境与中国现代诗歌语言的关系。雷蒙德·威廉斯曾采用选取关键词的方法来描绘历史与文学的发展进程，这种文化批评的方法适用现代社会复杂纷繁的意义结构，因为这些重要的词语“是我们对共同生活所持的特殊看法普遍改变的重要见证”[①]。西方思想的引入是以语言作为媒介和载体的，在中国近现代史上也产生了民主、科学、救亡、启蒙等诸多关键词。科学作为反映时代文化的关键词，形成主导性的科学语境，这种语境对诗歌语言的渗透无处不在。在此主要讨论诗歌语言如何将逻辑、量化、标点等西方文化及语言的特质因素引入现代汉语的改造，从而实现语言的精密化与逻辑化的目标，并重点分析大量使用虚词对现代诗歌创作的影响。

第五章讨论科学风格与中国现代诗歌审美趣味的关系。梁实秋说：“现代中国文学系指所谓新文学。”[②] 当诗思、诗语、诗形都发生改变的时候，诗美自然会相应变化。反过来说，诗人群体的知识观与艺术观吸收了新的内涵，催生了一些新的审美理念，也会化入意象营造、语言运用等具体实践中。这部分从审美趣味社会性的角度切入，对比古今、中西社会上主流审美趣味，正是接受包括科学在内的西方教育影响的知识群体改变了古代诗歌主情、尚和、求静的美学风格，通过戏剧化、小说化的手段，形成了现代诗歌求真、包容、尚思的知性风格。

正如王泽龙在一次关于科学与文学关系的研讨会上呼吁的：“应该肯定科学对20世纪中国文学的巨大推动作用，这种推动作用应更多

---

① ［英］雷蒙德·威廉斯：《文化与社会》，吴松江、张文定译，北京大学出版社1991年版，第15页。

② 梁实秋：《现代中国文学的浪漫之趋势》，见杨迅文主编《梁实秋文集》（第1卷），鹭江出版社2002年版，第34页。

地在历史语境下，从话语方式的转变、思维方式的转变的角度来考察，同时当下我们应该反思现代文明理性思潮的偏执以及由此带来的道德、价值观念的偏颇等。”[①] 刘为民在《科学与现代中国文学》中指出，他研究二者关系“不能允许赛先生仅仅作为一个抽象概念或史学名词，存在于中国现代文学研究的时代中；只有从新文学作家作为创造主体，与这位主角交流、对话中，才能尽量全部而完整地把握“五四”新文学的时代价值和创造命意”[②]。这或许也是笔者的愿望吧。

① 王书婷：《“中国20世纪文学与科学”学术研讨会综述》，《中国现代文学研究丛刊》2006年第6期。

② 刘为民：《科学与现代中国文学》，安徽教育出版社2000年版，第67页。

第一章　科学思潮与中国现代诗歌理论

朱自清在《关于大学中国文学系的两个意见》中说："中国的新文学是对旧文学的革命，是另起炉灶的新传统，是现代化的一环。"①这个判断，表现出20世纪初期中国先进知识分子对文学创作的认知和态度。现代文学是传统中国现代化的重要内容，是蕴含新质、有别于传统的文学形态，也是救亡图存、民族独立的有效工具。以废除文言、倡导白话为旗帜的新文学运动的思想洪流，就包含着"科学"意识的元素。随着科学自身的不断发展，它在中国现代文化建设中逐步成为一个富有生命活力的开放系统，成为一种占主导地位的思潮，逐渐发展成现代历史上科学主义的思想倾向，并深刻地影响了中国现代文化的传播接受方式。从"五四"时期到1940年代，科学由作家的知识形态上升为一定程度的理论自觉，它对文学的影响渗透，从知识观、方法论层面的思想启蒙，转化为对文艺科学的规律探索。

第一节　现代文学面临的文化语境

中国现代文学的发展是处在中国的现代性语境中，这种现代性并

① 朱自清：《关于大学中国文学系的两个意见》，见朱乔森编《朱自清全集》（第2卷），江苏教育出版社1988年版，第114页。

不完全与西方的现代性一致。由于文化传统与时代政治思潮等多方因素的影响，中国的现代性，从时间轴看是单向度的，也就是在文化层面建立以进步为指向的线性发展图景，未来肯定优于现在；从参照对象看，建立了以西方物质文明、制度文明和精神文明为典范的坐标，而未对西方文明加以怀疑与批判①。现代性观念中的进步理性主义，也影响了“五四”时期的文学观念，尤其是《天演论》等一系列西学著作的广泛传播，在知识分子内心烧了一把火。“《天演论》出版之后，不上几年，便风行到全国，竟做了中学生的读物了……几年之中，这种思想像野火一样，延烧着许多少年人的心和血。‘天演’、‘物竞’、‘淘汰’、‘天择’等术语都渐渐成了报纸文章的熟语，渐渐成了一班爱国志士的‘口头禅’。”② 这些译介西方自然科学、社会科学的专著，向封闭迟缓的中国人展示了一幅广阔的生物进化图景，并指认出人类社会发展的本质在于人，而人及人性都是自然界进化的产物。文学，就是这种人性的表现，这是先进知识分子第一次把建立在生物进化论基础上的人性论观念引入中国文学范畴，西方现代科学思想开始对中国传统文学观念产生影响。回望历史，在源远流长数千年的中国古代文化与文学传统中，科学与文化、文学是否有过联结或互动呢？这种联动是否延续到现代中国呢？在“五四”时期是否实现了创造性转换呢？

一　古代文学中的科学元素及其局限

中国古代科学与古代文化一样源远流长，悠久灿烂。李约瑟在《中国科学技术史》中肯定了古代科学技术的成就：“从 3 世纪到 13

① 杨联芬：《晚清至五四：中国文学现代性的发生》，北京大学出版社 2003 年版，第 11 页。

② 胡适：《四十自述》，见季羡林编，郑大华整理《胡适全集》（第 18 卷），安徽教育出版社 2003 年版，第 58 页。

世纪，中国一直处于西方望尘莫及的科学地位。”① 在几千年的发展历程中，在远古时期先民们就开始“观乎天文”，通过用肉眼观察日月星辰、时令节气来了解自然界的变换规律，由此诞生了以历象之学为代表的朴素的天文学。其后立足于阴阳、五行、气、天人相交等核心概念逐步发展衍生出朴素的物理学、化学、地理学、医学等知识领域，进而产生出丰富而且实用的技术成果，诞生了一代代科学家产生了一批科技著作。这里所谈到的科学只具有朴素的科学或者说技术（技巧）文化，是有别于建立在逻辑推理和实验验证基础上的现代科学，但也蕴含着一些现代科学的闪光点，只是不成系统，缺乏逻辑推演与理论提升。席泽宗不无感慨地说，如果古代中国人将整体性的思维特征运用到零散的科技及器物的系统提升上，那么历史上关于天地结构、运动和演化的论述，“将会在传统的‘历象之学’范围之外，开辟一个新的园地”②。科学的基本元素一直还在，同时传统文化的局限性也存在，中国古代科学采用自己的方式融入传统文化并发挥作用。

较之古代科学，中国古代文学的成就可谓璀璨辉煌，诗歌、散文、小说、戏曲等不同体裁领域涌现出大量杰出的作家和作品，成为中国文化中最耀眼的群星。那么在古代文学传统中，文学与科学之间是否也存在联系，甚至互有影响呢？有学者认为中国古代文学滥觞于“观乎天文”，也就是说古代文学是从观乎天文以察时变开始，进而观乎人文以化成天下，自然之理与人伦之理都是文学的重要内容，而且“前者是后者的逻辑前提和理论基础”③。由此可见，古代的文学也是从对自然现象的观察中产生的，不过随着发展变化，文学更重视的是人文的道，衍化为祭祀的卜辞歌谣；而科学更重视的是自然的道，发

---

①［英］李约瑟：《中国科学技术史》（第1卷），袁翰、王冰、于佳译，科学出版社1990年版，第327页。

② 席泽宗：《中国传统科学思想的回顾——〈中国科学技术史·科学思想卷〉导言》，《自然辩证法通讯》2000年第1期。

③ 王齐洲：《观乎天文：中国古代文学观念的滥觞》，《文艺研究》2007年第9期。

展为历法之学。科学之于文学，从宏观上看一方面是科学文化潜移默化影响文学创作，文学作品、创作过程、文本传播等在一定程度上表现出科技知识与科学观念。郑敏在《诗歌与科学——世纪末重读雪莱〈诗辨〉的震动与困惑》中说："人类的智能从来就有两种主要倾向：分析的、重实的，和综合的，重穿透和超越的。这两种倾向的起伏、抗衡、结合、矛盾贯穿于人类思想文化的发展史。"[①] 另一方面，从文人个体来说，有一些文学家同时也是科学家，在两个领域均有建树，东汉张衡、唐代刘禹锡、宋代沈括、明代徐霞客等便是这样的全才。竺可桢说："我国文学家之以科学著称者，在汉有张衡，在宋则有沈括。"[②] 东汉的张衡既是古代杰出的科学家，也是优秀的文学家，开创了抒情小赋的先河，将天文地理的自然科学知识融入赋文的写作中。沈括的诗歌朴实无华，散文逻辑清晰严谨，便是科学精神在文学活动中的显现。徐霞客重视实地考察，漫游天下，在游记中表达对自然和人文的思考。除了这些典型的诗人文人，科技以知识的形式在其他层面上也影响着文学，在绵远深厚的中国古代文学长河中闪烁着求索的光芒。

席泽宗在《中国科学思想史》中回顾了中国古代科学技术的发展过程，并认为科学技术的发展必然引起科学思想的嬗变。他历时地梳理了古代科学观念的进化过程，这个进化过程是建立在阴阳、五行、气三个核心概念基础上、从天文学史发展为科学思想史的历程，科学思想随之发展变化。[③] 而实际上古代中国的科学思想是传统文化思想的组成部分，文学是讨论、表达、传播传统文化思想的有效载体，很多散文诗歌就是表达科学观念的，更多的文学文本传递着科学观念。春秋之前的元气说，张衡的浑天说，王充肯定人的力量，隋唐柳宗元、

① 郑敏：《诗歌与科学：世纪末重读雪莱〈诗辨〉的震动与困惑》，见《诗歌与哲学是近邻：结构—解构诗论》，北京大学出版社 1999 年版，第 205 页。

② 竺可桢：《北宋沈括对于地学之贡献与记述》，见樊洪业、段异兵编《竺可桢文录》，浙江文艺出版社 1999 年版，第 137 页。

③ 席泽宗主编：《中国科学思想史》，科学出版社 2009 年版。

刘禹锡的“天人交相胜”观念，宋元明理的概念兴起流变，晚明徐光启、徐霞客等对西方科学知识的接受与学习，这些学说勾勒出古代科学在传统文化政治系统中或隐或现、时明时暗的发展轨迹，展示出科学与文学互相影响、彼此生发的图景状态与特征。

第一，“亦理亦文”的文学活动。在中国古代社会，拥有知识就如同拥有一种特权，道德文章的知识在中国古代知识体系中地位较高，自然科学和工程技术的知识地位较低，就如同古时的天文学是为了实现人与天的沟通，从而教化众人，诗教德行是科学知识的落脚点。这样就使得科学知识的影响力很小，而只有诗文歌赋才能成为文人士大夫获取晋升阶梯和传播学说的重要手段。一些有识之士希望科学知识能流传于世，让更多的人了解科学知识、掌握技术本领，那么提高科学著作的文学性和可读性成为一个切实可行的策略选择。更为难得的是，有些文学家也是科学家，有些科学家同时具有较高的文学艺术修养，这就为提升科学著作的文学性与趣味性准备了条件。打开中国古代文学史，我们发现荀子《天论》、张衡《二京赋》、王充《论衡》、《山海经》、刘禹锡《天论》、柳宗元《天说》、沈括《梦溪笔谈》、徐弘祖《徐霞客游记》、方以智《物理小识》等作品，都给人以知识上的启迪和精神上的愉悦。

这些富于科学知识的著作文章，它们的文体身份是交叉的、多重的，既可以说是科学专著，也可以说是文学作品，具有“亦理亦文”的双重特点。从文学的角度来看，科学知识与技术实践是文学创作取之不尽的题材宝库，为文学思想的更新、创作材料的丰富提供了新鲜的血液。沈括的《梦溪笔谈》被赞誉为“一部言简意赅，文笔生动的散文集”，“一部文字优美、叙事生动、富有文学色彩的好作品”①。沈括笔记体散文的特点，就是把文学优美灵动的笔法寓于科学知识的普

① 金开诚、李翠翠编著：《中国古代科技史话：科学巨星——沈括》，吉林文史出版社、吉林出版集团2011年版，第46页。

及中，让人读起来颇有文学意味，如进入中学语文课本的《雁荡山》："温州雁荡山，天下奇秀。然自古图牒，未尝有言者。祥符中，因造玉清宫，伐山取材，方有人见之，此时尚未有名。按西域书，阿罗汉诺矩罗居震旦东南大海际雁荡山芙蓉峰龙湫。唐僧贯休为《诺矩罗赞》，有'雁荡经行云漠漠，龙湫宴坐雨濛濛'之句。……谢灵运为永嘉守，凡永嘉山水，游历殆遍，独不言此山，盖当时未有雁荡之名。"在散文开篇写雁荡山籍籍无名，随后说到初见之后僧人贯休作诗夸赞雁荡山美景，紧接着下文次第展开，"余观雁荡诸峰，皆峭拔险怪，上耸千尺，穹崖巨谷，皆包在诸谷中，自岭外望之，都无所见，至谷中则森然干霄。……自下望之则高岩峭壁，从上观之适与地平，以至诸峰之顶亦低于山顶之地面。……既非挺出地上，则为深谷林莽所蔽，故古人未见。灵运所不至，理不足怪也"①。这是从地质形态方面推理其籍籍无名的原因，"包在诸谷中""为深谷林莽所蔽"，环环相扣，合情合理。这段关于地质考察的文字，通过作者富有感情的笔触，将枯燥艰难的实地科学考察转化为流动的自然风物欣赏，既达到了科学求真的目的，又实现了文学审美的目的。

被称为"好之者众，而攻之者不绝"的《论衡》作为一部哲学著作，既传达出唯物主义的无神论思想，也是一部摆事实、讲道理的政论佳作。比如，王充在《论衡》中谈到防治虫害的方法，先从虫子产生的自然环境说起："然夫虫之生也，必依温湿。……何知虫以温湿生也？以蛊虫知之。谷干燥虫不生，温湿食饮，虫生不禁。藏宿麦之种，烈日干暴，投于燥器，则虫不生。如不干暴，闸喋之虫，生如云烟。以蛊闸喋，准况众虫，温湿所生，明矣。"随后介绍了人们采用挖洞、焚烧、填埋等杀虫方法。他着重解释了天灾与人事的关系，认为虫灾虫害只是自然界的一种现象，害虫的生死有其自身规律，与当

① （宋）沈括：《梦溪笔谈》，侯真平点校，岳麓书社1998年版，第198—199页。

地官员及政治的治乱无关，而虫灾与贪官污吏的同时出现，也只是巧合。“夫虫食谷，自有止期，犹蚕食桑，自有足时也。生出有日，死极有月，期尽变化，不常为虫。使人君不罪其吏，虫犹自亡。天道自然，吉凶偶会，非常之虫适生，贪吏遭署，人察贪吏之操，又见灾虫之生，则谓部吏之所为致也。”① 作者由浅入深逐步说理，一环扣一环分析虫害产生的生物机理与环境因素，廓清穿凿附会的迷信说法，将科学道理娓娓道来。自然科学知识在文学活动中的显现也表现在其他诸多诗歌作品中，《诗经》中的《豳风·七月》罗列了各个月份的物候现象和农事活动，“春日载阳，有鸣仓庚”，“五月鸣蜩”，“六月莎鸡振羽”，“七月流火，八月萑苇”，“九月筑场圃，十月纳禾稼”②，等等，可以说是一首物候诗。白居易“人间四月芳菲尽，山寺桃花始盛开。长恨春归无觅处，不知转入此中来”（白居易《大林寺桃花》），就是借景抒情，也表现出对桃花盛开与地域环境关系的思考。

第二，科学求真精神影响文学观念。科学精神在一定程度上表现为探求真理的自我解放与融入自然、客观物与主观我、求真与求美的统一。这种蕴含在科学活动中的求真精神，有时会成为文学观念的重要组成部分。东汉文学家张衡就具有追求真理的精神，他反对当时汉赋诸家浮夸、虚妄的文风，反对学术活动中迷信虚妄的主观臆测和随意附会，认为诗文应该体合自然、经世致用，追求一种真实清新的文学风格。张衡是浑天说的代表人物和集大成者，具有深厚的自然科学知识，他将天文学、地理学的知识运用到诗赋创作中：“左有崤函重险、桃林之塞……高掌远跖，以流河曲，厥迹犹存。右有陇坻之隘，隔阂华戎，岐梁汧雍，陈宝鸣鸡在焉。于前则终南太一……抱杜含户，欱沣吐镐，爰有蓝田珍玉，是之自出。于后则高陵平原，据渭踞泾，

① （汉）王充著，张宗祥校注，郑绍昌标点：《论衡校注》，上海古籍出版社2013年版，第335页。

② 周振甫译注：《诗经译注（修订本）》，中华书局2010年版，第200页。

澶漫靡迤，作镇于近。其远则九嵕甘泉，涸阴冱寒，日北至而含冻，此焉清暑，实为地之奥区神皋"①（张衡《二京赋》），这是作者在仔细考察了洛阳、长安的地理面貌和风土人情后，从长安的区域位置做出该地适宜做都城的判断。张衡文学创作中这种基于事实、只问是非、不计得失的品格，不正体现了"不盲从，不附和，只问是非，不计厉害；专心一致，实事求是"② 的科学精神吗？

寻根问底、追求真理的科学精神，有时候也会成为一些作家创作实践活动的最初动机，成为他们抒发审美感受的基础，表现出一种超功利的审美特性。中国古代的山水游记大都寄托着知识分子的政治抱负，或者人生感受，而这些感受多数来源于社会政治领域。《徐霞客游记》的写作则发自追本溯源科学精神的驱动，作者每遇奇山异境，必穷尽而后快，并发出"缀身其间，不辨身在何际也"的感受。如描述浔州漱玉泉时如下展开："右壁尽处有穴大如管，泉自中滴下，悬四五尺，僧布竹承之，清冷异常。下丈余，汇为一潭，不甚深澈，指为'龙潭'云。……又南半里，为大寺。甚古，后倚崖壁，有观音堂甚敞。其左峭壁下有圆珠池，亦水自半崖滴下者，下甃圆潭承之，无他异也。按志，山北有漱玉泉，而《西事珥》与《百粤风土记》俱谓其泉暮闻钟鼓则沸溢而起，止则寂然，诧以为异。余谓泉之沸寂，自有常度，乃僧之候泉而鸣钟鼓，非泉之闻声而为沸寂也。……及抵白石，先询之三清观，再征之白玉寺并漱玉之名，山僧茫然，洵皆好事之言也。"③ 在描绘漱玉泉周边优美景色的同时，为了澄清地方志中关于漱玉泉的臆测之说，作者又具体考察了作为泉水通道的岩穴的位置、大小及泉水的高度、温度等，再经僧人的印证，得出"闻钟泉沸"是

① 章培恒等主编：《张衡诗文选译》，张在义等译注，刘仁涛审阅，巴蜀书社1990年版，第4—5页。

② 竺可桢：《科学之方法与精神》，见樊洪业、段异兵编《竺可桢文录》，浙江文艺出版社1999年版，第41页。

③ （明）徐弘祖：《徐霞客游记》，褚绍唐、吴应寿整理，上海古籍出版社2010年版，第138页。

“洵皆好事之言也”的正确结论。这种探索自然世界真相的科学态度、科学实践与科学认识本身就是美的基础，“余谓泉之沸寂，自有常度”，不唯书、不唯古的实证精神，通过形象的语言和准确的表述，更将科学精神在文学作品中得以淋漓尽致地展现。这种由科学兴趣带来的创作动机，在一定程度上冲淡了传统文学中“诗言志”“文以载道”等道统观念的影响，减轻了文学所负载的沉重社会道德责任与政治功能，有利于文学非功利、纯审美特性的发挥，虽然在古代文学中不算主流，却丰富了文学创作活动及文人士大夫的文学认知。

第三，逻辑实证的科学特质影响文学风格。自然科学的特点之一，就是讲究逻辑推理，从对客观事物的观察中，归纳总结出基本的客观规律。这种逻辑实证的方法对文学的创作手法与文体形式产生了影响。一是注重诗文的逻辑层次。讲究推理与论证，表现在文章中就是重视表达内容的严丝合缝、环环相扣，符合逻辑推理的原则。科学家出身的沈括，就非常注重诗文行文层次的前后相连，在《图画歌》一诗中对魏晋至宋代数十位画家分类别点评分析，“李成笔夺造化工，荆浩开图论千里。范宽石澜烟林深，枯木关仝极难比”，抓住了每位画家的突出特点，层次清晰；在《万春圩图记》一文中在谈到修筑渠道的必要性时，分类列出了五条原因，条分缕析，层次鲜明，具有很强的说服力。再如，刘禹锡的《天论》是考虑周全、逻辑严密的系列论说文，全面表述了作者在自然观、天人关系等方面的认识。作者在论说的过程中有设问、有辩驳，“世之言天者二道焉，天与人实影响……如有物的然以宰者”，层层递进将其哲学观点做了透彻的表述，“天之所能者，生万物也；人之所能者也，治万物也……我蹈道而已”①，发展了《天说》中“天人不相预”的理论，提出“天人交相胜，还相用”的观点。这种重视逻辑推理，先摆事实后讲道理的写法，在刘禹锡其他散文中也

① （唐）刘禹锡：《刘禹锡集》，卞孝萱校订，中华书局2000年版，第68页。

都有体现。《观博》《救沈志》等都是按照这一套路，预先设定好行文程序，将事实与道理摆放到相应位置，推导出预设好的结论。这样的固定做法，有点像把写文章的灵动创作变成了实验室里的规程安排，条理比较清楚，结论也较为可信，但缺少文学的灵气和美感，表现出一种机械主义的科学观。

二是注重写作中事实的运用。科学家用实验来验证设想，从数据分析或模具设定中推导出结论，文学家就注重行文中发挥事实说理论证的作用。为让游记写得丰富可信，徐霞客每到一处必查阅地方历史，勘察地理风物，“审视山脉如何去来，水脉如何分合”，详细记述各地的气候、动植物、民间传说、人情风俗等，更为难得的是每天都记载当地天气物候情况，在自然景物的发现和记录之中实现了科学美和文学美的有机融合。在《论衡》这篇文章中，王充用举实例、类别推理的逻辑方法批判当时社会上盛行的“天人感应”这类虚妄学说，对许多民间传说刨根问底，揭示其中自相矛盾之处，坚持“夫天道，自然也，无为。黄老之家，论说天道，得其实矣”①。如在对日蚀、打雷等天象变异等事件剖析中，他根据天文学知识认为这些自然现象的出现自有“常数”，只是自然规律的表现而非贪官吏治、人事所为，“实说，雷者太阳之激气也。何以明之？正月阳动，故正月始雷；五月阳盛，故五月雷迅……激射为毒，中人辄死，中木木折，中屋屋坏。人在木下屋间，偶中而死矣”。这样就把打雷还原为不存在有意志的自然现象，“百变千灾，皆有一状，未必人君政教所致”②。其他一些文学作品如《诗经》《水经注》等文本中记载了大量的自然风物、地理形态等客观事实，借此来传达论证意思。

---

①（汉）王充著，张宗祥校注，郑绍昌标点：《论衡校注》，上海古籍出版社 2013 年版，第 373 页。

②（汉）王充著，张宗祥校注，郑绍昌标点：《论衡校注》，上海古籍出版社 2013 年版，第 296 页。

三是文风真诚朴实。科学求真务实的精神也影响到作品风格和审美倾向。敏泽认为，王充应该是我国古代美学思想史上较早将美与真视为不可分割的文学家。王充认为“天地之文，发于胸臆”“精诚由中”，他将“真”作为美的创造的前提①。王充之后，李贽“童心”说、王国维“赤子之心”说，都倡导艺术家要用真心看世界、表现世界，要情深意切，才能表现出艺术真实。这种真的文学理念具体化到语言中，大都形成了简洁朴实、平易近人的艺术风格，如柳宗元《天说》讨论的问题宏大而且深奥，“若知天之说乎”设问起头，开篇发问直奔主题，随后用生活实例铺开“饮食既坏，虫生之；人之血气败逆壅底，为痈疡、疣赘、瘘痔”，最后得出“彼上而玄者，世谓之天；下而黄者，世谓之地；浑然而中处者，世谓之元气；寒而暑者，世谓之阴阳。是虽大，无异果蓏、痈痔、草木也”②。举的例子贴切鲜活，文字简洁凝练，在短小的篇幅内阐明了道理，延续了柳文清峻瘦洁的特点。

从前面对古代科学与文学互动的简要回顾中，可以发现古代文学包括诗歌作品闪烁着古代科学技术朴素的影子，共同体现了传统文化有机统一、整体辩证的特质与优势。文化的优势有时候正是劣势与局限性之所在，传统文化的局限性也在古代科学观与文学创作中表现出来。

其一，“天人合一”的整体观局限了科学技术发展的基础。传统文化讲究的是人与自然和谐相处，人是客观世界的组成部分。这种强调万事万物有机性的系统思想，没有将主体与客体区分开来，也就无法将自然界作为人为的研究对象。这种天人感应、物我互通的理念，没有在科学与非科学之间画出清晰的界限，有研究者发现，作为科学家的沈括既能客观分析自然现象及以后的规律，同时又能极其认真地描述风水、预言等反科学的故事，这两者并不矛盾地统一在沈括这名

---

① 敏泽：《中国美学思想史》（第1卷），齐鲁书社1987年版，第435页。

② （唐）柳宗元：《柳宗元集》，中华书局2000年版，第441页。

科学家的身上。持有沈括类似观念的知识分子并非少数，这种现象是值得深思的，一个可能的原因是科学没有上升为一门独立的学科或者哲学，与其他学问或者学说的界限是模糊的，科学家或者说哲学家并没有把主观与客观截然分开，科学技术与传统学术在各自发展中逐步靠拢①。由此限制了人对自然界的关注程度与研究视角，缺少对客体细节和门类的理论研究，这就造成了中国古代的科学知识与技术工程知识发展为现代科学系统的先天不足。所以古代诗歌中的景物描写都带有浓厚的人文色彩，而人的主观意志在诗歌中是物态化的，人与景之间是在做相向的向心运动，而非西方主体与客体相背的离心运动，"我见青山多妩媚，料青山、见我应如是"（辛弃疾《贺新郎》），"相看两不厌，只有敬亭山"（李白《独坐敬亭山》），诗人眼中的山是自然景物，也是人和朋友，人与山可以对话交流情感。

其二，传统的实用主义理念成为科学技术发展的障碍。科学与技术两个词连在一起使用是近代的事情，科学与技术的区别在哪里呢？范岱年做过明确的区分：科学是回答"为什么"，技术是回答"怎么做"②。也就是说，科学的目的是解释和把握自然，是非功利、形而上层面的思想体系；技术的目的是运用工具和手段改造自然服务人类，是功利性、形而下层面的实用工具系统。如果用这样的标准来衡量中国古代科学，可能用中国古代技术的说法更切合实际一些。传统文化中的实用主义理念，隐含着古代人更重视的是科学发现能否为政治和道统服务，其研究兴趣更在那些能较快解决实际问题的工程技术，所以古代的天文历法很发达，因为它能为中国农业提供生产的预测和便利，同样水利技术的发达也基于同样的道理。这种实用观点造成了工程技术的实用、零散，但未能由技术层面上升到理论层面，发现技术背后的规律，更无法发现毫无实用价值的自然科学的规律。也有少数

① 李民炯：《读〈为什么中国没有发生科学革命?〉》，《社会科学》1986 年第 6 期。

② 曹克：《中国科学和西方科学中心主义》，《江海学刊》2000 年第 5 期。

科学家探讨科学的规律，如王充探讨雷击、虫害等自然现象，其最终目的是反对迷信思想，但毕竟是在超越技术层面的思想观念的思考。这种超脱的理念也延续到徐霞客、方以智等后来者，只是这种纯粹出于科学兴趣的研究在古代中国不占主流。无论从国家支持、社会风尚还是个人兴趣哪个方面来讲，在古代中国是有科学发现的土壤，但在土壤中努力生长的动力不足。而这种动力的不足，在近代中国人看到坚船利炮的实用威力后，痛定思痛思考先进技术背后的科学规律时，才又不得不重视功利技术背后超功利的科学精神。正是实用理性传统，使得近代中国在强大外力压迫下，精英阶层对科学的态度由“我朝人才辈出，推步精详，不差累黍……中国于洋船洋炮均能仿造，更无庸远赴弗兰西学习”[①]，转化为“欧洲所以强者，为其开智学而穷物理也”[②]。

其三，依赖直观经验而缺乏基本认知的概念化。实用主义的理念带来了古代中国人务实、尚用的价值传统，我们所看重的主要是那些看得见、摸得着，能尽快带来实际利益的物件。这种传统决定了古代中国的技术比科学发达，能工巧匠比科学家多，而科学家们只是想从科学研究中找到对道德哲学和修齐治平的理想归宿，研究自然这类所谓低下的工作交给了工匠，缺少对自然界直接持续的关注。即便是科学家们热心知识的探索，这种探索也多局限于具体事物的描摹上，依靠直观感受和经验体会的记录，而没有兴趣去研究那些看不见、摸不着的知识、规律及真理。另外，传统的思维结构强调通过直觉类比来进行，思维流程上表现出跨度极大的跳跃，依靠直觉直接把握事物的本质，而没有逻辑推理的过程。无论是思维动力，还是思维程式，古代中国的科学家大多停留于事实与经验的描述，而没有兴趣也没有能力将这些基本事实抽象化、概念化上升为普遍的知识和规律，也就无

① 郑剑顺：《晚清史研究》，岳麓书社2003年版，第197页。

② （清）康有为：《日本书目志》，见姜义华编校《康有为全集》（第3卷），上海古籍出版社1992年版，第662页。

法形成系统的科学知识和缜密的科学系统。《徐霞客游记》记录了诗人游历各地的见闻和山川地貌，也有廓清认知迷雾、还原具体事件原因的探索，既有趣味性，也有知识性，但缺少了厚重感和真理性，其实也就少了打动人心的深沉力量。

其四，重视事物的辩证转化而忽视数量化、精确化。李约瑟认为，在古代中国人的观念中，事物之间的关系或许比实体更为本质、更为重要①。传统文化思想注重的是辩证逻辑，任何事物都有两个方面且相互转化，这种变化是常态，不变只是暂时的。既然事物时刻处在变化的状态中，无法进行定性尤其是定量的分析，只能采取直观的、经验累积的方式，也就无法对事物个体进行精确的分析，所以中国的哲学观念和科学观是整体性的，忽略了局部和细节。而西方主客两分之后，自然独立于人类而存在，同时采取归纳、抽象及数学化的方法，从孤立、静态的角度把客体从众多的联系中相对独立出来，再进行定量化的分析以做到认识的精准，这样就产生了经典力学定律等一系列现代科学知识。而中国传统的辩证观念，只能宏观、模糊地把握整个世界的面貌，这种把握可能是接近真理的，但是不可能产生系统的科学知识和理论体系。所以，我们看到诗歌中模糊整体性的感受较多，以主观感受状客观之态，“山石荦确行径微，黄昏到寺蝙蝠飞。升堂坐阶新雨足，芭蕉叶大支子肥”（韩愈《山石》）便是以点缀的景物来渲染山间的氛围。

科学技术作为中国古代文化的重要组成部分，在漫长的历史中与文学产生了积极但有限的互动。同时，科学观念与文学观念都植根于中国古代的文化传统，具有区别于西方民族的思维结构和行为方式，既得益于传统的包容性和有机性得到发展，也受制于传统的封闭性与局限性而逐步没落，现代意义上的科学革命没有发生在中

① ［英］李约瑟：《中国科学技术史》（第2卷），袁翰、王冰、于佳译，科学出版社1990年版，第350页。

国。这即著名的李约瑟难题，李约瑟本人认为儒家为主的中国传统文化对科学的影响有两重性，一方面有助于科学发展，因为反对迷信；另一方面，又成了科学发展的阻力，因为关注的重心在于人与社会，只研究与人有关的“事”而刻意忽略与人无关的“物”的研究①。由于传统文化的自然选择，科学知识和技术文化只可能是主流文化之外的潜流和补充，许多科学的元素保留在文学、文化的深处，保留在庙堂之外的民间。只有当传统的社会结构出现松动而具有可溶性、统治阶级和知识精英的意识观念发生改变，当这些科学革命或者说思想转型的土壤成熟时，那些潜伏在传统文化中的科学元素就会逐步进入主流话语体系，由朴素的古代技术转型为缜密的现代科学，从而打碎传统的文化结构，影响包括文学在内的哲学、历史、道德等多个社会领域。

二　科学思潮与现代文学

基于科学的视角由新文学革命回望中国古代文学，会发现新文学革命尽管表现出激烈地、极端化地对传统的批判性倾向，但本质上并不是毁灭传统，而是以激烈的态度革新传统，赋予崭新的时代内涵。西方殖民者采用强大武力的手段敲开了封闭已久的国门，国家和民族都已到了生死存亡的关口，正如康有为在《公车上书》中所忧虑：“方今当数十国觊觎，值四千年之变局。”寻求变革和出路，救国家民族于水火，成为中国先进知识分子的历史使命，古老的中国被强行拖入殖民化和全球化的轨道。开明的官员和思想界的先行者逐步经历了认识上的蜕变，他们由赞叹西方的器物之力，到接受制度之实，进而抓住文化之根，意识到先进文化是西方国家强大的

① ［英］李约瑟：《中国科学技术史》（第1卷），袁翰、王冰、于佳译，科学出版社1990年版，第327页。

根本原因，表现出对现代性的根本要素——科学与民主的推崇。作为现代性重要内涵的科学，在20世纪初的中国思想文化界所受到的推崇、信仰，其影响之大已到了无以复加的地步：“这三十年来，有一个名词在国内几乎做到了无上尊严的地位；无论懂与不懂的人，无论守旧和维新的人，都不敢公然对他表示轻视或戏侮的态度。那个名词就是‘科学’。”①

创刊于1915年1月的《科学》标志着中国现代科学观念的确立，其创刊号高举科学大旗：“科学之本质不在物质，而在方法，诚得其方法，则所见之事实无非科学者。”② 陈独秀同声相应：“科学者何？吾人对于事物之概念，综合客观之现象，诉之主观之理性而不矛盾之谓也。”这种理性在陈独秀看来应该与科学、实证等概念相联系，并且他相信科学所显示的进化潜能可以解决中国的一切难题，“近代欧洲之所以优越他族者，科学之兴，其功不在人权说下，若舟车之有两轮焉”③。为实现脱去蒙昧、奋起直追的目标，进而表达出一往无前的决绝与勇气：“要拥护那德先生，便不得不反对孔教，礼法，贞节，旧伦理，旧政治；要拥护那赛先生，便不得不反对旧艺术，旧宗教；要拥护德先生又要拥护赛先生，便不得不反对国粹和旧文学。……若因为拥护这两位先生，一切政府的压迫，社会的攻击笑骂，就是断头流血，都不推辞。”④ 作为民族的思想先行者，新文化运动知识分子试图利用科学作为武器来批判传统伦理道德，引起国人的觉醒，建立起符合人性、符合现代社会要求新的社会秩序和道德系统。

---

① 胡适：《科学与人生观·序》，见张君劢、丁文江《科学与人生观》，黄山书社2008年版。

② 任鸿隽：《〈科学〉发刊词》，见樊洪业等选编《科学救国之梦·任鸿隽文存》，上海科学技术出版社2002年版，第14页。

③ 陈独秀：《敬告青年》，见《陈独秀文集》（第1卷），人民出版社2013年版，第95页。

④ 陈独秀：《〈新青年〉罪案之答辩书》，见《陈独秀文集》（第1卷），人民出版社2013年版，第362页。

新文化运动的先锋傅斯年在《人生问题发端》中说道："人对于自身透彻的觉悟，总当说自达尔文发刊他的《物种由来》和《人所从出》两部书起。这两部书虽然没有哲学上的地位，但是人和自然界生物界的关系——就是人的外周——说明白了。到了斯宾塞，把孔德所提出的社会学，研究得有了头绪，更把生物学的原理，应用到社会人生上去；于是乎人和人的关系，又明白个大概……这三种科学——生物学、社会学、心理学——都是发明人之所以为人的。生物学家主张的总是'进化论'；从此一转，就成了'实际主义'。"① 从这段文字中可以看出，先进的知识分子已高高举起科学的大旗，把进化论看作所有学科的共同规律，试图把自然科学领域的理论和方法泛化到各个方面、各个领域。他们从民主与科学的角度，也就是现代性的立场出发开始自己的创作和行动，因而有了摧枯拉朽的"五四"新文化运动、声势浩大的科玄论战，进而影响了中国现代文学的主流和特征。"社会开始用近代科学理性的眼光审视和批判社会运动及各种社会思潮。科学理性应成为中国国民素质和国民性格的一个重要组成部分。"② 作为启迪民智、改造国民性重要手段的文学，那些处在科学主义语境下的中国现代作家，所面临的科学语境究竟是怎样？身处这样的语境又是如何做出历史的回应的呢？

第一，许多作家均有接受科学训练的教育经历。一个人的教育经历对其知识结构和世界观的形成影响重大。回顾一下中国现代作家诗人的求学经历，会发现他们中的大多数并非文学专业的教育背景出身，许多人在青年时期求学阶段选择了物理、化学、生物、医学、农学、矿产等理工类学科，其中大多数人有出国留学、游学经历。比如，鲁迅和郭沫若都曾到日本修读医学专业，以医术救治百姓肌体，郭沫若更是在日本生活十年；胡适赴美之初选择的是农科，周作人赴日就读

① 傅斯年：《人生问题发端——傅斯年学术散论》，学林出版社1997年版，第4页。

② 邢兆良：《中国传统科学思想研究》，江西人民出版社2001年版，第18页。

于土木工程，抱着实业兴邦之念；徐志摩，在剑桥大学攻读的是政治经济学，但对相对论等自然科学兴趣颇浓；穆木天，先学自然科学，后改学文学；等等[①]。出于科学救国、实业救国功利性与紧迫性的选择，青年时期的求学经历无意识中形成了这一代作家独特的知识结构和认知方式。他们的知识背景和思维方式已经不同于严复、梁启超、王国维等前辈，他们在心理上和精神上都完全吸收了西方现代文明的营养，并积极主动将中国传统文化中缺乏的民主和科学引进来，希望德先生和赛先生从当前来说用来救国，从长远来说改造国民性。

试以郭沫若的成长经历为例。郭沫若很早就有接触西方文化的机会，大哥郭开文在外求学定期寄来新式书籍，《新小说》等新学读物由思想较为开明的成都流入封闭的乡村，更为难得的是，一些新出版的科普类书籍如格致、地理等也成为他的课外读物[②]，这无疑在郭沫若幼小的心灵中播下了科学的种子。1915 年，23 岁的郭沫若东渡日本求学，在日本医科大学学习日文、德文、英文，学习生物等自然科学知识，“开始两年是基础学问，如解剖学、生理学、医化学、精神病理学等”。在知识的学习之外，他更想通过研修科学来锻炼性格和意志的薄弱之处，“养成我一种缜密的客观性”，甚至一度有以“石原博士为师，把自己的一生作为对于自然科学的奉仕”[③] 的想法。正是这种系统的科学训练与教育，形成了郭沫若特有的知识结构与理论视野，这种教育背景引导他用自然科学的眼光看待社会与情感，正如他研究医学是想对于人类社会更多的爱怜和救治。从日本回国前后，郭沫若逐渐将自然科学理论泛化，运用、拓展到思考社会、人生及文学等领

① 参见刘为民《科学与现代中国文学》，安徽教育出版社 2000 年版，第 24—28 页。

② 税海模：《郭沫若与中西文化撞击》，东方出版社 2008 年版，第 2 页。

③ 郭沫若：《论国内的评坛及我对于创作上的态度》，见《郭沫若全集》（文学编第 15 卷），人民文学出版社 1990 年版，第 224 页。

域，成为他思维和实践的重要精神资源。即便是面对梁启超等人由于“第一次世界大战”影响而对科学失望、强调回归东方传统的言论，郭沫若依然坚持“科学的精神在追求普遍妥当的真 理……以科学而施诸实用，正是利用厚生的唯一要道”①。他敏锐地指出，一战的灾难不是科学本身的问题，而是科学技术如何使用的问题；在中国这个科学落后的国家，科学技术还没有发展起来，何谈科学的危害。郭沫若这种推崇科学精神、重视科学力量的观点伴随他一生，哪怕中华人民共和国成立后他还为自然科学各个学科的建立、发展奔走呐喊，在政策和意识形态层面关注科学事业的发展，这应是少年科学理想中年之后的另一种实现形式。

另一位诗人，胡适虽没有表现出郭沫若尊言科学的豪迈气概，但他内心里是坚定的理性实证主义的追随者。胡适曾谈到两个人对他的思想影响最大，赫胥黎教他怀疑主义，怀疑历史和现状，怀疑精神毫无疑问是开展科学研究的前提，从怀疑中可以发现科学问题、探讨科学问题；而当他赴美求学时，杜威则给了他解决问题可以采用的实证方法和技术，“我察出不但于实验科学上的发明为然，即于历史科学上最佳的探讨，文字的改造，及高等的批评等也是如此”②。胡适服膺于杜威实验主义的方法与价值，并以介绍杜威的“科学”概念到中国为己任。胡适相信借着杜威所提供的“科学方法”，足以掌握“创造性的才智”，那是一个可以解决中国现代化问题的万能钥匙。在接受了杜威的理念之后，乐观的胡适着手找寻一个在“科学方法整体观”指导下改造中国的方案。

较之晚清洋务派、维新派群体中的士大夫文人，“五四”这一代

① 郭沫若：《文学的本质》，见《郭沫若全集》（文学编第15卷），人民文学出版社1990年版，第342页。

② 胡适：《胡适口述自传》，见季羡林编，郑大华整理《胡适全集》（第18卷），安徽教育出版社2003年版，第246页。

知识分子在现代性获得方面的渠道更加宽广。正如前面所谈到的，在他们刚刚接受教育的时候，“四书五经”不再是唯一的读物，而涌现出了许多新鲜的画报、翻译的西方名著，这是一个不同于传统东方世界的现代西方世界，对这些文本的阅读给予了他们对现代文明虽然感性粗浅但蒙昧已开的认识。当有机会在西方发达国家求学时，他们又真切感受到欧美强国的政治制度、经济形态、科学文明及技术成果，从而能够真正地看到西方现代文明的内核，一些人意识到现代性的核心要质就是科学精神与人文精神。这种理性精神通过或长或短的教育训练，融化到鲁迅、郭沫若、茅盾、闻一多、徐志摩等先进知识分子个体中，通过他们的言论与文本进入中国现代文化的建设历程中。

第二，科学思潮作为社会主流意识形态，成为现代文学的历史背景。在前面讨论过，科学知识和科学精神在中国的流行是时代的需求，是国家走上现代化道路的需求，许多先进知识分子又都具有自然科学知识教育的背景，这些为20世纪初科学思潮位移成为社会的主流意识形态准备了条件。俞兆平在分析了《新青年》中有关科学的文章后，认为科学思潮对时代的影响有上升到科学主义的倾向，在社会思潮中居于中心地位。这种科学由技进乎道的过程主要表现在，首先是科学不再简单是一种知识层面上的学术概念，而成为现代化国家建设的总体理念；其次是科学成为现代民族国家想象的精神基础；再次是科学精神渗透于文学艺术，引入实证主义形成现实主义或者写实主义传统；最后是关于科学的本体认知和价值判断应该区分，科学的罪恶在于持有科学技术的主体，而非科学研究本身①。这样就可以理解在时代的危急关头，科学作为一种思想或主义对人们的影响，比作为一种知识或技术的影响要大得多，“科学泛化上升为一种形而上的价值信念与

① 俞兆平：《写实与浪漫——科学主义视野中的“五四”文学思潮》，上海三联书店2001年版，第46—49页。

原则导向，泛化为意识形态的立场”①。

正如金观涛、刘青峰以《新青年》为样本建立数据库，对中国现代思想史上几个关键词所做的统计，其中以“科学”为关键词统计出现频率1843次，而“民主”作为关键词1067次②，大约只有科学频次的一半多。从这个简单的统计中，可以看出在《新青年》的作者及编辑群体中，科学观念远比民主观念更受重视。同样的情况也出现在《新潮》杂志，“科学”出现了1170次，“民主”加上“德谟克拉西”出现175次③，“民主”的关注度更为逊色。《新青年》《新潮》作为当时新思想传播的基地，可以视作社会思潮变换、更迭的风向标，能够反映当时思想界关注的焦点和热点，通过数据统计可以这样认为，在20世纪初期“科学”被持有不同哲学理念和救国主张的知识群体共同接受，既充当了新文化运动反传统的工具性角色，也逐步成为构建新的政治文化的共同基础。这正是晚清到“五四”期间，在思想文化界发生一波又一波寻求救国道路的运动中，西方现代科学知识、方法及精神涌入国内，在思想界、知识界、文化界等形成新的认识把握世界的方式。

科学思潮在中国现代文学中的影响斑驳杂陈，郭颖颐认为“必须在这种对革命一词的不严格解释中，来纵观近代中国极力发展一种新文学和新世界的努力”，“这些努力有许多名称：新文化运动、中国的文艺复兴，以及新思潮等”，并且他将当时科学对包括文学在内的各个不同类领域的渗透和影响概括为“中国现代思想中的唯科学主义”④。思想界与知识界存在的这种唯科学倾向，表现为不同门类知识

---

① 俞兆平：《写实与浪漫——科学主义视野中的“五四”文学思潮》，上海三联书店2001年版，第25页。

② 金观涛、刘青峰：《中国近现代观念起源研究和数据库方法》，《史学月刊》2005年第5期。

③ 金观涛、刘青峰：《中国近现代观念起源研究和数据库方法》，《史学月刊》2005年第5期。

④ ［美］郭颖颐：《中国现代思想中的唯科学主义（1900—1950）》，雷颐译，江苏人民出版社1990年版，第131页。

存在的合理形态或者说唯一形态只能是科学，各门各类知识领域都应以科学化作为构建学科的目标，“吾国之学术思想，偏于文学。……其变也，必归于科学”[①]。这里所涉及的已是广义上的思想文化领域，所谓的科学化其实就是打破学科边界，普遍采用自然科学的方法程式，“研究学术的最正当的方法就是科学的方法，所以科学——广义的科学——就是合法的学术”[②]。自然科学对各类知识的渗透在更宽广的层面上得到了确认，这种科学的渗透有利于现代学术与教育体系的快速建立，加快传统中国现代化的步伐，但是完全忽略学科的边界，不考虑研究方法与研究对象的对应适合，这其实是一种机械主义的一刀切，也是思想认识上的盲动主义，必然在发展的过程中会出现反弹，后续的历史也证明了这一点。

第三，现代作家积极传播科学精神知识，并将科学知识和方法引入文学创作中。中国现代思想中存在的唯科学主义倾向，用另一位学者的话来说，就是“科学化，即知识领域的科学主导”[③]。不论是不是科学领域内的道理，都应该采用科学办法、经过逻辑推理得到证明，哪怕是人生观、道德观等人文领域的问题[④]。这种科学化追求在文学领域的表现，首先是作家积极传播科学精神知识，其次是在文学创作中引入自然科学知识和方法。

谈到作家传播科学精神、普及科学知识，《科学》杂志与“科玄论战”是绕不过去的。1915 年创刊的《科学》杂志在科学知识传播与科学精神培育方面功不可没，其办刊“专以传播世界最新科学知识为

---

① 任鸿隽：《吾国学术思想之未来》，见樊洪业等编《科学救国之梦 · 任鸿隽文存》，上海科学技术出版社 2002 年版，第 115 页。

② 毛子水：《驳〈新潮 · 国故和科学的精神篇〉订误》，见桑兵等编《国学的历史》，国家图书馆出版社 2010 年版，第 169 页。

③ 杨国荣：《科学的形上之维——中国近代科学主义的形成与衍化》，华东师范大学出版社 2009 年版，第 56 页。

④ 蔡元培：《世界观与人生观》，见高平叔编《蔡元培全集》（第 2 卷），中华书局 1984 年版，第 288 页。

帜志”，致力于用通俗浅近的语言传播科学知识，使民众“渐得科学上智识”[1]，由知识传授到精神启蒙，进而改造提升国民性格。这份当年与《新青年》遥相呼应的《新潮》杂志，虽然隐没在历史的尘埃下，但从未放弃科学救国的理想。许多接受了自然科学理念的学者做撰稿人，赵元任、胡适、任鸿隽、陈衡哲、梁启超、胡明复等撰文大力普及科学理论与知识。赵元任撰写了《心理与物质科学之区别》，梁启超撰写了《科学精神与东西文化》，陈衡哲撰写“近世化学家”介绍富兰克林、法拉第等西方科学家的人生故事。更为难能可贵的是这份杂志注意到作家与科学思想之间的复杂关联，发表了《托尔斯泰与科学》《泰戈尔与科学》等文章，对作家的思想深度、知识结构与创作之间的深层次问题进行分析讨论。或许正是《科学》杂志持续不辍地推广普及，科学在知识分子群体中逐渐形成一股思潮，也带来了两种文化直接碰撞的“科玄论战”，这场发生于1923年的论战是科学思潮在现代中国发展到顶峰的标志。这次论战以“科学派”战胜“玄学派”而告终，同时也意味着科学获得了全方位的胜利。不考虑论战是否取得了知识和逻辑层面的实际成果，参战双方的巨大影响力与论题涉及范围之广，使得对科学的思考获得了前所未有的关注，科学也通过这次论战站到了新的历史高位。

也是在“科玄论战”中，科学派认为科学可以指导人生，因为科学可以统一知识，进而以科学统一人生。这意味着科学在更广的意义上被引入人的存在领域，也就涉及人的情与理的问题。任鸿隽说：“是故文学主情，科学主理。情至而理不足则有之，理至而情失其正，则吾未之见也。”[2] 文学以情为内容，科学以理为精神，知识的科学化

① 任鸿隽：《〈科学〉发刊词》，见樊洪业等编《科学救国之梦·任鸿隽文存》，上海科学技术出版社2002年版，第14页。

② 任鸿隽：《科学与教育》，见樊洪业等编《科学救国之梦·任鸿隽文存》，上海科学技术出版社2002年版，第66页。

与人生的理性化，在这里似乎达到了一致。科学渗透到文学领域，表现出下面的几种形式。

首先是关于文学中“人”的观念真实发现。中国传统的文学观讲究文以载道，道是文学的起点和归宿。这种文学观以“人伦”否定人的自然属性，人只存在于集体理性之中，人的社会存在性与道德观念才是人之为人的根本。而进化论则明确宣示，人类是从动物演化过来的，只不过自然物种的一种，生物属性是人类其他一切社会属性的前提和基础。这种对人的生物性质的确认，与传统的人伦观念大相径庭，也成为五四知识分子反对旧伦理、倡导新道德的利器。大力提倡“人的文学”的周作人就认为：“我们所说的人，从动物进化的人类……其中有两个要点，（一）从‘动物’进化的，（二）从动物‘进化’的。”① 周作人关于人所着重强调的两点，第一点是人的自然属性，人具有跟其他动物一样的性质，是个真实的有血有肉的动物；第二点是人的社会属性，也就是超越性，人是不断进化产生的，具有超越生物界的众多特点，有社会、有制度、有情感、有道德。周作人为阐述文学中人的意义，将西方进化论的观点引入中国文学领域，有力地砸碎了传统虚伪道德的枷锁，将个体从集体的压迫中解放出来，呈现出一个真实的鲜活的个人，给予中国现代文学巨大的创作想象空间。这种文学创作和理论创建巨大的空间的获得，是基于人的自然属性的重新发现与确立，正是由于科学思潮的强势影响，才赋予人性的复活，同时也成为现代社会和现代文学的观察点和聚焦点。

其次是关于文学史观念的改变。中国传统的文学观念主要是建立在儒家、道家等传统文化的基础之上，对文学史的基本看法是厚古薄今、循环往复，虽然“一代有一代之文学”，但文学代际之间是一种“圈形重复”。科学理论知识传入中国后，建立在科学知识基础上的西

① 周作人：《人的文学》，见《艺术与生活》，河北教育出版社2002年版，第12页。

方理性精神，对古代循环重复的文学观产生冲击。胡适首倡“文学进化论”，“文学因时而化，不能自止”①，并写作了《历史的文学观念论》《国语的进化》等一系列文章来阐述他的进化观点。鲁迅在《科学史教篇》中高度评价科学在社会发展中的作用：“故科学者，神圣之光，找世界者也，可以遏末流而生感动。”② 他的文学观建立在进化论的基础上，激烈地否定旧的，不断吸取新的；倡导“立意在反抗，指归在动作”的文学；倡导用自然科学知识丰富作品的内容及创作手段。“五四”文坛似乎形成了关于文学进化观念的共识，推崇“真实可靠文学的进化”，并且是一种符合自然科学规律的线性链条，“须是从极低微的起源，慢慢的、渐渐的，进化到完全发达的地位”③。俞平伯《诗底进化的还原论》、康白情《新诗底我见》、茅盾《文学上的古典主义、浪漫主义与写实主义》等，在不同的体裁领域宣示文学向前发展进化的可能性，并鼓励在创作中引进科学的知识与方法。无怪乎有人指出：“现代文学作品除了深邃的思想、感人的形象深深打动读者的心以外，还有一股强烈的吸引力，就是它的知识性，自然科学知识不仅以知识本身汇入作品的内容，而且还丰富了作品的表现手段。”④

再次是推动文学语言的新变。科学理性对中国文学现代转型的影响，不仅是文学观念上的，也是语言形式上的，而且语言形式的变革较之观念的转变来得更鲜明、更快捷。新文化运动以白话反对文言，以活文字反对死文字，本身就是几千年来语言发展史的大变化。文学语言的这种演变，通过翻译西方现代自然科学、社会科学、经济制度、文学著作等作品，引入了大量的外来词语，对传统的文言词汇带来了

① 胡适：《文学改良刍议》，见季羡林编，郑大华整理《胡适全集》（第1卷），安徽教育出版社2003年版，第6页。

② 鲁迅：《科学史教篇》，见《鲁迅全集》（第1卷），人民文学出版社2005年版，第25页。

③ 胡适：《文学进化观念与戏剧改良》，见季羡林编，郑大华整理《胡适全集》（第1卷），安徽教育出版社2003年版，第139页。

④ 汪应果：《科学与缪斯：从自然科学架往中国现代文学的桥梁》，上海文艺出版社1991年版，第336页。

冲击。从外来词汇类型看，西方社会科学、自然科学的专有名词进入了现代汉语词汇系统，“从蒸汽机、电灯到原子能、同位素等，数以千计的新词新语进入了汉语的词汇”[①]。据统计，《新青年》《新潮》《每周评论》等“五四”著名刊物先后翻译发表了拜伦、雪莱、惠特曼等西方诗人诗作，仅《小说月报》1921 年至 1925 年就译介了 35 个国家的 290 首诗。同时，为了便于传播，在翻译过程中引入西方的语法结构、标点符号，在语言结构与外在形式上焕然一新，形成了符合现代人思维习惯的新句法、新结构、新版式。1916 年胡适发表《论句读及文字符号》的文章指出：“今世界文明国之文字皆有一定之符号，以补文字之不足。”通过引入标点符号推动汉语文字的形式化和逻辑化，为现代中国人表达思想感情、传播文化观念提供有效的工具。正是发表胡适文章的《科学》杂志，用行动支持语言改革，发表文章采用横排版式与新式标点，开辟“名词讨论会”栏目讨论“科学名词”的语言形式问题。在这些倡导鼓吹下，语言包括文学语言迈入现代化的轨道，进而为中国文学的现代传播创造了基础。“语言的现代化（扩大来说，就是文学的现代化），思想的现代化和人的现代化，构成了五四思想革命和文学革命的基本内容，这就是五四的时代精神。”[②]

第二节　科学语境下的现代诗歌理论

“诗是时代的塔尖，当时代的建筑发生变化，这座塔就要求有一个新的尖顶。”[③] 几千年的中国诗歌发展到晚清的时候，她的过往有辉

---

① 王力：《汉语浅谈》，见《王力语文散论》，商务印书馆 2002 年版，第 15 页。

② 王瑶：《在东西古今的碰撞中·序》，见中国现代文学研究会编《在东西古今的碰撞中——对“五四”新文学的文化反思》，中国城市经济社会出版社 1989 年版。

③ 郑敏：《19 世纪末到 20 世纪初英美诗歌的一些变化》，见《诗歌与哲学是近邻：结构—解构诗论》，北京大学出版社 1999 年版，第 69 页。

煌的历史，诗歌的主题、诗体的形式、意象的凝练、意境的营造都已炉火纯青，发展到一个难以逾越而不得不转型的高度。现代西方思潮与工业文明的涌入，使时代进入一个与传统社会完全不同的世界。随着《天演论》《群己权界论》等一批译著的问世，“物竞天择，适者生存”成为中国知识界的共识，维新变法、辛亥革命、新文化运动也接踵而至。在剧烈的社会变动中，新诗不但成为以语言变革为指归的新文化运动的先锋，而且被政治家作为思想灌输的工具，从而推动政治改革自新文化运动开始。这都说明中国新诗“实在是必然的倾势”，这形势中最重要的因素便是西方思想文化的影响，既包括西方的思想资源，也包括西方的诗学诗作，即周作人所说的“西洋的科学、哲学和文学各方面的思想”，“中国社会进入近代以后，于是而文学革命的主张便正式提出来了”。[①] 到了传统文学“最坚固的堡垒”[②] 诗歌领域，新的知识群体探索着使用现代汉语，尝试用质朴的诗语、自然的音节废止传统诗歌虚浮的辞藻和僵化的格律，真实表达主观真情和客观世界，一场诗歌变革悄然到来。

一　科学与胡适的诗歌理论

关于新诗发生的原因，学界已有诸多论述，其中以康白情的看法较为典型：“（一）社会上经济的组织不完善，于是对于旧的制度文物，一切怀疑，而各色新的主义应运而生，旧诗坛也不能不受其潮流底撼动。（二）庚子拳变以后，中国人逐渐有了科学的脑筋，于是在诗里也不免要想得一些具体的概念。旧诗拘于形式，不能应我们底要求，只得革命。（三）从历史上看来，人群思想底进化，是从法古而

① 周作人：《中国新文学的源流》，河北教育出版社2002年版，第57页。

② 许霆：《中国新诗发生论稿》，人民出版社2012年版，第6页。

至于法今，从地方的而至于世界的。……进化非人力所能挡得住的。"[①]这是诗人在"五四"高潮过后，新诗逐步站稳脚跟，回顾新诗发生与变革的历史时所做的总结。这里的论断重申了胡适诗歌革命的主张，指出了诗歌现代转型的原因和出路。胡适作为诗体解放的理论家和急先锋，倡导用白话代替文言，用活文字代替死文字，正是他的《文学改良刍议》成为中国文学现代转型的"突破点"，《尝试集》则是中国现代诗歌的第一次探索。[②] 虽然胡适诗歌创作的实绩并不高，但作为一个文学行动的里程牌意义却是不容置疑的，因为他将科学理性与科学方法运用到中国文学的研究与创作中，赋予了诗歌以崭新的质地与内容。

胡适的诗歌观念与他的知识结构及理论资源紧密相关。胡适早年在上海进入澄衷学堂接受新式教育，开始接触严复翻译的进化学说，"《天演论》出版之后，不上几年，便风行到全国，竟做了中学生的读物了。……'天演'、'物竞'、'淘汰'、'天择'等等术语都渐渐成了报纸文章的熟语，渐渐成了一班爱国志士的口头禅"[③]。这些进化的名词术语也挑动着胡适的神经，燃烧着年少的心。1910 年，胡适怀着朦胧的进化观念远赴美国寻求报国之路，先在康奈尔大学学习农学，接受了生物学课程的训练，生物学知识进一步丰富了他的进化理论，新知识群体应该具有归纳的理论、历史的眼光及进化的观念，有此三者的学问学术"皆起死之神丹也"[④]。其后，胡适的兴趣转向哲学，研读了皮尔斯、詹姆斯等实用主义的著作，转入哥伦比亚大学拜在杜威门下。杜威的实用主义哲学，其学术渊源上承英国经验主义，与生物

---

① 许霆：《中国新诗发生论稿》，人民出版社 2012 年版，第 6 页。

② 张超：《"为大中华，造新文学"——论胡适的科学理性与中国文学的现代转型》，博士学位论文，山东师范大学，2010 年。

③ 胡适：《四十自述》，见季羡林编，郑大华整理《胡适全集》（第 18 卷），安徽教育出版社 2003 年版，第 58 页。

④ 胡适：《胡适日记全编》（第 1 卷），曹伯言整理，安徽教育出版社 2001 年版，第 222 页。

进化论、社会达尔文主义皆有相连，称哲学是“经验的自然主义”，“经验乃是揭露自然秘密的一种方法”[1]，建立在经验基础上的哲学充满生活气息，是活生生的生命与它所处的外在环境的交互与改造。胡适曾经在《杜威哲学》中谈到，这种哲学逻辑是实验的逻辑，也是工具的逻辑，产生这种逻辑的基础是科学实验室的办法[2]。杜威的哲学之所以能够获得胡适的推崇和追随，一个比较重要的原因在于它的工具性和实用性，这对于深受工具理性传统影响的中国知识分子来说具有天然的吸引力，同时为解决知识群体的现代性焦虑提供了快速见效的处方。对于胡适而言，真正在思想层面的接受科学是伴随着实用主义哲学而来，由早期随大流的感性认识上升到思想层面成为哲学观念，“杜威先生教我怎样思想，教我处处顾到当前的问题……使我明了科学方法的性质与功用”[3]。杜威基于建立在经验基础上的完整的哲学系统，把胡适赴美之前已经形成的“历史思维”、“拿出证据的态度”等零散的理念贯穿起来，形成了具有胡适特色的中国新文学的“尝试”[4]。杜威的实用主义思想征服了胡适，后者将其奉为一生思想和行动的指南，要“把实验主义的哲学理论应用到文学改良运动上面来”[5]。

以实用主义的哲学理念和方法论为龙头，以进化观念为标尺，胡适逐步形成了“文学的历史的进化文学论”。他用历史与进化的尺子来衡量几千年的中国文学史，发现传统文学已经衰微，作为文学表达工具的文言文已经不能适应现代中国发生的深刻变化。就在他系统思考白话文与文学活动的时候，一些争论和辩驳加快了他思考的进程。

---

① ［美］杜威：《经验与自然》，傅统先译，商务印书馆2014年版，第2页。

② 胡适：《杜威哲学》，见季羡林编，郑大华整理《胡适全集》（第8卷），安徽教育出版社2003年版，第423页。

③ 胡适：《介绍我自己的思想——〈胡适文选〉自序》，见季羡林编，郑大华整理《胡适全集》（第4卷），安徽教育出版社2003年版，第657页。

④ 张超：《胡适科学理性指导下的文学主张》，《齐鲁学刊》2009年第2期。

⑤ 胡适：《胡适口述自传》，见季羡林编，郑大华整理《胡适全集》（第18卷），安徽教育出版社2003年版，第247页。

1916 年，胡适在与梅光迪、任鸿隽等诗文唱和中出现激烈的分歧，梅光迪怀疑白话作诗的可能性，“这种怀疑不仅是对白话诗的局部怀疑，实在是对白话文学的根本怀疑。他们不承认白话诗文，其实他们是不承认白话可作中国文学的唯一工具”[①]。接受了新思想的知识分子尚且不承认白话之于诗的意义，社会其他群体就更不用说了；而诗歌作为中国文学历来的正宗和主流，对它的改造成功与否将具有强烈的象征意义。正是看到这两个层面的意义，胡适着手从诗论与创作两方面进攻诗歌这个最坚固的堡垒，而他所用的武器便是科学理性。

第一，用进化论为新诗寻找历史身份。经过千百年来的发展，中国古代诗歌形成了一套严格的诗律规范，在字数、用韵、平仄等方面要求甚严，具有非常稳固的诗体结构与文学地位，白话诗取代文言诗何其艰难。晚清的“小说界革命”“文界革命”“诗界革命”虽然给予了白话发展的空间，但没有改变文言诗歌作为文学正宗的地位。胡适基于文学进化论的观点，例如物种是可变的、自然选择带来适者生存、生物在缓慢渐变的过程中进化等，重构了文学的理论基础，在文学革命与晚清变革之间画出了最根本的界线，从历史的进化的角度否定了中国古代文学传统，也就为白话文学取代文言文学找寻到合理的而且是有力的存在根据，“人类生活随时代变迁，故文学也随时代变迁”[②]。

科学传播的先行者任鸿隽曾解释达尔文的进化观念，物种的进化主要依赖于种族遗传、种族变异及环境选择[③]。把生物进化的观点对应到文学领域，可以这样说，种族变异就意味着语言和文学形式可变，

---

① 胡适：《逼上梁山——文学革命的开始》，见季羡林编，郑大华整理《胡适全集》（第 18 卷），安徽教育出版社 2003 年版，第 99 页。

② 胡适：《文学进化观念与戏剧改良》，见季羡林编，郑大华整理《胡适全集》（第 1 卷），安徽教育出版社 2003 年版，第 138 页。

③ 任鸿隽：《〈科学〉发刊词》，见樊洪业等编《科学救国之梦 · 任鸿隽文存》，上海科学技术出版社 2002 年版，第 17 页。

环境选择意味着文学因时而变，物种渐变也意味着文学变化宜改良、不宜革命全盘否定，于是胡适的文学进化思想是："文学者，随时代而变迁者也。……此非吾一人之私言，乃文明进化之公理也。"① 在进化的前提下胡适充满自信地指出："古人已造古人之文学，今人当造今人之文学。"② 他将白话诗体的出现放入三千年中国诗歌发展的历史，梳理出中国诗歌发展经历的四次变化：第一次是从《诗经》的四言诗到"离骚体"的出现，古朴的白话文发展为具有想象力的"楚辞"文体；第二次是从五言、七言诗到《古诗十九首》体式的盛行，诗体分类更加细致，表达日趋丰富的感情；第三次是从律诗绝句到词体的出现，严格的诗律变化为相对自由的词牌，表达感情更加直接；第四次就是中国现代新诗的发生，推翻词调曲谱的种种束缚，"不拘格律，不拘平仄，不拘长短；有什么题目，做什么诗；诗该怎样做，就怎样做"，称之为"诗体大解放"。胡适的努力接通了新诗与旧诗的脉络，虽然新诗是与古代诗歌完全不同的新的文学，但这种策略性的选择为新诗的出现寻找到合法的身份，新诗"其实只是《三百篇》以来的自然趋势"③。同时这种接续传统的进化能最大限度保存中国文学精华，虽然只是一种可能，渐变式与进化式两种特性在精神资源方面都吻合线性进化的观念。这种做法也实现了白话文运动实施者预期的效果，采用新的观念把新诗纳入中国文学史发展的历程，以形式上的历史相续阐发理念上的文学变革，这种温和的改良姿态使得文学进化的观念更能为读者和社会所接受。

第二，为诗歌散文化开辟空间。在胡适梳理中国诗歌发展历程

---

① 胡适：《文学改良刍议》，见季羡林编，郑大华整理《胡适全集》（第1卷），安徽教育出版社2003年版，第6页。

② 胡适：《历史的文学观念论》，见季羡林编，郑大华整理《胡适全集》（第1卷），安徽教育出版社2003年版，第31页。

③ 胡适：《谈新诗》，见季羡林编，郑大华整理《胡适全集》（第1卷），安徽教育出版社2003年版，第160、161页。

的时候，他也看到了古代诗歌文体演变的规律，突破格律的自由体诗歌是传统诗体发展的趋势，“20世纪的白话诗与自由体是古代汉语诗体演变的一种规律性选择，是中国诗歌历史实践的一种结果”①。诗体解放是文学解放的前提，在胡适看来散文化也成了文学进化的一种必然，便提出“诗国革命何自始，要须作诗如作文”的大胆设想，这既是一种文学革命的策略选择，也是对文学规律把握的自信表现；既是语言形式上突破格律平仄的桎梏，也是诗歌思维模式上突破以字为中心的思考习惯，尝试以句思维的模式展开，它为诗形、诗美的探索开辟了巨大的空间，当然也留下了诗歌失序混乱的可能。

诗歌的散文化首先表现在现代文法结构进入诗中。散文化就是要突破旧体诗的音韵、格律、平仄等条条框框，用白话文代替文言文。我们知道以文言为基础的古代诗歌具有一整套完备的语言规范系统，在用字用韵、字数行数等方面有具体的规定，外在形式上的整齐重于诗句内在的语法结构，表现出语法上的灵活随意。当新的白话诗出现之后，古代诗歌规整的诗形与严苛的诗律被突破了，诗句可长可短，诗行可多可少。在这个白话入诗的过程中，口语与欧化白话是诗语的重要组成部分，语言内在的语法结构主要是西方语法也自然而然进入诗中。鲁迅认识到精密的语法之于语言的重要性：“直译之所以需要，不但在输入新的内容，也在输入新的表现法。这语法的不精密，就在证明思路的不精密……要医这病，我以为只好继续吃一点苦，装进异样的句法去，古的，外国的，后来便可以据为己有。不妨不像吃茶淘饭一样几口可以咽完，却必须费牙来嚼一嚼。”② 胡适也认识到语法的重要性，提出“诗界革命当从三事入手”，其中一个重要办法是“须

① 王泽龙等：《论新诗散文化（笔谈）——新诗散文化：诗歌文体演变的历史选择》，《山西大学学报》（哲学社会科学版）2010年第5期。

② 鲁迅：《关于翻译的通信》，见《鲁迅全集》（第4卷），人民文学出版社2005年版，第382页。

讲求文法"，也就是创制新诗要注意运用语法规则，才能"以质救文之弊也"[1]。西方语言尤其英语语言系统是随着理性传统的发展而发展的，是一种重视形式上精密的曲折语言，在词语的形态、时态、位置、数量、等方面都有准确具体的要求，形成了一套相互关联、严丝合缝的语法结构，包括与之相应的标点符号等。这些语法结构进入新诗中，带来了不一样的意义，如《老洛伯》（节选）较为典型地打破了近体诗匀齐的诗形。

一

羊儿在栏，牛儿在家，
静悄悄地黑夜，
我的好人儿早在我身边睡了，
我的心头冤苦，都迸作泪如雨下。

二

我的吉梅他爱我，要我嫁他。
他那时只有一块银圆，别无什么；
他为了我渡海去做活，
要把银子变成金，好回来娶我。

三

他去了没半月，便跌坏了我的爹爹，病倒了我的妈妈；
剩了一头牛，又被人偷去了。
……

再看胡适前期创作的《湖上》。

① 胡适：《〈尝试集〉自序》，见季羡林编，郑大华整理《胡适全集》（第1卷），安徽教育出版社2003年版，第182页。

水上一个萤火，
水里一个萤火，
平排着，
轻轻地，
打我们的船边飞过。
他们俩越飞越近，
渐渐地并作了一个。

《老洛伯》在诗形上突破了草创时期整齐的诗行排列，句子错落不一，而且这种句子的长短不一是与诗歌叙说的故事相关联，具有简单的内在的叙事结构，多种标点符号的运用也配合了诗的内容与感情的变化。语法结构进入诗中，既丰富了诗歌表现的手段，同时也是为诗歌的语言边界及秩序制定了相应的规则，影响了新诗的语言探索与审美探索的走向。

其次，诗歌的散文化表现为以自然音节代替格律平仄。既然新诗放弃了古典诗歌的形式要求与韵律要求，散文文体中的语法结构又进入诗中，那么新诗如何保持文体上的独特性呢？也就是诗何以为诗呢？胡适回到实用主义的领域，找到语言中的自然音节这个标准。面对众多新诗的攻击者，尤其是许多深受格律、平仄、音韵等古诗传统影响的诗人，认为新诗根本就没有音节和韵律，也就不能称其为诗，这其实抽空了新诗之为诗的形式基础，胡适坚决地认为这些说法都是错误的①。他从诗的形式不能脱离内容出发，认为“诗的音节是不能离开诗的意思而独立的”，也就是说诗言之有物，音节自然也就存在，只是这样的音节不是格律诗的平仄和韵律，而是“顺着诗意的自然曲折”。于是在《尝试集》再版时，胡适在序言中做了进一步的说明：“凡能充

① 胡适：《谈新诗》，见季羡林编，郑大华整理《胡适全集》（第1卷），安徽教育出版社2003年版，第163页。

分表现诗意的自然曲折、自然轻重、自然高下的，便是诗的最好音节。古人叫做‘天籁’的，译成白话，便是‘自然的音节’。”① 由此，胡适还是采用了接续历史的策略，从古代诗歌传统中找到自然音节存在的合理性，自然音节就是古诗中“天籁”。胡适在确定了自然音节存在的合理性后，指出了自然音节的构成方式是，“内部的组织——层次、条理、排比、章法、句法——方才可以发生和谐的自然音节”②，这种内部的组织，其实就是语法、文法及谋篇布局的章法，主要是散文文体的形式特征，可见自然音节说的出发点是基于语言作为表情达意的工具职能，第一位重要的是准确的表达，形式要配合诗意来进行，这是实用主义的哲学观念在诗歌语言论上的朴素表达。

第三，审美趣味的说理倾向。正如郜元宝所说：“胡适是冷静的理性主义者，他发动文学革命是逻辑推理出来的理性选择。”③ 通过胡适的文学活动及他的作品，我们感觉到他更像是一个学者而非诗人，文学创作似乎是他证明理论主张的证明材料，他的语言“胡适之体绝对归顺于逻辑”。这种逻辑优先的做法，导致了胡适的诗作在说理上游刃有余，在情感上能量不足，诗歌表现出说理化的倾向，也难怪时人有言“胡适的诗以说理胜，宜成一派鼻祖”。

第四，早期新诗在审美趣味上的说理倾向，与胡适们的个性气质及学术背景有关。胡适少年时期较为早熟，表现出少有的理智与克制④。后来在其求学历程尤其是赴美留学期间，接受了自然科学知识的影响，服膺于杜威的实用主义哲学，起于经验终于解决问题是他为人为学的基本导向，诗歌创作是他攻破文学坚固堡垒的手段。实用主

① 胡适：《〈尝试集〉再版自序》，见季羡林编，郑大华整理《胡适全集》（第1卷），安徽教育出版社2003年版，第198页。

② 胡适：《谈新诗》，见季羡林编，郑大华整理《胡适全集》（第1卷），安徽教育出版社2003年版，第167页。

③ 郜元宝：《“胡适之体”与“鲁迅风”》，《文学评论》1998年第1期。

④ 胡仰曦：《一颗清亮的大星：胡适传》，人民文学出版社2010年版。

义的理论背景与学者气质的个人底色，使得胡适诗歌具有逻辑抽象与客观实在的特点，力求做到言之有物，逻辑清晰，他说："吾国做诗，每不重言外之意，故说理之作极少。……此篇以吾所持之乐观主义入诗，全篇为说理之作，虽不能佳，然途径具在。他日多作之，或有进境耳。"① 虽然他的这番言论早于发动新诗革命之前，但说理的倾向已明显流露出来，以至于尝试诗作之时以客观、理性的现代精神一以贯之。所以在《尝试集》及其后的诗作中，很少见到那种激烈奔流的诗情，大都是在诗中说理，带有浓厚的理性色彩，如《人力车夫》《上山》《老鸭》《外交》《一个哲学家》等，《人力车夫》通过客与车夫的对话，表明了"不值半文钱"的"浅薄的人道主义"；《上山》歌颂了不懈努力、攀登向上的精神；《老鸭》显示了一种追求自由的个性主义精神。这种新诗草创期的说理方式毕竟稚嫩，不会将理通过戏剧场景与矛盾冲突的综合传达出来，大多是知性直观的表达与阐释，却也表现出了知性诗学与智性诗歌的端倪，"说理的诗可成了风气"，"直到民十五止，这个风气才渐渐衰下去；但在徐志摩氏的诗里，还可寻着多少遗迹。'说理'是这时期诗的一大特色"②。

二　科学与郭沫若的诗歌理论

朱自清评价郭沫若时，指出了诗人所具有的划时代意义："有两样新东西，都是我们传统里没有的：泛神论，与二十世纪的动的和反抗的精神。"③ 泛神论把自然看作神，既把自然与人区别开，人是独立

---

① 胡适：《〈自杀篇〉跋》，见季羡林编，郑大华整理《胡适全集》（第27卷），安徽教育出版社2003年版，第363页。

② 朱自清：《〈中国新文学大系·诗集〉导言》，见朱乔森编《朱自清全集》（第4卷），江苏教育出版社1990年版，第373页。

③ 朱自清：《〈中国新文学大系·诗集〉导言》，见朱乔森编《朱自清全集》（第4卷），江苏教育出版社1990年版，第376页。

于自然界而存在，同时也提高了自然界的地位，这是受到西方主体客体相互分离哲学思想的影响。动的和反抗的精神，也是发现的精神、怀疑批判的精神，这也可以说是科学的精神，当然无法在静态的农业文明中产生，只在工业机械文明中诞生，所以“这些也都是外国影响”。科学对郭沫若诗歌的影响，主要表现在怀疑精神引起主体的张扬，开创了新的诗歌意象群体，提倡情绪的节奏学说，带给中国诗歌新质。

第一，科学理论是泛神论形成的催化剂。王瑶先生有言：“代表了‘五四’时期科学观而发展成泛神论世界观的，是郭沫若的诗”[①]。郭沫若的泛神论思想，正是他受到进化论、唯能论等科学理论影响而逐渐清晰的认识观念。19 世纪以来西方自然科学领域取得了一系列伟大成就，能量守恒与转化定律、生物进化论、量子学说、相对论等科学知识冲破了迷信的误区，打破了历史与客观世界的不可知论，通过这些发现展示了人的理性精神和认知能力，突出人在认识自然及掌握自然方面所表现出的主体力量和主体精神，人可以认识自然规律，可以平等地与之对话。这种对人的精神因素的重视，与诗人在时代背景下力挽狂澜、救国救民的英雄想法不谋而合，科学知识成为郭沫若泛神论形成的催化剂，“我学过医，使我知道了近代科学方法的门径”，正是这些科学方法，提供了冲破旧有文学传统、开启新风尚的创作勇气和理论武器，甚至对从事学术研究和政治活动，“也不能说是毫无裨益”[②]。

郭沫若认为，泛神论是一种为了张扬个性、表现自我、否定旧质、争取自由的有效手段。诗人认为神就是自然界万事万物，神同时也可以是我，神不过是自然与自我达成同一的一种中介[③]。正是基于泛神

① 王瑶：《中国新文学史稿》（修订本），上海文艺出版社 1982 年版，第 52 页。

② 郭沫若：《我怎样开始了文艺生活》，见彭放编《郭沫若谈创作》，黑龙江人民出版社 1982 年版，第 229 页。

③ 郭沫若：《〈少年维特之烦恼〉序》，见《郭沫若全集》（文学编第 15 卷），人民文学出版社 1990 年版，第 311 页。

论观念，郭沫若眼中的自然不是静止的，而是更替的，“我”与自然相通，能从自然界中感应到“动的精神”与创造的“力”。这种动与力，正是五四落潮时期彷徨低落的知识界迫切需要的兴奋剂，郭沫若的诗应时而生，在文学界与思想界引起巨大的共鸣。如“天狗”变成了诗人自我的化身，它在宇宙中把一切星球吞了，而自然与我同一，也是我把宇宙吞了，我便是我了。而当自我与自然合二为一，自我便具有了无穷的创造力：“我是一切星球底光，我是全宇宙底 Energy 底总量!”接下来，这个自我还可以变形在微观世界中活动，“我在我神经上飞跑”（郭沫若《天狗》）。从宏观宇宙到微观生理，自我与自然是同声相求、同为一体的，这样的同一不同于古代诗歌中的情景交融、物我两忘，新诗中表现出强烈的情感色彩和强大的主体力量，运动和力量充溢在一个奔腾不息的整体世界中。正是由于泛神论的运用，诗歌才能突破时间、空间的限制，充满了奔腾不息的动的活力，洋溢着鲜明强烈的自主意识和创造意识。

第二，“物化的”诗歌意象群体。正如朱自清所说，郭沫若带来了传统诗歌中没有出现的新质，其中一种是动的精神。这里动的精神，就其实质说是工业文明的精神，是科学技术的精神，是西方开拓冒险的精神。这种工业文明的精神，通过郭沫若这个个体，粗暴地闯入中国诗歌世界，在胡适文质彬彬地文学改良说教之后，强有力地给了传统诗歌重重一击，也强有力地向世人展示出新诗创作的另一种可能。尽情吮吸欧西乳汁的郭沫若，使用科学与技术的武器开辟了一个崭新的新诗意象领域。

“以科学底成分熔铸于新诗意象，当发源于一种内在的科学精神。”① 闻一多看到了《女神》诗语背后的时代精神，一种富有活力的科学精神孕育了富有激情的诗歌意象，郭诗中时常涌现这样的诗句，

① 闻一多：《〈女神〉之时代精神》，见朱自清编《闻一多全集》（第3卷），生活·读书·新知三联书店 1982 年版，第 351 页。

“一枝枝的烟筒都开着了朵黑色的牡丹呀！二十世纪的名花——近代文明的严母”（郭沫若《笔立山头展望》）。烟筒、黑牡丹，这些都是中国古代诗歌中不曾有的意象，只有在科技发达、机械盛行的现代社会才出现的对象，它们出现在新诗中就是对工业文明和科技成果的赞美，古代诗歌的自然景观与静美传统因为科技的进步发生了改变。在现代诗人中，像郭沫若、闻一多留学西方的诗人喜欢把他们所学的专业知识引进文学领域，郭沫若喜欢用生物、物理等专业词汇，闻一多提倡诗歌的建筑美。《女神》的卷头诗就是这样写：“《女神》哟！/你去，去寻找那与我振动数相同的人；/你去，去寻找那与我燃烧点相等的人。”（郭沫若《女神》）诗中的振动数、燃烧点、点燃等物理学概念新鲜醒目，是新诗中的新词语，这种新词语不同于晚清黄遵宪们在诗歌中使用的“新语句”，郭沫若在这些新词语的背后散发的是一种现代文明的精神，是一种自我解放、自我追求的现代意识，诗歌的整体构思是现代化的，只有寻找到“燃烧点相等的人”，才可能“把他们的智光点燃”，科学的精神运用于诗歌的整体布局与构思中，整首诗完全是新的诗。

郭沫若将他所掌握的医学、天文学等方面的科学知识灵活运用到诗歌创作实践中，或夸大渲染，或想象类比，从科技的角度为丰富现代诗歌意象，做出了种种开拓性贡献。“我想那天空中一切的星球，/只不过是我们生物的眼球的虚影”（郭沫若《地球，我的母亲》），“空中的太阳，胸中的灯亮，/同是一座公司底电灯一样”（郭沫若《心灯》）。从这些诗句可以看出，郭沫若的诗歌不仅是单独借鉴自然科学的语词，并在此基础上构造新的意象，而且在诗歌理论、诗歌构思及诗的形式创造上，也从自然科学那里得到不少启迪。他的这一文学实践，在胡适等人撕开了传统诗歌的缺口，争取到新诗的生存空间后，开创了新诗写作的另一种可能。虽然这路诗歌的风格路数与胡适的尝试诗不同，但从诗歌现代化的内在逻辑来说，郭沫若的诗发散出更多现代文明的气息，从内容到形式，从诗思诗质到诗形，少了“五四”白话诗生涩的旧习气，多了20世纪新科学、新理性、新文化的味道。

第三，科学知识提供诗论阐发的新角度。接受过专门医学训练的郭沫若，较之前辈胡适，更加善于将科学研究的方法运用到文艺创作的领域。他曾有雄心壮志，试图利用求学期间所研修的医学和生理学知识，“追求出文艺的细胞成分”，“独自树立一个文艺论的基础”，由此建立文艺学的科学知识体系[①]。根据郭沫若的设想，所谓文艺细胞就是由外界事物所激起的情绪和情绪的波动（即节奏）寻找文艺细胞也就是探讨情绪与节奏的规律，研究作家如何把有节奏的情绪表现出来，构成文艺的创作过程论；研究作品中有节奏的情绪，如何感染阅读者，构成文艺的感应过程论；研究外界事物对人的内在情绪节奏的主导作用，以及由此形成各个时代文艺的不可模仿性，形成文学艺术的演进过程，“根据这三种过程构成文艺总论，再就诗歌、小说、戏剧等以作分论，以构成我所玄着的文艺的科学”[②]。

以文艺细胞作为文学的出发点，郭沫若形成了独特的诗歌理论。在总体观感上，他认为好的诗歌创作应该如自然界中动植物的生长生成一样，遵循物种发育的客观规律，诗的意旨和感情都是自然的流露。[③] 他接着运用生物学知识具体描述了创作的过程，直觉和情绪是诗的原始细胞，直觉就如同细胞的核，情绪是原形质，诗形则是细胞膜，由此构成了诗的完整生物体[④]。这种关于诗歌形制的生物学

---

① 郭沫若:《我的学生时代》，见《郭沫若全集》（文学编第12卷），人民文学出版社1992年版，第15页。

② 税海模:《郭沫若与中西文化撞击》，东方出版社2008年版，第100页。

③ 郭沫若:《论诗三札》，见《郭沫若全集》（文学编第15卷），人民文学出版社1990年版，第338页。

④ 郭沫若:《论诗三札》，见《郭沫若全集》（文学编第15卷），人民文学出版社1990年版，第341页。

类比，所涵盖的诗的要素并不完整，要素之间的关系构成也不可能如细胞学说这样可以化约成简明的规律，涉及人的意志与情感的诗歌具有较大的不确定性。但这种打比方却形象生动，将文艺复杂玄虚的问题归一、化约，便于文艺理论的传播和接受，也给新诗理论提供了新的研究视角和建构框架。他进一步分析了诗人的创作心理："譬如一湾清澄的海水，没有风的时候，便静止着像一张明镜；一有风的时候，便要翻波涌浪起来。这风便是所谓直觉、灵感，这起了的风浪便是高涨着的情调。"① 把诗人的创作冲动说成有自己的周期和振幅，这是在用物理学中的振动原理来解释创作过程，后面就引申出关于诗歌节奏的"内在律"及"情绪的自然消涨"。郭沫若的"情绪节奏"理论，与胡适"自然音节"学说有所承续，强调诗歌的创作贵在自然生成。只不过郭沫若的自然科学知识训练时间更长，且医学等科学门类也是诗人有所感悟的领域，他很自然地就从心理学、物理学的角度为新诗找到了一个说法，这就是诗人心理情绪的自然起伏，这种情绪的起伏成为诗歌的内核，进而形成诗歌的整个活动过程。

三　科学与卞之琳的诗歌理论

卞之琳在现代诗坛影响力逐步扩大之时，是科学思潮逐步泛化为科学主义之后，科学对文学艺术与社会科学的标准化要求渗透受阻引发思想界理性独立的反思，原来极端化、表面化的科学泛化渐由声势盛大转为潜滋暗长，科学精神、科学意识及方法融入具体的创作中，尊重文艺自身规律以创作自有的方式出现，而非是生硬的嫁接。卞之琳的前辈们，胡适是疾呼具体的做法和逼人的形象的先锋，依靠他的

---

① 郭沫若：《论诗三札》，见《郭沫若全集》（文学编第15卷），人民文学出版社1990年版，第336页。

声望硬生生地从各个方面将科学带入文学和诗歌，哪怕这种科学与诗歌的结合是生硬的、干瘪的，但他给诗歌创作与诗学理论一种新的角度、一种从来没有的新质，开风气之先。郭沫若则是以天才的激情和才学，从诗的形式、语言乃至意象等方面，赋予胡适严肃寡淡的诗作以情感和诗味，科学术语、自然物象在他巨大情感火焰中自然地嵌入了诗歌，而不显得生硬排斥，让科学与诗歌的融合成为可能。虽然中国现代诗歌的发展不可能按照既定的路线向前，如同信息世界中的程序一样，但站在现在的角度回顾新诗发展的历史，卞之琳在科学与诗歌互动的历史链条上所处的位置，套用袁可嘉对卞之琳新诗地位的定论，可以说是“远承胡徐，中出现代，下启九叶”，同样起到了承上启下，亦有开拓的作用。

到1930年代，科学对中国现代诗歌的影响，经历了胡适、郭沫若、闻一多偏重形式的诗学理论及诗歌实践后，以更艺术化的方式影响着知性诗歌的产生发展。“从诗歌内容上看，知性诗学将传统难以入诗的题材和意象入诗，表现出新科学与新思想渗透的痕迹”①，数学、物理学等自然科学知识是传统知识体系中缺乏的内容，而在由科学知识所形成的现代性语境中，传统的话语体系也在改变，这些科学术语顺其自然地进入诗歌的领域。当浅层次的专有名词入诗逐渐常态进而带来审美感受疲惫之后，科学知识背后深层次的哲学观念更加获得诗人的青睐，西方现代主义诗歌的诗学理论与艺术手法成为中国现代诗人效仿的范本，作为诗学概念的知性也随着叶公超等人对艾略特的推介成为创作与理论关注的热点。知性是一个来源于西方的文学概念，按照柯勒律治的说法，知性应该是创造力与智力融合在一起形成的特质，而“诗是一种以获得智力上的愉快为目的的作品”②，也就是说诗应该是知性的。艾略特重申了柯勒律治对知性的解释，并做了进

---

① 汪云霞：《知性诗学与中国现代诗歌》，上海书店出版社2009年版，第7页。

② 董学文主编：《西方文学理论名著提要》，江西人民出版社2013年版，第107页。

一步的发挥，提出“诗歌不是感情的放纵，而是感情的脱离；诗歌不是个性的表现，而是个性的脱离”① 主张，寻找“客观对应物”来实现诗的“非个性化”。卞之琳在1930年代翻译了艾略特的《传统与个人才能》一文，也服膺于诗的非个性化的理论，认为诗是各种经验的组织，尝试将语言学、心理学的知识引入诗歌实践，推动诗歌创作和批评的客观化、科学化。卞之琳专门阐释自己诗学观点的文章不多，主要散见于为《亨利三世旗手》等翻译集所做序言以及《人与诗：忆旧说新》的一些篇目之中，通过这些零零散散的评论，可以触摸到科学之于诗人的一些影响。

第一，建立超功利性的诗学观。包括诗歌在内的文学在现代历史上承担了更多政治性或社会性的任务，胡适是将诗歌作为颠覆文言、创制新文学的实验工具，郭沫若是用诗歌作为歌咏破坏的力与宏大的美的号角。而在卞之琳这里，他的定位是大时代中的小人物，也为艰难的时世和国家的危亡焦灼、慨叹，但到了诗的领域，则表现为对于世事很是茫然，“面对历史事件、时代风云，总不知要表达或如何表达自己的悲喜反应”②，诗的艺术性与经验性更多地成为主要的诗学观念。卞之琳的成长时期科学教育已经在中小学逐渐铺开，物理、化学、数学、生物等科目成为常规课程，在浦东中学就读的诗人有机会接触最前沿的思想和知识，虽然属意于文学，但科学精神也成为他思维模式与话语系统中的重要元素，自然科学注重物质研究本身、超越社会政治伦理的特性，自然科学的时空观念、宇宙意识，对诗人远离政治、超脱功利的文学观念的形成具有知识性作用。

① ［美］T. S. 艾略特：《传统与个人才能》，见卞之琳、李赋宁等译《艾略特文集》，上海译文出版社2012年版，第11页。

② 卞之琳：《〈雕虫纪历〉自序》，见《人与诗：忆旧说新》（增订本），安徽教育出版社2007年版，第287页。

卞之琳的这种诗学观，他自己称为“无之以为用”，也就是写诗照例不写真人真事，只是钟情于建立在现实基础上的空中楼阁，这样诗的创作能够艺术化地反映现实，与现实世界保持一定的距离，不需要反馈现实或者实现某种历史使命。这种诗学主张与他的老师梁宗岱的“纯诗”观念声气相通，梁宗岱认为“诗是真的最高与最终的表现”①，诗人不能违背自己的良心和生活经验而写作，因此诗歌与现实保持一定距离而保持自身的独立性与自足性，这既是现代主义尤其是象征主义的影响，也是科学超功利精神的影响。梁宗岱眼中的真是科学的真与艺术的真的统一体，诗建立在生理认识的规律上进行艺术地生发，就能到达真和美的彼岸。卞之琳继承了老师对艺术过程的重视、对社会政治的忽视，同时改良了梁宗岱诗作对生理基础的依赖，从传统诗歌中找到意境的化用之法形成了中西交融、别具一格的诗风，“我不能陪你听我鼾声/是利刃，可是劈不开水涡；/人在你梦里，你在人梦里。/独醒者放下屠刀来为你们祝福”（卞之琳《旧元夜遐思》），面对着风雨飘摇的民族命运，诗人感到焦虑但在诗中谈到的是酣睡和独醒，生活中的梦境之事。当然这种超功利性的诗学观念在不同的阶段有所变化，在到达延安写作《慰劳信集》的这段时期，卞之琳被抗战的人物与行动感染，以诗的形式歌颂了战争中涌现出的普通人物及民族不屈服的抗争精神，诗的情感表达与社会干预性浓厚一些，如“忧虑是多余了就是快慰；/谁作了石头变枪的奇迹？/谁用了汗来把田园养肥/又用了闯入者命定的血”（卞之琳《地方武装的新战士》），用短戏剧的方法叙说战士们对敌人的战斗，走近现实坚持艺术的方式不是空喊口号，坚持了一贯的艺术主张。

第二，叙说性的运思模式。卞之琳的诗思起点是日常生活的小人物、小事情，由此逐步展开而至人生的智性认知。“一炉火。一屋灯

① 梁宗岱：《诗与真二集》，见刘志侠、卢岚编《梁宗岱文集》（第2卷），中央编译出版社2003年版，第85页。

光。/老陈捧着个茶杯，/对面坐的是老张。/老张衔着个烟卷。/老张喝完了热水……”（卞之琳《寒夜》）诗题为寒夜，从屋子里两人的聊天状态开始，细节展开一路到“下雪了”点出了寒夜主题。卞之琳诗歌思维叙说性的特色，是沿着胡适重视实证、直白道路上的深化，“吹了灯儿，卷开窗幕，放进月光满地。/对着这般月色，教我要睡也如何睡！/我待要起来遮着窗儿，推出月光，又觉得有点对他/月亮儿不起”（胡适《四月二十五夜》），也是从“吹灯、卷帘”小事说起，再一步步说到月下的情绪，浅白如话，诗味少了许多，这是初期白话诗的特点。卞之琳的叙说性的诗思展开，不似早期新诗要用直白打破文言的深奥雅致以证明白话可写诗以促成语言系统的进化，经过胡适、郭沫若、徐志摩、闻一多等前人对诗歌创作的不断探索到一定阶段，在比较充分的现代性语境中，卞之琳的叙说性诗思讲究整体性构思，叙说的逐步展开是在整体构思的框架之下进行，最终要表现出对人生的某种哲理性思考，这种哲理较之胡适诗中浅显的乐观、自由等理念有了更加复杂、暧昧、冷峻的体会。“隔江泥衔到你梁上，/隔院泉挑到你杯里，/海外的奢侈品舶来你胸前；//我想要研究交通史”（卞之琳《无题四》），这首写情感的诗第一行、第二行起兴，烘托出第三行叙说买了贵重礼物寄给你，营造的是对你无限的爱恋情绪，可在这情感味道很浓的时候却写出了毫无情调的“研究交通史”，形成了强大的反差，这反差可能是埋怨两地距离太远，可能是真的在研究交通史，还可能是说反话以越发证明对你的情感之浓，情感的表达耐人寻味。

诗思的叙说性从另一个角度来说，就是主体思维是在分析思辨中展开，而不是心灵的感悟体认，带有科学化、理性化的分析特征，不似同样追求知性诗学的废名讲求禅趣渗透宗教意味的思维方式。“人类的残忍/正如人类的面孔，/彼此都是认识的。//人类的残忍/正如人类的思想，/痛苦是不相关的”（废名《人类》），短短六行诗，将抽象的道理与具体的形象放在一起比拟，一瞬间直接把道理让人有所悟。卞之琳的诗作重视思维的条理性，语法的严密性[①]，更多将在戏剧化的展开中逐步剥开知性思考，使形象、情绪、思想相互融化后形成知性的磁力场，提高了现代诗的思维层次与深度[②]，阅读就是在这磁场中寻找乐趣，“轮船向东方直航了一夜，/大摇大摆的拖着一条尾巴，/骄傲的请旅客对一对表——/‘时间落后了，差一刻’/说话的查房大约是好胜的……‘可是这一夜却有两百里?’”（卞之琳《航海》），由轮船航行起头，写到船的样子、旅客对话等，一步步引出关于时空相对的哲思，以至于废名“能像打糖锣的一样，令我像一个小孩子给他吸引去了”[③]，这诗叙说的魅力可见一斑。

第三，相对论融入诗的书写空间。读过卞诗的人都能感受到诗中那种万事相对存在的哲思，“乡下小孩怕寂寞，/枕头边养一只蝈蝈”——写乡村孩子小时候寂寞中却有快乐，“长大了在城里操劳，/他买了一个夜明表”——长大在生活重担下孩子不再寂寞也没有趣味，“如今他死了三小时，/夜明表还不曾休止”——人事已非，机器犹在，这是真正的寂寞。这诗里对寂寞的品味是相对的，乡村虽落后寂寞却能自得其乐，过的是自己的人生；城市虽忙碌充实却无根漂浮，人生的价值卑微不如一只夜明表，寂寞与否、价值与否不在外界，而在内心。或许是受老师徐志摩的影响，徐志摩求学期间潜心研读自然科学，甚至写了一篇关于爱因斯坦相对论的论文，相对论影响他的时空观。相对论的时空观认为时间、空间是相对于标准存在的，在经典物理学所规定的客观性的物理时间与空间之外，每个个体存在一种面向个人的时间，也就是主观时间或者心理时间，是一种可以互相错综、

① 卞之琳：《〈冯文炳选集〉序》，见《人与诗：忆旧说新》（增订本），安徽教育出版社2007年版，第186页。

② 罗振亚：《“反传统”的歌唱——卞之琳诗歌的艺术新质》，《文学评论》2000年第2期。

③ 废名、朱英诞：《新诗讲稿》，北京大学出版社2008年版，第336页。

彼此渗透的时间流。其后以文学为专业后诗作中也时常闪烁自然科学的影子，“我仰望群山的苍老，/他们不说一句话。/阳光描出我的渺小，/小草在我的脚下。//我一人停步在路隅，/倾听空谷的松籁；/青天里有白云盘踞——//转眼间忽又不在”（徐志摩《渺小》），这诗里写的渺小是相对的，群山面前我是渺小的，小草在我面前是渺小的，空间的大小是相对而言，没有绝对的大或者小，空间大小与时间长短随参照物的变化而变化。为人们熟知的《断章》，更是相对论哲思的诗性象征。

较之徐志摩偏重情感，诗中相对性的展现更多是景观的铺陈与行动的展开，卞之琳吸收精神分析学派关于人的潜意识的学说，从宇宙人生的细微之处着手，从哲学层面或者精神层面探讨动与静、偶然与必然等一对对的命题，在冷静的观照、对比中细细思索，形成了以相对意识与理性精神为底色的知性风格。“独自在山坡上，/小孩儿，我见你/一边走，一边唱，/捡一块小石头/向山谷中一投。//也说不定有人，/小孩儿，曾把你/很好玩的捡起，/像一块小石头，/向尘世中用力一投”（卞之琳《投》），小孩玩投石头的游戏，人们的生活也不过是冥冥之中的力量向人世间的一投，宏观微观的比照，让人试着从生活的烦琐中跳出来，人生豁达、超脱一些。再如“‘天天下雨，自从你走了。’/‘自从你来了，天天下雨。’……想在天井里盛一只玻璃杯，/明朝看天下雨今夜落几寸”（卞之琳《雨同我》），前面两行表现的是时间长短的相对，时间的流逝在下雨之间；后面两行表现的是空间大小的相对，天井里的玻璃杯与杯里的雨水，同样营造的是人生过程的淡泊与超脱。

第四，客观化的诗美风格。卞之琳诗歌的一个特点是将理性思考融入具体意象，细节具象而整体抽象，一般是经过理性淘洗之后的结晶体，如“蜜蜂的细腿已经拔起了/多少只果子，而你的足迹呢，/沙上一排，雪上一排，/全如水蜘蛛织过的水纹”（卞之琳《足迹》），写于1937年的短小诗行，没有多余的文字，平静地呈现一个蜜蜂取果的画面，再来比拟人生的足迹，含蓄、克制，触摸不到情感的温度，又感觉余味悠长，确实是人生经验浓缩后的精华。再如，“潮来了，浪花捧给她/一块破船片。/不说话，/她又在岩石上坐定，/让夕阳把她的发影/描上破船片……/潮退了，他只好送还/破船片/给大海飘去”（卞之琳《一片破船片》），诗人对生活无奈无定的抽象经验，透过破船片具体遭际变化这个形象外壳，引起读者的思索回味。

这种客观化的诗美风格，恰如诗人所说“我写诗，总在不能自已的时候，却总倾向于克制，仿佛故意要做‘冷血动物’”①，诗人认可写诗应做“感情动物”，也认为写的是抒情诗，这是对诗中抒情属性的承认，只是在情感的表达方式上不再是直抒胸臆的热烈宣泄，而是要克制自己，将情感隐藏在文字和意象的深处，表现出的文字平淡无奇，只是一种客观化的叙说。这种表达策略隐藏情感也隐藏自我，只是对生活与人生的冷静审视，减少了强烈的个人性色彩，可以说是种客观化的“戏剧性处境”。“太阳偏在西南天的时候，/一个手叉在背后的闲人/在街路边，深一脚，浅一脚，/一步步踩着柔软的沙尘”（卞之琳《一个闲人》），这首早期诗作已经显示出客观叙说风格的端倪，起头四句素描了一幅闲人散布的画面，第二节、第三节继续展开闲人的足迹，只是在诗的最后一句直接抒发感叹“唉！不知磨过了多少时光”，前面的叙说是为表达时光流逝叹惜之情。而到了1930年代中期后，诗人的文字更加晦涩含混，从字句中找不到情感的蛛丝马迹，“睡车，你载了一百个睡眠；/你同时还载了三十个失眠——/我就是一个，我开着眼睛。/撇下身体的三个同厢客，/你们飞去了什么地方？/我仿佛脱下旅衣的老江湖/此刻在这里做了店小二”（卞之琳

① 卞之琳：《〈雕虫纪历〉自序》，见《人与诗：忆旧说新》（增订本），安徽教育出版社2007年版，第281页。

《睡车》)，呈现的是旅途中的故事——失眠、对话、询问，以及由此联想到的与友人的相聚，对友人的牵挂、对旅行的感受思考全由这些细节渗透出来。

卞之琳所处的时代决定了他在文学史特别是诗歌历史中的位置。经过“五四”新文化运动后的思想界和知识界，正是现代科学知识体系及教育体系全面兴起发展之时，这时期的现代科学知识体系更为全面、系统，由此支撑起一个全新的世界图景和话语体系。科学精神及科学知识在泛化的过程中，通过世界图景与话语体系的转变为文学建构起现代性的语境，诗人对诗歌现代品格的追求由新名词的输入、新意象的塑造深化为现代性的艺术手法与审美风格的探索，也包括用现代眼光回望中国传统诗歌寻求新的体式创新。站在这个意义上来阅读卞之琳，就不难理解他诗中所闪现出的知性光芒，是一种西方现代主义诗学理想与传统诗歌趣味的结合，淡泊、冷峻、含混、哲理性等。这种以现代性视角对世界与人生的体验、提炼，较之于前期新诗的平实、直白，更能引起现代社会不同年代人们的共鸣，因为这是在现代社会中真实的人对真实人生的真实体会，短小理智却耐人寻味。在新诗现代化的过程中，卞之琳用扎实的诗歌作品在诗歌理念、诗歌技巧、审美趣味等方面把新诗向前大大推进了一步，“他的诗以知性探险、非个人化境界，构成了对传统诗美的抗击与解构”[①]，那诗中淡泊情感背后对知性的追逐由此而形成的诗的智慧晶体，在现代诗歌史上是独特的存在，影响了新诗道路上众多追梦者。

四　科学与九叶诗人的诗歌理论

历史的车轮轰隆向前，新诗在现代化的道路上摸索前行。1930 年

① 罗振亚：《“反传统”的歌唱——卞之琳诗歌的艺术新质》，《文学评论》2000 年第 2 期。

代“新智慧诗”出现，富有理性色彩的知性诗学与诗歌成为现代诗歌的组成部分，经过卞之琳、冯至等的实践探索，1940 年代“九叶派”诗人带来了新的文学体验，在新诗现代化道路上表现出独有的历史价值。在 1940 年代抗战氛围日浓、政治布局成为时代焦点的背景下，新诗受到政治气候尤其是马克思主义文艺的影响越来越深，现代文学包括诗歌的建构路径转向传统文化和民间文学，民歌民谣、街头诗、旧体诗词等文本的数量增多、质量提高，“五四”时期源自西方文学的象征主义、现代派的诗歌实践越来越少，民主和科学的启蒙精神日趋沉寂。在这种情况下，九叶诗人以诗人群体的面貌出现在诗坛，是特异于时代接续起新文学与西方文学的渊源联系，“而且在文学的现代意识与现代形式的建构方面将中国新文学与西方的先锋文学拉到了同一个历史阶段”①。

诚如斯言，九叶诗派在中国 1940 年代特殊的时代环境中出现，的确是新诗发展的幸运与必然。九叶派诗歌的出现不是无源之水，它是新诗诞生后偏重说理，或者称为“知性诗歌”发展的一个自然延续。袁可嘉坦率地承认自己诗学渊源，我们的这些作品在卞之琳、冯至的作品中似曾相识。九叶诗人在西南联大求学之时，闻一多、卞之琳、冯至等诗人正在联大的校园讲学，青年诗人们深深受到前辈师长们的熏陶，1930 年代卞之琳的新智慧诗，冯至偏哲理沉思的诗歌传统在九叶诗人思想中潜滋暗长。在这个现代诗歌流变的过程中，科学作为一股思潮已逐渐由显转隐，20 世纪初科学万能的神话已经破灭，动荡恶劣的政治局面、混乱失范的文化环境无法给予科学探索实验充裕的时间与空间，而曾经被视为救国神器的科学在带来了大都市繁华的物质文明后，并没有很快在国民性改造与现代民族国家建设中发挥理想中的作用，科学思潮也由历史的主流转为潜流，在教育、文化、文学等

① 谭桂林：《西方影响与九叶诗人的新诗现代化构想》，《文学评论》2001 年第 2 期。

领域发挥作用。这时候，科学由社会舆论与知识分子的标语口号沉潜为学术界实实在在的行动，文学在受科学影响的同时，也具有更大的主动性和成熟度，能够批判地选择科学内涵方法，融入文学理论和文本创作为之所用。正如奚密所说，不同区域文学之间的影响与被影响并不是简单的施与受的单向关系，有时候“存在一种相互契合、彼此投射的辩证关系”①。

如果要考察中国现代诗歌的知性诗学及诗歌创作，新诗草创期胡适的说理诗可以算作萌芽，期间经过卞之琳等人“新智慧诗”的探索，到九叶诗人那里形成了一个爆发期。九叶诗人较多接受西方现代主义诗歌影响，艾略特、里尔克、奥登的诗歌在他们这一年代诗人群中流传，“我们都喜欢艾略特——除了《荒原》等诗，他的文论和他主编的《标准》季刊也对我们有影响”②。也为瑞恰慈多次到中国任教讲学，1940 年代他的学生燕卜荪在西南联大主讲西方现代文学，直接影响了穆旦、郑敏、袁可嘉等青年诗人，以瑞恰兹为代表的现代诗歌理论、西方最新的诗歌创作原汁原味地呈现在中国青年诗人的面前。面对时代局面的复杂与动荡，面对诗歌现状的不满与焦虑，面对内心深处的理智与责任，促成九叶诗人选择了属于自己的现代化道路。在 1940 年代以前新诗的主要任务是从古代诗歌的文化与语言的强大阴影中走出来，找到匹配现代社会的诗歌表达方式，对此郑敏曾说：“走向现代化是“五四”文学运动后新文学的创新总倾向，但一直到 1940 年代，才因为形势的发展新文学获得突破，走向普遍成熟。”③

---

① ［美］奚密：《从边缘出发——现代汉诗的另类传统》，广东人民出版社 2000 年版，第 180 页。

② 王佐良：《穆旦的由来与归宿》，见《王佐良文集》，外语教学与研究出版社 1997 年版，第 465 页。

③ 郑敏：《回顾中国现代主义新诗的发展，并谈当前先锋派新诗创作》，见《诗歌与哲学是近邻：结构—解构诗论》，北京大学出版社 1999 年版，第 224 页。

第一，强化了现代诗学的思辨色彩。中国古代诗歌具有鲜明的感性特点，无论“诗言志”还是“诗缘情”，都是以感性作为出发点和落脚点，从类型上看更多是一种感性化的抒情诗，推崇的是直接感悟，忌讳的是理性分析。“五四”文学革命时期，胡适认为古代诗歌传统中说理诗很少，思辨说理不是诗论诗作的主流，而引进西方哲学文化思潮，以诗文达启蒙之理、革语言之弊，理与辨析成为创作的重要内容和使命，这才有胡适的坚持“全篇为说理之作，虽不能佳，然途径俱有”[①]，于是朱自清断定“新诗的初期，说理是主调之一”[②]。这种对诗中之理的坚持，到了卞之琳那里转变为写诗时一种观照的态度，“我写诗……却总倾向于克制，仿佛故意要做‘冷血动物’”[③]。卞之琳的这种“冷处理”方法，到了九叶诗人时便上升为诗歌的基本理念，九叶派的理论家袁可嘉认为：“诗歌不再是表达激情，而是表现人生经验”，“如果我们需要一个短句作为结论，则我们似可以说，现代诗歌是现实、象征、玄学的综合系统”[④]。“现实”着眼于对所存在世界及人生的把握，吸取博大深沉的人生经验。象征是从艺术手法、玄学是从思维程式等方面分别定义诗歌，这些都是诗歌的要素之一。经验是统合现实、象征、玄学的，内在的主客观相融的综合体，这是现代诗呈现的形式。

九叶派对诗歌的认识深受艾略特的影响，艾略特在《传统与个人才能》中指出：“诗不是感情，诗是许多经验的集中。”进而他提出“非个性化”的概念：“诗不是放纵感情，而是逃避感情，不是表现个

---

① 胡适：《〈自杀篇〉跋》，见季羡林编，郑大华整理《胡适全集》（第27卷），安徽教育出版社2003年版，第363页。

② 朱自清：《诗与哲理》，见朱乔森编《朱自清全集》（第2卷），江苏教育出版社1988年版，第333页。

③ 卞之琳：《〈雕虫纪历〉自序》，见《人与诗：忆旧说新》（增订本），安徽教育出版社2007年版，第283页。

④ 袁可嘉：《新诗现代化·新传统的寻求》，见《论新诗现代化》，生活·读书·新知三联书店1988年版，第4页。

性，而是逃避个性。”① 正是艾略特的诗学理论契合了九叶诗人的内心，他们用这样的诗论武器来矫正当时诗坛流行的说教与感伤，倡导一种基于现实基础又具有现代艺术特质的诗歌形制，将僵硬的鼓动与苍白的情感纳入艺术酝酿、沉积的轨道并上升为典型经验。在诗歌的创作中从主观世界的倾诉转变为客观世界的揭示，诗歌对象由情感向经验滑动。袁可嘉认为新诗现代化，既要面向现实与社会，从社会重大问题中撷取素材，也面向内心世界进行灵魂的拷问；同时要进行艺术上的深度加工，注重知性与感性的融合、现实世界与精神世界的融合②。“一个老妇期待着孩子，许多孩子期待着/饥饿，而又在饥饿里忍耐/在路旁仍是那聚集着黑暗的茅屋……痛哭吧，让我们在他的身上痛哭吧，/因为一个民族已经起来。”（穆旦《赞美》）诗人将对时代与历史的艰难感受融入老妇人的劳作之中，既有循环往复岁月的悲痛，也有对时局唯艰的激越，从心底呼唤民族的站立。再如“海波吐着沫溅在岩石上，/海鸥寂寞的翱翔，它宽大的翅膀/从岩石升起，拍击着，没入碧空”（穆旦《寄》），自然界海波撞击岩石、海鸥翱翔天空的组合意象寄托了自由的向往。九叶诗人以新诗现代化为目标，探索新诗发展道路，实现从寻找精神家园到突入人生现实、从情绪化到智性诗化、从意境化到戏剧化的转变。③

第二，戏剧化的表达策略。“用艺术表现情感的唯一办法是寻找一个客观对应物；换句话说，是用一系列的实物、场景、一联串的事件来表现某种特定的情感”④，这是艾略特关于诗歌技巧的基本看法，用“客观对应物”来承担诗歌的艺术载体。九叶诗人群体是用“新诗

① ［美］T. S. 艾略特：《传统与个人才能》，见卞之琳、李赋宁等译《艾略特文集》，上海译文出版社 2012 年版，第 11 页。

② 袁可嘉：《半个世纪的脚印——袁可嘉诗文选》，人民文学出版社 1994 年版，第 157 页。

③ 许霆：《中国现代诗学论稿》，复旦大学出版社 2012 年版，第 110 页。

④ ［美］T. S. 艾略特：《哈姆雷特》，见卞之琳、李赋宁等译《艾略特文集》，上海译文出版社 2012 年版，第 177 页。

戏剧化”这一策略实现他们“新的综合系统”的艺术主张，并且从心理学等三个方面进行了深入的分析探讨。从心理学角度来看，人生的价值在于内心冲动的满足和冲动矛盾的平衡，人生的路程充满了跌宕起伏，人生本来就是一段戏剧。从想象学角度来看，想象的最大作用，是对充满在想象中的各种冲突、矛盾的平衡融合。[①] 诗歌戏剧化，既是创作思维模式的改变，由传统的重情转向重理，由传统的讲求感悟的虚静转向讲求想象逻辑的推演；同时也是审美趣味风格的变化，现代诗歌更加趋向平实、理性，戏剧化、客观化与抽象化。这些诗歌关键词的新出现，从深层次来讲是科学思潮经过 1920 年代全面的同时也是表面化的文化覆盖之后，经过 1930 年代的新智慧诗的摸索，逐渐深入诗思、诗语、诗美的本体建构中。

表现的客观化与间接化，是戏剧性的根本特征。新诗戏剧化就是要通过意象的客观组织，来克服诗歌潮流中的说教与感伤的倾向。在意象的构成上体现出客观性，九叶诗人用“意象的联想”作为基本构成形式。袁可嘉的解释是，这是一种意象的扩展性思维，也就是意象的组织是由此及彼的线性推进，从单一的基点出发成辐射形状向外围扩散，合乎想象逻辑的意象彼此关联，逐步加深和推远构成意象体系[②]。袁可嘉把这种意象的扩展称为“诗境的扩展”，就好比是一首诗的戏剧性展开，进而形成了艾略特主张的“客观对应物”。这种意象思维方式，是对人的感觉与智力的考验，因为意象的逐步展开并不只是依赖于直觉，还要依靠理性的合理联想，具有内在的逻辑性。比如，杜运燮在意象组织方面师法英国诗人 W. H. 奥登，喜欢高空俯视一类的视角，从上往下、从近到远，“使某些事物在突出扩大或缩小中清

---

① 袁可嘉：《谈戏剧主义》，见《论新诗现代化》，生活·读书·新知三联书店 1988 年版，第 32 页。

② 袁可嘉：《论诗境的扩展与结晶》，见《论新诗现代化》，生活·读书·新知三联书店 1988 年版，第 127 页。

晰呈现，产生一种特别强烈的感觉”①。这实际上是用工业文明的专业术语来描述文学领域的呈现方式，采取客观不带感情色彩的方式来观察世界，使得诗歌产生一种冷峻的抒情效果，从诗歌创作与批评两个角度都可以看出科技文化对文学的渗透。杜运燮的《第一次飞》《滇缅公路》等诗作就运用了这种方法，“看它，风一样有力，航过绿色的原野/蛇一样轻灵，从茂密的草木间/俨然在飞机的座舱里，发现新的世界/而又鹰一般敏捷，画了几个优美的圆弧/降落到箕形的溪谷，倾听村落里/安息前欢愉的匆促”（杜运燮《滇缅公路》）。诗人的视点立在高空，以电影的镜头摇动来扫描滇缅公路，再对画面进行剪辑，赋予静态的公路以动态的美感与生命的倾听，给人一种戏剧化的视觉效果。

第三，感性理性相融合的审美趣味。袁可嘉认为现代诗是经验的传达，这种重新发现作为“知性与感性的融合”，表现为知性的感性化与诗语的陌生化两个方面。前面我们谈论很多的是由于科学对人文领域的影响渗透，所以现代诗歌中出现了说理或者理性因素逐渐增多的现象，也就是说知性诗学从无到有逐步发展壮大。同样是关于科学与诗的问题，瑞恰兹在承认科学影响的基础上强调科学虽然能帮助文学取得发展和进步，但是唯科学理性的结果并不能解决诗的创作困难和问题，诗的经验由两股冲动组成，“次要的一股，可以叫做是智力的；其他的一股，可以叫做是主动的或情感的”②。这也就是说，科学的运用是有自身的边界，关于世界本质与人文精神领域的问题，科学更多是以一种方法论的形式出现，真正问题探讨还需遵守文学领域自有的概念与规律。所以，我们看到袁可嘉在谈论新诗现代化时，经常会使用“技术层面的分析”等这样的词语或短语，这是科学的概念运用到诗歌批评中，这种现象在郭沫若关于文学理论的构想中以“细

① 袁可嘉：《半个世纪的脚印——袁可嘉诗文选》，人民文学出版社1994年版，第518页。
② 徐葆耕编：《瑞恰慈：科学与诗》，清华大学出版社2003年版，第10页。

胞、受孕”等面目出现，但技术在袁可嘉这里只是借用为分析手段，最终的落脚点还是诗歌本身，而诗歌是作为“现实、象征、玄学的经验的综合”，是现实社会与内心情绪的经验结晶，是理性思考与感性情绪的有机综合，在这当中情感依然是主导性的力量，而智力是辅助性的力量。

九叶诗人及诗歌在新诗现代化的历程中表现出的现代特质，从诗思的角度来说，就是精神世界的探索与社会现实的分析相结合，向内对自我心灵的追寻不是浪漫主义式的主体力量的高涨，而是人在与客观世界的关系中受到的挤压消解，形成心灵世界的苦闷情感或人生体验中的苦闷经验；从意象的角度来说，就是一方面强调意象的暗示性与客观化，对意象背后隐藏的东西作理性分析，讲究具体确定与逻辑关系，一方面又强调意象有机融合后的整体审美意味，意象与思想一般不可拆分或互换，具有意象意境化的特点。因此，当隐喻性的诗意语言被散文化的日常语言替代，当意象性的结构方式被分析性的现代语法消解，改变不仅发生在工具的层面，整个诗意生成的前提也从根本上被刷新。[①] 九叶诗学旨在建立起一个具有形式本体意义的现代诗学体系，由写作中的秩序、意象、节奏等要素综合作用，可以构建一个立体的诗歌建结构，而诗歌的意义就是通过诗篇全体的结构、组织而发生的总的效果。

① 姜涛：《新诗的发生及活力的展开》，见洪子诚编《百年中国新诗史略：〈中国新诗总系〉导言集》，北京大学出版社2010年版，第27页。

第二章　科学思维与中国现代诗歌思维方式

中国的科学与人文的关系问题，是从近代伴随着西方思潮的进入而产生的。五四时期中西文化冲突问题的进一步深化，促进了科学主义思潮在中国的形成，为新文化运动做好了精神准备。郭颖颐对五四科学思潮做了判断："知识分子号召接受科学的世界观，抛弃传统的生活哲学，是从 20 世纪的头 20 年开始的。"① 科学是五四时期的主导性思潮，从知识层面科学促进新的知识系统的建构，由知识上升到价值层面冲击传统的价值统观念，倡导理性、实证与量化的科学精神进而引起艺术观念与审美观念的变化，而思维方式的转变是中国诗学变革的基础与内核，同时也为新诗的现代传播创造了新的路径。

第一节　情与理的互渗

中国现代以来的新诗变革，与来自西方的科学精神关系密切。舒芜在《〈饮冰室诗话〉校点后记》中认为，思想界首先是接受了进化

① ［美］郭颖颐：《中国现代思想中的唯科学主义（1900—1950）》，雷颐译，江苏人民出版社 1990 年版，第 9 页。

论的哲学思想和近代自然科学知识，最后具有对于科学技术的进步及其所带来的生活中新事物的敏感。[①] 科学精神、科学知识及由此产生的工业产品，必然成为近现代中国存在的时代背景，新诗就是诞生在科学主导的文化语境中，中国诗歌的思维方式也接受了西方科学思维的影响，开启了诗歌运思层面的变革。

科学思维，这里主要植根于自然科学的思维，是在科学活动中认识现象本质、解释客观规律的认识过程和心理过程，是人认识自然界的重要途径。科学思维作为客观对象具有的质的规定性，包括抽象性和确定性两个基本的规定，以及由此衍生出的形式性、精密性、简单性、理论性和分析性等共同构成有机的综合系统[②]。科学思维中的这些规定性，随着科学在现代中国社会领域中的主导、泛化，从认知心理与生理层面影响到文艺创作与文学研究中的心理活动。

一　西方理性传统的传入

中国近代以来发生的文学变革以至现代新诗的成形，并不是纯粹意义上的文学革命，而是具有更加普遍的价值，正如雪莱所说："一个伟大的民族觉醒起来，要对思想和制度进行一番有意的改革，而诗歌是最为可靠的先驱、伙伴和追随者。"[③] 自鸦片战争以来的社会大变革中，诗歌在一定程度上扮演了这样的角色。严复从1895年起发表文章鼓吹文化激进主义，突出线性更替的自然进化与社会进化的理论，在当时危急形势下成为中国人精神上亟须的灵丹妙药，也自然成为接受其他西方理论的前提与基础。知识分子不再拘泥于历史上的圣人之

① 舒芜：《〈饮冰室诗话〉校点后记》，见《书与现实》，生活·读书·新知三联书店2006年版，第114页。

② 周昌忠：《科学思维学》，上海人民出版社1988年版，第8页。

③ ［英］雪莱：《诗辩》，见伍蠡甫等编《西方文论选》（下卷），上海译文出版社1979年版，第56页。

言，开始放眼异域不得不以开放的胸襟考察西方文化，选择以国外尤其是以西方发达国家作为参照系统，以学习西方为潮流的社会现代化与文学现代转型开始进行。这些新思潮的涌入，带来了传统中国人对世界崭新的认识，这是一副植根于现代工业社会的世界图景，人们关于世界、时空、生活乃至内心的体验方式与传统中国截然不同。可以这样说，科学似乎已经由“技”的层面上升为“道”的层面，以一种哲学观念和文化立场的方式存在，成为新的知识群体的知识结构和教育背景。这个时期的知识分子多有留学经历，“接受外国科学理性的教育，彻底抛弃了旧的思维方式，旧的哲学与世界观”①。理性与科学的内涵相互交融，对自然科学的理性而言，是一种基于技术工具手段的数量化、抽象性、实证性的认知理性。在现代性焦虑的历史语境下，中国人的思维空间被科学精神掌握，实证的观念、数量化的追求被普遍引向存在的各个领域，作为一种哲学观念和文化立场存在。② 随着科学理性的泛化，注重客观真实、注重逻辑推理的思维结构，必然影响到诗歌的思维方式与表达方式，开始追求一种具有理性色彩的诗学建构与诗歌表达。

中国古代诗歌以情为本。《毛诗序》说：“诗者，志之所之也，在心为志，发言为诗。情动于中而行于言，言之不足故嗟叹之。”③ 这其实是说，情感可以用诗歌抒发出来，“发乎情，止乎礼义”在社会允许的规范之内即可。《文赋》则是“诗缘情而绮靡，赋体物而浏亮”④。陆机强调了诗歌情感的重要性，同时这种情感并不止于礼仪，可以说是诗歌情感的自觉。同时这诗中情感的抒发一般在“理”的框架之

① 刘为民：《科学与中国现代文学》，安徽教育出版社 2000 年版，第 28 页。

② 杨国荣：《科学的形上之维——中国近代科学主义的形成与衍化》，华东师范大学出版社 2009 年版，第 11 页。

③ 《毛诗序》，见黄霖、蒋凡主编《中国历代文论选新编》（先秦至唐五代卷），上海教育出版社 2007 年版，第 66 页。

④ 《文赋》，见黄霖、蒋凡主编《中国历代文论选新编》（先秦至唐五代卷），上海教育出版社 2007 年版，第 126 页。

下，也就是在“天理”与“人伦”构成的道统范围内，力求达到情理之间的和谐。中国古代诗歌言志缘情的导向熏陶在“天人合一”的传统文化氛围中，影响到古代诗歌在思维方式上是直觉感悟体验性的，以含蓄为美；在语言选择上以名词等实词为主，常常省略各种表示语法关系的虚词。省略虚词可以形成实词间词语的跳跃，一方面与古代汉语诗歌情景交融、天人合一的理念相联系，另一方面是为了追求表意的含蓄。陈良运在建构“中国诗学体系论”时提出：“中国自有诗以来，诗歌理论对诗歌创作实践的抽象表述是：发端于‘志’，演进于‘情’与‘形’，完成于‘境’，提高于‘神’。”① 可以说，志与情是古代诗歌功能的发端，言志表现的是外在政教理念的影响，缘情则是直接面向内心的体验，共同规定了诗歌的表现重点与拓展空间。

与中国古代诗歌重视情感抒发不同，西方文学突出叙事、理性及智力的作用，产生了众多优秀的叙事诗与哲理诗。作为文化载体之一的诗歌是随着理性传统的发展而发展，西方诗歌体现了深厚的理性味道与智力游戏。英国哲学家怀特海在其所著《科学与近代世界》一书中分析了雪莱诗歌的科学理性精神：“他喜爱科学，并在诗中一再地流露出科学所提示的思想。科学思想就是他快乐、和平与光明的象征。化学实验室之于雪莱正好像山峦之于青年的华滋华斯一样。……其实这正是他思想的主要特点之一，而且始终贯穿在他的诗里。”② 并且怀特海举出诗中关于地球的语句说明：“‘气化凌霄不可羁’，这就是科学书籍中‘气体膨涨力’的诗化。”③ 再如对于英国玄学诗歌的研究发现：“英国玄学派诗歌受 17 世纪自然科学的影响表现在三个方面，一是独特的宇宙观与时间意识，二是发现意识及创造新词，三是探索精神的形成。”④ 玄学

① 陈良运：《中国诗学体系论》，中国社会科学出版社 1992 年版，第 26 页。
② ［英］A. N. 怀特海：《科学与近代世界》，何钦译，商务印书馆 2009 年版，第 82 页。
③ ［英］A. N. 怀特海：《科学与近代世界》，何钦译，商务印书馆 2009 年版，第 82 页。
④ 吴笛：《自然科学的发展与玄学诗歌的生成》，《外国文学研究》2011 年第 5 期。

派诗人“别具心裁地使用知识概念和神学概念，具体表现为令人叹为观止的奇喻、奇怪的悖论、以及牵强比附的意象”[①] 的风格，与科学在西方世界的兴起不无关系，只是这种兴起在当时的世界还没渗透到人们思维模式中，玄学诗歌也未进入当时诗歌的主流。到了 20 世纪，科学技术与工业文明已经成为现代世界不可或缺的一部分，艾略特接续玄学诗人的传统，推崇“承担着努力寻求足以表达心情和感觉在文字上的对应词的任务”，也就是运用新颖的比喻、新奇的意象来营造诗歌的感性形象，也就是寻找“客观对应物”来表达玄思冥想[②]。应该说，西方理性传统在现代诗歌中表现得更为突出，自然科学与社会科学中的抽象概念可以进入诗歌，成为诗歌创作的材料。同时由于理性思维所具有的逻辑性、精确性、客观性特点，意象不是诗学的核心或者唯一的概念，西方诗人并不追求意象的具象化和整体性，更不追求言外之意、象外之境。他们更乐于对意象作智性化处理，在智力的游戏中找寻乐趣。所以，我们看到西方诗歌评论也被称为“诗歌解剖”，其意义指批评应该是对文本进行客观、冷峻的分解，在一定程度上反映了科学与艺术之间的内在关系。

当强势的西方文化随着强大的枪炮器械进入中国的时候，科学实证的思潮也在古老大地上流行开来。科学精神的首要特征当然是理性精神，理性精神按照怀特海的说法可以用“明确严谨的思想之习惯”来概括[③]。许多诗人不再把情景交融视为基本的思维方式，开始追求一种具有理性体验特征的诗歌表达方式，试图跳出古代诗歌主情或感性的表达范式，采用理在情先或者以理正情的办法来探索新的诗歌表达范式。中国古代诗歌那种注重直觉感悟、模糊体验的思维模式，在

---

① 沈杨：《多恩诗歌科学特质的文化阐释》，《江西社会科学》2012 年第 3 期。

② 汪云霞：《知性诗学与中国现代诗歌》，上海书店出版社 2009 年版，第 30 页。

③ 高瑞泉：《中国现代精神传统——中国的现代性观念谱系》，上海古籍出版社 2005 年版，第 332 页。

文学乃至文化长期的发展过程中成为一种群体意义上的审美心理，潜移默化地影响着一代代的文人墨客，这种影响也延续到近现代文学时期。但这种感悟式的思维模式在强大的西方文化与逻辑思维结构面前，有些跟不上时代的步伐而显得不堪一击，也容不得诗人们在传统向现代转型的道路上静思默想，寻找到一个中西古今文化模式自然相融的结合点。当科学在现代中国知识及价值领域逐步泛化之时，以整体性、感悟性、辩证性见长的传统思维方式被打碎，理性成为现代诗人的普遍追求，或者把理性的概念移植到诗作中，或者理性精神无意识地在酝酿构思及表达过程中流露出来。

首先，理性与诗歌中的表现是说理重理观念的流行。陈独秀在《敬告青年》中极力倡导理性，所要求的正是与迷信相对立的科学精神。周作人在《新文学的要求》中宣称："正是感情与理性的调和的出产物，也就是我们所要求的人道主义的文学的基调。"[①] 理性成为文学的人道主义的重要内涵。梁实秋认为："情感想象都要向理性低首。在理性指导下的人生是健康的常态的普遍的；在这种状态下所表现出的人性亦是最标准的；在这标准之下所创作出来的文学才是有永久价值的文学。"[②] 在梁实秋看来，理性制约情欲才是理想的人性，而文学正是要表现这理想的人性。这些都是从宏观层面对理性与文学的总体关系所作的判断，具体对诗歌而言有学者认为："'五四'前后新诗的说理和写实之风兴盛，在一定程度上与科学思潮的影响直接相关。"[③] 中国现代诗歌产生于科学与理性精神之中，科学理性思潮会影响到初期新诗理论主张说理。

胡适在《文学改良刍议》中有言："思想不必皆赖文学而传，而文

---

① 周作人：《新文学的要求》，见《艺术与生活》，河北教育出版社 2002 年版，第 18 页。

② 梁实秋：《文学的纪律》，见杨迅文主编《梁实秋文集》（第 1 卷），鹭江出版社 2002 年版，第 146 页。

③ 王泽龙、钱韧韧：《现代汉语虚词与新诗形式变革》，《中国社会科学》2014 年第 9 期。

学以有思想而益贵；思想亦以有文学的价值而益贵也。”① 正是在理性高扬的创作语境中，以诗说理、用诗评论成为新诗初期的时代风潮，诗作中有直接说理的，有实写社会现象的，还有描写知觉的，如胡适《乐观》这首诗，用砍掉树木重新长出嫩叶来比喻抽象的概念：“‘这棵大树很可恶，/他碍着我的路！/来！/快把他斫倒了，/把树根亦掘去——/哈哈！好了！’//大树被斫作柴烧，/树根不久也烂完了。/斫树的人很得意，/他觉得很平安了。//……雪消了，/枯叶被春风吹跑了。/那有刺的壳都裂开了，/每个上面长出两瓣嫩叶，/笑迷迷的好像是说：/‘我们又来了！’”（胡适《乐观》）新月派在诗歌创作中倡导要用“理性节制情感”，在创作过程中要恰当地运用一种自控的理性，反对情感毫无约束的自由奔流，形成一种既有饱满情感也有外在诗形的新格律诗：“我是天空里的一片云，/偶尔投影在你的波心——/你不必讶异，/更无须欢喜——/在转瞬间消灭了踪影。//你我相逢在黑夜的海上，/你有你的，我有我的，方向；/你记得也好，/最好你忘掉，/在这交会时互放的光亮！”（徐志摩《偶然》）这首诗葆有诗人深切的人生体验，在形式上匀称有度，内容与形式相得益彰。理性在诗歌实践哪怕是用稚嫩粗浅的方式表达出来，都显示出与古代诗歌主情传统的断裂，意味着科学思维与理性思维成为现代诗歌思维的重要参照。

其次，理性与诗歌中的表现是产生体现逻辑属性的诗歌理论。在古代诗歌中，诗话词话是诗歌评论的重要文体，“据统计，宋代有诗话 139 种，明代以诗话命名的 17 种，未以诗话命名而属于诗话体制的 31 种，清代诗话共有三四百种”②。持论者往往立足于直观印象，运用简省、形象的语言表达对诗歌的感受，是一种印象式、片段式的诗论，《诗品》《诗格》等佳作多是印象式的只言片语。它长于情感的领悟与

① 胡适：《文学改良刍议》，见季羡林编，郑大华整理《胡适全集》（第 1 卷），安徽教育出版社 2003 年版，第 5 页。

② 王先霈：《文学批评原理》，华中师范大学出版社 1999 年版，第 9 页。

点化，拙于逻辑分析与学理推演，“诗文杂评亦多散载于私家笔记论著；但求其有系统之批评，著为长篇阔论者，不可多观”[①]。传统的诗话对应于农耕时代的生活节奏，简省舒缓的书写方式无法匹配复杂的现代社会与撕裂的历史状态。而在西方近代自然科学革命改变了人类的知识结构和认知方式，由科学形而下的技术更是催生出无数先进的工业产品，组成了一个复杂多变的现代社会，与之相应的量化、逻辑、实证型的理性精神及思维方式为封闭的中国人提供了截然不同的新的思想资源。

科学的任务是发现和创造新的知识，更准确、更合理地解释我们所存在的客观世界，传承人类文明成果。科学发现一般采取演绎、归纳、实验、模型、系统控制等方法，具有精准、量化、实证、可重复等特征，是一种“对秩序、基本形式、普遍有效和可检验知识的探索”[②]，从思维角度是一种有条理的逻辑思维。当科学理性形而上成为知识分子的哲学观念与价值立场时，文学同人就希冀借用科学的力量来改造传统的文学言说方式，建构具有学科特点并相对完整的诗学体系，“促使理论形态也由古典直观形态走向现代逻辑形态”[③]。胡适的《谈新诗》作为新诗理论的拓荒之作，从诗语与诗艺两个角度出发，分别提出自然的音节与具体的做法的创作路径，并用事实演绎展开，体现了胡适“系统的整理”“用科学的方法作精确地考证”的学术品格。闻一多在《诗的格律》中提出现代诗歌应该符合“三美”的主张，其中“建筑美”和“绘画美”是从视觉上考虑，“音乐美”从听觉上考虑，勾勒了一条从节奏的舒缓到词语的色彩到诗形的均齐的有机链条，提出了他心目中新诗的创作及审美规范。胡适《五十年来之

---

① 胡梦华：《文艺批评概论》，《东方杂志》第21卷第4号，1924年2月。

② 曾欢：《西方科学主义思潮的历史轨迹——以科学统一为研究视角》，世界知识出版社2009年版，第3页。

③ 张清民：《科学主义与中国现代文学理论的兴起》，《江西社会科学》2008年第3期。

中国文学》虽不是诗歌历史的专论，但建构文学史的姿态与模式已经表现出来，对1870年代以来的文学现象做了阶段性的梳理，为建构文学史提供了参考。正是“科学改变了文学的话语方式，中国至此结束了‘文学无史’的历史，特别是有了以理性观念为导引的历史研究，中国文学至此有了以理性逻辑为特色的文学理论”①。

二　情理结构的再组合

西方理性传统的传入，对中国古代诗歌的抒情传统造成了冲击，理性成为诗歌创作及诗学理论的一个标尺，“什么事物都要拿到理性的天平上称一称”。胡适开新诗说理风气之先，他所写的诗大多说理的味道很重，胡适对文学采取的过于实用的目的造成了诗歌情感的匮乏，他的诗更像是理论的证明、道德的说教。所以有人说“中国的新诗运动，胡适是最大的罪人”②，便是对初期白话诗说理的比重太大且简单直接、缺少情感抒发，因而诗味寡淡的针砭。但从另一个方面看，这也说明科学理性对诗歌的影响之深，打破了传统诗歌以情为主、情景交融的思维结构，为诗歌创作中情理结构的重构开辟了空间。

以徐志摩、闻一多为代表的新月派，可以说是对现代诗歌情与理的内在结构进行再组合的最初尝试者。需要说明的是，新月诗派对个人情感的参与是持肯定态度，“以主观抒情为核心特征”③。徐志摩、闻一多是与胡适不同类型的知识分子，不同于胡适的学者气质，他们更多是诗人。新月派诗人大都忠实守护内心的情感，向灵魂内世界掘进，如徐志摩的早期创作有强烈的内向性，一本《志摩的诗》差不多

---

① 王书婷：《“中国20世纪文学与科学”学术研讨会综述》，《中国现代文学研究丛刊》2006年第6期。

② 穆木天：《谭诗——寄沫若的一封信》，见谢冕主编《中国新诗总系》（第9卷），人民文学出版社2009年版，第112页。

③ 罗振亚：《新月诗派风格形态辨析》，《文艺报》2013年5月20日。

就是感情的奔流。与此同时，他们提出了“用理性节制感情”的美学原则，甚至主张采用小说化和戏剧化的表现手法，追求诗的客观化。他们对1920年代初诗歌的过于自由化进行了拨转，同时又反对滥情主义。徐志摩明确地提出：“情感不能不受理性的相对节制与调剂。”[①]闻一多同样推崇理性，并指出节制情感的有效办法是语言表达的客观化与格律化，这其实也是从思维角度提出的办法。他们坚持应该用心灵的思考来代替情感的抒发，以理性驾驭感情；即便抒情也非情感的喷薄而出，而是采取客观化的表现，这是新诗客观对象主观化与主观情感客观化的初步尝试。情理结构的重组，在新月派诗歌中表现在三个方面：一是情感的积淀浓缩，创作中对情感对象做有距离的观照，竭力克制住感情冲动，如闻一多的《死水》便是沉思的情感结晶；二是叙事成分的强化，尝试建立戏剧抒情诗体式，闻一多的《天安门》通过人力车夫对乘客的戏剧独白，突出了“这一个”独白者的个性，表达了苦涩心境。这种叙事成分的加强，给予了主观情感的客观对应，只不过客观对应物可以是静态的物，也可以是动态的事；三是情感的节制也表现在诗形的构建过程中，“不论思想怎样高尚，情绪怎样热烈，你得拿来彻底的音节化才可以取得诗歌的认识，要不然思想自思想，情绪自情绪，却不能说是诗”[②]。他们将情感放置在严格规范的形式中，“为理性化的情感戴上了理想的镣铐——格律化”[③]，表现出来就是诗形要符合音乐美、绘画美与建筑美的要求。新月诗人意识到新诗对于理性与情感的双重需要，也意识到诗坛在把握情理之间方式上存在的偏颇与极端，在调和中提出新的诗歌观念，建筑美等诗歌形式理论的提出可以看作从诗形着手探索情理结构匹配的路径。

---

① 徐志摩：《〈诗刊〉放假》，见韩石山编《徐志摩全集》（第3卷），天津人民出版社2005年版，第86页。

② 徐志摩：《〈诗刊〉放假》，见韩石山编《徐志摩全集》（第3卷），天津人民出版社2005年版，第86页。

③ 罗振亚：《新月诗派风格形态辨析》，《文艺报》2013年5月20日。

“知性”诗学及“知性诗歌”，可以说是诗歌情理结构关系的系统探索，沿着胡适、闻一多开创的诗歌情理关系的认知做更理性、更学术、更自觉地探索。“知性”这个概念来自西方诗学理论，可以翻译为理解力或领悟力等。早在19世纪，英国诗人柯勒律治就探讨过知性的话题，认为它是一种使对立的或不和谐的品质取得平衡的本领。20世纪初，现代诗人艾略特从17世纪玄学派诗人那里发现了这种品质，说玄学派诗歌是“许多经验的集中，集中后所发生的新东西”[①]，而只有将情感与思想相联结、以思想统率诗歌才能掌握诗的平衡。由此可见，知性是一个综合性的诗学概念，它不主张直接抒情，要避免感情的泛滥或者感伤；但也不是纯粹的思想和智力活动，要避免说教、枯燥与造作的倾向，它是情感的知性化，或者思想的情感再创造。

知性概念传到中国现代诗坛，其影响也是十分显著的，为主情的传统诗歌带来了理性的新声，促进了诗歌内核情与理的重新组合。卞之琳是较早接受西方知性诗学影响，并自觉将之中国化的，时人评价：“从十九世纪法国象征主义诗人过渡到其后期诗人瓦雷里及二十世纪的英、德象征主义诗歌，卞之琳接触到与自己时代更为相近的声音，受到现代人知性泛滥的蛊惑。”[②] 从1935年开始，卞之琳先后写出了《距离的组织》《尺八》《圆宝盒》等诗作，“好像是忽然之间，是用新的思维方式、感觉方式和灵感来写诗”[③]。从1935年起的一系列作品，渐渐为卞之琳赢得了晦涩的名声，也闪烁着知性的光芒。当戴望舒们还在主情的道路上滑行的时候，卞之琳已经在主知的荆棘中探索，寻找诗歌新的抒情策略，以此寻找中国新诗新的发展方向。

---

① ［美］T. S. 艾略特：《传统与个人才能》，见卞之琳、李赋宁等译《艾略特文集》，上海译文出版社2012年版，第7页。

② 张曼仪：《卞之琳著译研究》，香港大学中文系1989年版，第35页。

③ 蓝棣之：《论卞之琳诗的脉络与潜在趋向》，《文学评论》1990年第1期。

金克木 1936 年发表《论中国新诗的新途径》一文谈到诗歌的现代转型，他把现代诗歌称作“智的诗歌”，“以不使人动情而使人深思为特点，极力避免感情的发泄而追求智慧的凝聚”①。这是基于对卞之琳诗歌分析而做出的判断，是中国化了的知性诗歌。那些客观冷峻的西方理性，在创作过程中结合东方感情的融入，诗的智慧才有别于其他事物严格意义上的逻辑。卞之琳对于情与理的调和，用他自己的话说：“我总怕出头露面，这时期我更多借景抒情，借物抒情，借事抒情……倾向于小说化，典型化，非个人化，甚至偶尔用出了戏拟（Parody）。”② 从这段话中可以看出，卞之琳在新月派师长们情感客观化的道路上做了进一步实践，一方面承认情感是诗歌创作的根本基础，“没有真情实感不会写诗”；另一方面，将情感隐藏得更深，“做个冷血动物”，不直抒胸臆，也不阐述道理，而是运用戏剧化、小说化作为抒情的主要策略，让智性的思考融化于意象之中，在客观化的叙事中呈现诗情诗意。

在特殊的政治历史条件下，诗人徐迟用呼喊的方式放大了卞之琳们对抒情诗的看法，他认为：“诗与抒情几乎是分不开的，但在时代变迁之中，人类生活已开始放逐了抒情。”③ 在诗人徐迟看来，诗中的抒情与生俱来，而时代变动带来生活世界与体验方式的变动，于是传统的情感表达结构被打破。其后新诗发展的历史事实表明，1940 年代的诗歌，无论是七月诗人具有浓厚现实主义色彩的诗歌，还是九叶诗人富有现代主义色彩的诗歌，从一定意义上讲他们的抒情色彩性非但没有减弱，反而更加高亢。“这意味着，所谓‘抒情的放逐’仅仅是

---

① 金克木：《论中国新诗的新途径》，见谢冕主编《中国新诗总系》（第 9 卷），人民文学出版社 2009 年版，第 219 页。

② 卞之琳：《〈雕虫纪历〉自序》，见《人与诗：忆旧说新》（增订本），安徽教育出版社 2007 年版，第 283 页。

③ 徐迟：《抒情的放逐》，见谢冕主编《中国新诗总系》（第 9 卷），人民文学出版社 2009 年版，第 284 页。

在理论构想层面表达了一种变化意识”，“抒情本身并没有退出历史舞台，只是其内部结构发生了调整。”① 正是抒情诗歌包括情理关系在内的内部结构的调整，开辟出“新的政治抒情诗”的新形势。

“新的政治抒情诗”该用怎样的方式抒情呢？在穆旦的理解中，“新的抒情”应该包含“理性”、“鼓舞性”与“理想性”三个方面。唐湜持有同样的看法：“诗并非如人们所想的只是情感而已，它是经验。”② 袁可嘉试图在中国诗歌实践中引入西方现代派诗论，认为诗歌中“传统与当前的渗透，抽象思维与敏锐感觉的浑然不分”，是“现实、象征、玄学的综合传统”③。在 1940 年代的九叶诗人那里，情与理的关系更加复杂化，诗歌是作为经验的传达而存在。他们的诗思与“五四”以来的现代诗歌比较，知性化的倾向更加突出。情感情绪不再是诗歌的主要来源，也不是唯一目的，它与知识、历史、感受等形成了诗人的经验，通过客观化的手段展现在文字之中。

梁宗岱曾说：“诗是真的最高与最终的实现”，但是诗人“不安于解释和说明，而要令人重新体验整个探讨底过程”④。他将科学的真与艺术的真区分开，但在诗中科学与艺术是混合的，诗歌又是融科学认知为一体，“可以将我们最内在的波动与外界的事物并列”，“达到超然、带有终极意义的真”⑤。从卞之琳的新智慧诗、徐迟的都市诗歌，到冯至充满了沉思和哲理的《十四行集》，穆旦“新的抒情诗”，中国现代诗歌在主情与主理的道路上摸索前行，对情感的认识更加深入，同时接受现代主义的诗学观念，进一步丰富了情理

---

① 姜涛：《从“抒情的放逐”谈起》，《扬子江诗刊》2005 年第 2 期。

② 唐湜：《新意度集》，生活·读书·新知三联书店 1990 年版，第 11 页。

③ 袁可嘉：《新传统的寻求》，见《论新诗现代化》，生活·读书·新知三联书店 1988 年版，第 7 页。

④ 梁宗岱：《诗与真二集》，见刘志侠、卢岚编《梁宗岱文集》（第 2 卷），中央编译出版社 2003 年版，第 85 页。

⑤ 梁宗岱：《诗与真二集》，见刘志侠、卢岚编《梁宗岱文集》（第 2 卷），中央编译出版社 2003 年版，第 155 页。

的范围与手段，认为现代诗歌是综合经验的传达，明显表现出与中国古代诗歌抒情传统大相径庭的创作思维模式，这同时为现代诗歌的传播提供了新的可能性。

三　情感体验的综合化

科学精神的介入以及理性观念的影响，情理结构的再组合使得诗歌的情感体验复杂化、综合化，“这个新倾向纯粹出自内发的心理需求，最后必是现实、象征、玄学的综合传统”①。这种对于诗歌包括情感在内具有高度的综合性质的判断，显然是受英美新批评诗学理论的影响，艾略特提出“非个性化”理论，瑞恰兹提出“包容的诗”理论，他们认为艺术作品的意义在于对人生经验挖掘，以及最大量意识活动的获得。艺术与宗教、科学、政治彼此平等对话，现代诗歌是现实、象征、玄学的综合传统，这自然带来了诗人情感体验的复杂化与综合化。

第一，情感体验的综合化表现为求善与求真的结合。文学上的真实既包含有科学认识的真实，也包含文学自身特有的美学特征，是文学想象与科学真实在终极意义上的融合。刘半农曾自豪地宣称：“我的诗歌所能表显，所能感动的社会，地域是很小的。如表显力与感动力的增强率，不小于地域的减缩率，我就并没有失败。”② 这里表现了数理逻辑及其内在的科学精神，影响到了“五四”新文学作家的思想方式与情感归趋，诗人对情感的认识是道德的感动与实效的范围的综合。梁宗岱憧憬“把准绳的科学与美感的直觉融在一起”③，达到理性

① 袁可嘉：《新传统的寻求》，见《论新诗现代化》，生活·读书·新知三联书店 1988 年版，第 7 页。

② 刘半农：《〈瓦釜集〉代自序》，见徐瑞岳编《刘半农文选》，人民文学出版社 1986 年版，第 151 页。

③ 梁宗岱：《非古复古与科学精神》，见刘志侠、卢岚编《梁宗岱文集》（第 2 卷），中央编译出版社 2003 年版，第 285 页。

探索与感性直观的融合，这就是现代诗歌的最高境界。徐志摩的散文诗《夜》的结尾："最后飞出气围，飞出了时空的关塞。/当前是宇宙的大观！/几百万个太阳，大的小的，红的黄的，放花竹似的/在无极中激震，旋转——/但人类的地球呢？/一海的星砂，却向哪里找去，/不好，他的归路迷了！/夜呀，你在哪里？/光明，你又在哪里？"（徐志摩《夜》）通过这些语句，"飞出气围"就是飞出大气层，"飞出了时空的关塞"意味着飞出宇宙进入平行宇宙，诗人用科学的概念描绘了时空穿梭的图景，而这时空穿梭的图景又具有了哲理的思考与情感的追求，"夜在哪里"，"光明在哪里"，"飞"这个运动的每一点变化，都对应着情感上的每一次波动，天文学的真实描述与艺术上的情感抒发水乳交融。

再如，一些诗人运用自然地理的意象来传达情感，在地理空间的追问中推进感情是抒发。在《二十岁人·寄》这首诗中，诗人"躺在床上的时候，我不相信我们的中间是远离着的，/有三个省份，有一条三千里的铁道，有了黄河/长江"（徐迟《二十岁人·寄》），读到此处，我们的感觉会随着诗人的目光在跟进，测量三个省份、三千里铁道、黄河长江的距离，勾勒出地图上的轮廓，这种地理空间自然距离的追踪，隐喻着"寄"这个诗眼包含的思考与情感，或许是对空间廓大无垠的思索，或许是对远方的人或者事的牵挂与思念，艺术上的审美空间与自然上的地理空间深深地融合在一起。

既然诗歌是"特殊语言构成的一个传情达意的艺术品"①，那么作为载体的语言具有时代性，所要传达的主体情意也具有时代性。一方面诗人的创作心理受到时局、民俗、教育背景等方面的影响，另一方面语言表达也受到所处的语言系统或者语言文化的制约，也就是说文化系统会通过诗人或诗语表现出时代的烙印。如戴望舒这首诗："我

① 葛兆光：《汉字的魔方：中国古典诗歌语言学札记》，复旦大学出版社 2008 年版，第 23 页。

思想，故我是蝴蝶……/万年后小花的轻呼，/透过无梦无醒的云雾，/来振撼我斑斓的彩翼。”（戴望舒《我思想》）诗人化用西方式“我思故我在”的哲学观念，又采用了东方式庄子笔下的蝴蝶意象，“小花的轻呼”“振撼我斑斓的彩翼”暗含着物理时空穿越后的相遇，大胆的想象与科学的假设巧然相合。这种对生命存在价值的诗性体验，跨越了诗歌与科学的界限，也跨越了古今时代的界限，传递着人类共有的情感。

第二，情感体验的综合化还表现为智性与感性的结合。穆旦认为：“自‘五四’以来的抒情成分，到《鱼目集》作者的手下才真正消失了。”反叛传统抒情的诗歌创作，到卞之琳的《鱼目集》出现才说得上在文学实践中有了真实的印证，称得上是在新诗道路上“立了一块碑石”①。穆旦对卞琳的肯定，在于后者真正超出抒情的传统，将传统的情感抒发掩藏起来，在抒情之中注入了理性精神，探索一条具有深度抒情特征的诗歌道路。“我在散步中感谢，/襟眼是有用的，/因为是空的，/因为可以簪一朵小花。//我在簪花中恍然，/世界是空的，/因为是有用的，/因为它容了你的款步。”（卞之琳《无题五》）一首谈爱情的诗，但爱情中常有的快乐与伤感稀释掉了，感受不到情感的炙热或悲伤，感受到的是平静的对人世间自然规律的思考，展现出的是淘尽了浓烈情感后的哲理诗境。这种平静甚至冷峻固然可贵，但免不了让人怀疑知性的表达技巧之于情感而言是否合理。

意象组合方式的改变是情感体验综合化的直观表现，诗人们倡导理性与感性的融合，尽量采用戏剧化或者小说化的表现方式，将诗人主体隐藏或者消解，理性经验通过中国式的意象载体表达出来。“像一个天文家离开了望远镜，/热闹中出来闻自己的足音。/莫非在自己圈子外的圈子外？/伸向黄昏去的路像一段灰心。”（卞之琳《归》）意

① 穆旦：《〈慰劳信集〉——从〈鱼目集〉说起》，见谢冕主编《中国新诗总系》（第9卷），人民文学出版社2009年版，第286页。

象的时空跨度非常大，阔大辽远的星空与安静狭小的足音，由热闹到寂静，既是空间上的对比，也是感受上的对比，由强烈对比形成了意象张力。“想独上高楼读一遍《罗马衰亡史》，/忽有罗马灭亡星出现在报上。/报纸落。地图开，因想起远人的嘱咐。/寄来的风景也暮色苍茫了。……忽听得一千重门外有自己的名字。/好累呵！我的盆舟没有人戏弄吗？/友人带来了雪意和五点钟。”（卞之琳《距离的组织》）诗歌的结构组织精巧复杂，既有感性的行动“报纸落。地图开，因想起远人的嘱咐”，“好累呵”明白表示个人感受，也有“读一遍《罗马衰亡史》”“我的盆舟没有人戏弄吗？/友人带来了雪意和五点钟”等压抑、迷惘、晦涩等抽象的隐喻。同样，由晦涩、迷惘造成了这首诗的审美张力，时空不断转换，真实虚幻交织，感性美与理性美在意识流动中交融。

以科学统一知识，进而到以科学统一人生，意味着科学开始在更广的意义上被引入人的存在领域。与科学引入人生观相应，科学的理性之维也决定了人生观的理性向度。人生观总是涉及情与理等的定位，任鸿隽曾对情与理的关系做了如下解说：“是故文学主情，科学主理。情至而理不足则有之，理至而情失其正，则吾未之见也。”① 文学以情为内容，科学以理为精神。知识的科学化与人生的理性化，在这里似乎达到了一致。

第二节　虚与实的显隐

一　中国传统艺术的虚实观

“虚实”这一范畴具有鲜明的思辨色彩，与中国古代朴素的辩证

① 任鸿隽：《科学与教育》，见樊洪业等编《科学救国之梦——任鸿隽文存》，上海科学技术出版社2002年版，第66页。

法哲学思想关系密切，是古代中国人“天人合一”观念的具体显现，首先是作为一种宇宙观和世界观出现，随后扩散到各类具体思想之中。先秦时期，虚实观念对各家学说都有较大影响，不仅包括儒家和道家，而且对法家、兵家、阴阳家等都有影响。“虚与实”这对概念贯穿了先秦时期诸子百家学说之中，并且影响了后世的哲学思想和美学观念。

在先秦时期，道家和儒家对虚实观念都进行了比较充分的论述，尤其是老庄为代表的道家思想对“有无”概念的思考推动了虚实观内涵的充实。老子的《道德经》中开宗明义表明了作为宇宙本原的“道”是兼具有和无的特点的，道无形无影难以捉摸，“天下万物生于有，有生于无”。庄子进一步发展了关于有无的思想，“黄帝游乎赤水之北，登乎昆仑之丘而南望，还归，遗其玄珠。使知索之而不得，使离朱索之而不得，使吃诟索之而不得也，乃使象罔，象罔得之”①。庄子借用这则寓言是想说明天道是由象罔而得之，而象罔隐喻着无心无形，象罔得之则是有无相济的结果。后世的一些诗论者直接将“虚实”和“有无”两大范畴对等使用，汉代刘安说：“是故有生于无，实出于虚，天下为之圈，则名实同居。”② 刘安对老庄“有无”的哲学观念做出了解说，并将有无、虚实对等使用。

到了魏晋时期，“虚实”这对范畴实现了由哲学领域向文学范畴的转变拓展。《文赋》有言：“课虚无以责有，叩寂寞而求音。”③ 这句话的意思是把虚无化作具体形象是文学之责，也是文学之能，“虚实”概念由哲学范畴开始进入艺术范畴。刘勰对文学中的“虚实”范畴做了进一步发挥：“隐也者，文外之重旨者也；秀也者，篇中之独拔者

① 陈鼓应：《庄子今注今译》，中华书局 1983 年版，第 302 页。

② （西汉）刘安：《淮南子》，顾迁译注，中华书局 2009 年版，第 14 页。

③ （晋）陆机：《文赋》，黄霖、蒋凡主编《中国历代文论选新编》（先秦至唐五代卷），上海教育出版社 2007 年版，第 125 页。

也。隐以复意为工，秀以卓绝为巧。”① 这里的“隐”的根本意义就是强调诗文之美在于含蓄蕴藉，自我情感应深藏于意象之中，给读者留下广阔的品味余地。这里所说的“秀”是意象生动的意思，必须鲜活灵动，使人如临其境。“景在目前”是实景也就是秀，“意在言外”是深意也就是隐。“意是深藏于象中之意，象则是意的外在感性形式。”由此开启了中国古代艺术重境界尤其是重虚境的审美传统，后来文艺上产生的“含蓄”说、“象外之象”说、“味外之味”说都程度不同地受到了刘勰这一观点的影响。唐代王昌龄说：“神之于心，处身于境，视境于心。莹然掌中，然后用思。了然境象，故得形似。”② 司空图说：“戴容州云：诗家之景，如蓝田玉暖，良玉生烟，可望而不可置于眉睫之前。象外之象，景外之景，岂可容易谈哉。”③ 诗人更推崇诗中“实”外之“虚”，诗歌之美在于由实景构筑延伸出朦胧含蓄的虚境。宋代严羽看重“言有尽而意无穷”诗歌意境，“尚意兴而理在其中”，“羚羊挂角，无迹可求”，诗的韵味无穷。④ 宗白华对中国古代艺术这种重虚境的传统做过解释：“艺术家创造的形象是‘实’，引起我们的想象是‘虚’，由形象产生的意象境界就是虚实的结合，一个艺术品，没有欣赏者的想象力的活跃，是死的，没有生命，一张画可使你神游，神游就是‘虚’。”⑤

将情深隐于此物，由实景而品出诗境，这就要求自然与人情相通，也就是自然能展示人的性情的方方面面，同时人又能借助性情表现自然，“以物观物”则为这种思维的实现提供了一种角度与途径，这可

① 周振甫：《文心雕龙今译》，中华书局1986年版，第356页。

② （唐）王昌龄：《诗格》，见郭绍虞主编《中国历代文论选》（第二册），上海古籍出版社2001年版，第89页。

③ （唐）司空图、（清）袁枚：《诗品集解 续诗品注》，郭绍虞集解，人民文学出版社2006年版，第7页。

④ 《沧浪诗话》，见黄霖、蒋凡主编《中国历代文论选新编》（宋金元卷），上海教育出版社2007年版，第168页。

⑤ 宗白华：《美学散步》，上海人民出版社1981年版，第39页。

以说是从诗人的层面来探讨虚实范畴。“以物观物”的思想在先秦时期已经萌发，“有物混成，先天地生，寂兮寥兮，独立而不改，周行而不殆，可以为天下母。吾不知其名，强字之曰道”[①]。由于“有物”先天地而生，所以独立而不改、不殆，也就是说不以人的意志为转移，也就意味着人们无法去听、去看，去把握它的特征、去认识“道”。如何把握呢？“以身观身，以家观家，以乡观乡，以邦观邦，以天下观天下”[②]，消融自我，忘记自我，把我带进物中去体会，其后的庄子也提出过类似的观念。北宋邵雍说：“圣人之所以能一万物之情者，谓其能反观也。所以谓之反观者，不以我观物也，不以我观物者，以物观物也，既然以物观物，又安有我放其间哉。”[③] 从语词使用对照看，邵雍的说法与老子的说法相似，强调的是以某观某，而非以我观某，也就是要消融自我、返璞归真，主体我化身客体物方可有真认识，也就是邵雍说的反观。要实现以物观物，就需要虚静、虚空的精神，唯有虚静方可在“观物”时超乎利害做到物物相应。“夫人神好清而心扰之，人心好静而欲牵之。常能遣其欲而心自静，澄其心而神自清。”[④] 刘勰也说：“是以陶钧文思，贵在虚静，疏瀹五藏，澡雪精神。”就是要求创作时候虚静养心，清除心里的成见杂念，精神纯净，才能达到最全的认识，进而“使玄解之宰，寻声律而定墨；独照之匠，窥意象而运斤”[⑤]。苏轼也曾谈到虚静对诗的作用，“欲令诗语妙，无厌空且静”（苏轼《送参寥师》）[⑥]。这种诗人创作过程中融合虚实，化实为虚，将由人、事、物组成的具体意象，经过思维的转换运用联想、想象、隐喻等手段，创造出具有丰富美感的艺术意境。比如王维

① 陈鼓应注译：《老子今注今译》，商务印书馆2003年版，第171页。

② 陈鼓应注译：《老子今注今译》，商务印书馆2003年版，第272页。

③ （北宋）邵雍：《皇极经世书》，（明）黄畿注，卫绍生校理，中州古籍出版社1993年版，第295页。

④ 《太上老君说常清静经》，见《太上道祖圣传》，宗教文化出版社2005年版，第165页。

⑤ 周振甫：《文心雕龙今译》，中华书局1986年版，第249页。

⑥ （北宋）苏轼：《苏东坡诗词名篇译解》，李宝岑译解，江苏大学出版社2009年版。

就是位典型地体现虚与空的特色的诗人，据研究统计，《王右丞集》收诗441首，84次出现“空”字①，有写空山“人闲桂花落，夜静春山空。月出惊山鸟，时鸣春涧中”（王维《鸟鸣涧》），有写空林“清川兴悠悠，空林对偃蹇。青苔石上净，细草松下软”（王维《戏赠张五弟三首》），有写空境“荒城自萧索，万里山河空”（王维《奉寄韦太守陟》），虚空之美，辞约而意丰，恰如吴乔所说“大抵文章实做则有尽，虚做则无穷”②。

古代诗歌的这种崇尚虚境、虚实相生的特点也是整体性思维方式的表现，虚境的生成是创作过程整体运思的结果，不拘泥于一个个分离的意象，重在言外之意、韵外之味。整体性的思维又反过来促进对虚的美学味道的深入，这种思维方式与美学追求相得益彰，直到近代才有整体性的改变。

二 尚虚向写实的转变

“科学不仅是理性的，还应该是经验的，与观察和实验紧密地联系在一起。所以科学精神的第二个要点应该是实证精神。科学精神就意味着要敢于拒绝从抽象的原则出发，拒绝盲目服从任何先知预言式的真理。”③ 如果说理性是科学精神秉持的原则，或者说达到的目标，那么实证则是实现理性的手段方法，也可以说是理性精神的必然要求。科学思潮在中国知识界的流行，知识界既受到理性思维的影响，也有实证精神与实证思维的影响。这种实证思维也与科学思维的其他内涵

① 邓心强：《唐宋“虚实”观的发展与文学创作关系》，《长春理工大学学报》（社会科学版）2008年第3期。

② 吴乔：《围炉诗话》，见黄霖、蒋凡主编《中国历代文论选新编》（明清卷），上海教育出版社2007年版，第257页。

③ 高瑞泉：《中国现代精神传统——中国的现代性观念谱系》，上海古籍出版社2005年版，第332页。

一道影响知识分子的思考与创作，“社会科学是拿研究自然科学的方法，用在一切社会人事的学问上，像社会学、伦理学、历史学、法律学、经济学等，凡用自然科学方法来研究、说明的都算是科学”[①]，文学创作由尚虚的整体性直觉思维向重实的分析性逻辑思维转变。

中国古代的“虚实”思维会带来一种含蓄蕴藉的艺术特色，这种含蓄美的审美追求正是中国古代艺术的一贯性艺术精神，崇尚一种有无互立、虚实相生的意境美。在近代“诗界革命”“白话文运动”的潮流中，知识界关注的焦点虽然是在可以感知的语言与文字层面，但其更深层次是想通过语言的变革来推动思想与思维模式的更新，而语言就是思维本身。“我们必须深透到外语中去，以便使自己确信，语言的真正差异……在于概念的构造。因而学习外语往往是一种精神冒险，恰似一次探险旅行。”[②] 这段话揭示出来的道理，是在语言学习或者语言输入的现象之下，深层次是思维方式与精神结构的转换碰撞，两种异质语言的碰撞就是两种思维结构的“探险旅行”。

就像前文所分析的，中国古代语言特别是士大夫阶层使用的文言，表现出中国人的思维方式是整体性、感悟式、意合型的。诗词歌赋注重的是整体的直觉体验，忽略的是细部的分析推理，通过“陶钧文思，贵在虚静”，达到“诗与境偕，韵外之致”，诗人要传达的只是一种气氛、一种境界。这种思维方式在与西方重实证重逻辑的科学思维方式的碰撞中，遭遇到巨大的挑战。西方讲求实证的思维方式，是借助于自然科学分析事物的方法来思考哲学与社会问题，其思维的起点是通过眼睛、耳朵等生理器官观察到的客观现象，再对这些现象进行归纳分析寻找共同的规律，这些规律可以在一定范围内得到印证，表现出鲜明的求实与论证的色彩。“科学方法是什么呢？换一个名字说，

① 陈独秀：《新文化运动是什么?》，见《陈独秀文集》（第2卷），人民出版社2013年版，第1页。

② ［德］恩斯特·卡西尔：《人论》，李琛译，光明日报出版社2009年版，第122页。

就是实质的逻辑。这实质的逻辑，就是制造知识的正当方法。”[①] 这种思维方式也在诗歌领域生产现代意义上的诗歌知识，包括理论建构、观察角度及风格追求。

首先，借鉴自然科学理论建构诗论。古代诗论“不着一字，尽得风流”的风尚在“五四”前后戛然而止。“诗须要用具体的做法，不可用抽象的做法。凡是好诗，都能使人们脑子里发生一种——或许多种——明显逼人的影像。这便是诗的具体性。”[②] 在胡适这里，具体、准确、明白等成了诗歌创作成功与否的标准与追求，这也反映出一代知识分子崇尚务实理性的艺术追求。还有被朱自清赞誉为在新诗历史上“第一个有意实验种种体制”[③] 的陆志韦，采用现代数理语言学的方法，统计分析了现代汉语的音韵节奏，试图形成新诗形式上的规范体制。在新诗创立初期，“传统的占据主流的诗文理论，显然已经不能适应文坛上的种种变化，而当诗文理论失去它一贯收束全局的效力，写实主义的小说理论便趁势直入，并且很快覆盖到诗歌、戏剧及其他文体”[④]。实证的方法论在文学转型期一蹴而就，进入了诗文领域。

新诗初期的郭沫若尝试直接将自然科学的概念与方法移植到文学领域，建设科学化的文学理论体系，“科学在今天是我们的思维方式，也是我们的生活方式，是我们人类精神所发展到的最高阶段”[⑤]。他推崇的是能量转化守恒定律、细胞学说及生物进化论，基本思维方式是

---

① 王星拱：《什么是科学方法》，见陈独秀、李大钊等主编《新青年》（第 7 卷），中国书店 2011 年版，第 16 页。

② 胡适：《谈新诗》，见季羡林编，郑大华整理《胡适全集》（第 1 卷），安徽教育出版社 2003 年版，第 168 页。

③ 朱自清：《〈中国新文学大系·诗集〉导言》，见朱乔森编《朱自清全集》（第 4 卷），江苏教育出版社 1990 年版，第 377 页。

④ 戴燕：《文学史的权力》，北京大学出版社 2002 年版，第 137 页。

⑤ 郭沫若：《文艺与科学》，见《郭沫若全集》（文学编第 20 卷），人民文学出版社 1992 年版，第 37 页。

立足于不同的类型归纳后做出综合性的描述，是一种非严格决定论的有机论自然观。自然科学派偏重学理、超脱功利的思维特性适合早期郭沫若的社会身份，他是远离国内政治旋涡、求学治学的学者，对于文学本质的认识统属于突出主体性的泛神论思想之下，自然科学的时代精神技术过程作为泛神论的内容也渗透到郭沫若的文学理论构想之中。科学的思维方式与专业术语，常常出现在他的文学研究和诗歌创作中，或为参照的体系，或为比喻的意象。他认为："科学的方法告诉：要研究一种对象总要先把那夹杂不纯的附加物除掉，然后才能得到真确的、本来的性质。"[①] 郭沫若以生物学知识为模型构建文学的知识体系，文学是有机整体，这个有机体建立在文学"原始细胞"的基础上，也就是建立在纯粹的情绪的基础上，经过情绪之间的能量交换，构成自足的文学有机系统，所以诗论方面他用数学公式概括诗歌的创作，诗歌 =（直觉 + 情调 + 想象） + （适当的文字）[②]。他还移用生物学的受精、怀孕、分娩等概念来解释文学创作的过程，使得神秘的艺术思维过程直观真实地呈现在面前。这种对文学的思考与表达方式，截然不同于中国古代诗论中片段式、感悟式的表达方式，古代诗论及创作中虚空缥缈、神思妙悟的方式被实验型的推理方式代替。这种直接套用生物学的专业名词来描述文学过程的，现代诗歌历史上或许只有郭沫若，不去考虑诗论本身是否存在牵强附会的嫌疑，至少这种建构理论的视角和方式为刚刚起步的现代诗学探索提供了新的可能，将胡适时期科学对文学的功能性渗透推到了极致。所以，王瑶对郭沫若的评价——"代表了'五四'时期的科学观而发展成为泛神论的世界观的，是郭沫若的诗"[③] ——是客观而准确到位的，因为郭沫

① 郭沫若：《文学的本质》，见《郭沫若全集》（文学编第 15 卷），人民文学出版社 1990 年版，第 343 页。

② 郭沫若：《论诗三札》，见《郭沫若全集》（文学编第 15 卷），人民文学出版社 1990 年版，第 341 页。

③ 王瑶：《中国新文学史稿》（修订本），上海文艺出版社 1982 年版，第 76 页。

若在诗的创作与诗论的建构两个方面都表现出浓烈的科学色彩。在他之后，科学思潮对文学的影响逐渐沉潜、泛化，一方面文学与科学的边界明晰起来，二者在各自的知识范围内运行；另一方面，科学由对文学创作的影响，扩展到对文学批评、文学教育及文学研究学科的建立。

其次，诗人观物方式趋向实在。正如前文所梳理的，古代中国人寻找到“以物观物”的认知方法，这种认知方法是在主体消解的情况下进行的，也就是说主体的理性意识基本是悬置起来，那么由这种方式所获得认识论的真实性就值得怀疑。以无我的虚空来实现物物相应，进而实现“言有尽而意无穷”，所得到的可能是幻觉或臆想。这种人与世界虚空玄妙的接触方式，显然会被科学思潮盛行的中国现代社会颠覆。现代社会的人类认识世界的方式建立在科学认知的基础上，晚清时的知识界就萌发了重视现实观物的真实体验，“夫进化者，天地之公例也。……竞争为进化之母，其所竞者，非徒在强力也，而尤在德智”[①]。到了“五四”时期，深受杜威实用主义影响的胡适，将问题作为思考的起点，用自然科学尤其是实验科学的方法来观察社会，发现存在的问题，提出解决问题的假设。因此在文学“八事”中有“惟在人人以其耳目所亲见亲闻所亲身阅历之事物，一一自己铸词以形容描写之”[②] 条目，进一步强化了观察须建立在亲身阅历的基础上。

这种趋向实在的把握方式不仅是面向外界的，同时也是面向内心的。基于感官真实观察客观世界，隐含着打破了中国古代文化“天人合一”的思维模式，将主体从物我的互融互感中区别出来，形成了一种建立在观察感知基础上的综合性体验。这种综合性体验是一种形而下的生理认知，要实现艺术上的审美，还需要有情感与想象的介入，

① 梁启超：《新民说》，商务印书馆2016年版，第101页。

② 胡适：《文学改良刍议》，见季羡林编，郑大华整理《胡适全集》（第1卷），安徽教育出版社2003年版，第7页。

“实地的观察和个人的经验，固是极重要，但是也不能全靠这两件。……个人所经验的，所观察的，究竟有限。所以必须有活泼精细的理想，把观察经验的材料，一一的组织完全：从已知的推想到未知的，从可观察的推想到不可观察的。这才是文学家的本领”①。这是认识到主客相分之后，主体世界与客体世界不再浑然一体，肯定了情感在文学创作中不可替代的地位和作用。

再次，诗歌创作尚实求真。随着现代诗论的逐步出现及诗歌掌握世界方式的改变，中国现代诗歌新的审美追求和评判标准相应变化。胡适认为“须言之有物”“有什么话，说什么话”“凡是好诗，都是具体的”“诗味在骨子里”等②，诗人应该正视自己的时代，诗歌所表现的内容是诗人体验过的，这种强调真实性与原生性“是与杜威的‘经验论’相统一的，是科学理性在诗歌改革中的表现”③。刘半农批判旧诗为“假诗的世界”，旗帜鲜明地倡导以“真实”作为新诗的精神④。俞平伯说自己作诗的理念，“一个是自由，一个是真实”，“诗以人生做它的血肉，不是离去人生，而去批评，去描写人生的”⑤，诗歌是真实社会的描绘与反映。所以，我们看到初期的新诗，出现了许多平实的可以触摸的语言，“他衔着个十年的烟斗，/慢慢地从田里回来；/屋角里挂去了锄头，/便坐在稻床上，/调弄着只亲人的狗”（刘半农《一个小农家的暮》）。用对场景的实地描写来衬托诗人的黄昏感受。再如康白情的《江南》：“只是雪不大了，/颜色还染得鲜艳。/赭白的

① 胡适：《建设的文学革命论》，见季羡林编，郑大华整理《胡适全集》（第1卷），安徽教育出版社2003年版，第56页。

② 胡适：《文学改良刍议》，见季羡林编，郑大华整理《胡适全集》（第1卷），安徽教育出版社2003年版，第5页。

③ 张超：《胡适科学理性指导下的文学主张》，《齐鲁学刊》2009年第2期。

④ 刘半农：《我之文学改良观》，见徐瑞嶽编《刘半农文选》，人民文学出版社1986年版，第3页。

⑤ 俞平伯：《诗底进化的还原论》，见《俞平伯集》，中国社会科学出版社2008年版，第30页。

山，/油碧的水，/佛头青的胡豆。/橘儿担着；/驴儿赶着；/蓝袄儿穿着；/板桥儿给他们过着。”用口语化的语言描绘了一幅生动的风俗画卷，难怪诗人说：“我觉得劳动是我们底天职，田野是我们底花园，我想和些好朋友走到花园里去找诗的生活去。”① 这些初创期的重要诗人，不约而同地肯定“真实”“现实”等诗歌的意义。而在《分类白话诗选》这部最早的新诗总集中，归类的标准是按写景、写实、写情、写意等题材而定，其中写实类的诗歌篇目最多，也从作品数量方面反映出诗坛推崇实事实景的风尚。

这种尚实求真的追求在艺术上又表现各异。注重现实主义真实再现的诗人群体，努力反映时代精神，突进生活的深处，以胡风、曾卓等为代表的七月派诗人持这种主张；运用现代主义手法的诗人，注意艺术地反映和把握现实，表现为一种综合性的经验，以穆旦、唐湜为代表的九叶诗人持这种主张。两个诗人群体的艺术主张迥然不同，但都倡导诗思与诗趣的“脱虚趋实”，“求实”是他们共同的起点，只不过是表达方式的选择上，或者青睐现实主义，或者钟情现代主义。“要晓得白话诗的原则是‘纯洁’的，不是‘涂脂抹粉’的；是‘真实’的，不是‘虚’的；是‘自然’的，不是‘矫揉造作’的。”② 现代汉语不但拆解了人们习以为常的诗歌形式，而且诗歌世界的构造原则从感觉和想象的世界转向了真实存在的世界，“真实”成为现代诗歌一个不可或缺的要素。对此朱自清认为，“胡适提倡‘诗的经验主义’，可以代表当时一般作诗的态度，那就是以描写实在生活为主题，而不重想象”③，是为中肯之论。

---

① 赵家璧主编：《中国新文学大系·建设理论集》，上海文艺出版社1980年版，第332页。

② 许德邻：《〈分类白话诗选〉序》，见陈绍伟主编《中国新诗集序跋选（1918—1949）》，湖南文艺出版社1986年版，第55页。

③ 朱自清：《〈中国新文学大系·诗集〉导言》，见朱乔森编《朱自清全集》（第4卷），江苏教育出版社1988年版，第374页。

三 诗歌语言的虚实变化

语言是思维的工具和载体，语言也是思维本身。中国传统思维模式的改变，也会在语言表达上表现出来。白话文推倒文言文，现代汉语取代古代汉语，语言与思维的互动改变其实是一而二、二而一的关系。现代汉语诗歌除了思维方式与审美趣味上趋向写实，它的语言形式也开始在虚实关系上发生了转变。

汉字是象形文字，具有强大的表意功能，“字象是汉字的灵魂，字象与其形相涵而立，是汉字思维的玄机所在”①。古代汉语又是十分突出的孤立语，“汉语与英语属于不同语系，汉语属于孤立语系”②，也是一种意合语言，语法结构比较松散灵活。中国古代的诗人们充分发挥汉语的表意性和孤立语的某些潜力，在诗歌语言的运用实践中表现出重虚轻实的倾向。在语言材料方面，单音词比较多，多音词比较少，单个词之间组合方式不固定且多样化；在语法规则方面，以文化与字意作为组合的根据，词语没有形式结构方面的严格顺序与限制，在句子中不一定每个语法成分都具备，实词之间的连接常常不需借助关联成分而并列一处。在诗歌创作中，诗人们最关心的问题是实词与虚词之间组合及使用的技巧。这种词语虚实之间的对比使用，“在表层，关系到明智地交替使用实词和虚词，以便使诗句更加生动。在更深的层次，诗人们对虚词进行一系列的消减，从而在虚词中仅仅保留副词和连词，而这时为了在语言中引入一个深邃的纬度，即虚的纬度”③。比如省略虚词中的介词是古代诗歌中经常出现的现象，“这些

---

① 石虎：《字象篇》，《诗探索》1996 年第 3 期。

② 叶维廉：《中国古典诗与英美现代诗美学的汇通》，见温儒敏、李细尧编《寻求跨中西文化的共同文学规律——叶维廉比较文学论文选》，北京大学出版社 1987 年版，第 59 页。

③ ［法］程抱一：《中国诗画语言研究》，涂卫群译，江苏人民出版社 2006 年版，第 38 页。

位置状语，由于缺少一些像‘于、在……之上，在……中’等的字眼，重新变成了理所当然的名词（‘空山’而不是‘在空山中’），这使它们得以作为句子的主语出现”①。介词及其后组成的短语成分的省略，打破了语言表达的线性逻辑，留下感受与想象的空间。“大漠孤烟直，长河落日圆。萧关逢候骑，都护在燕然。”（王维《使至塞上》）这首诗中名词前面省略了介词，通过实词相叠构成了一幅图画，增加了人间之事与自然之象的关联交互作用，这种诗歌中的情景交融、虚实相生最终实现了传统文化追求的“天人合一”。

而近代以来科学思潮渐趋流行，对“五四”新文学产生了深刻的影响，文学语言的变化同步发生，汉语诗歌形态和语言结构也发生了深刻的变革，尤其接受了西方外来语言系统的影响。傅斯年曾说：“欧化的白话文就是充分吸收西洋语言的细密的结构，使我们的文字能够传达复杂的思想，曲折的理论。”② 由于知识分子集体的现代性焦虑，在对现代汉语进行设计时，更多是突出语言作为富国强兵的有效工具，文学过度承担了为中国现代化锻造合适工具的历史使命。所以，也就不难理解胡适关于文学的审美标准为何如此偏执，“美在何处呢？也只是两个分子：第一是明白清楚；第二是明白清楚之至，故有逼人而来的影象”③。清楚、明白、精密、严谨成为现代汉语发展的方向，也影响了现代诗歌的语言形式。“语言的本质是语法构造和基本词汇”，而古代诗歌在语言上由虚向实的转变，主要表现为语言词汇的扩增和语法规则的趋实。

在词汇方面，现代汉语在文言词汇的基础上，对传统文言词汇重组改造，由单音词构成双音词、多音词，激活创造了大量虚词，同时

---

① ［法］程抱一：《中国诗画语言研究》，涂卫群译，江苏人民出版社2006年版，第46页。

② 傅斯年：《怎样做白话文》，见赵家璧编《中国新文学大系·建设理论集》，上海文艺出版社1980年版，第224页。

③ 胡适：《什么是文学——答钱玄同》，见季羡林编，郑大华整理《胡适全集》（第1卷），安徽教育出版社2003年版，第206页。

吸收了大量白话口语、外来词汇等新的语言材料，将词汇量扩大了许多倍，这种扩增并没有损害汉语的本质，恰好相反词汇量的激增使得汉语能够准确实在地对应现代社会日趋复杂的客观世界与精神世界。“基本词汇保存了，一般词汇大大地扩张了，汉语的发展就是这样正常而健康的。”① 我们看到在现代诗歌中出现了大量新的词汇，郭沫若诗中的科学术语“振动、燃点、宇宙、神经、脉搏”等，穆旦诗中具有鲜明的现代性特征的词汇如“信仰、道德、组织、历史、肉体、胸膛、心房、面孔”等。

在语法规则上，现代诗歌的结构明显不同于中国古代诗歌。现代汉语复原人称代词，扩增虚词并频繁使用副词、连词、介词等表示词语间关系的虚词，这些做法改变了古代汉语语法简陋、逻辑松散的传统，逐步强化了表达的逻辑性和严密性，在诗歌中表现为虚词的激增及参与句子构成带来了语言形态的变化。“现代汉语白话书面语系统的规范化，就是在适应欧化语法体系的价值认同与知识的科学性认同基础上开始建构的。传统诗歌抒情写意的诗歌范式开始受到科学主义尊崇的理性思维范式的挑战，讲究严密逻辑性的欧化语法体系开始影响汉语书面语言系统。”② 郭沫若的《凤凰涅槃》《天狗》等诗篇，就使用了大量的感叹词、助词、介词、连词等虚词，形成了主体力量的确认与情感的实在爆发。“现代汉语是孤立语系，英语是曲折语系，曲折语系更强调语言的语法逻辑关系，语言的表达往往突出和讲究事理逻辑、周严完整等。”③ 现代汉语以西方语言为参照系建立自身的系统，学习借鉴西方词汇系统与语法规则，改变了古代诗歌语言注重直观感悟、表意模糊化的特点。

---

① 王力：《汉语史稿》，中华书局2002年版，第528页。

② 王泽龙、钱韧韧：《现代汉语虚词与新诗形式变革》，《中国社会科学》2014年第9期。

③ 叶维廉：《中国古典诗与英美现代诗美学的汇通》，见温儒敏、李细尧编《寻求跨中西文化的共同文学规律——叶维廉比较文学论文选》，北京大学出版社1987年版，第78页。

第三节　字思维与句思维的转换

一　古代诗歌与字思维

关于中国古代诗歌的思维方式，学界曾提出“字思维”的说法。所谓字思维，指的是以汉字为基础的中国古代诗歌特有的思维方式，其突出特点在于趋象性以及字与字的组合关系。石虎在《论字思维》中说：“汉字有道，以道生象，象生音义，象象并置，万物寓于其间，这就是字思维的全部含义。”[①] 也就是说，字思维是立足于汉字并以汉字字形体现意象情感表达物我双方的思维方式，这种思维方式具有直观、形象、灵活的特点。这是从文字角度来探讨思维模式，与前文谈到的整体思维、直觉思维等相互交叉而不矛盾。

首先，字思维具有趋象性的特点。这是从汉字作为思维运行的基本单元角度来分析的，与汉字的字形相关联。汉字在中华民族文化心理中具有独特的价值，赵元任认为：“字是中国人心目中的中心主题，汉语中没有词而只有字的观念，应该以字为基础研究汉语。”[②] 赵先生一语中的，从语言学的角度指出了汉语言系统独特性质的构成基础，也区分了汉语与西方语言根本的不同。画家石虎在 1996 年第一次提出探讨汉字与汉诗的关系：“汉字的世界，包容万象，是人类直觉思维图式成果无比博大的法典。……汉字不仅是中国文化的基石，亦为汉诗诗意本源。”[③] 从这段话中，可以知道汉字是直觉思维的图式，这也是中国古代的文化心态与审美趣味的一个基础。紧接着，石虎进一步

---

① 石虎：《论字思维》，《诗探索》1996 年第 2 期。

② 赵元任：《汉语词的概念及其结构和节奏》，见吴宗济、赵新那编《赵元任语言学论文集》，商务印书馆 2002 年版，第 898 页。

③ 石虎：《论字思维》，《诗探索》1996 年第 2 期。

提出不同于西方文字的“趋象性”特点：“汉字始见于甲骨，其构成是由点、弧、直线条完成的。中文‘亚文字符号系统’与洋文‘ABC’不同之点，在于它的趋象性。”① 这也是直觉思维图式的最初原因。正是由于汉字趋象的特点，字形中蕴含着字义，因此对汉字来说，字象表现出来的思维意义是第一位的，汉字所具有的字音字意则是字象衍生出的外部属性，因此“剖析字象在‘字思维’中的作用，事涉汉诗本质”②。字象的价值和意义，对于汉字的发展以及文化心理和艺术思维来说都不可忽视，字象在思维进程中与物象融合，形成了意义的扩散，带来了“汉诗诗意本质的不可言说性”。这种不可言说性，也就是古代诗论中的“象外之象”“言外之意”“韵外之致”。

无独有偶，法国学者程抱一也提出了类似的看法：“据说中国古代的思维方式是一种原始思维孑遗极浓重的思维方式，中国古典语言一方面保存了原始文字的图画性，文字直接表示事物。另一方面由于它的图画性，每个汉字都是独立完足的，并不需要上下文来确定它的所指，在句子中的位置比较随意。”③ 程抱一的观点是对字思维的有力呼应，表现出的是一种“直觉思维图式”，不需要借助语法规则与逻辑推理就可以完成思维的过程，这当中蕴含着深厚的文化内涵及在诗性思维中的意义。

其次，字思维的趋象性催生以“象”为核心的古代诗学。字思维在本质上是立足于汉字本源的“象思维”，而英语等西方语言的展开是抽象化、精密化的思维方式，字思维显然与此不同。由于象在思维结构中的基础性地位，古代诗歌围绕“象”展开并衍生出意象、物象、意境等古代诗话诗论的核心概念，“象”成为诗人创作的基础，也是诗家评论的戒尺。象的直观性特点，带来了诗论重视直觉、顿悟

① 石虎：《论字思维》，《诗探索》1996 年第 2 期。
② 石虎：《论字思维》，《诗探索》1996 年第 2 期。
③ ［法］程抱一：《中国诗画语言研究》，涂卫群译，江苏人民出版社 2006 年版，第 49 页。

的作用，带来了诗歌思维感性、跳跃、凝练的特点。透过浩如烟海的古代诗歌，我们看到了许多鲜活难忘的意象群体，自然意象如春、秋、日、月；社会意象如折柳、登临，诗人通过意象来言志、缘情，诗歌通过意象来实现审美，意象贯穿诗歌运思的全过程。而汉字的象形性及由此带来的空间性、视觉性等特质，使得汉字成为实用性与艺术性皆备的语言体系，而这一独特的特点使得以语言为载体的诗歌艺术具有了独特的审美情趣。“汉字不仅提供了思维的原始字象的鲜活感和神秘感，而且使人通过这一符号把握到深蕴的原始意象。这种字思维本质上是一种不脱离汉字本源的象喻或象思维。”① 从汉字产生的角度来看，原始艺术的整体性与混沌性在字思维过程中得以保留，这对于意境、意象的发展完善具有推动作用，进而建构起古代诗学意象论的大厦。“字思维的源头，当始于甲骨文中所包孕的巫术意识……在甲骨文中包孕的巫术意识，必定也充满了激情和幻想，并且由此而创造出集体表象的意象原型，导致‘字思维’趋向于对意境作直观型的整体把握，从而形成其意象结构。”② 当苏轼写到“与谁同坐？明月清风我”时，明月清风是带有诗人情感的月与风，也是物态化、具象化的诗人情绪，是主体情绪物态化后的自然意象。“象性”阐释是汉语诗学的根本特征，“象”的创作是汉语诗歌的独特方式。

再次，字思维的趋象性影响古代语法的象合性。基于物象来造字给予了汉字偏旁部首组合较大自由度，造字过程中的自由方式延伸到字的组合，表现为汉字的自由并置，“不听命于语法”，文字所对应的物象也可以自由组合，这也就是字思维的并置美学原则。这种并置与其说是语词间的搭配，不如说是象与象之间的勾连，它表现为两种可能：一种是象象相合，可以称为“合意词”；一种是象象阻障，可以

---

① 王岳川：《汉字文化与汉语思想——兼论“字思维”理论》，《诗探索》1997 年第 2 期。
② 章亚昕：《“字思维”与汉诗学》，《诗探索》1998 年第 2 期。

称为“障意词”。[1] 在这个组合的系统中，单个汉字的并置在诗歌中的影响表现为两个层次，字形的并置直接给予了诗中以汉字为基础的词语使用的自由度，语词之间的组合安排较为灵活，可以不拘泥于语法；由汉字与语词的灵活并置，带来了词语对应意象组合的自由，而且大多数意象之间互相贴合，多为合意词，较少障意词。“汉字的取象与诗的意象当然是两种不同的象，两种象都具有中间转义功能。……意象思维方式上的‘取类’是一个事物过渡到另一个事物的桥梁，就如同汉字的‘取类’，中间悬置的空间即是‘象’自由活动的地方。”[2] 从趋象性角度为字词与意象的灵活组合寻找根据，象的重直觉非逻辑的特性给诗思创造了巨大的弹性空间。语言学家从语法逻辑角度也认识到汉字思维的特点，“国语底用词组句，偏重心理，略于形式，词句底形式不像西文那么完备。只要伦理（逻辑）的关系保持清楚，任凭文学方面（修辞）怎样移动变更，可以毫无限制”[3]。由单个方块汉字为主体构成的古代语言系统，由于方块字天然的空间特性，也就使得古代诗歌的感悟偏重于视觉而不是听觉，偏重于静态而不是动态。

最后，字思维具有灵活性与诗性特征。这是从汉字在思维运行中的基本特点来分析的，与汉字的字意相关联。就像前面所说字思维具有趋象性的特点，同时在语法的使用上具有相当大的灵活性，这就为诗歌诗性的发挥提供了可能。先来看字思维运行中的灵活性，字或词在句子中的位置不固定，汉语语法结构简略、随意性较大。即便是在现代汉语系统中，人们对汉语词汇意义的认识，仍然是从识字开始的，遵循字、词、句、篇的认知路线，这其实是古代语言习惯延续到现代社会。从语言认知的这个角度来看，字和思维具有内在的联系。在一个语

① 石虎：《论字思维》，《诗探索》1996 年第 2 期。

② 高秀芹：《“字思维”与现代诗歌语境》，《诗探索》1997 年第 3 期。

③ 赵元任：《中国话的文法》，见刘梦溪主编，胡明扬、王启龙编校《中国现代学术经典·赵元任卷》，河北教育出版社 1996 年版，第 26 页。

法体系的构成中，词汇系统是语言大厦的基础，完整的语词、概念、范畴及话语方式决定了一个语言体系的思想性与思维性，也把一种语言系统与另一种语言系统相区分。从语言的角度来说，古代汉语的词汇系统是以单个字或者说单个词作为基础的，那么字思维是以字作为词的形式进行思维，也就是说古代文言文系统中的概念、范畴等大都以字的形式呈现出来，汉字作为单音节词在语言过程中的灵动性带来字思维相应的灵活性，正是这样的特点影响了中国古代诗歌的基本面貌。

“字思维的本质在于它的思维性，不在于字作为文字的书画性而在于字作为词的语言性。从语言单位来看，汉字既是语素，又是词。特别是在古汉语中，单音节词占绝对优势。它具有相对独立的语言功能，它是汉语的深层的基础。”[①] 高玉认识到了单个字在汉语语言体系中的基础性地位及对思维功能的影响，这种影响在于单个汉字具有完整的意义和意象，是一个自足的表述单位，语法位置的颠倒与交错不影响语言意义的传递，因此在使用中的边界比较宽广，束缚比较少，为文学创作尤其是诗歌创作的诗性提供了天然的材质，带来回味无穷的审美境界。在生成篇章的过程中，单个的汉字在字形上没有变化，主要是通过意意相合的方式来建构组合，明显区别于西方语言通过词语的主宾格、单复数、助词等形式上的语法规则来进行组织。正是汉语在语法组织形式上表现出的词性的模糊与词序的灵活，使“汉语诗歌获得了一种散点透视的、超时空的无可言说的美”[②]。所以我们可以说，汉字组合形式上的灵活性会带来意义上的含混性与丰富性，换句话说就是具有诗性。

如果说汉字的灵活性是在使用过程中带来诗性，那么汉字的趋象性则是从字形本体带来诗性。卡西尔认为，人类文明早期的语言更多表现出诗性功能，因为人类对自然界的认识直观、朴实甚至带有想象

① 高玉：《“字思维”语言学辩论》，《诗探索》2000 年第 Z2 期。

② 杨晓波：《汉语诗歌“字思维”问题商榷》，《理论月刊》2012 年第 10 期。

成分，人类把握世界的本领很有限，而随着哲学与科学的分化发展，借助理性与技术工具，人们更加接近自然界规律的真相，语言相应地表现出更多的逻辑功能，所以语言某种突出特性是与人的认知能力高低相匹配的。汉字的并置作为诗歌意象的语法基础，它所具有的趋象、含蓄、非抽象、非概念的直觉思维，渗透进古代诗歌的发展历程中，“鸡声茅店月，人迹板桥霜”“枯藤老树昏鸦，古道西风瘦马”都是意象入诗的极致，纯粹是名词叠加即自然意象的叠加而不说明彼此关系，几乎每首古诗中或显或隐地呈现出凝练的意象。章亚昕说：“律诗之美，并不仅仅在于意象和韵律……文字的纵横交错之美，在于艺术结构的整体性，造成了审美方式的时空转化效果。”① 以格律诗为代表的近体诗的整齐与规整，并非为了确立严密的逻辑性，也不在于概念的定性，而是要给读者一种直觉的体验与浑然之感。这种直觉的体验帮助文字从严密的语法中解脱出来，而以直观鲜活的意象完成审美的构建。

思维触媒的“象性”原则，语词组合的“并置”原则，思想结构的综合性原则，可以说是字思维的基本遵循，也是其基本特点。建立在汉字基础上的汉语系统直接促进了中国古代诗歌的发展和繁荣，也创造了古代诗歌的“盛唐气象”。从语言运行过程看，古代汉语是一种名词运动的语言，也是词法语言。② 以名词为基础的语言，长于静态的描绘，拙于动态的展开，这与中国传统文化中的逻辑学、自然科学未能繁荣发展互为关联。西方语言尤其是英语却是以动词为主导的语言，是一种句法语言，是逻辑的线性的语言。“西方语言导向了逻辑化、抽象化、概念化，西方文化由此侧重科学和理性的建构；汉语导向了形象化、直觉化、感悟化，汉语文化因此而侧重诗性的情感的

---

① 章亚昕：《“字思维”与汉诗学》，《诗探索》1998 年第 2 期。

② 孟泽：《当此关口，回到未来——“字思维”与中国现代诗学第二次研讨会综述》，《诗探索》2002 年第 Z2 期。

建构。"① 这两种语言及深层次文化的碰撞在刀与枪血淋淋的交锋中登上历史舞台，带来中国传统文化的大变局。

二 现代诗歌句思维的转变

现代诗歌接受了西方文学思潮以及语言观的影响，与传统诗歌字思维的方式渐行渐远，西方诗歌重视逻辑关系和叙事功能等抽象性特征被引入中国诗歌的变革运动之中，字思维逐渐转型为句思维。所谓句思维，就是以句子作为基本单元的思维及表达方式，具有叙事性、逻辑性、连贯性的特点。

第一，句思维改变了诗歌意象的构成方式。汉字造字六法之中的象形和会意是汉字最为主要的造字方式，这样的造字方式本身具有"叙事性"，而不需要另外进行句子和段落的组合来叙事，可以说汉字本身具有内在的诗性。汉字这种天然的诗性，影响到中国古代诗歌短小精悍，长于抒情，强调意境。"特别是在古汉语中，汉字组合在汉语词汇和汉语言说中的绝对地位使汉语具有创造性、灵活性、无规则性；相应地在意义上具有模糊性、生动性和不可捉摸性，一句话就是具有诗性。"② 字思维所具有的诗性特征，伴随而来的是审美的感性倾向，它是主体对于内在生命体验的观看与提炼，即所谓"观物取象"。哲学家张岱年曾说："就体验情感的思维方式而论，律诗颇能体现传统思维方式的基本特征。"蒙培元则概括了传统思维的特征，"这就是经验综合型的主体意向性思维。就其基本模式及其方法而，它是经验综合型的整体思维和辩证思维，就其基本程序和定势而言，则是意向性的直觉、意象思维和主体内向思维，二者结合起来，就是传统思维

① 胡子：《母语，人类对世界的原始命名——汉语诗性本质探微》，《诗探索》1996 年第 3 期。

② 高玉：《"字思维"语言学辩论》，《诗探索》2000 年第 Z2 期。

方式的基本特征。”①

20世纪之初，西方科学、哲学、文化思潮蜂拥而入，人们的价值观与宇宙观从传统的寄情山水、物我一体，转向了对严峻现实与复杂内心的直面，古代诗歌中从未出现过的意象开始大量进入新诗当中来，古代诗歌所对应的意象的范围发生了迁移，传统的意象范畴开始解体。“古诗中不能入诗的大量意象开始出现在新诗中。意象不再是新诗中的重要范畴，新诗并不强调象外之象，许多抽象性的词语直接出现在新诗里，如孤独、寂寞、痛苦等等。古典诗歌的意象在新诗中被击碎改写，被转化成一个个场景。”② 从创作的客观材料来看，诗人生活的世界发生了改变，审美意象世界也必然随之改变，现代人离古代的象越来越远。科学文明与工业产品包围在诗人的周围，这些客观存在是新出现的，也作为意象出现在诗歌的世界中，诞生了科学概念、工业产品等新的意象种类，进一步拓宽了诗歌意象的边界。在意象营造的具体方法上，现代诗歌也表现出鲜明的“现代性”特征。现代诗歌也保留了古典诗歌传统的一些技法，但是大量的创作方法是古代不曾有的，或者是已有的但本质已经改变，如“虚实嵌合”“思想知觉化”等。比如戴望舒的诗歌创作同样强调诗歌的韵律，但是他明确指出“诗的韵律不在字的抑扬顿挫上，而在诗的情绪的抑扬顿挫上，即在诗情的程度上”③，在写作的过程中的关注点由外在的韵律和谐转向内在的情绪涨落，对内在心理的书写更深入更细致。

第二，句思维带来了诗歌语言结构与词汇运用的改变。现代汉语的词汇系统发生了根本变化，单音词不再在语言中占有绝对比例，多音词占据了现代汉语的主导地位，从表达意义层面看词语正在脱离对字的依赖性，抽象词语、理论概念等越来越具有独立性。现代汉语诗

① 张岱年、成中英等：《中国思维偏向》，中国社会科学出版社1991年版，第19页。

② 高秀芹：《“字思维”与现代诗歌语境》，《诗探索》1997年第3期。

③ 戴望舒：《诗论零札》，见《戴望舒诗选》，江苏凤凰文艺出版社2018年版，第96页。

歌已经从古代诗歌的字意象中出走，不苛求炼字、诗眼；在逐步朝着句意象的方向发展，表现出句思维的一些特征，诗意或意象以全诗的整体面貌出现且复杂多层。沈奇说过，现代诗人的主体性与意志性更强，他们把自我的内在世界作为审美对象来看待，这与古代物态化的寓情于景的审美习惯不同，他将这种不同称为诗体的转型特征，并概括为："其一，对字、词之汉诗诗性思维的基点的背离，即由汉诗传统中以字构句构为重转为以篇构为重。其二，对汉诗语言造型性审美风范的背离，即由'诗赋欲丽'转为指事究理。其三，对自然的背离，即由寄情山水、师法自然转为忘情都市、追慕现代化，由诗美之审转为诗智之审。"① 这段话指出了现代诗歌较之于古代诗歌的三个变化，其中诗歌审美变化的基础是思维模式由重视炼字转为重视篇章，诗思的基本单元扩大了，随之带来了语言表达、诗体构建及诗歌风格一系列的变化。

语言的变化总是与文学的变化如影随形，意象等文学要素变化的背后是语言方式与思维方式的变化，我们称之为由古代的字思维向晚清以来句思维的转变。这里的句思维，是立足于现代汉语的语言事实。语言学家邢福义先生"小句中枢"的理论认为，在现代汉语语法系统中，"小句主要指单句，也包括结构上相当于或大体相当于单句的分句。小句是最小的具有表述性和独立性的语法单位"②。而在古代汉语中，具有独立表述功能的多是单字或双音词。"在语法实体中，只有小句跟其他语法实体都有直接联系，处于联络中心的位置，也只有小句能够控制和约束其他所有语法实体，成为其他所有语法实体所从属所依托的核心实体。"③ 这是从语言的语法功能来进行限定，而在古代

① 沈奇：《可能与局限——关于"字思维"与现代汉诗的几点断想》，《诗探索》2002年第Z2期。

② 邢福义：《小句中枢说》，《中国语文》1995年第6期。

③ 邢福义：《小句中枢说》，《中国语文》1995年第6期。

汉语中，字词是语言表达的基础和核心，能够承担语言表达的功能，并与古代的语法规则相匹配。在现代汉语中则不同，句子是表达的中枢，在语法运转中起着上下勾连的作用且对句子内外系统具有管控性，邢先生称之为“句管控”，也就是“小句如何在中枢地位上对汉语语法规则的方方面面发挥其管束控制的作用”①。语法规则从某个角度可以说是思维方式的外在显现，既然小句在语法系统中处在中枢位置，那么不论是日常语言还是文学语言，句子成为现代诗人运用语言、营构意象、形成审美的基本范式。随着新的现代汉语语言范式的建立，诗人不局限于一字一词的单个意象，不拘泥于炼字以求得诗眼，而在于整体谋篇，用众多的诗行、细腻的笔触展示内心的冲突、人生的经验与复杂的世界，在语言的曲折变化与张力中表达现代世界、现代情绪，现代诗歌也表现出区别古代诗歌的“古代性”的诗歌“现代性”。“日暮苍山远，天寒白屋贫”“明月松间照，清泉石上流”“疏影横斜水清浅，暗香浮动月黄昏”语词之间没有明显的逻辑关系，几个意象就可以传达出诗人淡泊闲适的情怀。而现代诗歌表达诗人超脱的情怀需读完全篇，“帆起了/帆向落日的去处/明净与古老/风帆吻着暗色的水/有如黑蝶与白蝶//明月照在当头/青色的蛇/弄着银色的明珠……//……后一个圆/前一个圆/一个永恒/而无涯涘的圆圈//将生命的茫茫/脱卸与茫茫的烟水”（辛笛《航》），从船扬帆入手，由日航的视觉意象转向夜航意象，进而写到圆的永恒，生命与烟水的浑融一体，经过这一连串的移动与变化来表达对生命的超脱。

第三，句思维促成了虚词的大量入诗。现代诗歌的句法接受了西方的影响，出现了所谓“句法的欧化”。就语言本身而言，欧化后的汉语语法体系最明显的变化就是句子组织趋向严密，这一特点很明显来自西方语言体系对语言形式组合的重视，欧化的汉语体系显得更加

---

① 邢福义：《说“句管控”》，《方言》2001 年第 2 期。

精密、具有更强的逻辑性。

现代汉语诗歌受到科学理性思维方式的影响，把真实表现现代人复杂的情感与现代社会具体深刻的生活世界放在首位，注重厘清事物之间的逻辑关系，追求诗歌内在诗意的生成。在诗形上不强调单个字或词语的含义，“旨在自由表达更为复杂的思想感情的句法形式，主要是靠一些特定的句式和带有特殊虚词的句法结构来实现的”①。诗歌的语言形式进一步欧化，其逻辑特征和推理特征更加明显，词语逐渐被简化为单纯的语言符号，而不再是古汉语中负载众多文化内涵的字象载体，句式与句法成了语言组织的核心。“为了构想世界，为了把自己的经验统一和系统化，人类不得不从日常言语进入科学语言，进入逻辑语言、数学语言、自然科学语言。”② 在语言进化的过程中，虚词作为句法结构的必要组成部分大量出现在日常语言与文学语言中，或者表示事物之间的逻辑关系，或者精确描绘事物的时空特征，从而使新诗开始摆脱意象并置的传统方式，在人与自然、自然事物之间造成一种不平衡的状态。

虚词的变化是诗歌现代转型的重要标志，这也是在新诗语言欧化之后并进一步整合的结果。葛兆光曾说：“诗歌的真正大变局还是在‘白话诗’彻底地瓦解了古诗的句法之后，而瓦解古诗句法的一个极重要方面就是句式的任意安排和虚字的任意使用，当白话诗以日常语言里常有的句式、常有的虚字大量用在诗歌里的时候，诗歌大变局的时代才会真正的来临。”③ 这肯定了虚词在诗歌现代化中的历史价值，也为提供了一个诗歌研究的新角度——虚词的角度。王泽龙围绕汉语虚词运用对现代诗歌的影响做过深入阐释：“现代汉语句式严密化，

---

① 欧阳骏鹏：《现代诗歌语言研究的基本路径》，《湖南社会科学》2010 年第 4 期。

② ［德］恩斯特·卡西尔：《语言与神话》，于晓等译，生活·读书·新知三联书店 1988 年版，第 134 页。

③ 葛兆光：《汉字的魔方：中国古典诗歌语言学札记》，复旦大学出版社 2008 年版，第 169 页。

对中国新诗的审美同样影响巨大。中国文言文灵活多意，没有西文的时态、语态，又不加断句标点，适合于直觉感悟，而不适合于逻辑分析。"五四"白话文运动认为现代汉语应该在传统白话的基础上借用西语，使朦胧模糊的文言文转化成分析性与精确性的现代白话。"这是从中西语言的语用角度出发，肯定了汉语形式变迁的必要性，他紧接着分析虚词在现代汉语严密句式中的作用及原因，"汉语诗歌外在形式的变化，包括现代汉语虚词的大量入诗，正是诗歌对科学主义思潮的一种适应性选择。除此之外，诗行排列、分行、押韵的变化、标点符号的运用等，都受到了科学思潮的影响"①。这也就是说，近代以来的科学思潮是思维方式转型及虚词激增的原因之一，虚词的大量运用打破了古代诗歌以实词结构为基础的对称性组织，从语法层面看诗歌的内在逻辑更为严密，从诗形层面看诗歌的句子可长可短、排列自由度扩大，形成了现代诗歌以现代白话为中心的松散性组织，这就从古代诗歌固定的诗体规则内突围出来，给予了诗歌语言与形式实验更广阔的空间。

普实克认为："中国旧诗的基本方法是从现实中选取一些富有强烈情感而且往往能表现主要本质的现象——我们实际上可以把它称为象征——用他们创造某种意境，而不是对某一特定的现象或状态准确地描述。……现代汉语在经过多种因素的杂糅和欧化的过滤与改造后，已经不再是原来意义上的白话，而是在词汇、句法、观念、意象、结构、风格诸方面，具有了不同于文言文也不是从前的白话所能出现的品质。"② 既然现代汉语是经过欧化的改造，那么新诗语言的欧化带来了哪些新的文本特征呢？首先，就是西式标点符号的引入，明确了句子及句子成分在意义表达中的功能划分；其次，传统语言内在修辞关系的形式化，诗歌的语言规则趋于接近散文，句子结构变得细密，逻

① 王泽龙、钱韧韧：《现代汉语虚词与新诗形式变革》，《中国社会科学》2014 年第 9 期。
② 刘云：《普实克中国现代文学研究的科学主义倾向》，博士学位论文，武汉大学，2014 年。

辑关系清晰，篇章结构逐渐线性。由此带来现代诗歌在语言结构方面，倾向于借助连接词、介词、数量词等虚词，来明确意象间的逻辑结构和诗情诗意发展的组合关系。而为了平衡诗歌的逻辑性与审美性的关系，既要保证诗为之诗的艺术风格，又要合乎现代语言的语法关系，就不得不适度打破意义上的完整，使用跨行、倒装等的艺术手段，这就与传统诗歌语言结构单纯明净、讲求音韵美与和谐美的风格大相径庭。新诗在语言结构方面注重句子的作用，重视发挥虚词作用以保证诗歌的逻辑，正是句思维具化为诗歌实践的体现。

虚词的介入为诗歌形式的探索打开了一扇窗，带来了词汇、句式、节奏等方面的联动变化。在词语组合方面，“现代汉语双音节词多，虚词运用频繁，词序固定”[①]。在节奏规律方面，一些诗歌中的副词、连词等虚词成分单独拎出来，成了跨行句子的“牵头”，造成了非常多的“断句”，打断了一直以来讲究稳定和谐的节奏传统。[②] 这是学者们对虚词在诗形方面影响的探讨，通过语法的改变来增加诗意。王泽龙分析了穆旦诗歌特征，指出诗句“绿色的火焰在草上摇曳，/他渴求着拥抱你，花朵。/反抗着土地，花朵伸出来，/当暖风吹来烦恼，或者欢乐。/如果你是醒了，推开窗子，/看这满园的欲望多么美丽”(穆旦《春》)，较多使用关联词语来表达人生经验与生命感受，此诗便是在两个复合句式、一个假设的虚词关系结构中，表达了青春生命的苏醒与渴望的多种含义。[③] 这种复杂句子运用到现代汉语诗歌中，表现出诗歌的句子成分比较齐全、语法关系比较清楚，更多的虚词参与到诗句的构建中，用以特有的语法功能承担诗歌形式组合的任务。新的语法变化打破了传统诗形相对固定僵硬的规则，为实现诗歌生命

---

① 许霆：《旋转飞升的陀螺——百年中国现代诗体流变史论》，人民文学出版社2006年版，第248页。

② 陈仲义：《中国前沿诗歌聚焦》，中国社会科学出版社2009年版，第412页。

③ 王泽龙、钱韧韧：《现代汉语虚词与新诗形式变革》，《中国社会科学》2014年第9期。

更为灵动提供了我们一直渴望的力量，“我们看到，连词、介词等修饰与被修饰，虚记号的广泛使用连同词汇意义的抽象化一起，从而真正地显示了属于现代汉语的书面语的诗学力量”①。

① 李怡：《论穆旦与中国新诗的现代特征》，《文学评论》1997 年第 5 期。

第三章　科学主义与中国现代诗歌意象

意象是中国古代诗论的重要术语，既是诗人写诗的重要载体，也是诗家论诗的重要标尺。这种意象在诗学中的重要地位也延续到现代，有人称意象是“诗歌独特的叙事方式”[①]，诗人对世界的把握与人生的感悟以意象来体现，因此也可以说，意象是诗歌有别其他文体的本体性要素。可见意象是诗歌研究，尤其是考察中国现代诗歌时不可或缺的重要部分。在新诗发展过程中，随着诗歌观念及思维方式的变化，古代诗歌的意象系统逐步转变成为现代诗歌的意象系统。在诗歌意象系统由古代转向现代的过程中，意象随着文学受到科学的整体性影响而变化[②]，“譬如传统诗歌强调诗言志，新诗希望济世；传统诗人喜欢自然意象，现代诗人偏爱社会生活意象”[③]。科学作为一种因素，影响了现代诗歌意象的生成与使用，同时也为现代诗歌的传播接受提供了有利条件。

① 郑敏：《中国诗歌的古典与现代》，见《诗歌与哲学是近邻：结构—解构诗论》，北京大学出版社1999年版，第315页。

② 王泽龙：《中国现代诗歌意象论》，中国社会科学出版社2008年版，第156页。

③ 赵敏俐主编：《中国诗歌史通论》，人民文学出版社2013年版，第321页。

第一节　诗歌意象理论变迁

一　中国古代诗歌意象理论

“意象”是中国古代诗学核心范畴之一，有说法为“古诗之妙，专求意象”①，意味着只有懂得意象，才能领略古诗的妙处。由此可见意象在古代诗歌、诗学领域中的重要性。从诗歌艺术技巧的角度来看，意象应该是诗歌艺术最小的能够独立运用的基本单位。

我国关于意象的理论，最早可以追溯到先秦哲学。在先秦哲学中，“意”指人的思想，“象”指物的表象，表述意和象的物质媒介是言，也就是语言。《周易》中说：“圣人立象以尽意，设卦以尽情伪，系辞焉以尽其言。”有学者认为，是王充第一次将“意”与“象”两个词组合为一个术语。他在《论衡》中先引《周易》“云从龙，风从虎”之言，列举古代宗教祭祀礼仪中的土龙、虎豹等图像，然后指出：“夫画布为熊、麋之象，名布为侯，示义取名也。”首次合成了“意象”的概念，并体现出由哲学意味向文学意味的转变，为后人开创了文学表达推崇意象的先河②。意象作为一个独立的美学概念出现，是到了刘勰的南北朝时期，“积学以储宝，酌理以富才，研阅以穷照，驯致以绎辞。然后使玄解之宰，寻声律而定墨；独照之匠，窥意象而运斤”③（刘勰《文心雕龙·神思》）。“窥意象而运斤”，指的是运用语言描述作者想象的物象或景象。它不是普通的表象，而是在饱含情感的想象中孕育出来的，蕴含着主体的情意，是诗人对生活进行酝酿、想象之后所得的结果，是主观与客观、“意”与“象”浑然相融的艺

---

①（明）胡应麟：《诗薮》（内编卷1），上海古籍出版社1979年版，第1页。

② 吴廷玉：《中国诗学精要》，四川大学出版社2012年版，第11页。

③ 周振甫：《文心雕龙今译》，中华书局1986年版，第249页。

术体，因此被认为是“驭文之首术，谋篇之大端”。意象的说法自刘勰提出后，在后续而来的古代诗歌理论中继续发酵丰富。

南北朝以降，佛教逐渐兴盛，佛经中的一些语言逐步渗透到汉语文化传统中，意象与佛教等外来文化形成了一种互渗互融的关系。佛经中的“境”“境界”等语词进入汉族文学语言中，《世说新语》写了个故事：“顾长康啖甘蔗，先食尾，人问所以，云：‘渐至佳境。’”[①]这里借用顾恺之吃甘蔗传递出一种愉悦的精神享受，隐约含有“意境”后来之义的端倪。到了唐代，“意境”的内涵进一步得到了丰富，司空图说：“是有真迹，如不可知。意象欲出，造化已奇。”[②]意象在诗歌中的审美作用被诗家认识。王昌龄在《诗格》中说：“诗有三境：一曰物境。欲为山水诗，则张泉石云峰之境，极丽绝秀者，神之于心，处身于境，了然境象，故得形似。二曰情境。娱乐愁怨，皆张于意而处于身，然后驰思，深得其情。三曰意境，亦张之于意而思之于心，则得其真矣。”这里指出了古代诗的三层次境界，并使用了“境象”来反映象与境之间的关系，诗论中接着又说：“诗有三格：一曰生思，心偶照境，率然而生。二曰感思，吟讽古制，感而生思。三曰取思，搜求于象，心入于境，神会于物，因心而得。”[③]进一步揭示了意象与意境之间的关系，由象的组合进而产生境的意味，同时分析了诗歌的思维过程及由此带来的不同风格。意象与意境作为审美的不同层次，通过虚实相生、有无相成的艺术形象来表现宇宙人生的丰富意蕴。如果说意象是一栋栋独立的房屋，意境就是由这些房屋组成的建筑群，意象在古代诗歌的艺术系统中处于承上启下的位置，它由刘勰文艺理

① （南朝宋）刘义庆著，张㧑之译注：《世说新语译注》，上海古籍出版社1996年版，第62页。

② （唐）司空图、（清）袁枚：《诗品集解 续诗品注》，郭绍虞集解、辑注，人民文学出版社1963年版，第26页。

③ （唐）王昌龄：《诗格》，见郭绍虞主编《中国历代文论选（第二册）》，上海古籍出版社2001年版，第89页。

论中的单一元素，提升到王昌龄诗论中的系统层次，“时至唐代，对意象概念内涵的阐释和术语的确定工作已全部完成”[①]。

宋代以后，意象作为一种诗学理论由论的形成进入论评结合的应用实践中，由宏观论述落地为微观分析。吕延济在评论谢眺的“寒城一以眺，平楚正苍然”一句时，使用了“翘翘错薪，言刈其楚……意象殊窘”（《唐子西文录》）[②]，这是在评论诗句时使用“意象”一词，指代的是谢朓诗中具体的艺术元素，较之刘勰没有所指的理论层面的“意象”内涵更为具体。而到了明清时期，意象在诗歌批评与理论著作中，已成普遍使用的一个概念。何景明认为“夫意象应曰合，意象乖曰离”（何景明《与李空同论诗书》）[③]；王世贞认为诗“要外足于象，而内足于意”，要“意象衡当”（王世贞《于大夫集序》）[④]。两人都强调意与象合，才能体现天地之理。意象诗学作为古代诗论的重要部分，受到中国传统文化的整体性影响，追求意象相合、天人合一，表现出古代意象诗论的一些特征。

第一，意象具有表现性的功能。无论诗言志，还是诗缘情，对于意象而言其诞生之初的职责是“立意于象”，它是作为表达诗人主观意志、抒发情感的基本单元而存在。意象所表现出的主要是作为审美主体的意趣、意识对于客观物象的驾驭和熔铸，“象”是作为“意”外显的载体而具有价值。在随后意象诗论不断发展的过程中，李东阳强调“意象具足，始为难得”[⑤]，王世贞说“意有造而象发之”[⑥] 等，都进一步强调

① 屈光：《中国古典诗歌意象论》，《中国社会科学》2002 年第 3 期。

② 严云受：《诗词意象的魅力》，安徽教育出版社 2003 年版，第 20 页。

③ （明）何景明：《与李空同论诗书》，见黄霖、蒋凡主编《中国历代文论选新编（明清卷）》，上海教育出版社 2007 年版，第 40 页。

④ （明）王世贞：《于谦传》，见《王世贞文选》，陈书录等选注，苏州大学出版社 2001 年版，第 248 页。

⑤ （明）李东阳：《怀麓堂诗话》，见《李东阳集》（第 3 卷），周寅宾、钱振民校点，岳麓书社 2008 年版，第 1504 页。

⑥ （明）王世贞：《于谦传》，见《王世贞文选》，陈书录等选注，苏州大学出版社 2001 年版，第 250 页。

了意象对于主体情意的表现。在诗人笔下，同样的客观景物可以呈现出完全不同的诗歌面貌，因为意象不是单纯的物象。自然风物进入诗人视野中，经过组合变成诗歌中的形象，饱含了诗人的感情。

意象作为诗人主观情志的表现，用美学上的说法可以称为“移情”。移情指的是诗人把自己的感情外化到客观事物上，就使得客观事物也有同样的情感。诗歌不论是表达主观意志还是抒发情感，诗人的悲喜都可以通过意象来表达。意的本身就与情理密切联系在一起，各个要素的轻重显隐不尽一致，意象就是由不同的意与象结合而成，诗人的主观意识起着关键作用。诗人写诗时的语言意象鲜活，官员训话时的语言意象局促，这是说诗人性情真切鲜活，笔下气象浑厚；儒生恪守古训，笔下气象狭窄局促。“秦音则嗽劲扬厉，吴音则柔靡清嘉。……其意象之所融适，则冶而为吴；志气之所感触，则壮而为秦、若燕赵”①，不同的地域带来了不同的意象风格，同一个象又能表达不同的意。如古诗中常见的“月亮”意象，《古诗十九首》“明月何皎皎，照我罗床纬”表现出的是幽冷清明，李白笔下“举杯邀明月，对影成三人”则是朋友的代称，杜甫“关山同一照，乌鹊自多惊”则营造出凄凉冷峻的氛围。裴斐说得很形象：“客观存在的月亮只有一个，诗中出现的月亮千变万化。物象有限，意象无穷。”② 无论是自然界的景物，还是典籍中的掌故，当进入诗歌语境中，成为诗的有机部分才能发挥出意象的作用。

古代诗歌意象的表现性功能，除了是诗人个体的表现，同时也是民族、群体集体意识的表现。一些原初产生的意象，经过不同时代的使用、变形，附着的文化心理内涵越来越丰富。如“春”的意象自古就有，经历了不断丰富发展的过程，《诗经》写春天“春日迟迟，卉

① （明）王世贞：《〈曲藻〉序》，见《王世贞文选》，陈书录等选注，苏州大学出版社2001年版，第215页。

② 裴斐：《意象思维刍议》，见《诗缘情辨》，四川文艺出版社1986年版，第109页。

木萋萋。仓庚喈喈，采蘩祁祁”（《诗经·小雅·出车》），展现的是万物在春日里活泼的生命力；汉乐府“青青园中葵，朝露待日晞”（《乐府诗集·长歌行》）传达出温暖兴盛的民族心理体验，人们从春天万物萌生引申到春象征青春年华、美好理想；也有以春景写悲伤之情，“春去也，多谢洛城人；弱柳从风疑举袂，丛兰浥露似沾巾”（刘禹锡《忆江南（春去也）》）则是表达了人们惜别青春年华的感伤。“春”的意象形成过程是不断丰富的，是底层百姓与士大夫阶层共同创造的产物，同样古代诗歌中的众多经典意象如鸿雁、落叶、月影、折柳等，是凝聚着古代中国人千百年来的集体无意识，最终“成为生命信息传递与接受的感性符号”[①]，进入民族的文化传统。

第二，“意象相合”的审美趣味。天人合一是中国传统文化的基本特点，“天地与我并生，而万物与我为一”[②]，古人以物我合一的方式领悟天地之道与人生之道，达到对事物本质的掌握。这种哲学感悟在古代诗歌中的表现，便是反对直抒胸臆而强调借景抒情、寓情于景，由“以我观物”转化为“以物观物”，这也要求诗人与景物融为一体、主观与客观密切契合。从意象的角度来说就是意与象要相适合，天人相合意味着象与意具有天然的亲和性、相生性，所以客观物象应与主观情意匹配相融，这也就是诗家们津津乐道的“体天地之撰，意象尽矣”[③]。意象应合就能体察天地奥秘，相合、和谐是意与象的关系也是意象诗学在风格趣味上的追求。实际上不仅要做到意与象相协、相合，而且情感与叙事、意趣与物象都应做到和谐，“外足于象，而内足于意，文不灭质，声不浮律，以古程之，亦少有不合者”[④]。“未契意象”

① 胡晓明：《万川之月——中国山水诗的心灵境界》，北京大学出版社2005年版，第13页。

② 陈鼓应注译：《庄子今注今译》，中华书局1983年版，第32页。

③ （明）何景明：《与李空同论诗书》，见黄霖、蒋凡主编《中国历代文论选新编》（明清卷），上海教育出版社2007年版，第40页。

④ （明）王世贞：《于谦传》，见《王世贞文选》，陈书录等选注，苏州大学出版社2001年版，第248页。

中的意与象分离未能泯然合一而为诗人所反对，“意象融适”则是诗人追求的极佳境界。

求“和”的心境状态，还表现在一首诗内部意象之间的一致性，较少矛盾与冲突。例如温庭筠的《商山早行》：“晨起动征铎，客行悲故乡。鸡声茅店月，人迹板桥霜。槲叶落山路，枳花明驿墙。因思杜陵梦，凫雁满回塘。”诗中出现的茅店、月色、人迹、板桥、寒霜等意象众多，但都体现出阴冷、凄清、狭小的特点，意象所反映的画面、所体现出的风格非常一致，体现了行路人对旅途艰辛的慨叹。刘禹锡《途中早发》：“马踏尘上霜，月明江头路。行人朝气锐，宿鸟相辞去。流水隔远村，缦山多红树。悠悠关塞内，往来无闲步。”同样是写行人清早赶路，选择的马、山、流水、远村、红树、关塞等阔大明朗的意象，显现出行路人不以披星戴月赶路为苦，而以赏玩沿途景致为乐的情感。

如果将视角扩大，将意象置于整个古代诗歌的长河中考察，我们发现古代诗歌的整体意象同样表现出“和”的特点，冲突性意象、破坏性意象很少。不论是来源于神话传说的杜鹃、湘竹、碧血等原型意象，还是从地域、节令、物候变化中生成的哀猿、鸿雁、春、秋等现成意象，或者面对社会事件、经典文本有感而发的砧杵、登临、折柳、春草、浮云、梦蝶等即兴意象①，给予读者的阅读体验也是诗人追求或达到主体与客体融为一体的喜悦或悲伤，具有静穆和谐之美。和谐晶莹的意象达到诗家所说“意象广圆，机灵而感捷也”，或者“气象浑厚”“默于言表”。

第三，意象表现出具象性特点。中国古代诗论重视自然界对诗人创作的感发作用，“起兴”的本意便是指诗人对自然风物和生命形态的有感而发，后来经过衍化将这种朴素的触景生情、感悟而怀的艺术

① 严云受：《诗词意象的魅力》，安徽教育出版社2003年版，第105页。

手法称为“兴”。由于古代诗人生活在相对原生态且缓慢宁静的生态环境中，直接面向自然万物由此而来的感受更为真实真切，山河湖海、季节轮换、物候节令、动物植物等莫不是起兴而发、敷衍成诗的重要触媒：“遵四时以叹逝，瞻万物而思纷。悲落叶于劲秋，喜柔条于芳春。”① 自然物象不仅是诗人赞美的直接对象，也时常是士大夫抒怀言志的载体，所以古人说“物象者，诗之至要”②。王充曾说“立意于象”，这里象的动机与卦象相同，诗的意旨要通过象而明晰，只有主体意旨“触类生变，万物为象”，才能“贵乎适宜”。李东阳在评点“鸡声茅店月，人迹板桥霜”诗句时，称赞诗句“意象具足，始为难得”③，意思是说紧扣物象而摹写，少发议论之词，将在外羁旅之人的愁思愁绪以活脱的“意象”表达出来。陆时雍的意象论强调“意象广圆”，他说“《三百篇》赋物陈情，皆其然而不必然之词，所以意象广圆，机灵而感捷也”。他将王廷相的“情直致而难动物”发展为“转意象于虚圆之中”④，将审美主体的内在情思具体化与外在化，形象可感，意味深长。

由此可见，意象之象是鲜明而具体的，是诗人在仰观天地、俯察地理的亲证活动中，将自我的情感融入外在的景物中，提炼出具体的物象进而合于心意。自然界的各种物象如山川风物、动物植物、节令气候等，逐渐成为中国古代诗歌不可或缺的基本元素，如果把这些“文学艺术家身上的自然”抽取掉，古代诗歌的韵味与传统也就不复存在。有的学者从文化学的角度，试图分析中国古代诗歌中自然风物

---

① （西晋）陆机：《文赋》，见黄霖、蒋凡主编《中国历代文论选新编（先秦至唐五代卷）》，上海教育出版社2007年版，第127页。

② （五代）徐衍：《风骚要式》，见罗根泽编《中国文学批评史》（上卷），上海书店出版社2003年版，第494页。

③ （明）李东阳：《怀麓堂诗话》，见《李东阳集（第3卷）》，周寅宾、钱振民校点，岳麓书社2008年版，第1504页。

④ （明）陆时雍选评：《诗镜·诗镜总论》，任文京、赵东岚校点，河北大学出版社2010年版，第3页。

较多这一现象的原因，从诗人思维方式的角度切入，认为诗中物象较多是受传统文化物态化思维范式的影响[①]。受到天人合一整体性认知理念的影响，古人采取了以物观物的方式认识和把握世界，放弃了人高于自然界的主体性，而是在物中求得自我的体认。在诗歌的世界中，诗人的自我意识隐身到语言的背后，个人返回到客观世界的怀抱，成为自然界的一个组成部分，从外物的气息节奏中求取精神的和谐。这就顺其自然地将虚玄的情思转化为具体物象，读者则通过自然意象进入一首诗歌的艺术境界。

第四，用意象以达意境。正如前面提到过，随着意象理论的发展出现了“意境”的概念，意境逐渐成为古代诗歌批评与创作中的核心概念。“意境”作为文艺术语最早在《诗格》中出现：“诗有三境：一曰物境，二曰情境，三曰意境，亦张之于意而思之于心，则得其真矣。”指出了意境是诗歌追求的审美境界之一，同时也初步点出了意象与意境的关系，“欲为山水诗，则张泉石云峰之境，处身于境，视境于心，莹然掌中，然后用思，了然境象，故得形似”[②]。境中之象是物境的构成因素，物境只是境界的一个层次，理想的境界则是意境。情与景是境界构成的两大要素，景在情中、情在景中，情景交融是诗歌的理想境界。要达到情景交融的境界，意象便是必不可少的媒介，就像有的学者所说“意象只不过是构成诗歌意境的一些具体的、细小的单位”[③]，这些具体的、细小的、零散的单位有机地组合在一起共同构筑意境的大厦。

意象形成意境的方式有很多种，有的是一种意象便成为意境，有的是多种意象形成意境。“寒山转苍翠，秋水日潺湲。倚杖柴门外，

① 李怡：《中国现代新诗与古典诗歌传统》，北京大学出版社 2008 年版，第 31 页。

② （唐）王昌龄：《诗格》，见郭绍虞主编《中国历代文论选》（第二册），上海古籍出版社 2001 年版，第 89 页。

③ 袁行霈：《中国诗歌艺术研究》，北京大学出版社 1996 年版，第 54 页。

临风听暮蝉。”（王维《辋川闲居赠裴秀才迪》）这首诗的意象有山、水、落日、孤烟等等，如一幅画卷次第展开，单个意象展现出的是安宁闲适的舒缓色彩，整首诗营造出一个闲逸旷达的境界。有的诗歌，通篇可能只有一个可感性物象或意象：“暮云收尽溢清寒，银汉无声转玉盘，此生此夜不长好，明月明年何处看?”（苏轼《阳关曲》）全诗只有月亮一个意象，便形成了寂寞思念的境界。意象的出现是意境创造的一个中间环节，经过诗人构思、传达而呈现出的诗歌意象世界就是意境，换句话说，意境是意象系统情景交融的整体化。

二 西方意象理论

在西方，意象理论走过了另一条不同的发展道路。意象首先是作为一个心理学名词，进入语言世界中。作为心理学范围内的概念，意象是与表象概念紧密联系在一起的，是表象意义阐释中的一部分，而表象只是作为认识过程的一个环节，是由物质到思维的中间环节。《辞海》对表象的定义——“表象是在知觉的基础上所形成的感性形象”[①]——主要强调的是感性形象，这为艺术范畴的借用留下了空间。康德首先将意象引入美学领域，他在《判断力批判》中指出：“审美意象是一种想象力所形成的形象显现。”[②] 意象由纯粹的生理学和心理学认知功能，延伸到有想象力参与的审美活动中，主体的创造作用体现出来了。

鲍山葵将审美表象引入文艺领域带来表象说的根本转型：“我们所感受或者想象的只能是那些能成为直接外表或表象的东西”[③]，这句中表象与审美意象的意思相当。克罗齐则强调了意象的个人性和知识

① 《辞海》，上海辞书出版社 1979 年版，第 1220 页。

② ［德］康德：《判断力批判》，邓晓芒译，人民出版社 2002 年版，第 131 页。

③ ［英］鲍山葵：《美学三讲》，周煦良译，上海译文出版社 1983 年版，第 5 页。

性，意象既是个体想象的产物，也是个体把握世界的一种方式，他在《美学原理》中说：“知识有两种形式：不是直觉的，就是逻辑的……知识所产生的不是意象，就是概念。”① 在克罗齐这里，是从一般意义上来讨论意象的，意象是以知识生产的方式和存在的方式出现，是与概念性、逻辑性的知识相对应的另一种知识形态，这显然把意象从作为认知的环节中释放出来，提升到知识的构成方式这个高的地位。当意象作为知识的构成方式进入理论探讨中，也就为科学与文艺的关联提供了可能，生产概念性、逻辑性的知识是自然科学的任务和属性，科学与文艺在知识生产层面采取了不同的路径。

到了20世纪初，意象派诗歌的出现及流行，进一步扩大了意象在文学领域中的影响力。意象派宣称，诗歌应该描绘“意象”，也就是“一种在瞬间呈现的理智与感情的复杂经验”②，这种复杂的经验应该是个性的、具象化的，是主体思想和情绪在文本中唯一的“对等物”，“我们相信诗歌应该准确地再现个别的事物，而不是表现模糊的一般”③。意象派的理论探索与实践创作虽然时间不长，但为20世纪诗歌开辟了新的途径，意象作为一种诗学理论和艺术手法在西方被广泛运用。受到新批评理论影响的韦勒克，认为意象是一种表达某种内在意义的感觉，再次从生理和心理的层面来讨论意象的内涵，意象是“关于过去的知觉经验在心中的重现或回忆……可以是视觉的，可以是听觉的，或者可以完全是心理上的”④。这也就是说，意象是一种复杂的综合经验的存在，兼具思想与情感两个层面的内容。很明显，韦勒克继承发展了意象派的理论，强调意象是感性和理性的综合，并能找到具体的对应物，以此突出诗歌的凝练性和客观性。同时，这种关

① ［意］克罗齐：《美学原理》，朱光潜译，商务印书馆2012年版，第100页。

② ［英］彼德·琼斯：《意象派诗选》，裘小龙译，漓江出版社1986年版，第152页。

③ ［英］彼德·琼斯：《意象派诗选》，裘小龙译，漓江出版社1986年版，第158页。

④ ［美］勒内·韦勒克、奥斯汀·沃伦：《文学理论》，刘象愚译，江苏教育出版社2005年版，第200页。

于意象概念的表述方式，使用了心理学等属于科学范畴的术语，也表现出分析性的逻辑色彩。在这个基础上，韦勒克和沃伦收集了众多诗人的意象，并对意象来源进行区别，分成自然、艺术、工业、物理科学、人文科学、城市、乡村等，以此来考察诗人的兴趣[①]。威尔斯在《诗歌意象》中，也初步归纳出意象的类型，其研究基础是把比喻“按着上行的顺序从最低级排向最高级”分为装饰性意象等七种意象[②]。在对意象类型进行细致划分后，批评家们将之应用于具体实践中，艾布拉姆斯在《简明外国文学辞典》中收录了“意象”词条，并称之为“现代文学批评中最常见、也最含糊的术语”[③]。

苏珊·朗格从符号学的视角切入，在意象与符号之间画上等号，给予了传统意象学说新的解读阐释，“把意象看成是对感性印象复制的流行看法，已经使认识论哲学家们漏掉了最重要性质，这就是意象的符号性质”[④]。站在符号学的角度阐释意象，赋予了意象以符号的特点，模糊、短暂及支离破碎，意象逐步失去了作为知识生成方式所具有的客观性基础，但符号学扩大了意象的外延范围，任何思维层面、语言层面、形体层面的符号都可以看作是意象，反映出符号学美学对传统美学的冲击。同时朗格认为艺术意象是一种情感符号，“对于这种意象，我们可以称之为艺术符号”[⑤]。这个补充延续了意象反映主体情感这一属性，只是符号的随意性也就让意象的形成与解读具有更加复杂、多元乃至放纵的空间。

通过简单抓取西方意象理论发展历史上几个代表性学说的论述，

---

① ［美］勒内·韦勒克、奥斯汀·沃伦：《文学理论》，刘象愚译，江苏教育出版社 2005 年版，第 201 页。

② ［美］勒内·韦勒克、奥斯汀·沃伦：《文学理论》，刘象愚译，江苏教育出版社 2005 年版，第 201 页。

③ ［美］M. H. 艾布拉姆斯等：《文学术语词典》，吴松江等编译，北京大学出版社 2014 年版，第 150 页。

④ ［美］苏珊·朗格：《艺术问题》，滕守尧等译，中国社会科学出版社 1983 年版，第 126 页。

⑤ ［美］苏珊·朗格：《艺术问题》，滕守尧等译，中国社会科学出版社 1983 年版，第 129 页。

可以发现西方意象理论不同于中国古代意象诗论，表现出以下特点。

第一，意象理论是知识论的组成部分。从对概念的梳理中不难发现，意象本来只是心理学研究领域的专有名词，是主体认识客体世界的一个环节。当然同时意象也是哲学认识论范畴的概念。当康德将意象从哲学领域引入审美领域，称“审美意象是想象力形成的一种形象显现”①，保留了意象作为知识构成要素的特性。克罗齐关于知识的构成形式一分为二，一种是通过直觉获得并以感性的形式存在，另一种是通过逻辑推理获得并以理性的形式存在，“知识所产生的不是意象，就是概念”。它说明直觉是知识的来源，而作为直觉的产物，意象只是知识产生、传播的庞大体系中的一个环节，意象“就是表现的知识”，那么“它使直观的、感觉的知识与概念的、理性的知识相对立”②，落脚点在强调意象在知识形成过程与表现形式中的价值和意义。

后来，韦勒克认为意象是感性与理性的综合，苏珊·朗格认为意象是一种情感符号，虽然符号美学中意象对于知识而言具有较大的不确定性，但没有完全溢出边界独立于知识论之外，它在知识体系或者文学体系中处于从属地位。如果分析人的认识过程，就会发现作为形象思维产物的意象与代表抽象思维的科学一样，只是由人的感觉知觉表象经过悟性认识到达理性认识阶段的成果。而且，也不难发现西方理论界关于意象的阐述比较零散，不管是纵向维度上理论的传承，还是横向维度上对意象的具体分析，没有围绕意象形成一个较为系统的认识，对诗歌中意象的剖析只是作为其他类型评论研究的组成部分。

第二，意象的客观性特点。由于意象是知识论的组成部分，本质上是一种“智性的直观物”，它也就天然地具有了与科学知识一样的客观性特点。庞德认为诗是用简洁的语言写成的，“客观——毫不滑来滑去；直接——没有滥用的形容词”，这里的客观与直接其实也是

① ［德］康德：《判断力批判》，邓晓芒译，人民出版社2002年版，第131页。

② ［意］克罗齐：《美学原理》，朱光潜译，商务印书馆2012年版，第201页。

科学研究方式的主要特点。艾兹拉·庞德做了进一步的强调，“诗必须和散文写的一般好……客观性，再一次还是客观性”[①]。意象派诗人无论是站在语言的角度，还是站在诗歌整体风格的角度一再强调诗的客观性质，实现诗的客观性的有效手段是意象。他们使用客观世界中存在的事物把思想与感受加以客观化，着眼于日常生活的经验提纯、凝练为高度浓缩的意象，这个被提炼而来的意象又往往是具体的、可以把握的。“那棵树已进入我的双手，/树汁已进入我的肩膀，/那棵树已长到我的胸中——”（庞德《少女》），诗人并没有表达对少女的审美感受，而是用树、树汁等在我身体中的生长这些奇特却又真实的意象来表达真切的情感。威廉斯把意象派的诗歌主张推向了客观主义，艾略特则把它发展为客观相对物和非个性化理论[②]。这些诗人都从意象主义出发，扩展了自己的现代主义理论。

当然，西方的意象理论同样主张意象具有主观表现性。从康德、克罗齐、韦勒克到符号学的朗格，不管在意象内涵的阐释方面存在多少不同，但大都认为意象是主体的表现，即便突出强调复杂客观经验的庞德，在强调意象的直觉手段时也认同了主观性。只不过，中国的表现主观是物态化的主观，情景交融，天人合一；西方的表现主观是意志化的主观，是诗人主体的情感与意志的投射，西方的唯理智主义倾向使得理念与形象分开，意象是表达情感或哲理的形式，意与象之间具有给予空间的张力。

第三，重视意象形式的精准。与中国古代意象诗论更重视“象外之象”的整体性、模糊性不同，西方意象理论更要求每个具体之象的准确，强调艺术之象应该是较之客观之象更有价值。这种对形式精准的重视，在语言上表现为科学思维与科学词语在意象构成中的使用，

---

① ［英］彼德·琼斯：《意象派诗选》，裘小龙译，漓江出版社1986年版，第168页。

② 洪雪花：《意象主义在东西方文学中的回返影响研究》，博士学位论文，延边大学，2006年。

如邓恩等玄学诗人的诗歌鲜明体现了精准的特点，他的许多宗教诗中就取材于英国当时的自然科学发现，“这是我的戏剧的最后一幕，在此苍天规限/我朝圣之路的最后一哩；我懒散，却快速/奔跑过得赛程，剩下的仅有这最后的一步，/我的一柞的最后一寸，一分钟的最后一点”（邓恩《神学冥想》），用“最后一步”“最后一寸”“最后一点”精确地丈量出生命的距离，按照几何学从大到小的顺序排列，客观的数字排列在一起，传递出严肃的宗教味道。

对于意象在形式上的精准，一方面表现为自然科学知识的进入诗歌，另一方面是对日常生活细节和主体感受的真实还原。瑞恰兹曾经批评知识界对意象感觉性的重视，而忽视了意象的功用性，他认为功用性是“作为一个心理事件与感觉奇特结合的特征”①，它应该是感觉的遗留和重现。在这样的文化背景下，文学意象面临实践的检验，一定程度上符合真与善的要求，也就具有形式上的精确性。“在密雨中/在灯光里/我看到一个金色的/数字 5/写在一辆红色的/救火车上/无人注意”（威廉斯《巨大的数字》）。“密雨”“一个金色的”“数字 5”“红色的救火车”，这些词语所对应的意象清晰准确，油画般直观地呈现在读者面前，可以说是精确地传达出诗人刹那间的情绪与思想。

三　中国现代诗歌意象理论

清末民初是中国文化的转型期，西方文化的输入、汉语语言的变革，带给人们思维方式的改变。以进化论为主的科学思潮的输入，自然科学逐渐突破了学科的区域限制，由知识传授、学术研究及技术的应用，上升到认识论和价值观的层面，自然科学的方法和标准溢出其所适用的范围，对社会现象、国家结构及众多其他学科提出了科学的

① 杨匡汉、刘福春编：《西方现代诗论》，花城出版社 1988 年版，第 192 页。

标准，也就是要求包括其他知识门类在内的一切知识体系和价值体系的科学化，形成了中国现代历史上的科学主义潮流。现代诗人处在科学主义倾向占主导地位的文化语境中，在意象的营造上把主观的抒情转化为客观的叙述，从而使诗歌意象不同于中国传统的诗歌意象，将传统诗学的“诗言志”“诗缘情”转化为对社会现实与个人复杂内心的表现。但中国现代诗论不是对西方意象派诗学的生搬硬套，同时也汲取中国传统文化中的合理成分，形成了兼具中西特点的诗学主张。

胡适“五四”时期的文学观念，较多受到意象派诗歌观念影响，以《文学改良刍议》为代表的一系列文学变革方案深受庞德意象派诗歌的影响，他将意象主义的信条改造成与当时文学现状相适应的形式，把写新诗的方法总结为“影像”的呈现，“凡是好诗，都能使我们脑子里发生一种或许多种——明显逼人的影像”①。这里所说的“明显逼人的影像”，也就是实现诗歌“具体做法”主张的艺术路径，逼人的影像可以是鲜明的视觉影像，也可以是听觉影像或其他感觉影像，这是现代文学中最早关于意象的说法。强调具象性是胡适意象理论的重点所在，要做到明白清楚之至，这一主张的出发点是从生理器官的感知出发，是从视觉、听觉、触觉等身体器官的感受出发，不同于古代意象诗论从主观感受和玄妙的道出发，这就让胡适的意象理论具有科学实验的色彩。他的意象诗学与白话文学观一道服务于所主张的新文学的改革实验。

郭沫若的诗歌风格与胡适大相径庭，艺术形式上“绝端的自由、绝端的自主”。但如果从诗歌意象角度看，又能找到他们之间的一些联系。胡适主张作诗要“明白清楚”“有力能动人”，这样的诗自然就“美”。郭沫若的诗歌超越了胡适单纯的白话诗体实验，将科学、技术、工业产品等现代社会才有的意象运用到诗歌中，进一步扩展了胡

---

① 胡适：《谈新诗》，见季羡林编，郑大华整理《胡适全集》（第 1 卷），安徽教育出版社 2003 年版，第 168 页。

适“明白清楚”的意象追求，并将科学知识通过艺术手段整合为系统性的“精神意象”，“科学是我们的思维方式，是人类精神所发展到的最高阶段”①。他看到了科学在物质上影响到日常生活，也从人文层面影响到精神结构，他的泛神论便是立足于自然科学基础的，“我即是神，一切自然都是我底表现”②，由此影响了诗歌意象的建构。《女神》着力打破传统意象系统以推进意象的现代化，燃点、细菌、神经等众多科学名词进入诗句，轮船、烟筒、摩托车等现代工业文明与都市意象也进入诗句，更重要的是怀疑精神、力量崇拜、肯定主体等现代科学精神构成的“精神意象”整体性地猛烈冲击旧的意象体系，从深层次来说就是冲击古代诗歌艺术固有的价值观基础，改变人们的思维方式与认知把握世界的方式。正是从郭沫若的意象群体开始，科学对诗歌的影响由潜在的、单一的、说教的上升为实在的、丰富的、充满感染力的。

闻一多的意象论是在对《女神》的评价中出现的，他从“意”也就是从“诗情”的角度肯定了诗歌的科学意识与时代精神，为诗歌的现代性诗质摇旗呐喊，“这种动的本能是近代文明一切的事业之母，是近代文明之细胞核”③。闻一多大力赞扬《女神》意象“富于科学”的精神，“轮船烟筒开着黑色的牡丹是近代文明底严母，太阳是亚波罗坐的摩托车前的明灯”，诗人用农业文明的牡丹比喻工业时代的烟筒并不显得生硬，闻一多分析其中原因是诗人的歌唱源自内在的科学精神，医学等专业教育背景使得诗人掌握了丰富的科学知识和深切的理性精神，同时又在诗句中表现出自然的、炽热的情感：“先要解透

① 郭沫若：《文艺与科学》，见《郭沫若全集》（文学编第20卷），人民文学出版社1992年版，第37页。

② 郭沫若：《〈少年维特之烦恼〉序引》，见《郭沫若全集》（文学编第15卷），人民文学出版社1990年版，第311页。

③ 闻一多：《〈女神〉之时代精神》，见朱自清编《闻一多全集》（第3卷），生活·读书·新知三联书店1982年版，第351页。

了科学，亲近了科学，才能驯服他于艺术的指挥之下。”① 闻一多通过对郭沫若的肯定，来表达对现代文明意识的肯定，倡导用现代诗情创造现代意象。同时他也提出了中国传统诗学如何转化为现代诗学的问题。闻一多在承认意象的具体性后，强调意象还应具有想象力和暗示力，以沟通中西诗学格律的方式来探索古代诗学的现代化。

意象现代化是古代诗歌现代化的重要内容。以戴望舒为代表的现代派前期诗人，用他们纯熟的白话语言对现代诗歌做出了规定：“现代人在现代生活中所感受的现代情绪，用现代词藻排列成的现代诗行”，很明显是将诗歌置于现代的时空坐标中进行定义。而现代的生活是“汇集着大船舶的港湾，轰响着噪音的工厂，深入地下的矿坑，奏着 Jazz 乐的舞场……甚至连自然景物也与前代的不同了”②，这是一个与传统社会划清了界限的现代世界，诗人用熟练的现代语言传递出自信从容的态度，那么郭沫若诗歌中表面化、概念化、口号式的现代文明意象，又到了一个转变的新阶段。在戴望舒们的诗歌世界中，已经不再满足于景物描写和心理图像，只有当现代社会中的图像成为赋予现代人感情色彩的意象时，诗人成为现代的诗人。施蛰存意识到现代派诗歌理念与艺术技巧较之早期新诗的差异，新诗形态开始转型，“具有与以往诗歌变革本质意义的不同”③。这种不同表现在诗歌观念现代意识的自觉性，也就是说这一代诗人是生活在现代社会中，随之而来的诗情、诗形、诗趣无一不是对现代生活的体悟与关照，即便现代派面向传统寻找诗歌资源，希望在“旧的事物中也能找到新的诗情”，那也是现代的主体对传统意象的化用。

梁宗岱、朱光潜在融通中西诗歌的道路上走得更远，他们运用西

---

① 闻一多：《〈女神〉之时代精神》，见朱自清编《闻一多全集》（第 3 卷），生活·读书·新知三联书店 1982 年版，第 334 页。

② 施蛰存：《〈现代〉杂忆》，见陈子善、徐如麒编选《施蛰存七十年文选》，上海文艺出版社 1996 年版，第 235 页。

③ 王泽龙：《中国现代诗歌意象论》，中国社会科学出版社 2008 年版，第 68 页。

方心理学、生理学的科学理论，分析文学传统中的一些问题与现象。梁宗岱的意象“契合论”是借鉴心理学的通感原理而提出的，“正如颜色、芳香和声音底契合是由于我们底官能达到极端的敏锐时合奏同一的情调”①，从视觉、嗅觉、听觉的反应切入，又用科学的分析接续佛学的底色“大千世界不过是宇宙大灵的化身”②。朱光潜系统地思考了诗歌的意象问题，他认为“意象是指审美观照中事物在主体心灵留下的心象、影象”③。这里所说的意象，与中国古代诗论中的意象概念不同，是借鉴克罗齐的艺术直觉论把意象解释为客体在主体直觉中的映像、影像。他从心理学的角度分析了意象生成的过程，以及意象、意境与灵感的关系，“每个诗的境界必须有情趣和意象两个要素”④，肯定了意象是构成境界的重要部分，而且认为好诗的境界是“情景的契合”，情景契合的说法呼应了古代诗学“意象应曰合”的理念，在评判意象的标准上朱光潜采纳了古代诗家的尺度。紧接着在分析意象的产生过程时，他引入了潜意识的概念，认为意象在正式用语言文字表达之前一直在潜意识中艰苦地酝酿、思索，直到时机成熟，“全诗的境界像灵光一现似地突然现在眼前，通常人称为灵感”⑤，潜意识是意象产生的温床，灵感是促其成形的导火索。朱、梁关于意象的探讨摆脱了早期新诗割裂传统的偏激，理智地吸收传统文化与西方文化中的有益成分，对包括意象理论在内的现代诗学地探讨具有建设性的意义。

---

① 梁宗岱：《象征主义》，见刘志侠、卢岚编《梁宗岱文集》（第2卷），中央编译出版社2003年版，第61页。

② 梁宗岱：《象征主义》，见刘志侠、卢岚编《梁宗岱文集》（第2卷），中央编译出版社2003年版，第33页。

③ 朱光潜：《诗论》，见《朱光潜全集》编辑委员会编《朱光潜全集》（第3卷），安徽教育出版社1987年版，第53页。

④ 朱光潜：《诗论》，见《朱光潜全集》编辑委员会编《朱光潜全集》（第3卷），安徽教育出版社1987年版，第56页。

⑤ 朱光潜：《诗论》，见《朱光潜全集》编辑委员会编《朱光潜全集》（第3卷），安徽教育出版社1987年版，第56页。

胡适关于诗歌“明白清楚”的美学标准在艾青那里得到了延续。艾青坚持意象是“具体化了的感觉”[①]，在承认主体感受的基础上强调意象的具体性、可感性、生活性，所以从产生方式上倡导主体感觉向客观材料的靠拢，认为只有拥抱真实的生活才能激活主体的感官、产生感人的意象，这其实重申了诗人的感觉能力和感觉能力的诗性转换。九叶诗人对意象的探讨更加成熟全面，唐湜坚持诗歌“不能没有意象”，进一步提升了意象在新诗中的位置，同时引入质量的概念来阐释意象，认为成熟的意象既有质方面的凝定与厚实，也有量方面的丰富与开阔[②]，最高层次的意象是“最清醒的意志与最虔诚的灵魂互为表里的凝合”[③]。这种凝合意象既有内蕴丰富的诗情，也有雕像般凝结的诗形。同为九叶诗派的袁可嘉则从另一个角度探讨意象，他按照在诗中的表现力划分核心意象和相关意象两类，核心意象是诗思的结晶、诗篇的精华[④]，打破了古典意象的均衡性和整体性。同样强调意象之于现代诗的重要性，只有新鲜的意象类型和特殊的意象结构才能准确地表达现代诗的综合经验[⑤]。在展开意象实现这种综合经验的阐述中，袁可嘉引入了几何学的空间概念，诗中单个的意象发挥作用就如一条条线，这些线条有的是平行相向的，有的是反向冲突的，只有当这许多条线扩展组合成立体面时，诗的综合经验与暗示才能揭示出来。

在中国现代意象诗论的发展历程中，诗论家一直在寻找中西诗学贯通的结合点，在中西意象理论的摇摆中探索意象现代转换的路径。事实上在探寻中，意象也获得了有别于传统也不同于西方的审美特征，意象作为诗歌的审美要素毋庸置疑；意象来源更加丰富多元；意象主

---

① 艾青：《诗论》，见张永健编选《艾青作品精选》，长江文艺出版社2004年版，第329页。

② 唐湜：《论意象》，见《新意度集》，生活·读书·新知三联书店1990年版，第13页。

③ 唐湜：《论意象》，见《新意度集》，生活·读书·新知三联书店1990年版，第13页。

④ 袁可嘉：《论诗境的扩展与结晶》，见《论新诗现代化》，生活·读书·新知三联书店1988年版，第127页。

⑤ 袁可嘉：《新诗现代化的再分析》，见《论新诗现代化》，生活·读书·新知三联书店1988年版，第18页。

体与客体彼此剥离；象征等手法扩增了意象的生成方式；等等。

第二节　诗歌意象推陈出新

1930年代的徐迟预测：“将来的另一形态的诗，是不是一些伟大的Epic（史诗），或者，像机械与工程师，蒸气，铁，煤，螺旋钉，正是今日国家所急需的要物，那些唯物得很的诗呢？”① 这是现代诗人面对快速变化的世界发出的慨叹，现代社会的工业成果大量进入诗中，蒸汽机与螺旋桨成为新的意象素材，把1920年代郭沫若对传统诗歌自然意象体系的冲击推进现代的话语体系中，带给意象诗学在内容与表现上的全新变化。

一　古代诗歌意象类型

中国古代诗歌意象是中国传统文化的文学体现，它表现出的一些特点也与传统文化相适应，意象应曰合一的整体性精神。如果要给诗歌意象分类，分类的标准有多种，从意象生成这个角度，可分为原型意象和生成意象；从意象表现方式这个角度，可分为表现意象与暗示意象。如果着眼于古代诗歌意象素材来源这个角度，又可以分为以下几个类型。

第一，静态的自然风物意象。古代诗歌中的许多意象来源于自然界，各种物象如山川风物、动物植物、节令气候等是诗歌意象的主要材料。流沙河统计，《诗经》中的“兴”类诗共有389种意象，取材于山川草木、鸟兽虫鱼的，大约有349种②。有研究者对杜甫诗歌中的

---

① 徐迟：《〈二十岁人〉原序》，见《徐迟文集》（卷一），长江文艺出版社1993年版，第6页。

② 流沙河：《兴象》，见《流沙河诗话》，四川文艺出版社1995年版，第223页。

代表性意象做过统计，如花的意象出现266次，鸟的意象出现160次，山的意象457次，水的意象大约800次，这些意象的频次与诗人诗歌总量一千余首大体相当①。杜甫作为古代诗歌的杰出代表，自然意象在其诗歌中的大量出现，对古代诗歌的意象研究具有典型意义。意象可来源于自然、人体、社会、虚幻等不同领域。对自然意象而言，物象都取自自然界，从《诗经》开始就出现了大量的自然意象。"葛生蒙楚，蔹蔓于野。予美亡此，谁与独处?"（《诗经·唐风·葛生》）植物葛藤依靠其他植物生存的自然现象暗示女子依靠男子。南北朝山水诗兴起后，诗歌中的自然意象更加丰富，自然景物与主体情志的关系在历代诗论中反复讨论。借助于自然意象的营构，使主体情意对象化，是古代诗歌创造的一条重要规律。杜甫的《秋兴八首》写道："玉露凋伤枫树林，巫山巫峡气萧森。江间波浪兼天涌，塞上风云接地阴。丛菊两开他日泪，孤舟一系故园心。寒衣处处催刀尺，白帝城高急暮砧。"叶落伤怀，菊花有泪，波浪汹涌而愁绪万千，城池高耸而急于回家，万千气象莫不表达万千心情。有学者将古代诗人多从自然风物取材入诗的思维方式称为物态化思维方式②。

自然景物本身只是一种客观存在，是没有情感与意识色彩的，只有当它进入人的意识和审美视野之后，才能形成审美。柳宗元在《邕州柳中丞作马退山茅亭记》中说："夫美不自美，因人而彰。兰亭也，不遭右军，则清湍修竹，芜没于空山矣。"自然景物的美正是由于诗人的发现才得以为人知晓、认识并生出向往之情，自然不仅为诗人的创作提供了各种素材，还影响着人们的心理、情绪、观念。比如春的意象，从地理节令的角度来讲，只是四季中的一个物候时段。但万物勃兴的春天默默影响着人们的心灵，春天冰雪融化、植物发芽、动物苏醒，气候渐渐变暖，于是"喜柔条于芳春"，温暖、生命、成长的

① 陈植锷：《诗歌意象论　微观诗史初探》，中国社会科学出版社1990年版，第214页。

② 李怡：《中国现代新诗与古典诗歌传统》，北京大学出版社2008年版，第41页。

感受进入人们的心理中，进而成为一种集体无意识。这种集体无意识经过诗人的酝酿、提炼成意象，便具有了更丰富的含义。“青青园中葵，朝露待日晞。阳春布德泽，万物生光辉。”（《乐府诗集·长歌行》）这是欣欣向荣的春天。“草树知春不久归，百般红紫斗芳菲。”（韩愈《晚春》）这是色彩斑斓的春天，两首诗都是由春天产生的联想，象征青春年华、美好理想。而“花台欲暮春辞去，落花起作回风舞”（李贺《残丝曲》）是即将过去的春天，便是借惜春来表达对美好岁月的惋惜。古代诗歌中的自然风物意象大体可以分为以下几类。

先看时空意象，包括时间意象与空间意象。刚刚举例的“春”便是表示时令的时间意象，相对应的还有“夏”“秋”“冬”，其中“秋”意象在古代诗文中也出现较多。“秋风发微凉，寒蝉鸣我侧。原野何萧条，白日忽西匿。感物伤我怀，抚心长太息。”（曹植《赠白马王彪》）秋风所包含的悲伤、无奈的意味迎面而来。古代诗歌中经常出现的“水”意象也是时间意象，孔子说“逝者如斯夫，不舍昼夜”，形象地把对时间的感受，用有形的水生动地表达出来了，水便成为诗人们感叹时间流逝的现成意象。“聚散有期云北去，浮沉无计水东流。一尊酒尽青山暮，千里书回碧树秋。”（许浑《京口闲居寄京洛友人》）用“水东流”把对生命易老的痛惜与无奈表达得何其充分。“月亮”也是古诗中出现频率较高的意象，既是团圆思念的象征，也是人生易逝的慨叹。“今夜月明人尽望，不知秋思落谁家。”（王建《十五夜望月》）“江畔何人初见月？江月何年初照人？人生代代无穷已，江月年年只相似。”（张若虚《春江花月夜》）诗人连续对月亮的发问，表达出对人生变化的感伤、对宇宙万物的迷惑。

空间意象也是古诗自然意象中较常出现的一类。空间意象根据意象性质可以分为抽象意象与具象意象，抽象意象通过总称名词来表达，如山川、城郭、楼台、田野等普遍意义上的自然景观；具象意象由特称名词来表达，它是由总称名词衍生出具体而微的特称名词，如石头城、黄金台、黄鹤楼、桃花、荷花等。以杜甫为例，他诗歌中关于山的总称名词出现过457次，以具体地名称山的特称名词出现164次，如巫山、岷山、华山等①。诗人更喜欢使用具有泛指意义的总称意象，更适宜于构成意象的比喻性和象征性。一些具体的地域称谓，经过诗句中的反复使用，逐渐泛化成为总称意象或原型意象，不再实际指代其地，如陇水，最早出现在《乐府诗集》中“朝发欣城，暮宿陇头，寒不能语，舌卷入喉”。原来指的是旅行中的具体地点，经后世反复使用代称流离之苦，“流水陇头相忆否，朔云边月不胜寒”（宋琬《鹦鹉》）。

再看还有动植物意象。古诗中还有许多动物、植物的意象群体，古人喜欢用香草比喻高洁的品质，用江枫、转蓬表达漂泊思乡之苦，用黍离表达故国之悲，如“自有春愁正断魂，不堪芳草思王孙。落花寂寂黄昏雨，深院无人独倚门”（韦庄《春愁》）借芳草之思表达滞留异乡的怅惘；“枫林已愁暮，楚水复堪悲”（王昌龄《送张四》），枫林表达思归故里的愁绪；“转蓬离本根，飘摇随长风。何意回飙举，吹我入云中”（曹植《杂诗》），曹植更是以蓬自喻抒写迁移不定之苦。与植物意象相似，动物意象也曲折传达出诗人的情怀。杜鹃是悲伤的象征，它来自神话传说望帝的故事，其后不断出现在诗人笔下，“惆怅多山人复稀，杜鹃啼处泪沾衣。故园此去千余里，春梦犹能夜夜归”（顾况《忆故园》）。鸿雁寄寓对故乡的思念，“穹账连山落月斜，梦回孤客尚天涯。雁飞白草年年雪，人老黄榆夜夜笳”（吴兆骞《帐夜》），这是军旅中的思乡，雁是飞过显得硬朗。“萧萧山路穷秋雨，淅淅溪风一岸蒲。为问寒沙新到雁，来时还下杜陵无?”（杜牧《秋浦途中》）这是羁旅中的思乡，问雁而显得忐忑无奈。哀猿则与怀人、迁谪的痛苦相联系，“风急天高猿啸哀，渚清沙白鸟飞回”（杜甫《登

① 陈植锷：《诗歌意象论　微观诗史初探》，中国社会科学出版社1990年版，第217页。

高》），“万岁楼头望故乡，独令乡思更茫茫。天寒雁度堪垂泪，日落猿啼欲断肠”（孟浩然《登万岁楼》）。

第二，和谐的社会人文意象。自然意象是静态的客观，社会意象则是动态的和谐。诗歌中的社会人文意象，主要来自个体行为、风俗习惯及社会事件。从个体的角度来看，个人行动可以提升成意象，如杜甫《梦李白二首》“出门搔白首，若负平生志”的“搔白首”，或是《哀江哭》“少陵野老吞声哭，春日潜行曲江曲”的“吞声哭”，两个举动形象地传达出诗人的心情。人的内心情意总是要在人的形体、动作上反映出来，通过简要的富有特征性的形态、动作描写，表达丰富复杂的情意，如种植河阳花的意象，出自潘岳作为河阳县令期间，勤于政事，种了许多桃李花，庾信称赞：“若非金谷满园树，即是河阳一县花。”河阳花便成为勤政廉政的代称，“河阳花作县，秋浦玉为人”（李白《赠崔秋浦三首》）。筑黄金台的意象，出自燕昭王筑台于易水边，待之以厚礼，延请天下名士，许多人才都来到燕国。黄金台由个人行为成为尊贤礼士的象征，“南登碣石馆，遥望黄金台”（陈子昂《燕昭王》）以黄金台比喻对礼贤下士的敬仰；再如“空嗟荐贤路，芳草满燕台”（温庭筠《中书令裴公挽歌词二首》）则是用黄金台的荒芜慨叹怀才不遇的凄凉。

从群体的角度看，集体的社会行为、民间习俗也可以凝练成意象，如制作冬衣需要用砧杵，诗人化用砧杵喻指思乡之愁，“长安一片月，万户捣衣声。秋风吹不尽，总是玉关情”（李白《子夜吴歌》）。木石相击发出的砧声，本无哀乐可言，但经诗人点化成为情感载体。如古人送别时喜欢折柳枝是一种风俗，寄托着祝福友人像柳树那样，不论走到哪里都能应对各种艰难，折柳的行为进入诗句凝定为意象，表达的是绵绵不尽的别离之情，“渭城朝雨浥轻尘，客舍青青柳色新。劝君更尽一杯酒，西出阳关无故人”。再如登临，表达的是胸有块垒而不得释怀的郁结，“日入空山海气侵，秋光千里自登临。十年天地干戈老，四海苍生吊哭深”（顾炎武《海上》）。

第三，源自经典的文本意象。意象既可以从自然风物中撷取，也可以从传统经典文本中获得，经典文本如儒家、道家、佛家著作，史学、文学名著，这些是传统文化得以传承的载体，其中的一些场景、细节或物象，经过反复约定性的使用，就可能转化为诗歌中的意象。《诗经·王风·黍离》：“彼黍离离，彼稷之苗。行迈靡靡，中心摇摇。”东周大臣看到古都镐京禾黍满地，悲从中来，便有了对故国衰微的哀叹，这种情感称为黍离之悲，经后世文人的沿袭化用，固化成故国之悲的象征，“慨古都禾黍，故家乔木，哪忍重看！”（陈与义《木兰花慢》）“汉阙唐陵尽禾黍，雁门司马恨何如”（王士禛《潼关》）。禾黍、黍离成为国运危急、疆域丧失时诗人常用的意象。再如南浦，古代送别伤离的作品中，常常出现这个语词，南浦源自《楚辞·九歌·河伯》：“子交手兮东行，送美人兮南浦。”南浦在此诗中只是一个具体的送别地名，并不具有泛称的意义。后代文人反复使用，江淹《别赋》：“春草碧色，春水绿波。送君南浦，伤如之何！”范成大《横塘》：“南浦春来绿一川，石桥朱塔两依然。年年送客横塘路，细雨垂杨系画船。”南浦在文本中就成为表达别离之情的符号。

古代诗歌意象丰富多彩，上文从意象取材角度所作的分类，只是一个粗浅的归类，作者无意也无法涵盖博大精深的意象世界。意象本来就是多变不定的，富有诗人的个性色彩，文中分类所面对的意象大多约定俗成、递相沿用，表达的情感或象征的含义较为稳定，也可以说是原型意象，或者经典意象。一些即兴意象、现成意象，意象的使用者有限，意象的传播范围有限，就没有在文中涉及讨论。采取这种处理方式，其目的是为考察现代意象寻找参照物。经典意象经过许多代诗人的处理，也被更多的人群诵读、接受、再表达，这其中传统文化的因子会更加突出、集中，可以反映出古代诗歌共性问题。

从这三类意象来看，自然类意象的特点是静态居多，出现动态的意象也是为烘托静态氛围。社会类意象可以反映冲突矛盾斗争，但入诗的意象表露出温和、和谐的风格，有个人的失意、伤怀、愤懑，但少有个人的对抗、冲突、殉道。文本类意象与社会类意象相似，诗人从前人的文本中化用意象，本就是对前人精神与情感的传承，也有怀才不遇的失意、故国破碎的伤悲，但文本类意象给予了诗人更大的自由度，一些面向内心、虚幻色彩的意象便展现出来。总体来说，古代诗歌意象与古代诗歌一样，在漫长的古代社会中缓慢发展，从唐宋时的“庄生晓梦迷蝴蝶，望帝春心托杜鹃”李商隐《锦瑟》到“从今别却江南日，化作啼鹃带血归”（文天祥《金陵驿》），具体形式、词语在不断变化，但没有产生具有划时代意义的剧变，诗歌意象表现出静态和谐的面貌。

意象所表现出的这些特点，是与古代的社会政治环境息息相关的。中国古代社会发展比较缓慢，到唐宋时达到封建社会的顶峰，其后进入社会结构与经济形态基本没有革命性变革的时代。经济上唐朝实行的两税法，一直延用于整个中国封建社会后期。政治上科举制度选拔官员机制直至辛亥革命，意识形态方面佛老与儒家思想兼收并蓄局面也在延续，这些对文人、官僚的文学创作产生巨大影响。叶燮在《百家唐诗序》中说：“贞元、元和之际，后人称诗，谓为中唐，不知此中也者，乃古今百代之中，而非有唐之所独，后此千百年，无不从是以为断。”① 经济社会的缓慢发展，造成了自然景观的变化较小，以自然物象入诗言志、抒情的题材选择面就不会有很大变化。如古代表达离别之情，在电话视频成为通信工具、高铁飞机成为交通工具之前，诗人们依然只能用折柳、赠梅等来寄托离别情思。从审美文化的角度来看，中国传统文化中天人合一的观念使古代诗人对自然山水草木十分亲近，表现在诗歌中天地人是和谐统一的整体，时间与空间也是和

① （清）叶燮：《百家唐诗序》，见叶燮《己畦集》，《四库全书存目丛书·集部》244 卷，齐鲁书社 1997 年版。

谐统一的整体，“但肯寻诗便有诗，灵犀一点是吾师。夕阳芳草寻常物，解用多为绝妙词”（袁枚《遣兴》）。诗歌的意象与意象之间是一种和谐统一关系，一组意象和谐统一为意境，体现出对安宁和谐的生活境界的向往，对立双方相互补充而成一元的美学思想。

二 化旧为新的意象

新文化运动初期胡适们表现出对传统的决绝与断裂，古代诗歌的意象体系逐步瓦解与破坏。经过诗歌无序期之后，重新建立新诗秩序便成了诗人们面临的紧迫任务。在传统与西方之间，既不能完全割裂传统而完全欧化，也不能固守传统闭目塞听，要做的正如闻一多所说的“中西艺术结婚后的宁馨儿”。一些诗人在努力寻找中西诗歌的结合点，从古代诗歌文化中汲取营养，“现代派诗歌的意象艺术在中西诗艺沟通中的另一成功探索，是他们对中国古典诗歌意象的现代性化用”①。古典意象的现代性化用，是由于诗思、诗形、诗质中多了现代的元素，其中的一种便是科学，从而对古代诗歌意象点石成金、推陈出新，构成了现代诗歌意象的一个类别。

现代诗人在诗学方面所作的努力，部分源于他们在变革动荡、图新图强的半封建半殖民地社会中深深的焦虑。这种焦虑成了他们在诗歌创作与研究中自觉承担的使命感，用唐湜的话说，就是一方面要设法继承传统的中国气派与精神，实现传统优秀文化的创造性转换；另一方面要设法接受进步的世界新传统，与世界文学站在同样的平台上对话，而要完成这一历史使命和文化使命必须用创作实践和诗作来证明②。新诗意象就在这样的焦虑中蹒跚出场，艰难前行。

---

① 王泽龙：《中国现代诗歌意象论》，中国社会科学出版社 2008 年版，第 97 页。

② 唐湜：《辛笛的〈手掌集〉》，见《新意度集》，生活·读书·新知三联书店 1990 年版，第 66 页。

第一，沿用古诗之象而增其意。有研究者归纳，诗歌意象具有主观象喻性、递相沿袭性与多义歧解性的艺术特征①。递相沿袭性讨论的是意象的历史继承问题，描绘同一种语言体系内经典意象在一定范围内的前后传承关系；多义歧解性讨论的是意象的开放创新问题，描绘同一语言体系内意象在不同诗歌作品中的多重含义，或者意象在一首诗歌中的多重含义。在古代诗歌意象世界中，就存在着后起意象对前代意象继承和变异，如鸳鸯意象在早期诗歌作品中有两种含义，一种是象征夫妻间的美满婚姻，“鸳鸯在梁，戢其左翼。之子无良，二三其德”（《诗经·白华》）。另一种是象征福禄双全，“鸳鸯于飞，毕之罗之。君子万年，福禄宜之”（《诗经·鸳鸯》）。后世诗文演变，美满婚姻的含义继承下来，福禄双全的含义就不再沿用了，“得成比目何辞死，愿作鸳鸯不羡仙。比目鸳鸯真可羡，双去双来君不见”（卢照邻《古意》），“桃花春水渌，水上鸳鸯浴。凝恨对残晖，忆君君不知”（韦庄《菩萨蛮》）。

在现代诗歌中，经过进化论等西方理论与知识洗礼的知识分子，在继承传统诗歌意象的基础上更融入了现代的思想与情感。戴望舒认为在“旧的事物中也能找到新的诗情”，他诗中的大量意象都源于古代诗歌或传统的原型意象，借用传统意象作为诗作的语言外壳，而在这传统的语词下赋予了鲜明的时代性和个人性，也就演变成为现代意象②，他撷取一系列“秋”意象入诗又融进了现代人的情绪。“秋”意象作为古代诗歌的经典意象，是诗歌中不可或缺的艺术要素，与悲伤、衰弱、肃穆相联系。戴望舒的秋意象有秋风、秋雨、秋叶、秋声、秋蝇，“木叶的红色，/木叶的黄色，/木叶的土灰色，/窗外的下午！/用一双无数的眼睛，/衰弱的苍蝇望得昏眩。/这样窒息的下午啊！/它无奈地搔着头搔着肚子。/木叶，木叶，木叶，/无边木叶萧萧下”（戴

① 陈植锷：《诗歌意象论　微观诗史初探》，中国社会科学出版社 1990 年版，第 147 页。

② 王泽龙：《中国现代诗歌意象论》，中国社会科学出版社 2008 年版，第 98 页。

望舒《秋蝇》)。以木叶与秋蝇意象，表现了人生理想的苍凉与生命的无奈。木叶在古诗中已有的意思，“袅袅兮秋风，洞庭波兮木叶下”(屈原《湘夫人》) 表达的是愁苦之思，“无边落木萧萧下，不尽长江滚滚来。万里悲秋常作客，百年多病独登台”(杜甫《登高》) 表达的是苍凉人生的艰难。戴望舒诗中的木叶，已经与秋蝇的生命融合在一起，“什么东西压到轻绡的翅上”，显出了生存的悲苦与生命的衰落。“今宵准有银色的梦了，/如白鸽展开沐浴的双翅，/如素莲从水影里坠下的花瓣，/如从琉璃似的梧桐叶/流到积霜的瓦上的秋声。/但眉眉，你那里也有这银色的月波吗？/即有，怕也结成玲珑的冰了。/梦纵如一只顺风的船，/能驶到冻结的夜里去吗?”(何其芳《月下》)“梦”意象也是古代诗歌经典中的常见意象，梦蝶寓意着苦闷、迷惘，黄粱梦寓意着渴求向往，寄托着古代中国人的集体无意识。何其芳从“银色的梦”入手，通过在白鸽、素莲、梧桐叶、积霜、船等单个意象之间的流动，赋予了“梦”这个古典意象以明朗、婉约的现代内涵，将情感与思考融合在一起，通过意象的组合表达出现代的人生体验和生命感悟，是“古典的形式，现代的内容”。

继承古代诗歌意象的另一种表现，是现代诗歌拓展了古代诗歌意象的范围。科学的传入带来了新的知识与视野，也为诗歌意象带来了新的变化。郭沫若的诗歌以自然意象为多，但这些自然意象却不同于传统诗歌中的自然意象，尤其是《女神》中的自然意象表现出强烈的现代意识，带有工业文明时代的鲜明印记，开拓了自然意象的审美新疆域、新境界。如象征力量的太阳意象、宏大动态的大海意象多次出现在郭沫若诗中，“青沈沈的大海，波涛汹涌着，朝向东方。/光芒万丈地，将要出现了哟——新生太阳!”(郭沫若《太阳礼赞》)，由波澜壮阔的大海上呼唤新生力量，直接表达强烈的渴望，这是传统诗歌中没有的文化态度。“到处都是生命的光波，/到处都是笑：海也在笑，/山也在笑，/太阳也在笑，/地球也在笑，/我同阿和，我的嫩苗，/同在笑中笑。”（郭沫若《光海》）在古代诗歌中大海、太阳都不是经常使用的经典意象，太阳意象密集地出现也主要是在屈原的辞赋中，其后较少出现在其他诗歌作品中。这些宏大意象直到郭沫若手中才又重新站到了舞台的中央，它随之带来的雄浑壮美的艺术风格是对传统静穆优美风格的反叛与补充，也打破了传统的自然观念，展现出20世纪运动发展、急速求变的特点，难怪朱自清赞誉道，“郭沫若先生歌咏大自然，是最特出的”①。

第二，反用古代诗歌意象。现代诗歌接续古代诗歌意象的另一个方法，就是在经典意象的边界，引入具有现代意义的元素来丰富诗歌的意与象。我们知道，古诗中关于花的意象，历来都是鲜艳、美好、灿烂的象征。到了郭沫若笔下其意义发生了变化，他在《笔立山头展望》中写道：“一枝枝的烟筒都开着了朵黑色的牡丹呀！二十世纪的名花——近代文明的严母！”红色的牡丹变成了华贵的黑牡丹，安静的植物冒出了滚滚浓烟，农耕社会的花朵成了现代工业文明、技术成果的象征。花意象所隐含美好理想的意思还在，但是所比喻的对象与花本身形成了强烈的反差，安静的自然化身为滚动的工业，采用了反差大的“黑色”来形容牡丹，带来了新的诗歌感受。这“一枝枝的烟筒”展示了现代机械化生产基础上诞生的近现代文明，在诗人看来这就是近代文明之花。黑牡丹的意象，含有诗人对西方现代技术文明的推崇，这是中国传统诗歌里从来没有出现过的。在这个意义上，可以说正是科学技术在改变物质文明的同时，也改变并形成了现代诗歌中的意象。

再如，“春”的意象在现代诗人笔下也发生蜕变。古代诗歌中的“春”意象象征着希望与青春，万物萌发，年轻岁月，春是成长的代名词，“春日迟迟，卉木萋萋”“青青园中葵，朝露待日晞”等诗句将

① 朱自清：《新诗的进步》，见朱乔森编《朱自清全集》（第2卷），江苏教育出版社1988年版，第319页。

春的希望播撒到人间，为人所熟知。而在现代诗歌中的“春意象”的内涵发生了变化，“深刻的社会生活，不能总是用风花雪月这类形象来表现”①。“春天，带来了嘈杂的无数喊叫。/生，总是朝气蓬勃的，要活动要探索，/有万般姿态和音色，显得有点混乱，/但都是为了完成新生命的赞歌。”（杜运燮《春来》）这是九叶诗人眼中的春天，春天依然是新生命的赞歌和生长的希望，只是这希望中含有“带血的颜色”，“嘈杂的喊叫”，“有点混乱”，带有工业文明色彩的春天失去了乡土的归宿和宁静的和谐。九叶诗人在他们的诗歌写作中，也用到了传统诗歌的意象，但他们是把意象向前扩展推进，而不是回到传统意象体系中。穆旦笔下的《春》，“绿色的火焰在草上摇曳，/他渴求着拥抱你，花朵”，诗人以“绿色的火焰”作为意象生成的起点，用火焰比喻春天对于古代诗歌而言已是新奇之词，“花朵伸出来，/当暖风吹来烦恼，或者欢乐。/如果你是醒了，推开窗子，/看这满园的欲望多么美丽”，紧接着诗思继续流动，花朵、暖风，满园的欲望出来了，这些意象催发的“是我们二十岁的紧闭的肉体”，肉体却“被点燃”，“痛苦着，等待伸入新的组合”。由诗而迸发出的是旺盛的生命力渴求突进时代而不得的沉痛与失落，对现有价值世界的迷惑、怀疑、反抗，这种语言与意象的大胆起前，情感与灵魂撕裂的痛楚，已经与传统诗歌中春所代表的单纯、明朗、温柔敦厚相去甚远了。

中国古代诗学的审美标准是温柔敦厚，很少有狂风暴雨式的风格，冲淡平和之美一直占据着主导地位。西方的美学观念突出危机、幻灭与宗教感，强调通过冲突张力对人的心灵进行震慑与净化，所以西方式诗句时是，“我的爱生来就罕见，/像高不可攀的奇怪物体；/它绝不可能如愿，/它是绝望生下的东西”（马韦尔《爱的定义》），17 世纪如此；“沙漏低声叫狮吼警悟；/钟楼日夜对园林宣扬：/时间能容

① 杜运燮：《穆旦诗选·后记》，见《穆旦诗选》，人民文学出版社 1986 年版，第 146 页。

忍多少错误；/自以为是，总那么荒唐”（奥登《我们的偏向》），20世纪的冲突纠结依然如此，西方向外的文明与中国古代向内的文明在现代中国交合在一起，赋予了古典意象新的内涵，才有“春烂了”“黑牡丹”“花一般的罪恶”等连接传统又异于传统的新意象。

三　新生的现代意象

应该说，现代社会中一切存在都可以成为诗歌的素材，诗人穆旦就曾严肃地提出这个问题：“现代生活能否成为诗歌形象的来源?”一方面反映古代诗歌传统影响深远，较为西化如穆旦者在选择意象时犹有疑虑；另一方面说明诗人在理性层面探讨现代生活入诗的合法性。其实诗人已经给出了答案，西方诗歌艺术技巧已经使诗的形象现代生活化①，各色各样独特的现代形态必然塑造新的现代意象。

第一类，是科学技术意象。科学应该是诗的重要主题，这是高尔基早就肯定了的，他肯定地宣称包括实验过程、科学成果在内的所有科学活动都应该是诗歌的财产，成为诗歌赞美的对象②。现代自然科学不仅以物质文明成果改变人们的生活条件与生活环境，还改变着人们的生存方式与思维习惯，促成在诗歌中出现一些古代没有出现过的新意象。其一，自然科学理论与知识入诗成象。胡适倡导新诗要用具体的做法，是重视诗歌意象生活化与具象化的体现，《尝试集》在一定程度上是科学知识萌芽的载体，体现了科学的方法论思想，从诗论上为现代生活进入诗歌开辟了道路，一些稚嫩的语词尤为难能可贵，“我笑你绕太阳的地球，一日夜只打得一个回旋；我笑你千千万万大大小小的星球，总跳不出自己的轨道线”（胡适《一念》），诗人借用

① 穆旦：《穆旦诗文集》（第2卷），人民文学出版社2007年版，第183页。

② ［苏］高尔基：《谈谈〈诗人丛书〉》，见《论文学》，孟昌、曹葆华、戈宝权译，人民文学出版社1978年版，第41页。

地球自转、行星的轨道运行等天文学知识，来比拟“一念”的时长，初创之时科学知识入诗已露端倪。

郭沫若对现代意象的探求在胡适的基础上前进，自然科学知识与概念在1920年代进入诗歌构成意象。《天狗》是这样写变化万端的“我”，“我是月底光，/我是日底光，/我是一切星球的光”，“我在我神经上飞跑，/我在我脊髓上飞跑，/我在我脑筋上飞跑”，星球、宇宙、神经、脊髓等都是自然科学的专有名词，这些抽象的科学概念，经过诗人的想象、夸张，都进入主题意象天狗的诗意生命中。这种科学知识的运用，还体现在《星空》《金字塔》《炉中煤》等诗作中，诗人运用天文学、地理学、地质学、生物学、医学知识，来熔铸炽热的诗情，为现代诗歌意象增加了一个类别，这就是现代科学、技术的意象类别。这种科学意象的形成，来自诗人对自然科学知识的掌握，这使得他能够得心应手地运用这些抽象的名词来构思。在此基础上，融合诗人古代历史、文化的知识，就构成了郭沫若诗歌的泛神论与时空观。这样的诗在中国古代当然不可能出现，那时人们的时空观念中只有“天人合一”“天圆地方”，还没有天文、物理、生物、化学、医学等自然科学概念，诗歌中的比喻也只能取自当时的现实生活。郭沫若诗歌中的众多篇章，都反复再现了科学知识作为一个意象整体的艺术导向，显示出一种机械动态的审美特征。

对于郭沫若诗中新出现的意象，闻一多称赞“郭沫若君底诗才配称新”，因为诗中的每个句子、每个语词都散发着“二十世纪底时代的精神”①，轮船、火车、脑筋、飞跑等等这些意象反映的是进化变动的现代社会精神，它是“近代文明之细胞核”。这个意象世界，与古代诗歌中的“孤舟蓑笠翁，独钓寒江雪”的孤寂、比起“相看两不厌，独坐敬亭山”的闲适，是一个完全不同的现代世界。诗歌是诗人

① 闻一多：《〈女神〉之时代精神》，见朱自清编《闻一多全集》（第3卷），生活·读书·新知三联书店1982年版，第351页。

内心情志抒发的结晶，诗歌也是社会现实的审美反映，在科学当道的世界，在技术主宰的世界，诗歌也摆脱不了科学的渗透。《天狗》中“我是X光线的光”，《夜》中“夜！黑暗的夜！/要你才是‘德摩克拉西’！/……你是贫富、贵贱、美恶、贤愚，一切乱根苦蒂的大熔炉。/你是解放，自由，平等，安息，一切和胎乐蕊的大工师”，这些诗句中既有物理光学的基础科学理论，也有技术工业的产品熔炉，把它们运用到诗句的比喻、描述中，努力做到“真艺术与真科学携手同行”。诗歌意象的改变不仅反映了科学精神的融入，更反映了诗人思维方式的变革，“科学对于诗歌的影响主要表现为科学的发展正在逐步改变人们的世界观”①，科学知识从理论层面、技术成果从感性层面全方位地打垮了传统的信仰体系，知识探索的训练与把握世界方式的改变也潜移默化地推动思维方式的变革。郭沫若点化传统诗歌意象，引进科学名词术语，张扬科学精神，成为中国现代诗歌诗思与诗质现代性发生的开端。

写“新智慧诗”的卞之琳中也善于使用科学词汇，为诗歌带来新意象、新写法和新观念。《雪》中“结晶”和“饱和溶液”是化学词语，《距离的组织》中“罗马灭亡星”是天文学词语，《泪》用“切线”和“点”等几何学名词比喻露水姻缘，《候鸟问题》用“无线电”和“音波”等物理学概念摹写思念，《水成岩》和《鱼化石》则将地质学知识引入为意象。与郭沫若的激越宏大不同，卞之琳的感受冷静细腻，他在使用本没有感情色彩的科学词汇时，能够更加冷峻地表达抽象思想、凝定某些人生经验，形成的意象也大多是凝定、理性的，是超越个性化意识的人生经验的哲理思考。

其二，技术生产成果入诗成象。技术发明与工业生产是自然科学应用转化的表现，也是现代社会中无处不在的现实，现代诗人享受着

① 徐葆耕编：《瑞恰慈：科学与诗》，清华大学出版社2003年版，第34页。

工业文明的便利，也反思工具异化的弊端。郭沫若大声赞美工业生产的成果，发出“一枝枝的烟筒都开着了朵黑色的牡丹呀”的慨叹，这是在看到日本强大的现实后，诗人也希望祖国国力强大，表现出对近代物质文明与人类科学创造的热烈歌颂。诗人还用技术成果意象比喻个人的精神生活：“轮船要煤烧，/我的脑筋中每天至少要/三四立方尺的新思潮。/……沫若哟！你要往哪里去哟？/我悄声地对她说道：/我要往图书馆里去挖煤去哟!”（郭沫若《无烟煤》）将新思潮比喻成煤炭，将学习知识比喻成在图书馆挖煤，这种信手拈来的意象可以看出当时情景下科学技术对诗人的影响之深，这种对新思潮、新事物的渴求，本身就是科学探索精神的反映。“食粮：载重卡车的亮眼满山搜索，/搜索者跑向人民的渴望；/沉重的胶皮轮不绝滚动着/人民兴奋的脉搏”（杜运燮《滇缅公路》），诗人热情歌颂了公路、卡车带给苦难中老百姓生的希望。

也有一些诗人对科技成果的应用进行了质疑与反思。“小时候我总爱望夏日的晴空，/把它当作是一幅自然的地图：/……还有港湾像在望风帆的归途，/等它们报告发现新土的成功。//如今，正像是老话的沧海桑田，/满怀的花草换得了一把荒烟。”（卞之琳《望》）诗不长，仅有两节，第一节是积极向上的少年情怀，科学的探索、技术的发明给予前进的希望；第二节则流露出回归的快乐，再丰富的物质生活归于一把荒烟，从发达的技术回到孤寂的人生。“科学家想贬抑你，/说你只是个小星，/寒冷而没有人色；……但贬抑并没有减少/对你的饥饿的爱情，/电灯只是电灯，唯有你/才能超越时间与风景/激起情感的普遍泛滥。”（杜运燮《月》）这首诗用现代科学与人文关怀作对比，科学家眼中的月亮只是“没有人色”的星球，现代社会发明的电灯同样没有温度，只能照明而没有情感的温度，只有寄托了传统情思的月亮才是感情的寄托所在，这是诗人对工业文明工具性的批判，所以诗的结尾是“今夜一如其他的夜，露着孙女的羞涩与祖母的慈祥”，突出了人性的关怀和回归。而在施蛰存看来，科技成果只不过是都市虚假繁荣的点缀，呈现出一种病态美，“一会儿，落日就疲怠地/沉下大西路去了。/鹊噪鸦啼的女织工/从逼窄的铁门中涌出来时，/美丽的桃色的云/就变做在夏季的山谷中/酿造狂气的暴雨的/沉重而可怕的乌云了”（施蛰存《桃色的云》），桃色的云借助残霞映照，就仿佛是肺结核病人脸上的潮红，或者是垂死者回光返照的容颜，压榨人性的厂房中也潜藏着抗争的风暴。在新诗中，不仅工业科技所组成的物象纷至沓来，以这些工业产品为对象的比喻也很多，技术产品意象大大强化诗歌的现代氛围，这种对诗歌意象的取舍不是个别的、部分的，而是整体地服务于新诗现代化的宏大目标，有助于诗人形象深入地表现这个已经发生巨大变化的现代世界与现代感受。

第二类，是现代都市意象。现代都市的出现与发展，是科学技术对人类社会渗透改造的产物。现代都市兴起并取代乡村成为社会生活的中心，对人们的生活方式与社会心理产生了巨大影响。都市景观越来越成为文学的表现对象，都市的丰富多彩与瞬息万变造成了现代人动荡不安的生存状况和焦虑疲倦的心理感受。现代诗歌的意象选择表现出都市化倾向，虽然自然意象在诗歌中的出现频率依然很高，但都市生活与都市情感越来越多地被诗人关注着。那种与田园生活更接近的自然情调逐渐淡化，代之而出现的是废名的邮筒、徐迟的满月、穆旦的咖啡铺等具有鲜明都市特点的物件。这种诗歌的都市化与其现代性表现出相通之处，“意象的都市化，它是现代诗歌意象不同于传统意象的最显著现代性特征”①。意象的都市化特征，进一步打破了中国传统诗歌以自然意象为核心的意象体系的封闭性，不再局限于风云日月、山水草木、春夏秋冬的意象范围。与乡村生活更接近大自然的优

① 王泽龙：《中国现代诗歌意象论》，中国社会科学出版社2008年版，第224页。

雅、和谐被现代都市生活的繁闹、喧嚣代替，大量都市生活意象纳入诗歌意象体系，开辟了中国诗歌更为广阔的天地。伴随着诗歌的都市化，丑怪意象、恶美倾向、荒原意识也在诗坛出现，一种灰色的意象系统取代了优雅和谐的传统诗歌意象系统。

都市作为科学技术与人类理想结合的产物，展现出的是人类理性与自我力量的确认，也是现代社会发展进步的重要成果。在追赶西方、寻求出路的过程中，诗人对都市生活表现出了肯定与赞美，“我来了，二十岁，/年青，年轻，明亮又康健。//从植着杉的路上，我来了哪，/挟着网球拍子，哼着歌：MENUET ING，ROMANCE INF”（徐迟《二十岁人》），这是卸掉农业文明的负担，轻松投入都市文化怀抱的哼唱。“机械将完全地改变了，在未来的日子——/不是那可怖的汗和血的榨床，/不是驱向贫和死的恶魔的大车。/它将成为可爱的，温柔的，/而且仁慈的，我们的小母亲……完全为我们的幸福操作着/慈爱地抚育着我们的小母亲，/我们的有力的铁的小母亲！”（戴望舒《我们的小母亲》）将坚硬的钢铁力量比喻为柔和的母亲，既充满了硬度与轮廓，也让这种都市力量在追求彼岸的过程中可以亲近与触摸。“都会的版图是有无厌性的，/起重机昼夜向海的腹部搜寻”（陈江帆《都会的版图》），诗人进一步放大了都市的力量，机械手臂起重机昼夜工作，是“无厌性的”、永不停止，都市的无限力量是“纵然有海的呼喊也是徒然的”。杜运燮则用他一贯的幽默风格，以都市设施作比喻，形容农民进“民众夜校”学习后的坚定执着，“像经过烘炉、压缩机的，不怕任何扭转、敲击”。这种对“力之美”、对工业文明的讴歌，正是“五四”狂飙一代集体欢呼的生命情感。

都市意象既代表着技术的进步与改变的力量，也由于技术的发达压缩了人的思考与活动空间，工具异化导致人的异化。闻一多既对科学技术的进步表示赞赏，也对现代机器文明的弊病保持警觉，他认为当诗人看到技术力量逐步展现出冰冷的一面并达到人力所不可控制的地步时，便会“陷入深深的绝望与消极”①。物质文明代表的现代都市是异化的环境，是不适合人诗意居住的环境，孙大雨笔下的都市便是这样，“森严的秩序，紊乱的浮嚣。/你起了这无数巨石压巨石，/又寂寞又骇人的建筑底重山，/外山绕着内山，外山外/再圈一层连天的屏障——”（孙大雨《自己的写照》），水泥钢筋的建筑，人只是如尘埃般渺小，毫无价值感。袁可嘉笔下的上海也如此，“不问多少人预言它的陆沉，/说它每年都要下陷几寸，/新的建筑仍如魔掌般上伸，……一场绝望的战争扯响了电话铃，/陈列窗的数字如一串错乱的神经，/散布地面的是饥馑群真空的眼睛”（袁可嘉《上海》），腐败的政治，压抑的建筑，混乱无序的生活环境，难怪诗人说“走进城里就走进了沙漠”，表面繁华中透露出无限荒凉。当都市不再成为人们生活的乐园而是压榨的机器时，人的生活也就随之异化为机械的程序，琐碎、无聊、僵化、空虚，人的心灵便处在无根的悬浮状态。“他捞起一支笔或是电话机，/八小时躲开了阳光和泥土，/十年二十年在一件事的末梢上……这时候，他一生担当过的事情，/碾过他，却只碾出一条细线”（穆旦《线上》），这是都市里普通人的一辈子，重复着机械的没有创造价值的工作，人生没有留下任何痕迹。人的渺小、卑微和无助，是大都市为代表的现代工业文明挤压的结果，“把我们这样切，那样切，等一会就磨成同一颜色的细粉”，面对着资本家和工程师的钢筋水泥堆积的文明，人们只好“以藐小、匆忙、挣扎来服从”，人沦为都市的奴隶；或者如穆旦般，“我想要离开这普遍而无望的模仿，这八小时的旋转和空虚的眼”，用逃离表达对缺乏诗意生活的否定；也或者重新爆发出力量，用实际行动来抗争，“洋油箱，孩子们拖着你，/正如拖着锋利的犁，/犁过大街，犁过城市的心脏，/犁在人民的背上”（唐湜《骚动的城》）。

① 闻一多：《〈女神〉之时代精神》，见朱自清编《闻一多全集》（第3卷），生活·读书·新知三联书店1982年版，第352页。

就像对穆旦诗的感受，要表达对这个世界真实的痛感，不可能总用风花雪月这类形象表现①，因为风花雪月太轻了，过滤掉生活的重量只剩下臆想的轻松，这是传统诗歌的意象选择而不贴合于现代社会。要表现真实严肃的生活经验，就需要紧紧把握现实人生，从现实生活世界中选取意象的原材料。现代生活中的高楼、街道、汽车、写字间等，这些每天出现的人物事件构成了一幅富有现代感的生活景观。这些景观构筑的是与传统不同的现代意象，只有这些意象才能真实反映现代的生存环境与心理感受，都市意象“不仅提供了现代性审美转变的信息，也为我们展示了新诗实现自身现代化的一个重要途径”②。

第三节　意象构造方式的变化

一　意象构造的复杂性

中国古代诗歌中的意象形成，是情景相融、主客相合的过程，也就是诗人接触外物后所引发的体验在心中形成意象并化为文字。刘勰在《文心雕龙·物色》中说：“岁有其物，物有其容；情以物迁，辞以情发。”这个创作过程是，情以物兴，诗人的情感因外物的触发而起兴；同时物以情观，物的表现是作为情的对应者出现，所以“写气图貌，既随物以婉转；属采附声，亦与心而徘徊”，强调的是诗人主体与客观物象的相互适应、联动，达到天人合一的化境。这种物我相融的艺术追求，对意象的构成方式产生影响，意象的生成单纯、连续、缓慢、和顺，“寂寞掩柴扉，苍茫对落晖。鹤巢松树遍，人访荜门稀。绿竹含新粉，红莲落故衣。渡头烟火起，处处采菱归”（王维《山居即事》）。一个连续的长镜头，意象之间的跳跃性很小，节奏缓慢宁

① 杜运燮：《穆旦诗选·后记》，见《穆旦诗选》，人民文学出版社1986年版，第146页。
② 孙玉石：《论郭沫若的城市意识与城市诗（上）》，《荆州师范学院学报》2002年第3期。

静。再如“种豆南山下，草盛豆苗稀。晨兴理荒秽，带月荷锄归。道狭草木长，夕露沾我衣。衣沾不足惜，但使愿无违”（陶渊明《归园田居·其三》），写归田后的劳动生活，意象转换舒缓，表达出安宁自适的心境。这种缓慢的社会节奏在进入现代社会后发生变化，科技产品的流行，现代都市的崛起，节奏加快，运动加速，带来了现代诗歌的意象构造方式的变化。

古代诗歌中的意象以情意为中心，采取承续、叠加、剪接等方式构成一个有机的统一体，上升到意境的层面。比如承续式的组合，“梳洗罢，独倚望江楼。过尽千帆皆不是，斜晖脉脉水悠悠，肠断白蘋洲”，是以少妇的动作“梳洗”“独倚”，与心理活动“肠断”连续形成意象。叠加式的组合，“绿草蔓如丝，杂树红英发。无论君不归，君归芳已歇”（谢朓《王孙游》），以春为轴心把“绿草”“红花”叠加，形成生机盎然的春景图。剪接的组合，“万木已清霜，江边村事忙。故溪黄稻熟，一夜梦中香”（钱珝《江行无题》），把眼前的万木与村事，联想到心中的故溪与黄稻，两者之间时空跳跃大，剪辑到一起集中于思乡之情。叠加、承续等组合方式，在一定程度上打破了固有的语言结构，造成意象画面的新奇感，但是这种组合方式是统一在诗歌意境的整体风格内，一首诗的意象是一个自足的相对封闭的系统，是向内聚焦而不是向外发散的，意象之间的组合方式多样但没有跨越边界。

有学者总结过新诗初期的意象探索，“经历了一个与意象传统纠结、从传统意象体系中突破、重新回应古代意象传统、与古代意象传统冲突对抗的新诗意象化的现代性蜕变历程”①。诚如斯言，现代诗歌意象艺术较之传统更为复杂，这判断虽然是针对 1920 年代诗歌所说，从接续传统的角度来说也可概括现代文学阶段的意象探索，诗歌的意

① 王泽龙：《中国现代诗歌意象艺术的嬗变及其特征》，《天津社会科学》2009 年第 1 期。

象构造是在突破传统、回应传统、走出传统的这条路径上行走。表现在意象构造方式上，也可以说在意象的组合方式上，现代诗歌表现出合力与张力两种不同的特点。就意象形成合力来说，1920、1930 年代的意象组合方式多是继承了传统的意象手法，一首诗的意象之间和谐、一致，形成了整体上的意象合力，表现出意境化的艺术旨趣。“我们去年那夜，/豁蒙楼上同坐；/月在钟山顶上，/照见我们三个。/我们吹了烛光，/放进月光满地；/我们说话不多，/只觉得许多诗意。//我的朋友们，/我们要暂时分别了；/‘珍重珍重’的话，/我也不再说了。——/在这欲去未去的夜色里，/努力造几颗小晨星；/虽没有多大的光明，/也使那早行的人高兴!”（胡适《晨星篇》）月光、烛光、晨星，几个意象似曾相识，诗人的心灵与自然意象轻轻贴合在一起。虽然郭沫若“女神”式的科学与技术意象带来了古代诗歌所没有的新内容与新风格，但从某一首诗作来看其内部依然形成了合力，来看《天狗》中的两节：“我是月底光，/我是日底光，/我是一切星球底光，/我是 X 光线底光，/我是全宇宙底 Energy 底总量！//我飞奔，/我狂叫，/我燃烧。/我如烈火一样地燃烧！/我如大海一样地狂叫！/我如电气一样地飞跑!”所取的意象是新的事物与概念，这些意象要么属于宇宙、燃烧、电气等抽象概念一类，要么属于烈火、大海等宏大景观一类，在内容与风格总体上保持一致。其后的闻一多、徐志摩、戴望舒等诗人在意象的构造方式上接续了传统，在内容上选择红豆、菊花、雪花、秋叶、残阳等传统意象，在组合上采取了传统的“承续、叠加、剪接、对比、辐射”① 等手法，意象之间没有内在的冲突与矛盾，所传之意仍然是传统文化心理的映照。

现代诗歌意象构造的另一种形式是意象之间形成张力，打破古代

① 关于古代诗歌意象的组合方式，陈植锷在《诗歌意象论　微观诗史初探》中以唐诗为例概括为并置、脱节、叠加、相交、幅合等五类；严云受在《诗词意象的魅力》中将传统诗歌意象组合方法概括为承续、叠加、剪接、对比、辐射、逆挽、综合等七类，此处取严云受的说法。

诗歌意象平衡、自足、圆通的风格特点。“张力”本是一个物理学名词，艾伦·退特在《论诗的张力》一文中，引入这个科学术语“张力”（Tension）用于评判诗歌的优劣，大体意思是“诗应当是所有意义的统一体，从最极端的外延意义，到最极端的内涵意义”①。在“张力”概念进入中国之前，现代诗论及创作实践中一直在探索意象的结构与功能。袁可嘉认为“诗想象具有综合能力”，这里所说的综合，也就把相互矛盾、相互冲突，把理念与形象、个性与共性平衡地调和在诗中，无疑想象承担调和剂的功能。他将这种调和认为是诗的文体特征，“诗是许多不同的张力在最终消和溶解所得的模式……各种相反的因素，在最后一刹那求得和谐”②。从这里可以看出，现代诗歌中存在矛盾的张力，好的诗歌意象结构应该努力调和意象间的关系。

首先，感性意象与知性意象并置形成张力。正如庞德指出的，“意象就是瞬间呈现出理性的与感情的复合体”③，直接表明了意象的感性和理性因素的不可或缺。现代诗歌经过胡适、郭沫若、闻一多等人的探索后，以情感为主线的意象抒情面临新的转型，诗歌中的情感表达方式正在经历着新的探索。在现代派后期诗作中，渐渐减弱感情的强度，在意象展开中引入戏剧手法，意象呈现进一步倾向非个人化表现，试图把西方知性表达与中国传统的意境营造相结合，生成一种新的意象构造方法。“想独上高楼读一遍《罗马衰亡史》，/忽有罗马灭亡星出现在报上。/报纸落。地图开，因想起远人的嘱咐。/寄来的风景也暮色苍茫了。……忽听得一千重门外有自己的名字。/好累呵！我的盆舟没有人戏弄吗？/友人带来了雪意和五点钟。”（卞之琳《距离的组织》）诗题就是一个知性甚至有点科学问题味道的题目，诗人

① ［美］艾伦·退特：《论诗的张力》，见赵毅衡编选《“新批评”文集》，百花文艺出版社2001年版，第130页。

② 袁可嘉：《对于诗的迷信》，见《论新诗现代化》，生活·读书·新知三联书店1988年版，第66页。

③ ［英］彼德·琼斯：《意象派诗选》，裘小龙译，漓江出版社1986年版，第152页。

将具体的行动或物象独上高楼、报纸落、寄来的明信片等，与罗马灭亡星、一千重门、雪意、五点钟等抽象的理念放在一起，顺着意念的线索逐步展开，从极远到极近，从历史到现在，从梦幻到真实，对比意象形成的张力得到瞬间强化，将诗由感性之美上升到知性之美。

意象之间的组合，既要注意选择合适的意象作为组合成分，也要注意意象之间的组接搭配，使意象序列化与系统化。相对来说，感性意象比较侧重于个人化的具体感受，知性意象比较侧重于知识的分析推理。在世纪之初科学思潮席卷整个思想文化界的时候，知识分子们一方面接触到大量的自然科学知识、社会科学知识，知识结构较之传统知识分子更具现代性；另一方面，图新图变的历史使命带给诗人的紧迫感无时不在，这种无时不在的紧迫感与焦灼感带来的影响，就是政治导向与实用倾向过多地渗入文学之中，在创作中出现直抒胸臆、理论带入等行为。在诗人用理性的概念和术语来表达诗情的过程中，交错并置是一种意象构造的方式："现在又到了灯亮的时候，/我喝了一口街上的朦胧，/倒象清醒了，伸一个懒腰，/挣脱了多么沉重的白日梦。//从远处送来了一声'晚报!'/我吃了一惊，移乱了脚步，/丢开了一片皱折的白纸：/去吧，我这个一天的记录!"（卞之琳《记录》）这首诗里，"喝了"具体的动作与"朦胧"抽象的概念，是在词汇层面的感性知性并置；"丢开白纸"与"这个一天的记录"，是在句子层面的感性知性并置，而放到整首诗里则是感性与知性的交错并置，带来了丰富的信息容量与审美的新奇感受。这种感性理性互融的组合方式，能够尽量调动读者的具体感受与理性思考，由此带来有力度、有回味的审美感受，恰如梁实秋所说"伟大文学的力量，是藏在制裁情感的理性里面"①。

还有一些诗的意象是平行并置，"雨后的树林多么碧绿/像有无尽

① 梁实秋：《文学的纪律》，见杨迅文主编《梁实秋文集》（第1卷），鹭江出版社2002年版，第146页。

的绿色蜜汁/在叶丛间汩汩地流出/远天上横着一汪蔚蓝/金色云朵在蓝海上闪烁//……羊儿静静地啃着青草/高树上唱着不倦的知了/湿润的泥土在阳光下深深呼吸/吸尽了我对大自然的无限情意/对生活的热爱和苦恼”（陈敬容《雨后在青年湖》），这首诗先由雨后的树林起头，由宏观而至细节叶丛、露水、云朵，随后知了、泥土等意象逐步呈现，这是感观意象的直接描写，到了末节最后两句由感性意象的呈现过渡为理性的沉思，由雨后对自然的感受上升到对生活的思考和感悟。感性意象与理性意象平行并置的好处，在于思维的推进比较连贯，运思的节奏和频率比较平缓，创造出一种沉思的哲理境界。不管哪一种意象的并置形式，这种处理方法是将感性经验提炼为综合意象的艺术手段，生成的是兼具感受性与哲理性的意象群体。

其次，异质意象对立形成张力。前面谈到的感性与知性意象并置是从意象对应的内涵来说，现在探讨异质意象对立更多是从意象的性质与情感色彩来说，不同属性与情感色彩的意象之间相互对峙冲突，能够使整个诗歌产生出独特的艺术张力。关于诗歌中的异质意象，瑞恰兹使用了比喻“远距离”的说法，“如果我们要使比喻有力，就需要把非常不同的语境联在一起”①。也就是说，喻体与本体之间的属性或者语境越远越好，这种用法在西方现代诗歌中出现了，也被引入中国现代诗歌意象实践中，比如“两堵矗立的大墙拦成去处/人似在涧中行走/方生未死之间上覆一线青天/果有自由给微风吹动真理的论争/空气随时都可像电子样予以回响/如今你落难的地方却是垃圾的五色海/惊心触目的只有城市的腐臭和死亡/数落着黑暗的时光在走向黎明”（辛笛《寂寞所自来》），这首诗的密度很大，都市的墙、小溪、青天、电子、垃圾等等，意象转换的幅度大，时空跳跃强，甚至给人混乱之感，正是不同性质的意象的浓缩与集中，传达出一种焦虑和忧郁，繁

① 杨匡汉、刘福春编：《西方现代诗论》，花城出版社1988年版，第178页。

华的现代大都市与渺小无助的个人对比，在体量及情境上的反差构成了诗歌的张力。

异质意象的对立，在一些诗作中表现出是生命的撕裂，如冲突、痛苦、压抑、绝望等时常出现在穆旦的诗句中，一个个文字“充分表达了他生命中感受到的磁力的撕裂”①，诗人以其独有的生命体验，表现灵肉分裂中所产生的不可克服的悲剧意识。个人感受上的反差甚至冲突，造成诗歌的反差进而形成了张力。“看她装得像一只美丽的孔雀——/五色羽毛镶着白边，/粉红纱裙拖在人群里面，/她快乐的心飘荡在半天”（穆旦《两个世界》），这是上流社会高贵欢乐的世界，美丽的孔雀、粉红的纱裙，伪装的高雅，制造了廉价的快乐、高贵，是个体面的世界。可是还有个世界，“孩子需要慈爱，哭嚷着，什么，‘娘?’/……女人狠着心，‘好孩子，不要哭——/妈去做工，回来给你吃个饱!’/……生活? 简直把人磨成了烂泥!”，这是悲惨贫穷的世界，孩子的哭声、劳作的母亲、疲倦的身体、铺满血迹的手，生活把人磨成了粉，为了生存挣扎在生死的边缘。两个世界相互分离，两个世界不可分离，“但她却惊呼，什么污迹染在那丝衣”，底层的血迹染红了上层的丝衣，底层也会用力量争取生活的尊严，诗人将两幅截然不同、完全对立的画面扭合在一起，在短小的诗篇里充满了刺耳的张力。“所有的人们生活而且幸福/快乐又繁茂，在各样的罪恶上，/积久的美德只是为了年幼人/从古到今，他在遗害着他的子孙们。//……我只鞭击着快马，为了骄傲于/我所带来的胜利的冬天。/在旷野上，无边的肃杀里，/谁知道暖风和花草飘向何方，/残酷的春天使它们伸展又伸展，……//我久已深埋的光热的源泉，/却不断地迸裂，翻转，燃烧，/当旷野上掠过了诱惑的歌声，/O，仁慈的死神呵，给我宁静。”（穆旦《在旷野上》）这是穆旦1940年代的作品，继续在诗中使

① 郑敏：《诗人与矛盾》，见杜运燮等编《一个民族已经起来：怀念诗人、翻译家穆旦》，江苏人民出版社1987年版，第30、31页。

用异质意象，不过已经不再是早期黑白分明的并列对立，而是交错渐进式的对立，人们的生活幸福、快乐、繁茂，但要经受积久的美德的遗害；我带来了胜利，也带来了阳光和希望，但渴望深埋地下、给我宁静，这些在情感与内涵上相互矛盾的意象纠合在一起，让人感到快乐与沉重没有区别，希望与绝望同属一类，生活与生命就是扭结在一起的、说不明白又无法摆脱的宿命与痛楚。这种正向的感受与负向的感受咬合一起，带来强烈的对冲的力，也让读者获得了深沉厚重的审美体验。

二 意象构造的逻辑性

中国古代诗歌表现出静穆和谐的美学特点，诗情与诗趣追求的是“不着一字，尽得风流”，在诗歌语言的组织与意象的形成方面重视的是诗人对物象的直觉感悟，意象的组合衔接重在趣味相合、形象相合、情感相合。古代汉语语法的松散、灵活又为诗歌重感悟、轻分析准备了语言基础，文学与语言相得益彰又相互制约，也就导致诗歌运思与意象构造较少逻辑与秩序，言意相合、象能达意即可。古代诗歌的主题较为单一，有研究者曾总结为十大主题意象，有的写思念，“山中兄弟几人留，料得堂前草已秋。欲把尺书凭雁足，又愁飞不到罗浮”（释函可《怀华首》）全诗就是围绕鸿雁传书意象展开；有的写愁绪，“相送临高台，川原杳何极。日暮飞鸟还，行人去不息”（王维《临高台送黎拾遗》），大多数古诗也都如这样诗言志或缘情的内涵比较集中，意象也不繁多、复杂，也就谈不上构造的组合秩序了。

现代诗歌则不同，诗歌所面临的是一个复杂、冲突、动态、丰富的现代世界，由此引发的人的心理特征也是复杂、幽微、焦灼、精细的，其中科学作为现代世界的推动力带给人们关于进化、力量、逻辑、理性等基本质素，这些对文学的秩序与结构产生影响，注重意象的逻辑性是其中的一个方面。我们看到，一些现代诗论家用科学思维来处理文学问题，“诗本身就像一个生物，不是无生物”①，生物是有机有活力的，可以自由表达情绪。再一个例子，徐迟把诗比喻为活的生物体，“要有温度，有组织，有骨骼，有身体的系统”②。从这些只言片语中，可以看到诗人们把诗歌作为一个有机的生命体在看待各个部分之间的组合应该是建立在符合自然界规律的基础之上，诗歌应如生物体一般存在符合规律的逻辑性与活力性。那么落实到意象的组合上，就需要注意不同意象、意象群之间的相互联系及映衬，注意意象整体的紧密完整；而意象的展开既可以遵循现实生活的逻辑关系，按照生活的原生态来展开，也可以冲破原生态的规律逻辑，根据情感或者思维的逻辑来结构。

意象构造的逻辑性，一种情况是诗歌语词的静态化处理。前面谈到过，西方自然科学、社会科学的专有名词进入新诗中，成为“非物理可感性”的一类意象。这一系列抽象概念的出现，必然导致诗的语言活动走向逻辑化，而语言逻辑性的加强就要求在诗歌的词法、句法、章法等方面发生改变，放弃传统意象之间的感性粘连，而代之以知识意象之间的理性推导。早期诗人受到科学的影响较深，且处在突破旧体诗藩篱的时期，由于推倒旧文学、建立自身合法身份的重任在肩，诗歌有时是以口号或武器的面貌出现，语词或意象坚定有力、明确无疑，在意象的构造方面表现出确定性与单一性的特点。如“我笑你绕太阳的地球，一日夜只打得一个回旋；/我笑你绕地球的月亮，总不会永远团圆；/我笑你千千万万大大小小的星球，总跳不出自己的/轨道线；/我这心头一念/才从竹竿巷，忽到竹竿尖；/我若真个害刻骨的相思，便一分钟绕遍地球三千万转！”（胡适《一念》），诗人用了精确的数据“一分钟绕遍地球三千万转”等来作比，明明白白，浅显易懂。

---

① 戴望舒：《诗论零札》，《戴望舒诗选》，江苏凤凰文艺出版社 2018 年版，第 95 页。

② 徐迟：《意象派的七个诗人》，见《徐迟文集》（第 6 卷），作家出版社 2014 年版，第 25 页。

"大都会底脉搏呀！/生的鼓动呀！/……/我的心脏呀，快要跳出口来了！/……黑沈沈的海湾，停泊着的轮船，进行的轮船，数不尽/的轮船，/一枝枝的烟筒都开着了朵黑色的牡丹呀！"（郭沫若《笔立山头展望》）这首诗使用了很多新名词，大都会、脉搏、心脏、海湾、轮船、烟筒等等，这些语词在诗中的内涵与在科学文本中的内涵没有不同，意义明确、情感明白，诗情是在意象相对静态中表达出来的。这种静态化的处理方式，与讲究明确具体的科学理性思维有关，只不过在新诗初期表现的稚嫩浅显，而到了1930年代卞之琳们的手中，诗歌的知性色彩由语词化为意境、由显性转为隐性，要求的是深邃的哲理意蕴与生动的艺术感性的统一，追求诗的"智性之美"。

意象构造的逻辑性，另一种情况是诗歌意象的动态化处理。随着诸多诗人对西方现代派诗歌艺术了解的加深，意象的组合表现出由单一转向多元、由静止转向流动。九叶诗人可以说在意象动态展开构造方面做得比较娴熟。他们是以意象的联想作为基本的逻辑形式，是"诗情经过连续意象演变的逻辑"①，是一种在意象平行组合及纵向性递进结构等方式上的深化。这种动态化的意象联想，分为外向性的扩展与内向性的凝结两种形式，外向性的扩展式逻辑，"从一个单纯的基点出发，向深处、广处、远处推去……后来意象不仅是前行意象的连续，而且是他们的加深和推远"②。袁可嘉把这种方式称为"诗境的扩展"，这种意象的向外扩展，增加了诗歌的叙事性与戏剧性，同类相合或者异质相冲突的经验可以放置在一起，这样复杂错综的方式匹配现代人曲折细腻的思想感觉。比如陈敬容的《窗》，"你的窗/开向太阳/开向四月的蓝天"，以窗作为诗思的起点也是意象的起点，随着

---

① 袁可嘉：《新诗现代化的再分析》，见《论新诗现代化》，生活·读书·新知三联书店1988年版，第19页。

② 袁可嘉：《论诗境的扩展与结晶》，见《论新诗现代化》，生活·读书·新知三联书店1988年版，第127页。

窗开向蓝天，意象在空间的向度上继续展开，“为何以重帘遮住/让春风溜过如烟?”，下一节转换方向在人生时间的向度上展开，“我将怎样寻找/那些寂寞的足迹”，这都是以窗为依托回溯时间和故事，窗作为“我”活动的空间与人生的时间的载体，两个方面平行展开。再如《路》这首诗，在意象的外向性扩展方面更有力度，由“夜有一千道黑色帷幕”为起点，接下扩展到“绳绑中挣扎的力，/旅行人远望泉水的渴”，随后归结到“路收敛所有的足迹，/大地负载一切更迭变幻，/载我们的劳动和休息”，诗人由梦境而生的意象，经过层层拓展转换到“路”，指向生命存在本质的思考。

而内向性的凝结式逻辑，诗句是“从许多不同方面来接近主题，通过结晶在一个或二个核心的意象的上面”，“其要旨在造成感觉的强度”①。通过不同的方式将意象层层展开，让意象内涵在流动中升华，把诗歌引向预期的效果，实现从感性美向智性美的凝聚。比如郑敏的这首诗，“我谛视着它：/蜷伏在城市的脚边，/用千百张暗褐的庐顶，/无数片飞舞的碎布/向宇宙描绘着自己……/树木在经过/寒冬的坚忍，春天的迷惘/夏季的风雨后/所留下的一口生命的甘美；/……有些无端被认为愚笨的人，/他们的泥泞的赤足，疲倦的肩/憔悴的面容和被漠视的寂寞的心；/更像解冻的河流的是那久久闭锁着的欢欣，/开始缓缓的流了，当他们看见/树梢上，每一个夜晚添多几面/绿色的希望的旗帜”（郑敏《村落的早春》），先从“我”观察村庄的角度“谛视着它”切入，先宏观村庄“蜷伏”“庐顶”“碎布”，换一个角度写村庄的季节“寒冬的坚忍”“春天的迷惘”“夏季的风雨”，接下来写了村里的“愚笨的人”，最后落脚到“每一个夜晚添多几面/绿色的希望的旗帜”，平凡村落、平凡人所具有的坚韧与希望的生命力绵绵不绝，意象的感性强度达到顶峰。

① 袁可嘉：《论诗境的扩展与结晶》，见《论新诗现代化》，生活·读书·新知三联书店1988年版，第131页。

第四章　科学语境与中国现代诗歌语言

“真正的诗歌史是语言变化史，诗歌正是在这种不断变化的语言中产生的。”① 考察科学与中国现代文学的关系时，不论是站在社会转型影响的角度，还是站在诗歌自身流变的角度，语言与科学的互动是一个无法回避的问题。古代诗歌是运用古代汉语尤其是文言的结晶，现代诗歌是基于现代汉语系统，是在吸收文言、方言、口语及西方语言等各类语言资源的基础上形成的新的语言系统，从词汇到语法与古代汉语画出了明显的界限。这其中西方语言负载的人文观念、逻辑思维、科学知识也进入汉语语言系统，加快了语言获得“现代性”品格的进程，也使得现代汉语诗歌应运而生，从而为诗歌的现代传播奠定了基础。

第一节　科学与诗歌语言观念的新变

科学对新文化运动的影响是全方位的，虽然主要是作为启蒙精神反对封建迷信、开启民智，也作为知识标杆促进现代科学、现代学科

---

① ［美］勒内·韦勒克、奥斯汀·沃伦：《文学理论》，刘象愚译，江苏教育出版社 2005 年版，第 186 页。

知识体系的建立，但同时科学的思维模式与语言习惯也随着思想、知识及各类作品的传入，构成了新文学发生发展的科学语境。科学思维通过词汇、语法、标点符号等形式进入语言进而改变传统语言体系，促进古代文学向现代文学的转变，"'五四'文学革命对于汉民族文学语言转变的意义，无论怎样高的评估也不过分"[①]。学习西方的新思想、新知识，传统的文言显然不是适用的工具，文言的简约、模糊、灵活性虽然精致但是太不精密，"这语法的不精密，就在证明思路的不精密"[②]，不精密的思维和语言无法容纳复杂多变的现代世界。针对语言与时代脱节的问题，先进的知识分子也给出了解决方案，"白话则是适用的工具，因为白话澄明、精密，白话的'白'，是俗语'土白'的'白'，是'清白'的'白'，是'明白'的'白'"[③]。明晰、准确、易懂，合乎语法是时代对语言的要求，这种语言风尚也影响到诗体与诗语，而文体反过来又能折射出创作者整体性的精神结构和言说方式[④]。

一　科学影响下的诗歌语言观念

在1920年代前后，中国传统社会经过器物、制度及文化三个阶段性的变革后，具有了一些现代社会的基本要素，在物质形态方面，工业文明的成果已成为城市生活的一部分，带来了个人生活方式的变化，正如林庚所说，古代人出行是骑马，现代人则是汽车与火车；古代是鸿雁传书、笔墨往来，现代则可以电话、电报如同面谈，这些变化恰

---

① 刘纳：《嬗变：辛亥革命时期至五四时期的中国文学》，中国人民大学出版社2010年版，第334页。

② 鲁迅：《关于翻译的通信》，见《鲁迅全集》（第4卷），人民文学出版社2005年版，第382页。

③ 胡适：《什么是文学（答钱玄同）》，见季羡林编，郑大华整理《胡适全集》（第1卷），安徽教育出版社2003年版，第206页。

④ 童庆炳：《文体与文体的创造》，云南人民出版社1994年版，第1页。

恰就是诗歌新的生长点与突破点之所在①。在精神意识方面，各种思想力量交错杂陈，传统文化与西方文化正面交锋，民间文化力量也在潜滋暗长，但一个不争的事实是，人们享受着现代技术的便利时，也一定程度上接受了西方的哲学、人文、科学等外来思想。在知识分子群体中，推崇理性、强调进化、讲究实证的思潮十分流行，鲁迅在《破恶声论》里主张“以科学为宗教”，立“理性之神祠，以奉十九世纪三位一体之真者”，而经过“科学与人生观”的论战后，科学更上升为“中国现代社会中的科学主义”，泛化扩展到思想和知识领域的每个层面，成为现代文学早期重要的文化语境。

当胡适们接受了科学理念及实证思维后，他们通过《新青年》等报纸、杂志媒介，将西方现代科学思维在整个社会推广开来，随之带来了语言表述的变革。思维形式的变化带来语言体系的变化，涉及传统的语言结构整体，简约粗陋的文言体系已然不能适应现代社会语言表达的需求，这种语言表达的困境影响了近代对西方哲学思想与科学知识的翻译及传播，因此有识之士呼吁“要说现代的、自己的话”②，唯其如此，有了语言的现代化才可能实现“精密的观察、复杂的感情，方才跑到诗里去”③，诗才成为现代的诗。理性精神与实证思维对诗歌语言的影响表现在以下几个方面。

第一，产生单向度线性的语言观念。这里用单向度与线性两个定语来修饰语言观念，更多是从语言概念内涵的价值与文化角度来说，单向度表示语言是面朝一个方向，也就是进步的、进化的、高等级的方向；线性表示语言的发展是一个连续的、逻辑的、动态的过程。这两个特点与古代汉语循环、恒定、相对静止的特点存在明显区别，这

---

① 林庚：《诗的活力与诗的新原质》，见《唐诗综论》，商务印书馆2017年版，第261页。

② 鲁迅：《无声的中国》，见《鲁迅全集》（第4卷），人民文学出版社2005年版，第15页。

③ 胡适：《谈新诗》，见季羡林编，郑大华整理《胡适全集》（第1卷），安徽教育出版社2003年版，第158页。

个语言观念的深层有历史现代性与时间意识的影子。漫长的封建社会保持了超稳定的社会结构，处于这种稳定结构中的传统文化虽有发展但波澜不惊，没有发生革命意义上的变化从而催生并匹配新的社会结构，时间的变化并没有带来思想和社会属性的根本性变革。中国的封建社会从秦始皇建立统一王朝直到辛亥革命，经历了两千多年的更替，但社会文化在思维方式和制度层面并没有发生本质性的变化，以文言为主的语言系统也没有发生颠覆性的改变，词汇对应的内涵及话语表达方式保持了相对稳定。秦汉的明月与唐宋的月光给诗人的心理感受是相似的，选取的意象没有变化，语言的内涵也没有改变。

“时间之矢的观念展示出时间的不断运动，并给予时间一个方向”①，这是西方基于物理学基础的时间观念，经典物理学对时间与空间的规定是单向性的，即便是相对论也只是对时间的长度及快慢给予了弹性，但时间的方向性质并没有改变。这种物理学的方向性与生物学的进化论结合在一起，时间观念的方向性是指向未来、指向高级、指向不断优化进步的，时间流逝中物质运动、社会运动也应相应地向前运动。西方线性进化的时间观念随着进化论等思想理论的传入逐步被接受，今胜于昔、持续进化的价值理念为现代白话代替古代文言提供了理论支撑和变革勇气。一方面放下了尊崇传统的语言重担，古代汉语不再成为文学创作与实用写作的题中之义，为现代文学的产生扫清了固有障碍，钱玄同不无愤激地指斥古代汉语为“妖言之记号”，“断不能适用于二十世纪之新时代”②，完全否定古代语言系统；另一方面给予现代语言合法性地位，明确了现代语言势必优越于古代语言，“古人已造古人之文学，今人当造今人之文学”，“一代有一代之文

---

① ［美］时代—生活丛书编辑著：《时间与空间》，方能训译，漓江出版社2002年版，第71页。

② 钱玄同：《中国今后之文字问题》，见赵家璧主编《中国新文学大系·建设理论集》，上海文艺出版社1980年版，第142页。

学”。一大批作家诗人致力于学习西方语言的表述策略，将“清楚、明白”作为文学语言的主要追求，希望创造一种能够精密、条理、准确地表达思想与描述世界的语言符号体系。

第二，形成探索性的空间语言观念。有研究者指出西方语言是一种形态语言，或者说是一种空间性语言，语意表达的实现是通过语言要素外在形式上的组合实现，单词的数量、时态、主宾格等均有比较明确的形态标志，词语之间、句子之间的组合又通过标点符号、关联词语等构成明确的逻辑关系，由此西方语言尤其是英语形成一种叠床架屋的语言架构。相比较而言，汉语尤其是古代汉语是一种意合语言，或者说是时间性语言，汉语的表达是语意优先，只要使用者能够有效地把意思传达交流，词语、句子等语言要素外在形式上的变化或标记就不需要，汉语中语词的单复数、主宾格等并没有形态上的变化。词语之间、句子之间的组合更多是从内在的意思出发，根据时间顺序和自然的先后逻辑连接组合，将复杂的空间关系化为连贯铺陈的时间事理脉络，较多使用流水句贯通般描述，“句子构造是时间型而非空间型”①。在使用中多按照语言习惯意合一处，而不是遵循语法的逻辑顺序，这也导致古代汉语的语法体系不发达。

在时代的大背景下，西方语言也对古代汉语产生了巨大的冲击，这其实是空间性语言对时间性语言的冲击，是人为组织的精准语言观对自然展开的模糊语言观的冲击。这种冲击成为新的汉语系统形成的外在压力，为汉语转型带来了诸多新的特质：其一，对语言空间性的重视必然需要构建语言组合的空间规则，由此推动了现代汉语语法体系的建设，出现了《新著国语文法》等一批现代汉语语法理论，语言的逻辑性大大加强，为汉语走向精密和准确奠定基础；其二，现代语法的出现和完善改变了句子形成的规则，由以名词为中心的自然组合，

① 申小龙：《汉语与中国文化》，复旦大学出版社 2003 年版，第 210 页。

转为以动词为中心的语法控制组合，影响了汉语词汇数量和词语性质的变化；其三，对语言外在形式的重视，引入了标点符号等诸多语言辅助手段，进一步丰富了语言精密化表达的手段，也影响了语言书面表达规则的变革。

第三，语词意义澄明清晰。20 世纪中国语言的现代性转型，有一个重要内容就是借鉴、吸收西方语言的逻辑结构与表意策略，进而形成一种有利于中国现代化的简单实用的工具性语言。这种对语言变革的总体构想，必然对语言的基本单位——词语和句子——提出新的要求，对词语而言是明确语词的内涵外延，对句子而言是建立基本的语法秩序。

古代汉语作为一种意合语言，就语词形式来说单个字或单音词较多，语词的内涵比较含蓄、多义。中国传统文化尊古崇经的观念造成了语词的使用较多沿袭经典文本，语词的意思已经脱离了最初的自然意义，而负载了儒家道家等众多经典的文化意思和文本意思，语词的意思富有文化色彩显得厚重，古代文学也是以这类文化性词语作为语言基础。对读者来说，只有在了解附着在语词本身的历史内涵后才能解读出作品的意义，语词就成为一个承载文化的躯壳，过多承担了语言之外的功能，如前文谈古诗的经典意象，折柳、登临、黍离等语词莫不是承续经典沿用至今。胡适对此有清醒的认识："凡人用典或用陈套语者，其避难趋易，最可鄙薄"①，一针见血指出了汉语词汇的典故味道对文学的伤害，造成了形式上的抄袭而缺少实质性的文学创新。要实现文学上的突破，就必须去掉词汇本身人为的文化性，重新赋予语言内涵，科学为词汇的更新提供了精神动力、语言资源和技术手段，尽可能消除语词的多重文化含义。

为了对语词去重还原语词本身的功能，现代作家对古代汉语做了

---

① 胡适：《寄陈独秀》，见季羡林编，郑大华整理《胡适全集》（第 23 卷），安徽教育出版社 2003 年版，第 112 页。

一些规约性的修正，或由单音词变为双音词，或拆解重构语词，“单音字变成复音字，乃是中国语言的一大进化”[①]。引入西方词汇是明确词义的另一种方法，采取意译或者音译的方式，利用汉字形式创造了很多外来词，这些新出现的外来词本来就是伴随现代社会的发展而出现，出现时间不长，在意义的准确精密方面具有天然优势。吸收口语也是丰富现代汉语词汇的重要途径，民间口语简单实用、较少受正统文化负累，有识之士也认识到“大众话语精密正确”，在 1930 年代开展了大众语运动。正是伴随着中国现代文学的生长，中国语言从一种简略、朦胧、带有诗性的语言转变为一种精密、复杂、具有较强逻辑性、带有分析性的语言。

第四，现代语法规范逐步建立。古代汉语的意合特性，表现在语法方面就是比较松散、随意，没有一套严格成形的语法规则。无论是古代文言还是民间白话，都没有逻辑缜密的语法规则，即便存在一些较为宏观粗疏的框架，也主要是立足于日常使用习惯长期沿袭而来，或者是基于诗文美感表达的需要，而不是在理性指导下通过逻辑推理演绎形成的。这些规则对词汇、句子等语言要素并没有细致精准的规定，语言要素之间的组合也没有严密的语法关系。现代汉语作为在汉语范畴内一种新生成的语言系统，在语言的载体——文字上并没有根本的变化，虽然语词意义在逐步澄明准确，为语言的现代性转型提供了合适的材料，但要成为一种与现代社会相匹配的表述方式，就必须有一套严谨周密清晰的现代语法规范，有识之士意识到“要谈精密的理论，要写复杂的现象，自非将欧洲的语法引进来补充不可”[②]，以《马氏文通》为先导的现代汉语语法体系逐步建立起来，与现代文学

① 胡适：《国语文法概论》，见季羡林编，郑大华整理《胡适全集》（第 1 卷），安徽教育出版社 2003 年版，第 421 页。

② 成仿吾：《论欧化》，见北京大学等编《中国现代文学史参考资料》，上海教育出版社 1979 年版，第 74 页。

之间形成相互促进的良性关系。

有论者认为，20 世纪初中国文学语言的现代性转型最重要的内容就是借鉴、吸收西文的逻辑与表意策略，与汉语相比，西文非常明显的特点是其理性与严密的逻辑性，它的精准与严密，汉语在吸收了西文的这些特点后，它的理性与逻辑性大大提高。[①] 这里谈到的汉语逻辑性在一定程度上可以换成语法性，西方通过时态、语态、关联词语、标点符号等手段，形成了一套精密如机械运行般的语法体系，这样的语法体系能准确地表达复杂的现代社会与现代情感心理。现代汉语经过新文学运动后，逐步建立了符合时代特点的语法体系，大体能够满足表达现代生活的需要。

二　诗歌语言精密化

徐悲鸿比较了科学与艺术："科学之天才在于精确，艺术之天才亦然。艺术中韵趣，一若科学中之推论，宣真理之微妙，但不精确，则情感浮泛，彼此无从沟通。"[②] 语言是文学的载体，既然文学艺术的建立离不开科学，那么语言的使用更离不开科学。不论从语言的工具性，还是从语言的思想性来说，"严密""科学"似乎应该是语言的内在要求，语言的精密就是思想的严密。所以，汉语的现代性转型诚如鲁迅所言"并非因为好奇，乃是为了必要"，它在中国人的观察方式与思维方式上打上了"现代"的烙印，直接改变了中国人的传统思想观念，丰富了中国人的心灵世界。以这样一种不同于古代汉语系统尤其是文言系统的语言进行文学创作，必然对传统的文学表达与审美诉求带来冲击。

正如一些研究者所说，古代汉语的特点是重意会、轻形态，重功

① 张卫中：《20 世纪中国文学语言变迁史》，中国社会科学出版社 2013 年版，第 218 页。

② 王泽庆：《徐悲鸿论艺术与科学》，《美术》2003 年第 2 期。

能、轻形式，表意过程总是异常简略，不像英语把词汇和句子的数量、主宾格、时态等做一些外在形态的变化，这些外在语法形态上的功能是“隐藏在词语铺排的线性流程中”①，通过词语和句子组合的整体性表达体现出来。有语言学家就指出：“古人说话不能精密地估计一个判断所能适用的范围和程度，今天我们的语言要求科学性，要做到辞意相称，因此在句子里面表示某一判断的范围和程度，是加强语言明确性的必要手段。”② 古代汉语的这些特点对文学语言的影响，就是古代文学偏重象征、写意，善于用暗示补偿文字的不足，力求用尽可能少的语言符号表达尽可能多的思想内容，“只是把意思排列起来，让人去了解这两个意思之间所生的关系如何”③。词语之间、句子之间的联系与时空感受需要靠读者去填补生发，言有尽而意无穷。

在语言现代化的进程中，向西方语言靠拢的汉语欧化是使语言变得精密的一种方法，吸收西方语言的词汇、语法等有用的成分来改造我们的古代语言系统。汉语开始注重将隐性的意合语法形式化，使用代词、副词、数词、量词、关联词等将语言要素之间的关系标记出来，就可以明晰地规定事件发生的范围、程度、条件等信息。这种欧化后比较精确的语言，更能够把诗人的经验与诗歌的情意清楚地表达出来。比如，新诗中出现了很多定语很长的句子，这便是诗人为了准确细腻地表达世界与自我而采取的一种方式，这些定语“无论在长度上，在应用数量上都超过古人，在结构的复杂性上也有所不同”④。这些定语能够通过结构助词“的”与中心词相联结，而不会产生违反语法规范而读来语感不通的感受。

第一，诗中虚词数量大量增加。虚词出现在诗歌中不只是在现代

① 申小龙：《论汉字的文化定义》，《汉字文化》2006 年第 6 期。

② 王力：《汉语史稿》，中华书局 1980 年版，第 478 页。

③ 高名凯：《语言论》，商务印书馆 1995 年版，第 397 页。

④ 朱恒、何锡章：《欧化对诗形的冲击及对策》，《理论与创作》2007 年第 6 期。

文学中才有的现象，古代文学中就存在虚词入诗的情形。虚词在古代汉语中称为虚字，虚字的作用在一些古代诗论中已有所涉及，叶梦得在《石林诗话》中说："诗人以一字为工……远近数千里，上下数百年，只在有与自两字间，而吞纳山川之气、俯仰古今之怀，皆见于言外。"① 便是诗家对杜甫"江山有巴蜀，栋宇自齐梁"（杜甫《上兜率寺》）妙用虚字的赞叹。

语言变革伴随社会结构与文化思想的转型而产生。为了表达这个更加复杂的现代世界，语言的使用相应会必须更加复杂起来，语言只有更加精密细致才能具备描述与解释这个世界的客观容量。增加实词的数量是帮助语言精密的一个方法，发挥虚词的作用则是更加重要的手段。被胡适称作"'新诗'成立的纪元"的《关不住了》这首翻译诗，较之前期其他诗作，从诗形上看句子长短不一，词语的使用更加灵活多变，不再是"雪色满空山，抬头忽见你。我不知何故，心里狠欢喜"留有残留的古诗格律味道，诗人在翻译过程中发现了西方语言语法与句法的丰富细腻，在用汉语表达时不自觉地化用了这些语法规则形成了欧化汉语，带来了表意上意想不到的曲折、细腻。虚词的使用是胡适这首诗新变化的重要表现之一，"但是五月的湿风"中的"但是"，"一屋子都是太阳光"的"都"，把诗中情感的变化、浓烈程度表现得较之此前诗更丰满、更生动。诗中虚词的大量出现，不仅是词汇量的扩增，也是语法体系的更新，更为重要的是在诗歌思维模式的转变方面也发挥了作用，创作中的运思由古代诗歌"以字为中心"向现代诗歌"以句为中心"转换，为诗体诗形的革新提供了内在动力。

虚词入诗的一个重要表现是关联词的大量使用，它从句子层面使逻辑关系更加清晰准确。索绪尔说："在语言状态中，一切都是以关

① 叶梦得：《石林诗话》，转引葛兆光《汉字的魔方——中国古典诗歌语言学札记》，复旦大学出版社 2008 年版，第 157 页。

系为基础的。”[①] 对于现代社会复杂的经验与个体细腻的情绪，通过关联词的叠加能够更加准确地传达出来。比如，为了让时间、空间、范围等精确起来，可以使用介词、副词，“在……时候”“关于……”，“她在灶下煮饭，/新砍的山柴，/必必剥剥的响。/……他衔着个十年的烟斗，/慢慢地从田里回来；/屋角里挂去了锄头，/……孩子们在场上看着月，/还数着天上的星”（刘半农《一个小农家的暮》）。“在灶下”“从田里”“屋角里”“在场上”几个介词清楚说明了农人的位置，给人安定舒缓的感觉。而要表达诗情的波动过程，或者是综合经验形成的逻辑关系，使用关联词组标记出句子间转折、递进等关系是个不错的办法，比如“虽然……但是……”“不但……而且……”等关联词组进入诗中在语言层面构成从句结构和复句关系，在意义层面增加了阅读的厚度和趣味。有论者指出新诗在词语选择、诗行排列、跨行分节等诗形方面的变化，“包括汉语虚词的大量入诗，正是诗歌对科学主义思潮的一种适应性选择”[②]。

关联词语在诗歌中的运用在很多现代诗歌中都存在，不过在重视诗之知性的诗人群体中更有代表性，比如穆旦喜欢用关联词语表达复杂细腻的人生经验，《两个世界》中的这两节，“博得了喝彩，那是她的渴望；……/管它什么，那堆在四面的伤亡？……//孩子需要慈爱，哭嚷着，什么，‘娘？’/但这声音谁都不知道，‘太偏僻！’/哪知却惊碎了孩子的母亲的心肠？”上层人的世界，“那是”说明喝彩和美丽生活顺其自然是“她”想要的，并且“管它什么”，一个“管”字活生生地刻画出上层人的自私与嗜血；下层人的世界，孩子的哭声，“但”“谁都”不知道，底层的疾苦无人关注，找不到希望，因为“太”偏僻，一个“太”字愤激地写出底层的卑微与弱小。正是这些关联词语把诗句有机地联系在一起，给予了语词和意象强大的刺激力量，讲述

---

① ［瑞士］索绪尔：《普通语言学教程》，高名凯译，商务印书馆2009年版，第16页。

② 王泽龙、钱韧韧：《现代汉语虚词与新诗形式变革》，《中国社会科学》2014年第9期。

一个让人无法释怀的等级故事。再如冯至“他的内心濛濛想，/浮尘中浮着将落的夕阳，/不由得有一个含笑的青年，/在他的面前荡漾——/忽地一声响亮的嘶鸣，/惊悚地将她的痴魂惊醒”（冯至《蚕马》），副词“不由得”“忽地”，数量词“一个”“一声”，与形容词“惊悚”等联结在一起带来了语言的弹性与压力。正是现实世界的复杂造就了语言的复杂，语言复杂的背后是世界图景与思维模式的复杂。不管诗歌是作为情感表达的载体，还是作为综合经验的对应物，关联词的使用为汉语诗歌的现代化发挥了应有的作用，由于关联词的使用带来诗歌表现力更加层次化和立体化，能够表现差异化、多样化的个体生命体验。随着诗歌现代化探索的深入，当象征派、新格律派、现代派等众多诗人群体对诗的情感表达与理性表达的不断尝试后，关联词语的使用褪去了新诗初创期生搬硬套的痕迹，逐渐在彰显知性思考与控制抒情表达方面运用熟练，而戏剧化、叙事性等艺术手法的增多为关联词提供了更为自然的语言环境，综合在一起赋予了现代诗歌质感有力的理性抒情与知性美感，而这是传统诗歌所缺乏的。

虚词入诗的另一个表现是语气词、时态词、数量词的大量使用，它从词汇层面使意义更准确。古代汉语也有表示时态的词，但使用过程中根据上下文可以推出，就经常没有标出，倒也符合古代诗文追求朦胧的特点。不过也有一些诗句使用了诸如着、了、过等表示动作状态的助词，如“守着窗儿，独自怎生得黑”“把吴钩看了，栏杆拍遍”等诗句中使用了表示状态的助词，意思中加了意思，情感的表达更绵密曲折。现代汉语中虚词使用得更加频繁，它们更明确地表示动作或时态的变化进展情况，表示“有已逝，有将逝，更有正在发生，区别得准确而精细”①。这种对语气助词的过分青睐，以致过度使用到机械刻板的地步，一些诗句为助词而助词，在诗中可有可无的位置添加组

① 余光中：《中文的常态与变态》，见《翻译乃大道》，外语教学与研究出版社 2014 年版，第 201 页。

词，反倒损害了诗意，《你莫忘记》控诉兵匪“逼死了你三姨，逼死了阿馨，逼死了你妻子，枪毙了高升!”，连续使用了四个“了”字倒还理解，随后又使用了四个“了”字，倒是在时态的表达上准确了，却少了诗的灵动韵味。

按照现代汉语词类来划分，大多数情况下把数词、量词归入实词之列①，在此处探讨虚词功用时来讨论数量词的作用，主要在于新的汉语语法规则的建立及虚词在语言系统中的活跃，激活了数量词的语法功能。这就使得现代诗歌中数量词的使用指向与虚词功能相类似，对表达含义与情感状态的限定更加量化精准，正是从词汇发挥语法功能的角度着眼将数量词放在此处一起讨论。古代诗文中的数量词大多表示概数，并不实际表示数量，最典型的如杜甫“两个黄鹂鸣翠柳，一行白鹭上青天”并不是说只有两个黄鹂，用在此处是让画面更鲜活形象，更好营造清新灵动富有画面感的意境。而现代汉语与现代文学受科学思潮的影响含有求真的元素，不仅包含有古代文学中真人、真事的真的含义，还包含有观照和描绘的世界应该是真实、准确的意思，这也是数量词大量进入语言与诗歌的重要原因。如冯至《北游》第八节“中秋”：“正如一人游泳在大海里，/一任那波浪的浮沉，/我坐在一只小艇上，/它把我载到了江心。/我像是一个溺在水里的儿童，/心知这一番再也不能望见母亲。”这节诗每一行都有数量词“一”，这些数量不全是艺术表达的需要，有的是欧化影响强行为之的缘故，其实“我坐在一只小艇上”可以省略“一只”，改为“我坐在小艇上”表达的就是坐在一只艇；“我像是一个溺在水里的儿童”，这“一个”也属多余；“一个”“这一番”时，也可删掉“一”字，“个”“这番”已经充分表达。不论数量词带给诗歌的艺术效果如何，使用数量词限定中心词的理念渗透到语言使用者的头脑中，最终目的是让语言精密起来。

---

① 张谊生、陈昌来合编：《现代汉语虚词研究综述》，安徽教育出版社 2002 年版，第 5—7 页。

第二，诗中引入标点符号。西方语言观尤其是实证主义语言观认为，信息的准确发出与送达是语言的重要功能，词法规则、语法规则是实现这个功能的主要手段，而语言的一些附属成分如标点符号作为实体语言系统的补充，是实现语言表达自足、完整、准确的重要手段。现代意义上的标点符号是到近现代时期存在于西方语言体系中的，它是与西方严密理性的语言表达方式紧密结合在一起的。中国古代语言中也存在标点符号，我们称之为句读，它与古代语言及书写方式相匹配，符号种类相对简陋，也没有形成完备和固定的以何种符号代表何种意义的符号系统。据考证，现代意义上的标点符号通过新诗进入诗歌语言系统，逐步引起句子组合和书写方式的变化，取代了古代文学识文断句的句读传统，体现了现代实证思维下写实语言的革新要求。陈望道认为标点的革新与引进比当时正在酝酿的文字革命更为重要，“中文旧式标点颇显太少，不足以尽明文字之关系，则革新标点，其事又重于革新文字者矣”①。

1916 年胡适发表了具有开创性意义的《论句读及文字符号》一文，这是现代汉语建设过程中第一篇系统讨论标点符号的文章。在这篇文章中，不仅提出了划分句读符号（点号）和文字符号（标号）两大系统的初步设想，而且制定了一套比较完备的符号系统，为标点符号的推广赋予了很强的可操作性。应该说，胡适发表在“科学”刊物上的这篇文章条分缕析、逻辑清楚，本身就是语言精密表达的范本，具有科学与人文相融合的象征意义。刘梦苇也指出标点符号是现代汉语与古代汉语之间的重要分野，“国语与文言相差异的地方，要算应用标点与注重文法了。这便是国语文底好处之一部分”②。

第三，语言的模块化表达。正是由于标点符号的进入，改变了古

① 陈望道：《标点之革新》，见《陈望道语言学论文集》，商务印书馆 2009 年版，第 2 页。

② 刘梦苇：《国语运动底附带问题》，转引自刘进才《现代文学的“创格”之举——新式标点符号的修辞功能探寻》，《中国文学研究》2007 年第 3 期。

代汉语诗性、含蓄、模糊的表达方式。标点符号之于语言就如同医学中的手术刀，它以语素为基本单元对语句段落进行强制性的切分，用不同的标记对不同的意思进行停顿、延长等不同处理，使得语言的表达以意群为单位来进行。标点符号不仅为语言学科成为科学研究提供了形式基础，语言的表达更加精密准确，而且为词语、句子的组合提供了更广阔的空间，变化出的千万种组合可以表达更为复杂的现代感受，“利用标点符号分段写法，这个崭新姿态成为创格”①，改变了诗歌的写作方式，由古代重视炼字以单字为表达基础，转型为以词组或者句子的模块为表达单元。“我从来没有真正听见声音，/像我听见树的声音，/当它悲伤，当它忧郁，/当它鼓舞，当它多情/时的一切声音”（郑敏《树》），诗人想告诉读者一个什么样的树，或者是怎样的一种意图呢？通过单个的词语或者句子无法获得，只有把整首诗或者几个诗行连贯在一起来看才能把握诗的线索，就像起头的这几句连在一起表达诗人想听树的声音的强烈愿望，为下文的展开铺垫。

第四，改变了书写方式。我们都知道，古代语言与文字采取的是竖向排列，从右向左并且是不分行的书写方式。语句之间通过停顿来区分意思，古代简陋的点号系统能够与这种书写方式相适应。近现代西方标点符号进入文言系统后，由于标点本来就是与西方语言尤其是科学演算的横排书写相匹配，于是西式标点与汉语的竖排书写水土不服、相互抵触。在胡适们推倒文言、推行白话的文化行动中，标点符号也对文字的书写方式提出了变革的要求，希求与白话一道真正成为传递新思想、新文化的有效工具，汉语的书写方式便在标点系统的内在推动下逐步变革。这种变革是渐进式的：早期是文字竖排，标点在右；中期大多是文字竖排，标点在下；后期是文字横排，标点在右。1910 年代末，汉字书写方式与标点符号系统有机融合成了通行的书写

---

① 蒋凡、郭信和编：《郭绍虞论语文教育》，河南教育出版社 1989 年版，第 262 页。

方式，横行书写成为现代诗歌体现现代品格的重要内容，是新诗现代形态的重要特征，为新诗的形式美提供了诸多可能性。1920 年代初，有人总结横行书写的优点，其中便有“可添白话诗的美观，增自由活泼”[①] 的期待。在当时的环境下，郭绍虞肯定了标点符号及横行书写对于文学的意义：“分行一写，则于看的时候可以领略文中分段的精神；连续着写则必须于诵读时才能体会得出。所以我说新文艺的成功在于创格，而所以能创格则在标点符号。”[②]

语言的模块化表达与横排书写方式的推广，为新诗诗形和诗体的审美表达提供了更多的可能。现代诗歌可以抛弃平仄音韵方面的枷锁，采用分行、分节、缩格等不同办法建构诗歌外在的美学特征，在诗行结构方面大量运用跨行法，打破行句统一的格式，形成新诗的空间形体美。这种空间美感成为新诗区别于其他文体的本体性特征，也为新诗的广泛传播创造了有利条件。

三　诗歌语言逻辑化

如果说语言精密化是汉语现代性转型要实现的目的，那么语言的逻辑化则是实现语言精准目的的方法。语言的逻辑化需要有内在的、周密的、完备的规则来支撑，这就是产生在英美等国家的现代语法规则。现代语法是基于生活世界海量的语言事实，经过分类归纳与逻辑推理后所提炼出的语言普遍规律，它是系统观察和科学推理相结合的产物。语言学家提炼发现的语言规律以语法规则的形式存在，语法规则又反过来规范语言实践过程，帮助人们更合理、更高效地使用语言工具，语言表达交流成为具有可操作性、可标准化

① 张东民：《华文横行的商榷》，见陈独秀、李大钊、瞿秋白主编《新青年》（第 9 卷），中国书店 2011 年版，第 421 页。

② 蒋凡、郭信和编：《郭绍虞论语文教育》，河南教育出版社 1989 年版，第 268 页。

重复的过程[①]。现代语法观念作为西学东渐的重要内容也传进了国内，受科学思潮影响的知识界对现代汉语的要求，逐步建立起适应现代白话特点的语法体系。由于胡适等知识群体的历时性选择，新诗成为建立新的语言系统的试验田，西方的语法规则也渗透在新诗写作与西诗翻译的字里行间中，这种语法化之后的诗句是现代科学思维在诗歌语言形式上的体现，如胡适《关不住了》关联词语的使用为诗歌的语法化和逻辑化开辟了道路。

古代汉语语法比较粗疏，甚至可以说有意排斥语法形式，它只是运用一些语助词来加强意思，除此之外主要是利用词序这种最广泛意义上的语法形式，这种固化的语法形式一如数千年来恒定的文化传统一样牢不可破。周作人对中国语言缺少文法变化有过深刻领悟："中国话多孤立单音字，没有文法变化，没有经过文艺淘炼和学术编制，这都是极大的障碍。"[②] 而这种障碍姑且不谈对于个人情感的真实表达，仅仅要实现准确完整地翻译介绍西方哲学、科学、文学等诸多理论知识，完成时代所赋予的学习西方以求自强的历史任务都力不能及，这也成为加快传统语言变革的外在压力。反思古代汉语语言体系，吸收西方语法规则，扩增、创造新的词汇系统，建立既适合汉语特点又能与西方世界接轨的语言系统成为语言学家一直在探索的任务，西方语法渗透影响现代汉语书面语系统，"欧化文法侵入中国白话的原因，乃是为了必要"[③]。在现代汉语逐步形成的过程中，科学理性精神与科学理论的传播在知识引进、学科建设的主要任务之外，科学的语言范式对汉语的变革起到了潜移默化的作用，这种作用是科学传播者没有意识到却理应具有的收获，"科学语言的引入为汉语转型注入了关键性的变

---

① 张卫中：《20 世纪中国文学语言变迁史》，中国社会科学出版社 2013 年版，第 150 页。

② 周作人：《译诗的困难》，见《谈虎集》，河北教育出版社 2002 年版，第 18 页。

③ 鲁迅：《玩笑只当它玩笑》，见《鲁迅全集》（第 5 卷），人民文学出版社 2005 年版，第 549 页。

革力量，而诗歌对外来语汇的接受差不多又是最为敏锐与先进的。科学语言是一种陈述性语言，由于其讲究逻辑性的关联，它需要以词和句为单位来进行思维和表达，这直接促成了现代汉语语法产生”[①]。

第一，词法规则的确立。古代汉语是以字思维为主导的语言系统，单音词是组成词汇的主要部分。古代文言向现代白话转型，从语法的角度来看首先是词汇系统的转型与扩增，现代词法规则的建立是现代语法规则建立的基础。首先，词汇构成由单音词为主转变为复音词为主。王力认为晚清到“五四”汉语词汇的发展速度超过此前三千年，这些新增加的词汇通过吸收外来词、改造古代词语等途径产生，其中吸收西方语言词汇是扩增现代汉语词汇容量的主要方式[②]。这些新产生的词汇也丰富了文学创作的语言手段，新诗诞生之初引入大量西方的新名词、新概念，如郭沫若诗中就使用了较多科学名词和工业名词：火车、轮船、脊椎、血液、呼吸、振动数、宇宙等。在欧化的过程中，不论是直接从英语翻译过来的词汇，还是借用日语词汇，这些外来词汇大都是双音节或者多音节，它们的进入改变了现代汉语的词汇构成比例。大量的双音节词、多音节词进入现代白话和现代诗歌，改变了由单音词为主的文言系统，以五言、七言为外形的古代诗歌无法容纳诗的基本词汇，这就促成诗体的革新。“新体诗句子的长短，是无定的。……白话里的多音字比文言里多得多，并且不止两个字的联合。”[③] 其次，词语省略的补足。在前面谈到过，古代汉语作为一种意合语言，是以名词为表达中心，常常省略语法与词法的规范直奔主题。在古汉语中主语常常省略，尤其是人称代词作主语的情况省略更多，如“春眠不觉晓，处处闻啼鸟。夜来风雨声，花落知多少”，

---

① 张卫中：《汉语与汉语文学》，文化艺术出版社2006年版，第6页。

② 王力：《汉语浅谈》，见《王力汉语散论》，商务印书馆2002年版，第15页。

③ 胡适：《谈新诗》，见季羡林编，郑大华整理《胡适全集》（第1卷），安徽教育出版社2003年版，第166页。

是谁“春眠不觉晓”呢？这里主语不得而知。再如“试问卷帘人，却道海棠依旧”，词中有问有答，但不说谁问谁答。这些诗词中虽然主语省略了，但不影响意思的传达，读者对意境的领会了然于胸。叶维廉认为，“大多数的旧诗，没有人称代词如‘你’如何‘我’如何”[①]。接受西方语法后，语言做到精密化就要求对句子成分进行限定，明确标出句子之间的关系，这需要将省略的部分补出来，让表达的意思更加清楚明白。另外，“人”的发现激发了社会大众的个体意识，带来了在语言表达时强调自己的主体权利，这也让省略的主语特别是人称代词从隐藏的幕后出现在文本的字面。新诗使用了较多人称代词，这种用法将主语点名，并把诗中的经验或情境限定为一个人的经验和情境。“我不是不能用指头儿撕，/我不是不能用剪刀儿剖，/只是缓缓地/轻轻地/很仔细地挑开了紫色的信唇；/我知道这信唇里面，/藏着她秘密的一吻。”（刘大白《邮吻》）诗中直接指出是“我”来撕、来剪、来挑开，信里藏着的是“她”的吻，人称代词的使用把个人的感受直接具象化，感染力更强。“你的手像火把，/你的眼像波涛，/你的言语如石头，/怎能使我忘记呢？”（朱自清《赠友》）用连续的比喻来描绘“你”，强化了诗人对友人的浓浓感情。

第二，句法规则的确立。汉语现代转型的重要内涵是人的思维方式从“字思维”向“句思维”转型，句法规则的建立既是思维转型的产物，也是思维转型的动力。首先，在句子外部建立以小句为枢纽的篇章段落体系。汉语是意合语言，只要合在一起能表达意思，并无固定的句法规则。西方语言尤其英语是形态语言，词语组成句子需要按照一定的语法规则进行，这种句子构成的固定结构就是句型，而西方各种句子的变化结构都可以归纳到几类基本句型中。语言学家对两种语言的差异性看得很明确，英语属于印欧语系，其语言实践和研究重

① 叶维廉：《中国诗学》（增订版），黄山书社2016年版，第28页。

在以动词为中心的句子结构及相关名词、动词类型，而汉语属于汉藏语系，其语言实践和研究重在语意的表达及相关语义、语音等成分，不太注重外在的语法形式①。西方语言尤其是英语句型进入汉语后，欧化语法对汉语最直接的影响就是对汉语的表达结构进行切分，将语言表达的结构归纳为一种句子结构，即主谓结构。以主谓结构为基础，变化出其他的各种意义结构主谓宾、主谓补、主谓宾补等，再由基础句子构成段落，由段落而成篇章。这样一来，句子、词汇、标点统一起来，构成了语言的模块，通过各种组合原则表达复杂精密的思想。"老槐树的影子/在月光的地上微晃；/枣树上还有几个干叶，/时时做出一种没气力的声响。"（胡适《十一月二十四夜》）这是新诗草创期，诗句的主谓结构齐全，"影子微晃"，句子成分变化也不复杂，诗行也可以看作标准的普通句子。"我看一阵向晚的春风/悄悄揉过丰润的青草，/我看它们低首又低首，/也许远水荡起了一片绿潮"（穆旦《我看》），到了穆旦的诗作，主谓作为句子的基本结构没变，"我看"如何如何是诗句主体，谓语后的成分复杂起来，动词"看"后面接了个句子"春风揉过青草"，加上定语、状语后，诗人对世界的感受与表达的工具也更加复杂了。其次是在句子内部，确立了以动词为中心的句法规则。"汉语以名词为重点，汉语造句就可有不用动词的名词句。"② 古代汉语的名词为中心特点对古代诗歌的影响是，意象和意境成为诗歌的重要表现手段与审美标准，由此建立了古代重视直觉感悟的诗学体系。意象并置、叠加、翻转成为诗歌的常用手法，诗句中没有任何动词，直接将几个名词并列构成句子，如"枯藤老树昏鸦，古道西风瘦马""鸡声茅店月，人迹板桥霜"。在现代汉语吸收西方语法的过程中，动词在语言中的使用开始活跃起来，动词在

① 徐通锵：《语言论——语义型语言的结构原理和研究方法》，商务印书馆 2014 年版，第 58 页。

② 申小龙：《汉语与中国文化》，复旦大学出版社 2003 年版，第 168 页。

句子中的地位上升了，逐渐到动词成为句子构成的中心。动词为中心构成句子，意味着语言表达以实证与逻辑为中心，在动态意义上的行动、探索成为语言意义的走向，这就好比自然科学中的通过实验的行动探究，这样来看现代语言的形成从深层次讲又何尝不是受科学理性的影响呢？

有研究者称，现代汉语欧化在语言形态上的诸多改变，比如主语成分增加、关联词语频繁运用、句子结构复杂化等等，这些确实是西方语法对汉语渗透的结果，但仅仅是欧化的表面现象，而汉语欧化的最重要的地方是名词在语言组合的地位下降、动词开始成为语言组合的中心来控制句子内部组合及外部连接①。以动词为中心组织句子，必然会削弱诗歌中意象和意境的作用，逼迫诗歌寻求新的艺术手段，这为写实主义、现代主义进入诗歌提供了可能。动词中心必然会强调对人物或事件状态的定位，这就加强了现代语言包括诗歌语言的叙事能力，叙事这一在传统诗歌中不甚发达的艺术方法在现代诗歌中被大量使用，产生了一批高质量的叙事诗。与此同时，现代汉语基于动词中心所形成的叙事能力，天然地给予了小说文体更多的支撑，也改变了现代文学的格局，诗歌的宗主地位被小说取代。

现代白话取代古代文言的主流地位，汉语语法发生重要变化，双音节词激增与情貌语法规则扩展，汉语句子结构在严密性与准确度上起了变化，包括长定语、行为名词、范围程度、条件特指等，这种变化是接受西方语言滋养的结果。现代汉语语法的完善改变了人们对语言的认识姿态，语言成为一种可操作的技术化过程，对语言的认识由难以捉摸的被动认知进化为理性的逻辑推理认知。汉语言在现代化的过程中承担了过渡的历史使命，尽快创制一种精确、明快、缜密、规范的语言工具，以准确快速地传播国内外先进的思

① 申小龙：《汉语与中国文化》，复旦大学出版社 2003 年版，第 279 页。

想理论和技术知识，同时开启民智、塑造新民，以此来促进现代学科的建立、技术的应用乃至国民精神的改变，这对于语言以及文学就提出了更接近西方语言的标准，而有意忽视了传统汉语模糊意会的诗性风格，汉语的现代转型无疑是倾向于现代科学的内在精神与外在要求来展开的①。

第二节　虚词与现代诗歌

葛兆光从诗歌发展史的角度预测了虚词的变迁："当白话诗以日常语言里的虚字大量用在诗歌里的时候，诗歌大变局的时代才会真正的来临。"② 这个判断一针见血地指出了虚词在诗歌诗形转变中的标志性地位，只有当句式和虚字可以任意使用，也就是诗歌创作或者说语言思维方式发生改变的时候，诗歌本身才会发生根本性的改变。这种虚词的大量入诗、自由使用，在古代汉语与传统文化内部无法演变产生，那是西方语言、文法及背后的科学思维方式进入中国后产生的连锁效应。

一　虚词入诗的历史语境

虚词在古代汉语中就已出现，"虚字是中国古代就有的概念，大体等于现代语言学的虚词，即名词等实词之外，本身并不具有独立意义必须依附于其他词才有其意味的词"③。古代语言保留了象形文字的图画性特点，可以用文字直接表示事物，表现出鲜明的视觉印象，同

① 龙泉明：《中国新诗的现代性》，武汉大学出版社2005年版，第130页。

② 葛兆光：《汉字的魔方：中国古典诗歌语言学札记》，复旦大学出版社2008年版，第172页。

③ 葛兆光：《汉字的魔方：中国古典诗歌语言学札记》，复旦大学出版社2008年版，第155页。

时又由于它的图画性，每个汉字所代表的意思是独立完整的，并不需要上下文来确定它的所指，单个汉字形成的单音词在句子中的位置就比较随意。“汉语一个个词像一个个具有多面功能的螺丝钉，可以左转右转，以达意为主。只要语义上搭配，事理上明白，就可以粘连在一起，不受形态成分的约束。”① 语词的搭配不需语法成分的协调，这种遣词造句内在的灵活与弹性，自然就带来语法规则上对虚字的需求量就小，“虚字”一词的定语“虚”即暗示了这类词可有可无的地位。

古代语言关于实字与虚字的这种看法，也影响到诗人们对语词的选择。“实字多则意简而句整，虚字多则意繁而句弱。”诗家只强调了实字对诗歌的正面作用，而对虚字的看法则较多负面，也就是“意繁句弱”。由诗骚发轫而来，在古诗古风逐渐演变为格律诗的过程中，诗歌中使用的虚字也越来越少。格律诗及诗论诗话的兴起，对仗、平仄、韵律等形式上的要求，意象、意境、品格、气韵等内涵上的要求，更突出了实词在诗歌中的位置。例如意象对诗歌的作用越发重要，构成意象的语词大多是实词，意象并置、意象倒装等组合方式更加强化了名词等实词的审美作用，诗坛与诗人们之间传唱的是“鸡声茅店月，人迹板桥霜”（名词并列）、“风窗穿石窦，月牖拂霜松”（动词名词组合）、“柳色春山映，梨花夕鸟藏”（动词名词组合），古风中原有的“所谓伊人，在水一方”“采薇采薇，薇亦柔止。曰归曰归，心亦忧止”，朴实宽松、不求严整的美学风格已经不占主流，诗人们“不同文赋易，为有者之乎”，虚字本不宽阔的生存空间也就受到更严重的挤压，这一局面直到“五四”才有真正的改变。在格律诗形成的过程中，语言中究竟发生哪些变化导致虚字更虚呢？这场语言形式的变革首先是省略的扩大化，由于汉字及单音词具有独立自足的含义，不

① 申小龙：《汉语与中国文化》，复旦大学出版社2003年版，第322页。

需要虚词连接组成句子结构显示意义，副词、助词等虚词的省略成为可能，名词、动词、形容词等实词直接“平列组合”。词序的灵活进一步放大了省略的长处，没有了虚词的控制，实词特别是名词“意合”的功能发挥得更加淋漓尽致，词汇之间关系更加松散，“只是把意思排列起来，让人去了解这两个意思之间所生的关系如何”①。

实词虽然占据了诗歌创作的语言舞台，但在具体实践中，善用虚词同样能画龙点睛、增色生辉。杜甫“江山有巴蜀，栋宇自齐梁”，一个“自”字暗含的时间感受，对悠久而辽远的历史沧桑，便由这个介词产生。再如“古墙犹竹色，虚阁自松声”，“犹”的意思是仍然，“自”的意思是自在，不变之景与钟情过客形成对比。虚词之于诗歌，并不在于能不能用，关键在于善不善用，一个使用不当的虚词会损害一首诗的意境，一个用得好的虚词也许能画龙点睛。所以，“千言万语，止此数个虚字，出入叁伍于其间，而运用无穷”。② 这说法固然有夸大之嫌，但虚词的功用却是不容埋没。

第一，使用虚词可以表达曲折的意思和细腻的感受。诗人对世界的感受是多样化的，哪怕对于时空观相对恒定的中国古人来说，每个人对事物的感受是错综细腻的，情感的变化又是幽微复杂的。当诗人想要表达这些细致复杂的感受情绪时，仅仅用实词就显得力不从心。这时表示时空因果、程度强弱的虚词就可以进入诗句发挥作用，弥补实词在这方面的不足。有论者将古代虚字分起语辞、接语辞、束语辞等几类③，诗中的接语、转语常承上启下或者意义转折，“文必虚字备而后神态出”，细腻隐微的情绪跃然纸上，“流水何太急？深宫尽日闲”，一个“何”字写出了对时间流逝的伤感，挽留不住的无奈；再

---

① 高名凯：《汉语语法论》，商务印书馆 1986 年版，第 366 页。

② 葛兆光：《汉字的魔方：中国古典诗歌语言学札记》，复旦大学出版社 2008 年版，第 163 页。

③ 转引自王泽龙、钱韧韧《现代汉语虚词与新诗形式变革》，《中国社会科学》2014 年第 9 期。

一个“尽”字与前对比，深宫里无事可做，能够有的是时间，可这时间又是虚度光阴、度日如年，用两个虚字点出了诗人对生命空虚的深深悲哀又无可奈何。“荷尽已无擎雨盖，菊残犹有傲霜枝”（苏轼《赠刘景文》），这诗里就用了“已”“犹”等标记时间的词，很细腻地表达荷花与菊花的对比，其后又用“最”字更是强调约定与嘱托。“洞庭之东江水西，帘旌不动夕阳迟。登临吴蜀横分地，徙倚湖山欲暮时。万里来游还望远，三年多难更凭危。白头吊古风霜里，老木沧波无限悲。”（陈与义《登岳阳楼》）使用了“还”“更”两个虚字，对人生不如意的慨叹与远游在外的伤悲的曲折深沉，使人读来不觉落泪，意思中加了意思，复杂的感受迂回曲折。

第二，使用虚词有助于说理载道。当唐代诗人把实词并列、词序颠倒等艺术手段用得炉火纯青的时候，也给后来者留下了艺术创新的难题。宋代诗人从说理入手推陈出新，改变了诗歌的语言方式，“宋诗虚字、关联字用的很多，很难区分出明显的诗眼，让人觉得它像文而不像诗”①。宋诗“以意为主，文词次之”，就是看淡了“诗眼”的作用，重视“篇法”与“句法”。“春风疑不到天涯，二月山城未见花。残雪压枝犹有橘，冻雷惊笋欲抽芽。夜闻归雁生乡思，病入新年感物华。曾是洛阳花下客，野芳虽晚不须嗟。”（欧阳修《戏答元珍》）这首诗是诗人寂寞自品、自我宽慰，连起来读意思明白，却没有明确的诗眼。“人生到处知何似，应似飞鸿踏雪泥。泥上偶然留指爪，鸿飞那复计东西。老僧已死成新塔，坏壁无由见旧题。往日崎岖还记否，路长人困蹇驴嘶。”（苏轼《和子由渑池怀旧》）同样在这首诗中也看不到诗眼，没有对偶的诗句，但关于人生的思考层层深入，起首自问“人生何似”，自答“飞鸿踏雪泥”，接着展开如何踏，再往下以僧塔与行路作比，把对人生道理详细说透。虚词入诗并不能说宋诗不好，

① 葛兆光：《汉字的魔方：中国古典诗歌语言学札记》，复旦大学出版社 2008 年版，第 169 页。

与前代诗歌相比，宋诗意思细密、含义深远，既可以把诗句写得平实流畅，也可以把意思说的委婉曲折。“从古体诗到近体诗、从近体诗到白话诗这两次变化是真正的大变局……后一次变局使诗歌与散文又重新彼此靠拢，就是所谓的‘以文为诗’，其中一个要害处是在用不用虚字或多用少用虚字。”[①]“五四”新文化运动前后的中国，传统社会的现代转型是时代的呼声，语言的欧化是思想进步与文化转型的重要内容。自《马氏文通》出版开始，西方语法尤其是英语语法与词汇的输入便是大势所趋，重视形式规范的西方语法携强势文化之威蚕食传统语言的领域，虚词在科学思潮主导、异质语言规则进入与思想文化演进的大背景下焕发生机。

近现代以来科学思潮的兴起是诗歌中虚词大量扩增使用的文化语境，古代诗歌诗形发展的必然规律是虚词大量使用的文学语境，知识群体的启蒙意识以及对诗歌的工具性认识则是虚词在诗中化用的主体力量。严复以来科学思潮逐渐在知识界和思想界盛行，科学思潮对国内思想状况的改变，从形而上的理性实证等哲学思想的输入到自然科学知识在学科分类及教育领域的传播建设。以及工业产品与现代都市成为生存方式的重要部分，科学精神、科学方法渗透到人们思维模式与现实生活的方方面面，语言作为思维的载体、交流的工具也主动或被动地随着时代语境而变。一些西方词汇包括很大一部分科学技术词汇进入汉语，西方语法规则也迫使语言学家思考汉语的优势及不足并探索汉语的现代化或者说欧化之路。更为重要的是，在这个西方语法渗透汉语语法的过程中，西语所体现出的严谨、精密、逻辑、分析等特点成为现代汉语建设所秉持的标准，虚词的语法属性和功能恰巧能在汉语建设中发挥重要作用。于是，不仅仅在诗歌领域，现代汉语在各个领域也迎来了虚词数量和功能的大爆发，只是传统诗歌是虚词最

① 葛兆光：《汉字的魔方：中国古典诗歌语言学札记》，复旦大学出版社 2008 年版，第 169 页。

为薄弱的领地，在当时的条件下诗歌又是文学变革的风向标，虚词在诗中的表现自然备受关注。

“词不是事物本身的模印，而是事物在心灵中造成的图像的反映，每一语言都包含着一种独特的世界观。”① 在西方的世界里，语法的规则透露出西方人科学、理性、逻辑观念的痕迹。西方语言在语法规范方面复杂而严格的要求，对语言表达的时空、范围、程度、限定、数量等方面的规定，逐渐引入汉语体系中并被接受运用，天然具有这些功能的虚词也在强烈的使用需求中再次登场，在古代诗歌曾经放逐语言功能的地方重新起步。虚词较少省略，在意象之间、意思之间建立了关联的纽带，诗句不再是意象的并列而是意义的过程，意脉与语序都能够贯通流动起来，“这两回久别再重逢，便又送你归去，未免太匆匆！多亏得天意多留你两日，使我做的诗成相送”（胡适《送叔永回四川》）。“再、又、未免、太、多亏”，一层意思接着一层意思，逻辑严密，结构有序，这是受到西方逻辑分析科学精神影响下产生的新的白话诗。虚词可固化词序，形成较为稳定的语句结构，改变了古代诗歌词语随意颠倒的组合规则，形成现代诗歌注重诗篇整体美感的特点。叶嘉莹肯定地说：“就新诗之发展来看，其古今中外兼容并包的词汇和句法，对于表达精微新颖的情思较旧诗更有优势。所以好的新诗常可表现出一种旧诗所不曾表现，甚至也不能表现的新意境。”② 在形成现代诗歌新意境的语言要素中，汉语虚词在诗歌中的大量运用直接影响了诗思、诗情与诗形的变化，可以说是诗歌对科学思潮的一种适应性选择。

---

① ［德］威廉·冯·洪堡特：《论人类语言结构的差异及其对人类精神发展的影响》，姚小平译，商务印书馆2009年版，第70页。

② 叶嘉莹：《迦陵论诗丛稿》（修订本），河北教育出版社1997年版，第73页。

二　虚词与现代诗歌的整体性

前文讨论过，科学思潮对语言的影响之一便是语言的逻辑化，词语搭配、句子组成、段落秩序、篇章结构应该都在语法规定的范畴内进行，词语有相对固定的位置，句子有相对固定的句式，换句话说，语言段落是以整体的面貌出现来传达意义，影响到诗歌就是现代诗歌的创作与审美均是着眼于整体，古代诗歌中的诗眼、佳句不再成为现代诗歌的普遍追求。要实现诗歌的整体审美需求，仅有实词的组合而无虚词的规定，诗意还是松散而没有凝定，通过虚词的功能可以起到凝聚整合内在诗意诗味的作用，反过来诗歌的整体审美又发展了虚词的各项功能。

关于虚词的分类，不同标准带来不同类别。从虚词词汇来源看，现代汉语虚词主要来自古代汉语虚字的化用，或者是口语中的虚词，或者是翻译而来的西方语言中的表示语法功能的词语。从语法功能看，"虚词不表示具体的词汇意义，不能充当句子的主要成分，主要是配合实词造句，表示结构和情态，作用很大"①。若从功能划分虚词大体包括介词、连词、助词、语气词、叹词等五类，而关于副词的归类，历来是学术界长期有争议的一个问题，有的认为副词属于虚词，有的认为副词属于实词，也有的认为副词介于虚、实之间②。由于本书侧重于探讨处于不同历史语境下的汉语词汇在诗歌中作用发挥的情况，从历史的传统的观点来看，古今词类典籍中副词都归属于虚词一类，因此本书也将副词归入虚词整体中讨论。那么不免要问，这些不同的虚词又起着怎样的语法作用呢？虚词在句子中主要是与实词联系在一起发挥语法

---

① 周日健、黎运汉编著：《虚词的知识和运用》，广东人民出版社 1990 年版，第 7—8 页。

② 齐沪扬、张谊生、陈昌来合编：《现代汉语虚词研究综述》，安徽教育出版社 2002 年版，第 14 页。

的作用，如副词“很、非常”等表示程度，介词“在……、从……”等与名词组成介词短语表示时间或处所，连词“和、与、因为”等连接相同的词语或者句子表示逻辑关系。在此对虚词的分类不作严格语法意义上的区分，只为讨论方便暂且分为副词、介词、连词、助词、语气词等由此组成的关联词语。

这里所说的关联词语，参照邢福义先生在《汉语复句研究》中关于复句关系词语的说法，大体是指“特定的复句关系，由特定的复句关系词语标示出来……复句关系词语是根据联结分句、标明关系、形成复句格式的共同特点组合拢来的一些词语，没有十分明确的标准，大体有四种：第一是句间连词，如‘不但，而且’、‘因为，所以’等；第二是关联副词，如‘就、又、也、还’等；第三是助词‘的话’；第四是超词形式，如‘如果说、若不是、总而言之’等”①。关联词语并不是现代汉语的特有词汇，在中国古代汉语中就已大量存在，出现在诸多文献资料、文学作品之中，多在《水浒传》《西游记》等叙事类作品中，在古代诗歌中出现较少。到了现代文学阶段，关联词语等虚词大量进入新诗当中。此处主要选择句间连词与关联副词两类词语来做分析。

先说第一类，新诗中的句间连词。在现代汉语语法中，句间连词主要起连接句子的作用，表示句子之间的语法关系。“有一流涧水，虽则你的明艳，/在过路时点染了他的空灵，/使他惊醒，将你的倩影抱紧。//他抱紧的只是绵密的乡愁，/因为美不能在风光中静止。/他要，你已飞渡万重的山头，/去更阔大的湖海投射影子!”（徐志摩《云游》）使用了“虽则，只是”“因为”两组句间连词，“虽则”这个词后面接到的内容从“你的明艳”直到“将你的倩影抱紧”，而到了“他抱紧的只是绵密的乡愁”则是意思一转，更加突出了“愁”的

① 邢福义：《汉语复句研究》，商务印书馆2001年版，第15页。

意味。新诗中的句间连词，使用其中一个成分的较多，大多没有全部使用，如经常使用“因为……所以……”中的“因为”，“如果（假如）……那么……”中的“如果（假如）”，“手指粘了血和灰，/手掌粘了阴暗，/只有那遥远的一角依然完整。/……我把全部的力量运在手掌，/因为只有那里是太阳，是春，/因为只有那里我们不像牲口一样活，/蝼蚁一样死……”（戴望舒《我用残损的手掌》）中只出现了“因为”，把“所以”的内容放到前面，更突出了“因为”内容的力度。同样适用的还有，“为什么我的眼里常含泪水，因为我对这土地爱的深沉”（艾青《我爱这土地》），在诗句的结尾只使用了“因为”，与之相搭配的另一个连词省略掉。第二类，就是新诗中的关联副词。关联副词的位置一般在一句话或一行诗中，表示出句子里面的关系，“醉过才知酒浓，/爱过才知情重。/你不能做我的诗，/正如我不能做你的梦”（胡适《梦与诗》），诗中的“才”字，便是诗中使用了关联副词。新诗中一些使用较为频繁的关联副词如“也”“可”“而”等，“遍江北底野色都绿了。/树也绿了。/麦子也绿了。/细草也绿了。/水也绿了。/鸭尾巴也绿了。/穷人底饿眼也绿了。/和平的春里远燃着几团野火。”（康白情的《和平的春里》），连续使用了6个“也”字，组成了递进的意象群。“大堰河以养育我而养育她的家，而我，是吃了你的奶而长大了的”（艾青《大堰河——我的保姆》），“由于你们的，刻满了痛苦皱纹的脸，我能如此深深地知道了，生活在草原上的人们的，岁月的艰辛。而我，也并不比你们快乐啊……”（艾青《雪落在中国的土地》），这些诗句多次使用了“而”字，增强了对比与转折的意思。

关联词这一类虚词在语法上的结构功能比较突出，它侧重于标示词语与词语之间、句子与句子之间的逻辑关系。这类虚词大多是为适应西方语法结构，从西方语言翻译过来或者新生成的，词语本身所附着的语法意义重在点明逻辑、理清关系，词语的刚性特点比较突出。

关联词这类虚词对现代诗歌的整体性特点所起的作用，主要表现在两个方面。其一，固定诗句的语序，不可随意更改。相对固定的词序和语序，使现代诗歌具有完整性与整体性，在一定程度上是现代诗歌的艺术特点，不论是西方现代的诗歌还是中国现代的诗歌。葛兆光曾把中国古代语言和汉字形象地比喻为魔方，古代诗歌的确是个神奇的魔方，词语之间可以较为灵活地调整位置、变换顺序，句子也是如此，语词句子颠倒变换后诗歌仍然存在而且还有新的意境。现代诗歌则是一栋钢筋水泥筑成的房屋，地基在下、立柱在中、楼板在上，把其中的某两个部件拆掉或互换位置，诗歌的大厦也就不复存在。连接地基、立柱、楼板这些实体物件之间的螺丝结构件就是虚词，古代语言中的汉字魔方没有螺丝连接所以可以任意变换。王力在谈到句法的严密化时说："'五四'以后，汉语的句子结构，在严密化这一点上起到了很大变化。"① 这种句子结构严密的表现，就是要求句子里面每个语法成分比如词或词组在句子中有明确规定的位置和功能，句子表达的意思要清楚明白、没有歧义，这样就要将古代汉语中众多省略的成分补足，承担本应该有的语法功能，关联词也就由原来的省略隐去状态转变为标记出现状态，因为"在语句的结构形式上要严格地表现语言的逻辑性"②。现代汉语的每个词汇和成分在句子中都有自己的作用，诗句也只有在诗歌整体中才能找到诗味，一旦离开了整首诗，也就毫无诗味可言。"在这出名的但丁墓旁，用一生和你相守。/可是现在除了请你把我的心收下，/便只剩的我向你要说的告别的话。"（王独清《在但丁墓旁》）使用了转折连词"可是"、副词"便"强化了整体感。"他们都是那样热烘烘，/向着高处呼呼的火焰；/但是背阴处几点花红，/监狱里一个小院。//几个贫穷的人低着头，/在贫穷的房里削土豆，/却像是永不消融的冰块。"（冯至《十四行集》）同样使用"但是"与

① 王力：《汉语语法史》，商务印书馆2005年版，第327页。
② 王力：《汉语语法史》，商务印书馆2005年版，第343页。

“却”表明了上下诗行之间的关系，分别与前文形成对比。穆旦的诗歌使用了大量虚词尤其是关联词语，“像一只逃奔的鸟，我们的生活/孤单着，永远在恐惧下进行，/如果这里集腋起一点温暖，/一定的，我们会在那里得到憎恨，/然而在漫长的梦魇惊破的地方，/一切的不幸汇合，向汹涌的海浪，/我们的大陆将被残酷来冲洗，/洗去人间多年的山峦的图案——”（穆旦《不幸的人们》）短短八行诗中传递出转折、假设等多种关系，使用了“如果、然而、将”等关联词，对于存在世界荒诞的痛苦与寻求突围救赎的搏斗体验就在关联词语的组合中实现。通过连词、介词、副词及关联词语，对诗人使用语言描述的时间、地点及相互关系做了清晰的标示，不易拆解，也不便调换，这种相对固定的表达方式强化了诗句之间的逻辑性与层次性，彰显了现代诗歌的知性写作与智性思维。

其二，使得诗意曲折富有张力，前后相连才能产生诗意。新诗中的关联词语，有的是强化程度、有的是交代原因，这些单音节词或多音节词字数虽不多，但能精细、准确地传达出诗人或愤怒，或犹豫，或忧伤的情绪，形成一个个立体饱满的语言实体。“它的声音是细微的，/但它的话却很长，很长，/很长，很琐碎，而且永远不肯休；/……它的声音是没有气力的，/而且还挟着眼泪，夹着太息。/它的拜访是没有一定的，/在任何时间，在任何地点，/……人们会说它没有礼貌，/但是我们是老朋友。/它是琐琐地永远不肯休止，/除非我凄凄地哭了，/或者沉沉地睡了，/但是我永远不讨厌它，/因为它是忠于我的。”（戴望舒《我的记忆》）使用“但”“而且”“除非”“或者”“因为”等语词传达出诗人细腻的忧伤，这种忧伤情绪通过关联词语连起来意味更加连贯曲折。“我的寂寞是一条长蛇，/冰冷地没有言语——/姑娘，你万一梦到它时/千万啊，莫要悚惧！”（冯至《蛇》）使用了“万一”，以退为进与“千万啊”相连接，诗人对寂寞的感受跃然纸上。“纵然我知道由它带给我的，/并不是节日的狂欢，/而我却依然奔向它……——无论是荣誉，无论是耻辱，/也无论是阴沉沉的注视和黑夜似的仇恨/以及人们的目光因它闪耀的幸福，/我在你们不知道的地方感到空虚。”（艾青《时代》）“纵然”“并不是”“而”“却”“无论”“也”“以及”，几乎每句一个关联词语，一步步地表露出诗人委婉曲折的思想历程。组成关联词语中的连词可以包含较大的生活容量，介词的功能伸缩性比较强，这些虚词的显著增加，能够自由展示诗人主体的思维过程与丰富情感，使句子获得了鲜明的层次感、程序感，加强了语意的线性推进效果。

三 虚词与现代诗歌的空间性

前文讨论了虚词与现代诗歌整体性特征之间的关系，主要是从虚词的语法功能着手来考察词汇语法对诗歌的影响。虚词大量进入现代诗歌，从中西两种语言的异质特点来看，还存在一个现代诗歌空间性扩展的特点。“西方语言更多是一种空间型语言，围绕句子中的动词核心逐层展开，叠床架屋，上下关联，逻辑严密。中国传统语言更多是一种时间型语言，用的较多的是流水句。”[①] 中西方语言天然地具有了不同的时空属性。申小龙对此的解释是，西方文化基于生理基础的认识论关注物理时空的真实性，在语言方面偏重形式上的关系结构；中国文化基于内心悟性的认识论关注语言意义的内在合拍，按照事情的顺序自然排列，句子展开是一种心理时间流[②]。汉语的时间性特点，是看重时间变化与历史变迁的中国传统文化的产物。

西方语言的空间性特征，与西方科学理论及实证思维方式是相互依存的。科学实证的思维方式重视的是定量分析与精确计算，对世界的认识是建立在抽象分析的基础之上，因而古代西方就产生了数学与

---

① 张卫中：《汉语与汉语文学》，文化艺术出版社2006年版，第101页。

② 申小龙：《汉语与中国文化》前言，复旦大学出版社2003年版，第7页。

逻辑，及至实验引入科学中催生了近现代科学理论，这种重视精确、讲究逻辑的思维方式带来了语言表达形式的繁复与精密，也就是词语之间的组合是依照严格的规则来进行的，语言形式化、公式化与符号化，层层相扣、次序谨严，也随之带来了语言的空间性特点。“五四”前后科学与民主的输入及科学思潮的盛行，对传统的思维方式造成巨大冲击，也对语言表达及深层次的语言思维方式带来影响。西方科学词汇、政治术语等实词的输入，表明了现代中国人认知世界的范围在扩大，大量虚词在日常语言特别是在文学语言中的运用则意味着人们思维方式的改变，正是在不同层面的合力推动才使语言逐步实现现代化。这种语言的现代化，是从词汇与句法两个方面同步进行的，虚词在词汇系统的扩增为语言逻辑化提供了工具，参与句子构造并发挥应有的语法功能，促进语言的逻辑化和精密化，同时在省略虚词、铺排事情的汉语语言中加入了西方语言的空间属性，这种空间属性从一定程度来说就是理性。有论者称诗歌从“感性到知性的转化”是“现代主义诗歌相对于古典诗歌的一个重要变革”①。

第一，由天人合一到主客二分，在诗歌中可以形成固定的视角和焦点。中国传统文化是一个“无我”的文化，在人与自然的关系上是“天人合一”，在人与社会的关系上是“家国天下”，自我是物化消解到自然或社会之中，这个“我”是隐藏在语言文字背后的。作为古代生活反映的诗歌，几乎没有在诗句中直接出现“我”或相当于“我”的字眼，这个“我”的情绪表达是“人生得意须尽欢，莫使金樽空对月”“白头搔更短，浑欲不胜簪”，是打比方而非直接说出，主体的感受是投射到客观的物与景上的。西方的“我”是从客体世界中剥离出来的，主客二分对立，“我”是世界的解释者与改造者，“我”有独立的价值和主张。西学进入中土后，“人”被发现，“现在的人才晓得为

① 陈旭光：《从“感性”到“知性”——中国现代主义诗歌“诗学革命”论之一》，《诗探索》1999 年第 3 期。

自我而存在了。以这一种觉醒的思想为中心，更以打破了桎梏之后的文字为体用”①。胡适开始在诗中写了个真真切切的“我”，“我若真个害刻骨的相思，便一分钟绕遍地球三千万转”，直白笨拙，却是有血有肉的“我”的情爱；“我和一株顶高的树并排立着，/却没有靠着”（沈尹默《月色》），这里的“我”是有独立人格的；“我把全宇宙来吞了。/我便是我了”（郭沫若《天狗》），这里的“我”具有无所不能的万物灵长之神力，精神主体性凸显出来；发现主体的“我”，也意味着可以用平等的眼光发现“他”，他同样是他人眼中的“我”，“叮当！叮当！/朋友/你该留心着这声音，/他永远的在沉沉的自然界中激荡”（刘半农《铁匠》），民众的“群我”也被发现。“事实上，西方一般的叙述语法，都弥漫着‘五四’以来的诗，这就明确指出了‘五四’新诗的基本特点是宣示。”② 这种宣示就要求“句句须有个‘我’在”，“我”的发现进入诗中，诗句中的主语不可或缺，在语言上的表现是人称代词“我”“你”的大量使用，而人称代词的大量使用与汉语的欧化关系密切。这个不可或缺的主语，在新诗初期起到了人性发现的作用，到了诗歌发展到一定阶段，更多转换成一种审视或观照的视角。

有时候，这样的视角是一种静静的思考，“我们准备着深深地领受/那些意想不到的奇迹，/在漫长的岁月里忽然有/彗星的出现，狂风乍起；//我们的生命在这一瞬间，/仿佛在第一次的拥抱里/过去的悲欢忽然在眼前/凝结成屹然不动的形体”（冯至《十四行集一》），这首诗虽然是从“我们”写起，也是“我”的视点，以思考者的视角回顾走过的曲折道路，起首就营造了庄严的氛围“深深地领受”“那些意想不到的奇迹”，这是人的内在生命充实的肯定，与“漫长”相对应

① 郁达夫：《散文二集·导言》，见赵家璧主编《中国新文学大系·散文二集》，上海文艺出版社 1981 年版。

② 许霆：《论中国新诗的三种声音》，《常熟理工学院学报》2011 年第 3 期。

用了“忽然”，意味着苦难的出现不期而至，狂风的“乍起”与之相呼应。第二节使用的“忽然”与第一节不同，突出的是跨过苦难的幸福充实来得突然，两个“忽然”与“在漫长的岁月里”联结在一起，更突出了个体生命体验的丰满和珍贵，这是人的尊严所在。有时候，这样的视角是一种热情的赞颂，“这是不平凡的路，更不平凡的人：//……看它，风一样有力，航过绿色的田野，/蛇一样轻灵，从茂密的草木间/盘上高山的背脊，飘行在云流中”（杜运燮《滇缅公路》），这首长诗开篇“我”的字眼虽然没有出现，但表明了“我”的态度——“不要说这只是简单的普通现实”，进而描述这条负载着责任的路，站在高的视角居高临下俯视公路“蛇一样轻灵”“鹰一样敏捷”“风一样有力”，把静静的路面写得生机勃勃。

第二，诗歌的展开由动态的流动转变为静态的展开。申小龙将现代汉语概括为流动型语象与几何型语象的组合，“汉语中所说的文气是一种抑扬顿挫、疾徐有致的动态语句组织精神，语法的脉络就在这种气的运行中体现”①。我们可以看到，古代诗歌是流动的展开，“剑外忽传收蓟北，初闻涕泪满衣裳。却看妻子愁何在，漫卷诗书喜欲狂。白日放歌须纵酒，青春作伴好还乡。即从巴峡穿巫峡，便下襄阳向洛阳”（杜甫《闻官军收河南河北》），这首诗几乎是在诗意的流动与跨越中展开的，忽传消息、涕泪满衣、喜悦至极，便想着纵酒还乡，下襄阳向洛阳，读来随同诗人般一吐块垒、轻松还家。再如，“故人具鸡黍，邀我至田家。绿树村边合，青山郭外斜。开轩面场圃，把酒话桑麻。待到重阳日，还来就菊花”（孟浩然《过故人庄》），写农家风物也是一邀一至、把酒闲话，在行动中展开诗行。现代诗歌的展开则是静态的空间结构，静态的展开反映在语言中呈现为一种冷静、客观、平和的叙述语言，描述作全景式的扫描。“岁月尽竭了，牲口憩息了，

① 申小龙：《汉语与中国文化》，复旦大学出版社 2003 年版，第 218—220 页。

村外的小河冻结了，/在古老的路上，在田野的纵横里闪着一盏灯光，/一副厚重的，多纹的脸……//风向东吹，风向南吹，风在低矮的小街上回旋，/木格的窗子堆着沙土，我们在泥草的屋顶下安眠，/谁家的儿郎吓哭了，哇——呜——呜——从屋顶传过屋顶”（穆旦《在寒冷的腊月的夜里》），几乎通篇都是写实，寒冷的腊月的夜、冻结的小河、多纹的脸、低矮的小屋、啼哭的婴儿、飘落的雪花……诗人仿佛拿着手术刀的医生，冷冷地一点点地解剖眼前的世界，空间上的展开取代了时间上的推移。为了使诗句的展开适应现代语法逻辑性与表意准确性的要求，现代诗歌有效使用复杂的现代语法规则，较多引入虚词，虚词的进入又造成了诗句的扩张，形式上长短不一，内在语法相勾连，表现出诗歌形式的散文化，“散文借助于句子之间的从属关系和对立关系，以独有方式体现出一种与思想发展相呼应的逻辑和谐”①，这种逻辑和谐作为一种语言的平面展开，为新诗在完成工具性历史使命后回归审美属性时，提供了语言形态方面深入探索的可能性。

“虚字一方面是语句的结构成分，一方面是表示情貌、语气、关系的成分”②，朱自清的说法指出了虚词至少两方面的语法功能，就是句子中的连接功能与语词上的限定功能。虚词对于语词或词组的限定功能，正如同科学实验中的特殊实验条件，在相对静止的时间中探讨诗句的意义。虚词的限定功能表现在，使用大量介词在名词或其他词语前面，突出对实词的依存关系，如《尝试集》中“我从山中来”“老槐树的影子在月光的地上微晃”等，使用了“从”“在”等虚词，这些介词指明了时空关系的存在变化，让事物场景表现为客观的呈现。数量词的限定表现得更加精密准确，那时的诗歌较多使用数量词来标

① ［德］威廉·冯·洪堡特：《论人类语言结构的差异及其对人类精神发展的影响》，姚小平译，商务印书馆1999年版，第229页。

② 朱自清：《中国语的特征在哪里》，见朱乔森编《朱自清全集》（第3卷），江苏教育出版社1988年版，第56页。

示实词的位置，“我坐一个小艇，划在三个地方，我落进了一条河里”。从现在的眼光来看，这些数量词的限定似乎多此一举，但在新诗产生之初，矫枉过正对于语言的现代转型必不可少。还有副词，如果说数量词是实际数量的限定，副词则是对行为或情感程度的限定，通过发挥副词在程度、范围等方面的词性作用，对实词做出更加细致、更加准确的定位，也能传达出诗人曲折幽微的情绪和态度。“我不能容忍了，/我把我的胸怀剖开，/取出血红的心儿，/捧着它到了人丛处。//有的含着讥诮走远了，/有的含着畏惧走远了；/只剩下我一个人，/我只得也缓缓地走去。//到了十几处，/十几处都是如此。/抱着心儿暂时休息着，/人们又在那边聚集着。”（冯至《不能容忍了》）这诗中的人称代词很多很明确，几乎每句都有“我”字，当“我”向众人袒露时，对众人反应的描述使用了范围副词“有的”，动作是“讥诮”与“走远”，接着用了“只”和“只得”，不被理解的孤独，这种众人不理解的孤独更像是民族习惯或者集体无意识，人们“又”在“那边聚集”，一个又字表达出无奈、无语乃至无望。

现代诗歌的空间性特点，词汇膨胀、句子逻辑化，改变了古代诗歌超语法、超逻辑的程式，从而形成以现代汉语词句为中心的散文化格局。散文由于文体自身的特点更易于表达我们所生活的世界，并能够用丰富精准的语言构筑一个丰富生动的语言世界，从某种程度上讲这个语言世界是实在的而非虚无缥缈的，可以与冲突、复杂、变动的生活相互一致，正是基于散文语言的厚度和容量，“就连诗歌也会选择散文作外衣，似乎这样就可以极为纯真地表述全部的感受”①。正是快速多变的现代社会、复杂细腻的现代情感，与新文学倡导者追求“平民的文学、写实的文学”主张相贴合，散文化成为现代诗歌发展的一种可能。

---

① ［德］威廉·冯·洪堡特：《论人类语言结构的差异及其对人类精神发展的影响》，姚小平译，商务印书馆1999年版，第232页。

第五章　科学风格与中国现代诗歌审美趣味

近代以来科学思潮的兴起与现代性的发生具有密切的联系，而现代性是西方近代启蒙思想的产物，“五四”新文化运动所树立的“民主”与“科学”两面大旗，直接受到西方启蒙思想的影响。科学思潮对于中国现代诗歌的影响，除了在文学观念、思维模式、语言形式、意象构造等方面发生变革，还在审美趣味方面发生了转变，审美趣味的变迁也预示着所谓“古典”的诗歌与“现代”的诗歌较鲜明的分野，同时也为现代诗歌的传播接受增添了新的可能性。

第一节　审美趣味的变迁

一　科学对美学和诗论的影响

在西方美学史上，科学对文艺理论及创作实践的影响古已有之，科学与文艺的关系如影随形。古希腊思想家的美学观念深受“科学”观念的影响，或者说思想家本身就是科学家，如毕达哥拉斯学派的成员大多是数学家、天文学家以及其他类型的自然科学家，他们认为世界的本原是“数”，很明显这是一种带有数学色彩的哲学观，亚里士多德认为这个学派关于世界本质认识的落脚点在数，世界就是由数所组成的理性系统。基于数为世界本原的哲学观影响到美学观，美是建立在数的基础之上，美的产生就是数的和谐与一致，不同要素之间的比例调整。反映到具体领域如造型艺术方面，各部分之间的对称关系以及适当的比例就显得十分重要，“一切立体图形最美的是球形，一切平面图形最美的是圆形”①。正是在这种美学观的影响下，古希腊的神庙、人体雕塑十分讲求比例、对称与和谐，神庙立柱的高度都经过严格的计算，并且符合视觉美感的规律，人体雕塑则要遵循理想的比例和尺寸。再如，德谟克利特作为古代原子论的创始人，认为世界的本原是不可分割的物质粒子原子，带有鲜明的唯物主义色彩。基于此他提出了艺术是对自然的模仿，“从燕子学会造房子，从黄莺学会唱歌”，这也是最早的模仿说之一。同时他也认为美丑与对称、和谐以及尺度等数量关系相关，“适中是最完美的，我既不喜欢过分，也不喜欢不足”②，这里的适中显然是基于数量关系的准确计算和定位。古代哲学家通过直接的观察，认识到了科学与艺术之间不可分割的联系，这也是两种文化融合与分裂发展的开端。

亚里士多德是古希腊哲学的集大成者，也是西方诗学、文艺学的奠基人。他继承了古希腊哲学家的理论遗产，其文艺美学思想吸收了毕达哥拉斯学派的观点，以数学式的逻辑分析方法去研究美的形式，“美的主要形式‘秩序、匀称与明确’，这些惟有数理诸学优于为之作证”③，自然科学的数量思维成为审美的标尺和手段。

同样，科学对于西方绘画的发展也具有举足轻重的作用，透视学、构图学、解剖学成为文艺复兴以来西方绘画最重要的基石，这三门学科毫无疑问具有鲜明的科学性。以画家名世的达·芬奇也是科学家，

---

① 北京大学哲学系外国哲学教研室编：《古希腊罗马哲学》，商务印书馆 1982 年版，第 36 页。

② ［苏］奥夫相尼科夫：《美学思想史》，吴安迪译，陕西人民出版社 1986 年版，第 15 页。

③ ［古希腊］亚里士多德：《形而上学》，吴寿彭译，商务印书馆 2009 年版，第 295 页。

他的绘画作品尤其是人体素描、油画等，得益于长年累月对人体结构及功能的观察、测试、记录，甚至于亲身去进行人体的解剖获得直观的感受和认识，所以通过他的作品不仅欣赏到大师般的绘画技巧，也能观察到医生般精准的身体机能知识。他的《蒙娜丽莎》采用了远景透视的方法，使透视学原理第一次进入绘画；而《最后的晚餐》的透视法则同样为后人称道，解剖学、生物学和光学原理等科学知识都得到了运用。科学同样对音乐的影响深远，文艺复兴时期的音乐界出现了“复调”的旋律形式，这种音乐方式是受到当时自然科学复兴的影响，几何学空间形式的思维启发音乐家们在不同层面设置多条旋律。实证主义美学家丹纳曾经用种族、时代、环境三要素来分析艺术发生过程及独有特色产生的原因，这其实是在客观世界这个最大的实验室里所进行的文艺分析，他坚持认为诗歌、雕塑和绘画从表现的角度来看应该是“模仿的”艺术，总体上是与客观实物相符合的，音乐、建筑等艺术更是建立在变化的数学关系之上①。丹纳的观念很明显地继承了古希腊哲学家们关于文艺本质的认识，充分肯定了艺术模仿的意义及科学之于艺术的基础性地位，正如一位艺术史家评价达·芬奇时所说，文艺复兴这个伟大的时代产生了知识的巨人，绘画、雕塑有时更像是这些知识巨人从事几何学、解剖学等自然科学研究的艺术实验，在他们的作品中表现出“实验的重要性等同于他所拥有的最高程度的直觉”②，在这里科学的验证与艺术的直觉紧紧地联系在一起，共同形成了艺术上的真。自然科学对包括诗歌在内的文艺理论的渗透在文艺复兴时期有了新的表现，随着亚里士多德《诗学》拉丁语版本的流行，意大利的哲学家们围绕“规则”的问题展开了激烈地讨论，围绕亚里士多德对文艺作品行动和时间的整一性的强调，到16世纪出现诉

① ［法］丹纳：《艺术哲学》，傅雷译，江苏凤凰文艺出版社2017年版，第23页。

② ［法］艾黎·福尔：《世界艺术史》，张泽乾、张延风译，长江文艺出版社2004年版，第380页。

诸空间、时间与行动“三一律”的信条，卡斯特尔维屈罗对于这一信条地维护为理性主义美学规则地流行打下基础。美学家们强调“诗人的工作……不是考察个别，而是考察类型”，诗或戏剧应该处理人性的普遍特征，表现出“一般性的伟大”，也就是客观事物中的规律，文艺必须遵守行动、地点和时间整一的形式整合要求成为艺术的铁律。

进入现代艺术时期，科学与艺术关系的探讨进一步深化。科林伍德把艺术作为一种认识，“艺术是认识，是关于个别事物的认识”①，艺术具有认识的功能，也就相当于具有了理性的科学知识的功能。阿恩海姆把艺术思维作为一种理性思维，认为艺术活动只是理性活动的一种表现类型②。承认了艺术活动的理性属性，也就是说艺术与科学在思维层面具有同一性。可以说，艺术具有理性认识或者科学认识的某些功能，但不能完全将艺术与科学画上等号，因为艺术同时具有相当鲜明的非理性成分，包含着创作主体的主观创造成分，“即使最彻底的摹仿说也不想把艺术品限制在对实在的纯粹机械的复写上”③。文艺反过来影响科学，“很多科学家都相信他们的审美感觉能够引导他们到达真理”④。通过简单抓取西方艺术发展史上的例子，或许可以认为，从古代到现代的西方文艺传统中，科学与文艺一直具有密切的互渗关系，科学对人们的审美心理、标准及趣味产生了实实在在的影响，使得西方美学传统同样地具有了数量化、精确性及分析性的特点。

科学与文艺在中国的命运与西方截然不同。按照科学史界的说法，中国古代产生了辉煌发达的技术成果，但始终未能形成系统的科学理论，更没有参与到现代科学的发展构建过程中。古代的一些文学家同

① ［英］科林伍德：《艺术原理》，王至元、陈华中译，中国社会科学出版社 1985 年版，第 295 页。

② ［美］阿恩海姆：《视觉思维·前言》，滕守尧译，四川人民出版社 1998 年版。

③ ［德］恩斯特·卡西尔：《人论》，甘阳译，上海译文出版社 2004 年版，第 192 页。

④ ［英］詹姆斯·W. 麦卡里斯特：《美与科学革命》，李为译，吉林人民出版社 2000 年版，第 128 页。

时也是科学家或者称为技术发明家，他们的科学思想与文学主张互有启发，如张衡在赋体文的铺排中融进了朴素的宇宙观，徐霞客用文学的笔触来记录对地质地貌的发现，这样的文章既有可读性也有科学性。但遗憾的是在数千年的古代文学史、艺术史上，科学与文学的良性互动屈指可数，一身两任的人物更是寥若晨星，零散朴素的科学理念只是技术工具的说明书，或者是政治实践的佐证者，在整个古代政治与文化传统中处在“用”的边缘地位。

到了20世纪，传统的科学与文艺的关系开始发生较大的改变。正如前文所描述的，世纪之交的中国面临千古变局，有识之士寻求国富民强的真理，开眼看世界，敞开怀抱学习西方的文化、知识与技术，科学知识、先进技术便是这其中最突出的部分，包括科学精神在内的科学思想在当时国内知识界的地位如此之高甚至出现了“偶像膜拜”的倾向，“格致之学，大之可跻治平，小之可通艺术，是诚尽人所宜讲，求今日所当急务也”[①]，可见科学已由纯粹关于自然界的知识上升为包治百病的济世良方，在中国现代思想史上达到了登峰造极的崇高地位。其渗透各方、深入人心的程度可见一斑，汪晖也曾断言，如果不了解中国近代历史上科学社团的活动、进化论为主的科学知识普及、泛化以及由此带来的社会阶层、文化思想等诸多领域的重建，也就不可能真正了解以“五四”新文化运动为发端的现代思想文化演变发展的基本趋势[②]。这还只是从一个方面看到了科学对中国现代思想包括文学的强势介入和全面渗透，在另一个方面，科学对文学的影响也在文学艺术内部要素中悄然进行。西方文艺作品传入国内，这些文艺所包含的美学理念与趣味也随之进入人们视野中。西方美学及文艺理论一直受到科学尤其是数学的影响，这些讲究数学之美、理性之美、空

① 徐寿：《上李鸿章书》，引杨国荣《科学的形上之维——中国近代科学主义的形成与衍化》，华东师范大学出版社2009年版，第73页。

② 汪晖：《现代中国思想的兴起》，生活·读书·新知三联书店2008年版，第1108页。

间之美的西方美学趣味也在人们学习、仿效西方作品的实践中，点滴地在中国现代文学发生、发展中潜滋暗长，这种自内向外的趣味变化与由外而内的科学压力一道形成合力，共同推动了文艺美学趣味在现代中国的转型。

二　审美现代性在现代中国的生发

科学作为一种“价值力量”在近代西方开启了宏大的历史进程，科学的力量渗透进社会生活的各个领域，同时科学的发展又包含在另一项更为巨大的系统工程之中，这就是“现代性”，科学是现代性在西方进程中的一个重要组成部分。中国 20 世纪的思想史和文艺发展的起步受到西方科学思想的深刻影响，要了解科学思潮对文艺的影响，将其作为现代性环节放在中国历史前进过程之中来考察，是可以尝试的一个角度。

科学以知识与思想的形态进入中国思想传统，是现代性在 20 世纪中国发生发展的表现之一。现代性概念源自西方，据称最早产生于基督教的末日论语境。后来在 19 世纪法国作家中被激活使用，是以代表“当下”的时间概念出现①。哈贝马斯则强调了“现代”与“古代”的联系，认为现代应该表现出一种与古典的过去相关联的新的时代意识②。从这些论述中可以知道，现代性指向的是一种不同于古典时代的“现代意识”，它谋求与过去的决裂，并以此作为自己的起点，实际上是指现代意识获得话语权力的表征。现代性的进程是社会各领域分化与独立的历史，政治、经济、科学、宗教分别从之前的文化总体化状态中分离出来，具有了彼此之间相互独立的历史地位。

---

① 一些研究者考察过现代性变化历程，见［法］伊夫·瓦岱《文学与现代性》，田庆生译，北京大学出版社 2001 年版。

② ［德］哈贝马斯：《现代性的哲学话语》，曹卫东等译，译林出版社 2004 年版。

现代性的内涵由于哲学、伦理学及社会的快速发展，呈现出完全不同的价值取向，导致人们通常说的“两种现代性”的对立关系，一种是社会现代性（或者称为历史现代性），一种是审美现代性，构成了现代性张力的两个层面。社会现代性是一个中性或者褒义的概念，谋求构筑基于理性且具有普遍适用性的社会结构和机制，具有线性的、进步的历史向度；审美现代性则不同于社会现代性，带有否定和批判色彩，对工业化及由此走向工具论的理性提出质疑[①]，表现的是对应于整体性的理性社会制度的反面，波德莱尔称之为“过渡的、短暂的、其变化如此频繁的”[②]。

20 世纪中国自“五四”新文化运动以来，现代性的进程就逐步开启，但表现出相当的复杂性。其一是现代性的发展进程不平衡，社会现代性是现代性的主导力量。现代性在中国的启动与当时的国家民族状态相匹配，代表着从社会制度、国家实力到个人生存状况的理想形态，暗含着进步、先进、优越的价值判断，这种现代性追求表现为“进步的理性主义”。这种理念是将社会历史过程看作以“进步”为方向的线性发展图式，不同于中国传统“循环论”的历史观。钱中文基于进步理性主义对现代性内涵做出规定，“所谓现代性，就是促进社会进入现代发展的阶段，使社会不断走向科学、进步的一种理性精神、启蒙精神，表现为科学、人道理性、民主、自由、平等、权利法制的普遍原则”[③]。这一说法用在中国现代性发展方面十分中肯，可以明确的是，中国没有西方现代性语境中古典意义的现代和现代意义的现代，我们所说的现代性是在“五四”新文化运动之后发生的，传统话语的

---

① 参见［法］利奥塔《后现代状况——关于知识的报告》，车槿山译，生活·读书·新知三联书店 1997 年版；［英］鲍曼《现代性与大屠杀》，杨渝东、史建华译，译林出版社 2002 年版。

② ［法］波德莱尔：《波德莱尔美学论文选》，郭宏安译，人民文学出版社 2008 年版，第 440 页。

③ 钱中文：《文学理论现代性问题》，《文学评论》1999 年第 2 期。

时代即将结束，新的时代话语将要开启。如果把中国的现代性分为不同层面，社会层面现代性的任务从大的方面来讲，一个是反帝、一个是反封建，高举民主与科学这两面大旗，就是为了完成这个任务。民主主要谈的是人与人的关系问题，科学主要谈的是人与自然的关系问题。科学口号的提出，反对传统文化混沌与蒙昧的意味很浓厚，这种蒙昧主要是过度成熟的儒家封建文化及依托于此的君主政治传统，不同于西方启蒙时代所要解决的宗教蒙昧。另一个不可忽视的因素是，五四启蒙面对的是一个危在旦夕的国家和民族，启蒙的首要任务是救亡图存，先保国保种活下来，才可能开化民智、建设现代国家。因而这样的启蒙是经世致用的，是以解决国家和民族存在的现实政治问题为导向的，从根本上说不是纯粹学术、学理层面的，可以理解为一种"实用理性"。而西方的启蒙不仅是现实的、政治的，同时也是学术与学理的，走过了一个持续的学术文化建设过程，包括对理性、自由、平等以及人权等在学理层面的建设。正是由于当时的中国处在生产力落后、国力衰弱、疆域不保，遭受列强欺凌、人心思变的动荡时期，已无法为理论的探讨提供宽裕的时间和心境，现代性的出现也就必然是"物质与精神两方面携手并进，共同推动着中国社会现代性的进程"①。也就是说，中国的社会现代性与审美现代性是共时性的，两种现代性同时进行，物质文化与精神文化始终是难以分割的，随之带来了审美现代性工具性特点。

其二是中国的审美现代性介入性较强，批判性与超越性较弱。正如前面提到过，西方现代性的进程是历时、分阶段、长时段的，基于工业化的社会现代性先得到发展，社会生产力高速发展，物质财富急剧膨胀，生活水平大幅提高，从物质层面来讲已经进入了现代社会，当资本主义工业生产发展到一定水平，人与社会、人与世界的关系出

① 陈伟、王展：《20 世纪前期中国审美现代性的历史进程与逻辑内涵》，《上海师范大学学报》（哲学社会科学版）2014 年第 6 期。

现异化时，就出现了审美现代性对其进行反拨。而中国是生产力的全面落后，急需实现传统社会向现代社会的转型，社会现代性在社会转型的进程中发挥主导作用，“中国是在物质与审美‘共时性’时代要求下，去完成西方现代性进程的‘历时性’任务”①。正是由于特殊的历史环境，中国的审美现代性无法像西方那样对科学理性与物质主义进行批判、反思，抵制物质世界对个人的异化，生产力的落后与物质世界的匮乏不足以造成人的异化和工具化，因此研究中国的审美现代性需要放到具体的历史境遇中去考察。这种审美现代性实际上是审美的工具主义与非功利主义并存，民主与科学作为新文化运动思想启蒙的旗帜，也是作为反对封建政治与文化的利器，可以看作理性主体建立的一种方式，表现出斑驳复杂的内涵。一方面，它高扬民主与科学，以推进民族独立与人民解放为己任，完成不应承担却又必须承担的历史使命；另一方面，它激发了人的觉醒，为个人在物质世界中的独立自主发挥作用，以批判的姿态承担艺术的使命，但这种个体的张扬在挽救国家民族危亡的集体主义洪流下又显得那么渺小无力，批判的使命更多让位于鼓动的号角与实用的口号。审美现代性这种务实的历史定位，对文艺的影响主要表现为艺术手法注重求真写实，强调问题意识和理性成分，淡化玄虚清谈和抒情元素，这也决定了中国现代文学包括现代诗歌的审美趣味，将不可避免地发生巨变。

三　审美趣味的阶层性及其变迁

“趣味”概念在17世纪以前的西方，指的是“味觉”“滋味”，后来被用来形容社交场合谈吐风雅、品味高雅。古希腊的哲学家们对“趣味”持否定态度，味觉的功能诱人堕落不利于理性的美。中世纪

① 陈伟、王展：《20世纪前期中国审美现代性的历史进程与逻辑内涵》，《上海师范大学学报》（哲学社会科学版）2014年第6期。

末期，由于对人的发现和肯定，以味觉意思出现的趣味得到了美学家的重视，开始与审美判断产生浅层次的联系。“趣味”最终成为美学概念是在18世纪，夏夫兹博里认为审美是通过“内感官”来实现的先天能力，审美理念是基于味觉类型的感官直接感受，由此味觉从感性器官上升为审美的生理通道，“行动一经察觉，人类的感动和情欲一经辨认出（它仍大半是一经感觉到就可辨认出），也就由一种内在的眼睛分辨出什么是美好端正的，可爱可赏的，什么是丑陋恶劣的……分辨的能力本身也就应是自然的”①。这就是他的“内感官”说的具体解释，趣味从生物器官的感知而来。哈奇生延续了夏夫兹博里的观念，进一步强调了趣味的先天基础，认为美感由外物作用于感官而在心灵上引起作用。受他影响的休谟着手为审美趣味立法，博克则坚持认为美是在感觉基础上产生的直觉反应，审美趣味能够准确表达审美主体的感性特征，表现的是主体一定的趋向性。此后经过伏尔泰、康德等人的发展，趣味已经抛弃了原先“味觉”的意义，成为一种高级的精神判断。到了现代艺术时期，趣味受到更多的技术与商业力量的侵蚀，更多偏向社会学、生理学乃至经济学意义上的策略或手段，逐渐远离了经典美学对趣味的规定。而按照审美现代性的要求，趣味要实现的是现实世界的人们对于美的自然选择，落脚点仍然在审美主体的心灵感受。

趣味在中国古代美学中同样出现很早，据说最初的审美意识是来源于人的感官的味觉体验②。在古代汉语中，“趣”与“趋”同义，有“疾走”的意思，后引申出“旨趣”之意。后来被用来评论人物，在艺术理论之中开始使用了“趣”的概念，于是“趣”成了审美范畴，出现了顾恺之“以趣论画”、钟嵘的《诗品》“以趣论诗”等一些艺术评价现象。“味”最初是“味觉”的意思，后来也进入审美的范畴，

① 北京大学哲学系美学教研室编：《西方美学家论美和美感》，商务印书馆1980年版，第95页。

② 陈望衡：《中国美学史》，人民出版社2005年版，第387页。

“吟咏滋味，流于字句”（刘勰《文心雕龙·声律》），味即是品味、鉴赏。唐朝时，诗论中衍生出“味外之味”的“至味”之境，发展成为诗歌鉴赏中一个高妙的范畴。“趣味”合在一起，大多指作家的创作风格与情趣情怀，是诗人论者在创作及评价中的感性点评与自我欣赏，不具有西方美学意义上的价值判断，更与现代性没有关联。只有进入近现代社会，随着中国现代性进程的开启，经过了现代性张力的洗礼后，古代趣味逐步实现现代转换。

审美趣味的普遍有效性在美学史上多有争论，康德就曾说判断力批判的另一个称谓就是趣味判断。这里的趣味判断指的是由对象的形式所引起的愉快或者不愉快的感情，这种感情基于个人感官具有个体性特征，但是由对象形式获得的愉悦感在群体之间具有共通性，从而具有普遍性与必然性。对于康德所说给予审美共通感的趣味判断，后来的学者持有不同意见，其中一种说法认为趣味是分化的，是可以区隔的，法国人布尔迪厄就持这种观点。布尔迪厄在对康德审美趣味批判的过程中，采用了阶级分析的方法，认为趣味不但具有审美上共通的特性，而且具有社会学层面阶级区分的特性，也就是说趣味是分阶层的、具有层级性。他从社会分层的角度划分了三类趣味，也就是统治阶层的趣味，被统治阶层的趣味及中产阶层的趣味，每个阶层都通过不同的趣味选择，来表明自身阶层的身份并与其他阶层拉开距离。统治阶层趣味是一种合法趣味，统治阶层在占有资本方面具有绝对优势，一般来说占有雄厚甚至是垄断性质的经济资本之所以自由主要是因为统治阶层在社会空间当中占有大量资本，尤其是经济资本、文化资本及社会资本，完全没有生计、生存的后顾之忧，追求一种生活的艺术化，是一种建立在物质基础上的超功利的自由趣味。同时，统治阶层通过占据社会群体中的优势资本逐步推动所属基层趣味的合法化和普世化，依托公共教育、媒介工具、文化熏陶等将阶层的趣味渗透培育为全社会的趣味。动用教育、媒体的资源培养、渗透为全社会的趣味。与之对应的是被统治阶层趣味，由于在经济资本上的严重匮乏导致在文化资本、社会资本等方面全方位劣势，处在社会的最底层，解决日常物质生活的需要是他们的主要动力，偏好实用的消费品，由此带来一种务实的功能性趣味。中产阶层作为西方社会特有现象，在中国古代社会中不存在，在20世纪国家社会的转型时期也不易界定，关于中产阶层的趣味在此不做仔细探讨，我们暂且把古代中国的社会阶层分为统治阶层与被统治阶层，而趣味也依此分为两类。同时，我们用趣味的“阶层性”来表示“区隔”的意思，重在强调审美的社会特征及所处的中国环境。

康德趣味判断的普遍性与布尔迪厄对审美趣味的区隔，让我们认识到审美趣味具有共通性与阶层性的辩证特点，审美趣味在相对趋同的基础上，在不同阶层、不同时代，表现出不同的趋向性和偏好。既然趣味区隔的基础是阶层的经济地位与政治地位，阶层之间的流动与力量的改变就可能带来主流趣味的变化，那么在中国近代以来不同政治力量的轮番变动势必影响到审美趣味的变化，而这种变化又是在中国现代性的进程中产生的，那么审美趣味也就与民主、科学、理性等理念联系在一起。

中国古代文学以诗歌为宗主，话本、戏曲等文学形式处于边缘地位，这本身就是统治阶层审美趣味在文体选择方面合法化的表现。古代诗歌尤其是近体诗大都是由文人士大夫创作的，士大夫本就是大多是官员或者未有官职的士绅，屈原是遭贬的官员，李白挂官而去，白居易、韩愈、欧阳修、王安石、苏轼等都是官员身份，他们拥有较为充足的政治资本与文化资本，他们的诗句中也有大量关心黎民疾苦的呼声，但这只是表达作为读书人和官员实现政治抱负的感触，从本质上讲还是站在君王和天道的立场来表达，“致君尧舜上，再使风俗淳”。传统文化中的天人合一、和谐静穆、诗形规整、讲求音韵等审美趣味，既是受地理环境与小农经济影响形成的文化传统，也是士大夫等社会上层超越温饱、注重形式的趣味选择，他们通过诗文将这些文化观念与审美趣味扩展为社会的主流风尚，也成了整个古代诗歌的美学选择，所以我们看到诗人寄情山水、托物言志，胸中块垒化为自然风物，以直觉感悟这个世界；古代诗论以意象、意境作为评判标准，推崇情景交融、言外之意、韵外之致。而科学理念，尤其是技术发明只是在手工业者、农夫、商人中传播，虽然也有张衡、王充、徐光启等官员熟悉并传播科学知识，但这样的力量微弱不占统治阶层的主流，而那些居于社会下层的臣民不拥有话语权力，他们所熟悉的技术与理念更无法上升到社会的层面成为主导力量，所以静穆的诗文是古人的最爱，而严密的计算则沉默于历史。

清末民初以来，中国传统的社会阶层发生了分化与流动，为科学与理性的登堂入室准备了人员与提供了政治基础。统治阶级中的一些开明的官员睁眼看世界，学习西方的先进技术来办洋务，技术的力量在社会上层得到承认。更为重要的是，知识分子作为新的群体在社会分层中占有一席之地，他们逐渐取代了传统的士大夫阶层，并在社会权力尤其是知识权力中取得了一定的话语权，这极大动摇了统治阶级的人员基础与思想基础。这些留洋海外、接受过西方现代科学教育的知识分子，接受了西方科学、民主、理性、进步等观念，并由此形成了更接近西方的审美趣味，他们或者通过暴力革命在现实中取代原来的统治者，或者利用报章杂志的力量从文化层面颠覆统治阶级的文化，或者投身教育传播西方现代文明，或者在科学研究、兴办工业的具体行动中释放科技的力量。同时身为沉默大多数的大众群体，在生活中无处不接触到科学研究与工业革命的成果，享受着先进技术带来的便利，他们有着具体的感性的对于科技的接受认可。正是处在这样一个国家危急、寻求出路的特殊时期，西方科学技术的力量又能满足不同阶层人们的需要，为科学思潮的风行提供了宽松的环境与潜在的共识基础，特别是知识分子及其中的革命者在社会转型中逐渐壮大，这些新的群体在物质与精神层面成了社会的主导力量。所以，我们看到“这三十年来，有一个名词在国内做到了无上尊严的地位”，看到具有理性色彩的胡适的《谈新诗》成为现代诗歌早期创作的金科玉律，看到郭沫若赞美“一枝枝的烟筒都开着了朵黑色的牡丹呀！近代文明的严母呀！”。崇尚力量、追求进步、理性务实等成为思想界的主旋律，诗歌的审美趣味发生了与时代相同步的改变，新的审美趣味也随之逐步形成。

第二节　由趋道向求真的滑动

一　“以道为美”的审美趣味

“天人合一”的概念是中国古代哲学的一个基本命题，在儒家、道家、墨家、阴阳家等各类思想中都有所发展，这个概念最终由宋代儒学大师张载明确提出。张岱年认为，“天”可以指最高主宰，也可以指客观存在的自然界，还可以指最高的原理，也就是常说的“道”。天的意义不相同，那么不同哲学家所谈到的天人合一的含义也就不尽相同[①]。不过虽然“天”的意义不同而衍化出各种流派说法，但天人合一重在强调人与自然、人与道之间统一协调关系的宗旨没有改变，“相合”“整一”是共同的特性，而这种辩证性、整体性也形成了中国传统思维模式的底色。天人合一的理论经历了三个发展阶段，第一阶段在商周时期，天是神秘性和无意识的，指向的是至高无上的神秘意志；第二阶段发生在老庄时，作为本体论意义，天脱离了神秘的外衣具有自然的意义，天是自然的天；第三阶段是在孟子之后，儒家思想给天注入了道德属性，同样也强调人通过修齐治平、身体力行来合乎天道。其后有董仲舒的“天人感应”说，佛学东来后以“心”为本体

① 张岱年、成中英等：《中国思维偏向》，中国社会科学出版社 1991 年版，第 21—23 页。

的“天人合一”说，到宋明时期逐渐合流，虽然各种流派说法各异，但天人合一的基本精神是相通的，都在力求“构建基于道德又超越道德的精神境界，而这境界最终通向审美”[①]。从这个意义上来讲，天人合一也是一个美学命题，这种重视主体与客体的化合为一，在相互的感悟与化入中实现审美地把握世界，而主客相合就要求主体合乎自然之道与道德之道。这种哲学观与美学观对文学的影响，就是中国古代诗文崇尚“以道为美”“与天地参”，力求做到人与天的交感合一，这就需要人由心而生的诗文虽出自感官感受，但应合于天道、天理，个体的感触合乎道德原理才是美的。

“以道为美”是古代传统文化特别是美学传统的基本倾向，但不同派别对道的认识有差别。儒家以道德充实为美，虽然承认自然山水有美可言，但之所以觉得美是由于山水风物是道德的象征，是因为山意喻厚德、竹意喻正直、莲意喻高洁，克己复礼、节制中和，“自然物的美不在事物的自然属性，而在于所象征的道德意义”[②]。道家也以道德充实为美，不过这里的道是自然无为之道，以“无为、无形、无声、无言、无味”为美，道家表现为以淡泊、柔弱、守拙为美[③]。其他思想流派如佛教“以涅槃之道为美”，法家以“自然美在道德”，无论关于道德的内涵如何不同，但关于美的认识都指向了天理、道德、自然之道等，诸多流派在以道德的寄托与表现为美这个点上是共通的，换句话说，中国传统文化整体上是以道作为审美趣味的立足点。古代诗歌中的许多田园诗、山水诗、说理诗等，能给人美感的作品必定是形象地传达出道德之意的佳作，“精卫衔微木，将以填沧海”赞颂的是自强不息的精神，“相看两不厌，独坐敬

① 陈望衡：《“天人合一”的美学意义》，《武汉大学学报》（哲学社会科学版）1998年第3期。

② 钟子翱：《论先秦美学中的“比德”说》，《北京师范大学学报》（社会科学版）1982年第2期。

③ 祁志祥：《中国古代美学思想系统整体观》，《文学评论》2003年第3期。

亭山”读出的是淡泊自适，“人闲桂花落，夜静春山空”传递出的是空灵虚无的境界。

如果说“以道为美”是古代中国人的美学选择，那么“以物观物”则为这种审美的实现提供了一种角度与路径。“以物观物”的思想在先秦时期已经萌发，后来由北宋哲学家邵雍明确提出。“有物混成，先天地生寂兮寥兮，独立不改，周行而不殆，可以为天下母。吾不知其名，可强字之曰道”[①]，这是老子对世界的基本认识，“有物”不以人的情感与意志为转移，是浑然一体的无声音无形体的存在，无法用感官去把握，也无法用语言去描述。于是提出“以身观身，以家观家，以天下观天下”的办法[②]，只有站在万物本性的角度才能正确把握，其后的庄子也提出过类似的观念。“以物观物”的观念不仅是道家老庄把握世界本体的哲学方式，也是先秦其他思想家把握认知世界的方式，这一观念经魏晋名士的发展流变后，至宋朝由邵雍完整提出，“圣人之所以能一万物之情者，谓其圣人之能反观也。所以谓之反观者，不以我观物也。不以我观物者，以物观物之谓也”[③]。邵雍使用的是“反观”一词，也就是先秦道家返璞归真的意思，以去除情欲后的虚静之心方可“一万物之情”。他在提出“以物观物”的同时，也提出了“以我观物”的命题：“以物观物，性也；以我观物，情也。性公而明，情偏而暗。”[④] 也就是说，前者是消弭掉自我，以自然本来规律的眼光看世界，后者是带有主体的情感意志来看世界的，山水风物带上了“我”的情感色彩。邵雍在用明与暗形象评价两种观物方式的基础上进一步深化，“任我则情，情则蔽，蔽则昏矣；因物则性，性则神，神则明矣”[⑤]。“我”在把握世界中的地位是两种方式的区别

① 陈鼓应注译：《老子今注今译》，中华书局 2009 年版，第 159 页。

② 陈鼓应注译：《老子今注今译》，中华书局 2009 年版，第 266 页。

③ （北宋）邵雍：《邵雍集》，郭彧整理，中华书局 2010 年版，第 49 页。

④ （北宋）邵雍：《邵雍集》，郭彧整理，中华书局 2010 年版，第 152 页。

⑤ （北宋）邵雍：《邵雍集》，郭彧整理，中华书局 2010 年版，第 152 页。

所在，“以我观物”中“我”的主体性更明显强烈，“以物观物”中“我”的色彩隐晦淡化，真正地去掉自我、达到天人合一的境界，那是古代士大夫们追求的目标，从这个意义上来说，古代哲学认知世界的方式只有“以物观物”一种方式。

“以物观物”作为实现“天人合一”美学追求的基本方式，对古代文学的影响就是要交感和谐，“风、雨、露、雷与人原只一体……同此一气，故能相通耳”[①]。有学者对古代诗歌这种审美方式的特点，概括为诗人主体的物态化，“放弃唯我独尊的心态，拒绝旁若无人的抒情，转为‘体物’，转为捕捉外物对心灵的轻微感发。于是诗人仿佛另换了一副心灵，它无私忘我，化入一片玄虚之中，以山川景物、鸟兽虫鱼体现自我的存在，这就是所谓的‘物态化’”[②]。这与古人“以物观物”的理念有相通之处，是“我”与“物”平等对话、交感之后融合成为意境、意味。而要站在本性的角度来“以物观物”，就要求主体做到虚静，“夫人神好清而心扰之，人心好静而欲牵之。常能遣其欲而心自静，澄其心而神自清”[③]。这里讲得很清楚，虚静既是万物的本体，也是人们认识自然本质、达到天人合一时所必需的精神修养，也就是虚静是实现主体融入客体、观物而明的前提，是对主体在精神层面提出的要求，这种对主体的要求本身就是天道的内容。自我的隐退、万物的前置，在古代所认为经典的诗歌文本中，诗人的形象或意志是很虚、很弱的，诗歌的美学趣味崇尚的是各安其位、物我合一形成的境，这个境就是自然之道、道德之道。正是在这个意义上，中国古代艺术包括诗歌的表达方式是整体性的，所营造的是物我、天人、内外、主客的融合但又无法言喻的境界。用一句话来总结就是，物态化是古

① 转引自陈望衡《“天人合一”的美学意义》，《武汉大学学报》（哲学社会科学版）1998年第3期。

② 李怡：《物态化与中国现代新诗的文化取向》，《赣南师范学院学报》1994年第3期。

③ 《太上老君说常清静经》，见谢青果《紫气东来：太上道祖圣传》，宗教文化出版社2006年版，第165页。

代艺术审美的路径，归于道是古代艺术审美的宿命。

二 “求真”的美学趣味

如果说中国古代诗歌是受“天人合一”和“以物观物”美学观的影响，追求意境的呈现，以虚静自然为旨归，表现出“趋道”的美学趣味，那么到了近现代尤其是“五四”新文化运动之后，这种美学观已经不合于时代风潮，逐渐被“求真”的观念取代而淡出历史舞台。这种求真的观念显然与科学思潮的影响密不可分，用科学的方法来整理国故，以科学精神来创制新的文艺和新的国运，科学可以说是“用在一切社会人事的学问上”①。“五四”时期活跃的思想家吴稚晖曾极端地说：“我信‘宇宙一切’，皆可以科学解说。”② 中国科学社的重要成员胡明复也表达过类似的看法：“科学之范围大矣；若质，若能，若生命，若性，若心理，若社会，若政治，若历史，举凡一切之事变，孰非科学应及之范围？虽谓之尽宇宙可也。”③ 一切事变皆可入科学范围，文学自然也笼罩在科学求真的风气之下。

“五四”作家和诗人大多受到科学主义和求真观念的影响，前文谈到的文学进化论就是一个影响渗透的典型，可以说正是进化论促使文学观念不断更新、演变。最早受到进化论影响的严复，把建立在生物进化基础上的人性论引入文学领域，认为“物类之繁，始于一本”，由本源经过竞争淘汰进化为新的物种，“有斯宾塞尔者，以天演自然言化，可推于群治、语言、文学诸科”④。这种新的人性观念进入文学，意味着人的动物属性真实存在而不可回避，是文学可以表现的内

---

① 张清民：《科学主义与中国现代文学理论的兴起》，《江西社会科学》2008 年第 3 期。

② 吴稚晖：《吴稚晖的人生观》，中山书店 1928 年版，第 120 页。

③ 胡明复：《科学方法》，商务印书馆 1933 年版，第 1 页。

④ 严复：《原强》，见王栻主编《严复集》（第 1 册），中华书局 1986 年版，第 7 页。

容，冲击了传统文学对人的道德属性的夸大和占有，其影响不可谓不深远。“五四”时期，周作人就高声呼喊，“应该提倡的新文学，简单的说一句，是‘人的文学’”[①]，也就是文学要反映具有动物属性的活生生的人，真实反映社会动态、人生欲望。声称深受赫胥黎影响的胡适，将进化的观念和实证的方法贯穿到学术研究和文学创作的全过程，“五四”期间先后发表了《文学改良刍议》《国语的进化》等一系列文章，大声疾呼“文学因时进化，不能自止”，为冲破传统文学的罗网、争取新文学的合法地位寻找学术根据和历史缘由。

正是在这种科学思潮涌起以及文学进化是为真理的影响下，文学革新成为时代的主潮，求真求是的观念正好符合了时代的要求。首先，科学性或者说科学化成为文学创作、学术研究及现代文学学科建设的重要指向和评判尺度。科学对作者和读者素质的改变，带来了文学审美倾向和审美趣味的改变，不再以未经科学洗礼的想象跳跃作为吟诗赋文的骨架，而是坚持“文艺以求真为唯一目的”[②]。对于客观真实的追求和信念，成为中国现代文学理论与古代文学理论的一个分界点。包括诗论在内的中国古代文学理论呈现的是体验感悟式的倾向，以诗话、词话等文体为主，到晚清时期文学理论形态仍旧停留在诗学和文章学形态，仍然是体验感悟的描述多，学理方面的逻辑推演阐释比较少，理论框架与话语表达的方法路径比较局促狭窄。新文学的知识群体就指出传统学术“有想象而无科学”，缺乏缜密的推理与数据的验证，没有准确真切的分析，其结果“完全是主观的”。尽管这种批评在现在看来有失公允，但是传达出现代文学理论旗帜鲜明地指出，创作与研究文学应该以科学的方式、应该有理性的分析。

---

① 周作人：《人的文学》，见鲍风、林青选编《周作人作品精选》，长江文艺出版社 2003 年版，第 3 页。

② 茅盾：《文学与人生》，见《茅盾全集》（第 18 卷），人民文学出版社 1989 年版，第 271 页。

现代诗歌的发展贯穿了“求真”的美学倾向，这是科学影响的必然。曾有论者极为强调“真”对于小说的重要性，“观察务真，一如科学之研究声光电化然，虽毫厘微末之间，亦必辨析精确”①，说的虽是关于小说的求真之意，对于诗歌而言也同样具有借鉴意义，对外世界和内世界的观察依然是创作的起点，真实的捕捉和直接的面对是诗歌创作打动内心的基础。所以，傅斯年自信地宣称，“写实表象诸派，每利用科学之理，以造其文学，故其精神上之价值有迥非古典文学所能望其肩背者。方今科学输入中国，违反科学之文学，势不能容，利用科学之文学，理必滋育”②。这段话不仅强调了科学对于文学的作用，而且指出了主要方法是“写实表象”“造其文学”的。而理论家对于科学中的真在其他文学样式中意义与作用的讨论，可以作为科学影响文学的佐证，金岳霖在《真小说中的真概念》中肯定地认为：“在真小说中，我们有了一种包含在人际关系样式中的人的本性的概念”，“只有那些表达了某些东西，但不是表达了具体的支离破碎的经历的人，才能说出一篇小说真的东西”③。所以，有诗人就热切地希望“文学与科学不但不是势不两立，而且可能是互为表里，携手并进的”④。

其次是“求真”的审美趣味，表现为诗歌“立诚的”审美态度。“五四”文学家追求真在文学中的审美特性，陈独秀的三大主义之一就是“建设新鲜的立诚的写实文学”，他希望建立的文学史是立诚的、写实的，也就是说是创作者有真性情、反映的是真实的社会，这显然不同于古代文学主客交感合一、圆融和谐的审美趣味。叶维

① 陈钧：《小说通义：总论》，见严家炎编《二十世纪中国小说理论资料》（第二卷），北京大学出版社 1997 年版，第 299 页。

② 傅斯年：《文学革新申议》，见傅斯年《傅斯年集》，花城出版社 2010 年版，第 13 页。

③ 金岳霖：《金岳霖学术论文选》，金岳霖学术基金会学术委员会编，中国社会科学出版社 1990 年版，第 313 页。

④ 李广田：《文艺书简》，见刘兴育、雷文彬、孙晓明编《李广田全集》，云南人民出版社 2013 年版，第 228 页。

廉就曾指出古代诗歌中占主导地位的美，最终是烘托气氛、营造意境以达到韵外之致，而这圆通的意境是建构在一种主客体互立互融的空间关系下①，是一种和谐统一的美。这种主客相合、人事相谐的整体美在古代农业社会或许是真实的反映，但这真实也是有意过滤掉底层群众辛劳疾苦之后的士大夫阶层的美，这样的美是合于士大夫所推崇的道，而非五光十色、真切可触的现实社会。这种趋道的审美趣味造成了审美态度的悬空和隔膜，在复杂变化的现代社会尤其是民族存亡迫在眉睫的近现代时期，已然没有进一步生长的土壤，成为特定时期阻碍历史向前发展的落后因素。比如鲁迅认为“中国人向来因为不敢正视人生，只好瞒和骗，由此也生出瞒和骗的文艺来”②，鲁迅的说法虽有些极端，却是一针见血指出了传统诗文自我欺瞒、自我麻醉的思维方式，抨击古代诗歌消解自我、归于天道的审美注定是与社会人生有隔的。他认为只有反映对当前社会人生的思考，“将自己真心的话发表出来”，“只有真的声音，才能感动中国的人和世界的人”③。个性真诚的梁宗岱将自己的诗论集子命名为《诗与真》，用行动来倡导诗中的真性情、真感受、真美感，“真是诗底唯一深固的始基，诗是真底最高与最终的实现”④。他关于真的看法，应该是立足于真理之真，既有科学之真的真理性，又有独特的文学性方面的真实，所以诗人严肃地认为，艺术不是一种随意的娱乐或游戏，而应该是一种真实性的追求，这种“立诚”的审美态度，或许更符合文学与科学精神的实质。我们看到，率真的徐志摩孜孜不倦追寻夜的内涵与规律，寻找人生道理的真相：“夜，无所不包的夜，我

① 叶维廉：《语法与表现：中国古典诗与英美现代诗美学的汇通》，见温儒敏、李细尧编《寻求跨中西文化的共同文学规律——叶维廉比较文学论文选》，北京大学出版社1987年版，第58页。

② 鲁迅：《论睁了眼看》，见《鲁迅全集》（第1卷），人民文学出版社1961年版，第332页。

③ 鲁迅：《无声的中国》，见《鲁迅全集》（第4卷），人民文学出版社1961年版，第14页。

④ 梁宗岱：《序》，见刘志使、卢岗编《梁宗岱文集》（第2卷），中央编译出版社2003年版，第5页。

颂美你！/夜，现在万象都象乳饱了的婴孩，在你大母温柔的、怀抱中眠熟。/……黑夜的奇观，去寻访更玄奥的秘密——/听呀，他已经沙沙的飞出云外去了！”（徐志摩《夜》）

再次是“求真”的审美趣味，表现为诗歌理性的、逻辑的审美方式。科学思维对现代诗人的思维程式和思维结构产生影响，思维方式的转变也就意味着审美过程的转变，思维运行过程也包含着一定的审美倾向和价值判断，基于此建立的审美程式可以称为科学的“审美逻辑”。郭沫若《金字塔》一诗后面有这样的注释，“埃及艺术多取几何学的直线美，表现浑圆的太阳竟用四面方锥体表现”①，这是诗人从建筑中发现的几何学与人文精神的连通之处，四面方锥体意喻光线四方照射，数与思的实在比对赋予金字塔成为太阳的象征。于是诗人借用了源于金字塔的几何学审美特性展开诗行，“一个，两个，三个，三个金字塔的尖端……/一个高，一个低，一个最低，/塔下的河岸刀截断了一样地整齐……/云霞中隐约地一团白光，恐怕是将要西下的太阳。/太阳游历了地球东半，又要去游历地球西半……是地球在自转，公转，/就好像一个跳舞着的女郎将就你看。……左右蓊郁着两列森林，/中间流泻着一个反写的‘之’字，/流向那晚霞重叠的金字塔底”（郭沫若《金字塔》）。三个塔尖一个一个数，刀切的整齐、太阳的自转，在诗行中融为一体成为“宏伟的巨制”，反映的是诗人运用医学的手术实验、地理学的地貌考察等新的视角来观察对象，由这种数量化、客观化的观察传递了诗人主体的审美倾向和喜好，其实也比较明显地折射出当时诗歌的美学观感。自然科学的概念和术语冷冰冰不含情感，用在科学论文中是科学语言，用在文学作品中就是文学语言，数量、公式等术语被诗人不自觉地运用到诗行中，产生了形象语言无法起到的特殊效果，“……他一面走，一面计算起他的儿女们随

① 郭沫若：《女神》，见《郭沫若全集》（文学编第1卷），人民文学出版社1982年版，第107页。

着他漂流过的次数。六岁的大儿……十九次。四岁的二儿……十次。岁半的三儿……七次，"[①]（郭沫若《行路难》）。没有用多么煽情悲苦的词语来诉说流亡的艰辛，只是静静地把孩子们流亡的次数集中排比在一起，让数字逻辑性地还原了人生行路的艰难，这无声的数字发出的控诉更能敲醒每个人的心房。逻辑性的科学思维是诗歌运思的有机部分，只有放置并融合在艺术创作大的语境中显得有价值，所以梁实秋对文学中科学知识的运用做出了客观评价："科学研究的结果也许可以开辟一些新的文学材料……但如何使这些材料与认识成为文学，依然有赖于文学家之天才与技巧。"[②] 科学进入文学的领域需要由量化逐渐人化，用文学的语言、载体，更重要是以审美的方式展现科学的理论与成果。

三　平实的美学风格

从前面的论述可以看出，中国现代诗歌已不再局限于古代诗歌那种"虚化"的审美趣味，而是更倾向于平实、真切，所以胡适用真实的标准去衡量古代诗歌时，认为杜甫的诗歌预示着古代诗歌进入了成熟期，因为杜诗的内容与意境都是"写实的"。对客观平实风格的推崇，成为现代诗歌实践与研究的重要审美原则。

第一，关注现实，言之有物。如前所述中国现代诗歌重视求真，许多诗人将真作为诗美的追求。艾青把真在诗歌创作与评论诸要素中的地位提升到新高度，这是一种全方位、多层面关于真的要求，创作态度要真诚、反映生活要真实、情感表达要真挚，只有做到了这些方

---

① 郭沫若：《行路难》，见《郭沫若全集》（文学编第9卷），人民文学出版社1985年版，第86页。

② 梁实秋：《文学与科学》，见杨迅文主编《梁实秋文集》（第1卷），鹭江出版社2002年版，第390页。

面才能写出富有感染力和生命力的好作品。所以，诗人对底层百姓生活的书写没有虚浮的言辞，是通过对大堰河凡俗生活中的平实描述来真实体现，“在你拍去了围裙上的炭灰之后，/在你把乌黑的酱碗放到乌黑的桌子上之后，/在你补好了儿子们的为山腰的荆棘扯破的衣服之后，/……在她流尽了她的乳汁之后，/……你的被雪压着的草盖的坟墓”，正是通过琐碎的、真实的一个个生活场景的闪现，一个底层母亲的人生画卷展现在读者眼前，琐碎、平凡、冷漠、悲凉但却有真实的重量，《大堰河——我的保姆》的成功不仅是“一首诗的胜利”，也是它所表现出的美学理念的胜利①。对于实在的生活在诗歌中的意义，朱自清有过精当的评价，“文学的生命全在实感——此‘感’意义甚广，连想象也包在内”②。这里所说的“实感”主要指的诗的硬度和厚度，是与现实社会、个人经历气脉相通的，正如茅盾所宣称的“尚与社会生活相接触”，不会感到诗情的枯窘，真实的生活必然能成为产生美的源头，也是审美所必须关注的。袁可嘉关于“新诗现代化”的思考，倡导“现实、象征、玄学的综合传统”，现实就是其三个艺术支点中的重要一点，甚至可以说是基础性的立足点，只有将个人的情绪融入时代的洪流，坚持反映重大的社会问题，个人感受与大众心志共鸣共振，再用现代主义的艺术思维与艺术手法渲染加工，这样的现代诗才会具有恒久的艺术生命力。所以袁可嘉说“对于艺术、人生的平衡是何等不可计量的重要而可贵”③，这样的诗论是多么的一针见血又贴切中肯。看这首九叶派的诗，“让我沉默于时空，/如古寺锈绿的洪钟；/负驮三千载沉重，/听窗外风雨匆匆；/把波澜掷给大海，/把无垠还诸苍穹”（袁可嘉《沉钟》），用沉钟的意象象征诗人的情绪，

---

① 艾青：《诗论》，见张永健编选《艾青作品精选》，长江文艺出版社2004年版，第329页。

② 朱自清：《朱自清讲文学》，百花洲文艺出版社2016年版，第21页。

③ 袁可嘉：《诗的新方向》，见《论新诗现代化》，生活·读书·新知三联书店1988年版，第223页。

象征古老的传统，在诗形上整齐简洁，用优美的形式反映沉重衰微的现实状况及诗人对文明传统爱之深又恨之切的复杂情绪，努力做到“在现实与艺术之间求得平衡，不让艺术逃避现实，也不让现实扼死艺术”[1]。与九叶诗人艺术旨趣迥异的七月派诗人，在对待现实人生的态度上与九叶群体是一致的，同样要求直面时代的重大问题，同时倡导用主观的战斗精神、热情的燃烧去拥抱现实、突入现实，让诗歌成为“具体的生活事象在诗人的感动里面所搅起的波纹，所凝成的晶体”[2]，“风，顽固地逆吹着/江水，狂荡地逆流着，/而那大木船/衰弱而又懒惰/沉湎而又笨重，/而那纤夫们/正面着逆吹的风/正面着逆流的江水/在三百尺远的一条纤绳之前/又大大地——跨出了一寸的脚步！”（阿垅《纤夫》），诗人的目光投向了嘉陵江上的纤夫，用刻刀一笔一画地雕刻出江边底层人的世界，风吹着、水逆流，大木船沉湎笨重，纤夫赤脚迈出了一寸寸的脚步，把底层人物的艰辛与坚韧生动地展示出来。

第二，语言大众化和平实感。科学主义思潮和文学进化论的思想在语言观上也有鲜明的体现，胡适在《国语文法概论》中宣告文言文脱离民间语言逐渐干枯变成死文字，而底层老百姓使用的民间白话，没有受到僵化规矩的限制，可以“自由变迁，自由进化”[3]，充满了鲜活的生命力。社会的阶层没有一成不变的，社会的主流趣味也没有一成不变的，当力量对比发生变化，作为文化资本重要内容的语言资源也就发生相应的变化，民间白话、俗语在新的时代获得了新的价值。周作人针对“五四”初期许多人不认可白话，说语言之事“非田夫野老所能了解”，民间语言断然不可登大雅之堂之现象，写了《平民的

---

① 袁可嘉：《诗的新方向》，见《论新诗现代化》，生活·读书·新知三联书店1988年版，第219页。

② 胡风：《田间的诗》，见胡风著《胡风评论集》，人民文学出版社1984年版，第407页。

③ 胡适：《国语文法概论》，见季羡林编，郑大华整理《胡适全集》（第23卷），安徽教育出版社2003年版，第432页。

文学》加以反驳，指出了民间语言所具有的巨大潜能，同时以启蒙的姿态呼吁知识群体“要费心力去启发”平民大众，真正的“文学也须应用在人生上”[①]。于是白话也尝试进入传统文学之宗的诗歌，诗人们以科学的精神一次次地“实地试验”[②]，终于带来了语言与形式变革切入点的诗体大解放，也成为整个新文学革命的突破口。试图建设诗歌新格律的陆志韦选择音节作为语言实验的突破口，他比较了不同语系诗歌的节奏特点，得出中国古代诗歌是以“语音的高低作节奏”，提出要借鉴西方诗歌以音长为节奏等优点，只有音长、音高和音势三要素都符合人类感官接受的规律，诗歌才会具备被读者接受和流传的生理基础。陆志韦凭借他的心理学、生理学的知识背景，立足人类语音演变沿革的历史，将西方语音方法引入现代汉语而提出了建立在现代科学基础上的新诗体式观。新诗语言吸收大量口语入诗，口语来自大众百姓，天然具有亲民平实的特征，也易于真实丰富地描绘社会的风貌，“诗应切近语言，不就是语言。……诗的语言美必须超乎寻常语言美之上，必经一番锻炼的功夫”[③]。对口语加以提炼，使之符合诗的规律与体制，这是诗家对语言转型采取的办法。“老弟呀，向前不到一箭路，/这几天恶浪头山样高，/也算经过了一番辛苦。/前面是我们家山的影子。/月轮正挂在桃树背后，/一斑斑射到港口的亭子。”（陆志韦《航海归来》）以打招呼的口语开头，接着用了“一箭路”来写行程既形象又简洁，后面又是“恶浪头”“家山”“亭子”等朴实生动的词语，这些语词又经过淘洗而不琐屑，反映了新诗语言探索的历程。

---

① 周作人：《平民的文学》，见鲍风、林青选编《周作人作品精选》，长江文艺出版社 2003 年版，第 13 页。

② 胡适：《逼上梁山——文学革命的开始》，见季羡林编，郑大华整理《胡适全集》（第 18 卷），安徽教育出版社 2003 年版，第 126 页。

③ 陆志韦：《我的诗的躯壳》，见许霆《中国现代诗歌理论经典》，苏州大学出版社 2008 年版，第 151 页。

第三，意象的选择转向真实生活与社会。中国古代诗歌的创作特点和艺术风格都呈现出“虚”的倾向，古代诗人观照世界的方式是“以物观物”，为了达到物我合一境界，内在的思维状态是虚空静默，也就是老子所说的“致虚极，守静笃，吾以观变”，重视创作主体内心的虚静而不重视对事物特征规律的观察认识。刘勰用“神与物游”来描述这种创作状态，也就是心物互感、情景交融，主体和对象都处在由实向虚的转换中，物被人化、人则物态化，这是一个主体和客体均被不断虚化的过程。而当近代西学东渐之后，重视观察、追求实证的科学思潮传入国内，逐步改变着人们的认识观念，于是观照世界的虚空静默、物我整体合一的理念开始增加了格致的新内容，“我有耳目，我物我格；我有心思，我理我穷”①，梁启超不仅提出了大写的“我”，更指出用“我”的耳目和心思来格物穷理，这已将“我”与物区分开来，要用实验科学的观察手段认真研究世界。胡适发扬了梁启超耳目格物的思想，并坚持应用到诗歌创作中，“惟在人人以其耳目所亲见亲闻所亲身阅历之事物，一一自己铸词以形容描写之”②，这便是倡导新诗的写作应以亲见亲闻为基础，立意取象的视角发生变化，形成了一种建立在认知基础上的综合性体验，这也为形成意象的审美风格做出了规定。古代诗歌创作“感物兴会”的思维模式已经不合时宜，科学所要求的客观、准确、务实的特点影响了诗歌思维和美学趣味的变革，“实”与“真”逐渐成为现代诗歌新的审美追求和评价标准。在较早编制的新诗选集《分类白话诗选》当中，写实成为编者选诗分类的重要依据，整个选集选取了232首诗、诗人68位，其中诸多新诗是反映社会底层的现实生活，注重实地描写，“写实”作为分类的栏目也表明了诗家意象选择的变化。

---

① 梁启超：《新民说》，商务印书馆2016年版，第112页。

② 胡适：《文学改良刍议》，见季羡林编，郑大华整理《胡适全集》（第1卷），安徽教育出版社2003年版，第9页。

第三节　戏剧化与知性化

一　现代诗歌的戏剧化

科学思潮对中国语言系统与文学系统的转变产生了重要影响，作为表达工具的汉语在欧化后变得精密、条理、准确，诗歌的运思方式也实现了重情向重理、字思维向句思维的转变，这为现代诗歌新审美趣味的出现提供了可能。新诗戏剧化是九叶诗派的美学建构，是诗歌实现现代化的方法手段，也是现代诗歌的审美趣味，与西方诗歌的传入有着非常密切的关系。客观性、间接性等审美效果的戏剧化追求，是西方现代主义诗歌的一个重要审美取向，而这一点与西方由来已久的戏剧理论对各种文体特别是对现代诗歌文体的影响分不开。“西方诗学是亚里士多德根据戏剧定义文学而建立起来的”[①]，叶芝、艾略特、里尔克、奥登等西方现代主义诗人对诗歌戏剧化手法都有所发展，叶芝的“面具”理论，艾略特“诗人的三种声音”的阐述，庞德的意象论观点，都体现出追求诗歌非个人化、讲求客观经验的理念。19世纪到20世纪这段时期，西方诗歌从“抒情运动”发展到“戏剧运动”，表明了现代诗歌的抒情方式开始放弃直抒胸臆而转变为间接传达的戏剧化的发展。西方戏剧化理论的发展，资料显示最早可追溯到批评家赫兹利特，他在比较莎士比亚与华兹华斯之后得出“伟大的创作必出自‘非自我中心’”的结论，也就是说创作主体角色化自我、进行“戏剧化”言说的方式胜于浪漫主义的“自我中心”[②]。布朗宁进一步提炼、实践了“戏剧化”的主张，他用戏剧性一词给自己的诗集命名——《戏剧性抒情诗》《戏剧性代言人》等，主张诗人主体的情

① ［美］厄尔·迈纳：《比较诗学》，王宇根等译，中央编译出版社1998年版，第7页。

② 胡苏珍：《跨语际实践中的新诗“戏剧化”研究》，博士学位论文，浙江大学，2009年。

感态度、价值判断通过戏剧化角色间接传达出来。艾略特直接表达出对“戏剧化”的偏爱，“哪一种伟大的诗不是戏剧的？……谁又比荷马和但丁更富戏剧性”，提炼出了“戏剧化声音”，并发展提出“非个人化”与“客观对应物”的诗歌新理论。“戏剧化”理论是在西学东渐的大潮中传入国内的，在现代诗歌逐步完成破旧的任务需要结束混乱重建新诗秩序的时候，这一理论也成为现代诗歌探索发展的一种方向。

闻一多、徐志摩的诗歌创作受到维多利亚时代布朗宁夫妇诗歌的影响，后者倡导诗歌应该摆脱主观约束，而具有一种非常客观的性质同时兼具抒情的本性，在诗中使用了“戏剧独白”的艺术手法。客观抒情的美学趣味在新月派的艺术尝试中有所体现，他们的一些作品仿效维多利亚诗歌的“戏剧化”体式，以虚拟的场景、客观的对话来传达个人情感与时代呼喊，显得节制、含蓄而生动，“‘可是你不听长官说，打伤了有抚恤金？’/‘我就不稀罕那猫儿哭耗子的恤金/脑袋就是一个，我就想不透为什么要上阵，/砰，砰，打自个的兄弟，损己，又不利人。’”（徐志摩《太平景象》），诗人没有直接发表对战争的看法，是在两个士兵的对话中间接表达了诗人对战争的批判。卞之琳延续了徐志摩、闻一多在诗歌戏剧化路途上的尝试，认为“以说话的调子，用口语来写干净利落、圆顺洗练的有规律诗行，则至今没有谁赶得过徐、闻旧作”①。卞之琳的许多诗作如《西长安街》等，主观叙述减少，有较大篇幅的对白和独白，诗人的声音隐藏在句子后面，具有明显的客观化、非个性化特征。“可是蟋蟀声早已浸透了/青纱帐，青纱帐早已褪色了！/你想吗，一点用处也没有了！/明天再想吧，这时候只好/不作声，不谈话……多‘摩登’，多舒服！尽管威风”（卞之琳《西长安街》），这是一段长长的个人独白，从昔日的青纱帐谈到眼前的长安街，从土言土语谈到摩登威风，在路人絮絮叨叨中透漏出诗

① 卞之琳：《完成与开端：纪念诗人闻一多八十生辰》，见《人与诗：忆旧说新》（增订本），安徽教育出版社2007年版，第20页。

人对社会状态的观点，这种通过对话、独白及戏剧化场景来传情达意的方法，西方诗歌中较早有人使用，而在新诗中“经过卞之琳的丰富发展，确实到达了更加多样化的地步”①。卞之琳的创作手法具有很大的客观性，诗人已经意识到“没有一种理论危害比放任感情更为厉害”②，因此用戏剧化与客观化对情感抒发做出约束和限制，或者说强行使得情感深藏于场景和事件中。这种诗论中对情感地位的看轻，带来了诗歌的非个性化，也给现代诗歌中智性因素的增加提供了空间和动力，于是如卞之琳般“故意要做‘冷血动物’”的诗人越来越多，也大都“倾心于写戏剧性处境，作戏剧性独白或对话，甚至进行小说戏剧化”③。

九叶派理论家袁可嘉旗帜鲜明地提出新诗“戏剧化”与“现代化”的原则，具有独特的内涵和意义，他把如何使意志和情感转化为诗的经验称为戏剧化④。新诗戏剧化的概念，比较完整地提出是在袁可嘉《论新诗现代化》论著中，“我一再地说，现代化的诗是辩证的，包含的，戏剧的”⑤。也就是说，诗的戏剧化要求诗是非直接的，而是客观的、间接的；非单纯的、排斥的，而是矛盾的、包容的；非支离破碎的，而是富于张力的、整体的。从这些描述中，我们可以看出袁可嘉的诗论试图接通中西与古今，为新诗的艺术创造寻找一个新的方向，他所倡导的诗的客观间接性与古代诗论物态化的审美方式有相通之处，而诗歌“整体的张力”则是汲取西方诗歌特别是以艾略特的现代派为代表的“包容的诗”及“客观对应物”学说而成。要实现诗的客观间接性则吸收戏剧的方法，在处理诗中的语言、意象、情绪、思考时，可以如戏剧“从对四周事物的处理，同时更必需配合戏剧的曲

① 袁可嘉：《略论卞之琳对新诗艺术的贡献》，《文艺研究》1990 年第 1 期。

② 转引自王毅《论新诗戏剧化》，《武汉大学学报》（哲学社会科学版）1996 年第 4 期。

③ 卞之琳：《〈雕虫纪历〉自序》，见《人与诗：忆旧说新》（增订本），安徽教育出版社 2007 年版，第 283 页。

④ 常文昌：《中国现代诗歌理论批评史》，人民文学出版社 2004 年版，第 212 页。

⑤ 袁可嘉：《诗与民主》，见《论新诗现代化》，生活·读书·新知三联书店 1988 年版，第 43 页。

折发展而自然而然对观众的想象起作用"①。现代社会的复杂性与荒谬性给予了现代诗歌更高的要求，现实、象征、玄学的综合是现代诗歌表达这个世界的有效方式，戏剧化则配合了这种方式，所以袁可嘉明确地说戏剧化是新诗现代化的方向，"形成了一个具有实现针对性的美学建构"②。

首先，戏剧化意味动态复杂的美学风格。西方现代诗歌，在艾略特、瑞恰兹等看来应该是表现"经验"，而且是"经验的综合"，经验从一个心理学领域的名词被引入诗学的范畴。作为一个科学名词，经验指的是认识论意义上的一种心理物象。而在诗学范畴，主要是指向综合矛盾经验的写作，成为诗歌审美变革的关键词。这种基于经验综合基础上的写作，是相对于那种相对单一的写作风格而言，诗人追求的是深入现实的矛盾与主体的挣扎等复杂冲突的一面。我们不能说单纯地传达某种特定情绪或人格的美学追求就是片面的、缺失的，事实上文学史上那些深有美感的经典诗篇，往往都是单纯情感的聚焦。这种凝练的单纯情感，在社会生活相对静态、人与物的关系相对稳定的中国古代社会较多，经典诗歌中有"结庐在人境，而无车马喧"的静逸、"孤舟蓑笠翁，独钓寒江雪"的孤寂、"窗含西岭千秋雪，门泊东吴万里船"的从容。但随着现代社会的到来，我们所生活的世界发生了巨大的变化，人们对客观世界的认知更为复杂、纠葛、微妙。而对中国来说，近代以来巨大的民族危机伴随着现代性的进程，裹挟在其中的个人认知与表达世界的眼光在变，波及内心世界与情感结构，这种复杂的现代性带来复杂的经验，现代的诗成为"许多经验的集中，集中后所发生的新东西"③。

① 袁可嘉：《新诗戏剧化》，见《论新诗现代化》，生活·读书·新知三联书店1988年版，第25页。

② 蓝棣之：《九叶派诗歌批评理论探源》，《中国现代文学研究丛刊》2001年第4期。

③ ［英］T. S. 艾略特：《传统与个人才能》，《艾略特文集》，卞之琳、李赋宁等译，上海译文出版社2012年版，第12页。

工业革命后的世界表现出的特点是“变”，变化的动力在于对立与冲突，和谐统一是冲突后的偶然存在，最终还可能产生新的对立与冲突。这让身处变动世界中的诗人将写作投向那些充满变化与矛盾的经验，“深入存在的深处，把隐藏在存在中的东西搜寻出来”[①]。常文昌在《中国现代诗歌理论批评史》一书中总结了新诗戏剧化基本特点，一是表现的客观性和间接性；二是包含有戏剧冲突；三是具有行动性或动作性；四是诗歌结构呈现曲线运动的状态[②]。从这几个特点来看，戏剧化的手法更能表现这个变动复杂的世界，这种动态性、冲突性与工业革命及技术力量带给人类的双重处境相联系。现代社会日趋复杂，现实人生充满了矛盾冲突，人的心理也充满了矛盾性，诗歌需要调和与消融众多矛盾达到统一，戏剧的思维模式、创作方法天然地适合展现世界与事件中的矛盾冲突，这种诗思方式“最适宜于表现最大量的心神活动”[③]，在冲突中达到新的平衡和谐，戏剧化也就成为诗人们新的审美选择与艺术方法，在西方诗歌历史上从邓恩、布朗宁至艾略特，在中国现代诗歌史从闻一多、卞之琳至穆旦、袁可嘉，戏剧化作为诗歌实践中的手法与倾向的探索没有停止。新诗诞生之初，胡适借鉴杜威的“经验论”提出了“经验”诗学，但作为一个具有实证主义背景的哲学家，诗歌只是他推倒文言、建设白话的工具，这里的“经验”诗学粗浅且名不副实。到闻一多、卞之琳的诗歌探索时，提出诗歌可以“戏剧化、小说化”，“通过西方的‘戏剧化处境而作戏剧性台词’”[④]，对诗歌现代性有了时间观念层的体认。在九叶派的诗歌中，戏剧化表现为蕴含着矛盾、冲突的戏剧化抒情，是对世界冲突本质与自身主体性矛盾的把握，这种介入“不纯世界”的写作，一种

① 吴晓：《诗美与传达》，漓江出版社 1993 年版，第 259 页。

② 常文昌：《中国现代诗歌理论批评史》，人民文学出版社 2004 年版，第 210—212 页。

③ 谭桂林：《西方影响与九叶诗人的新诗现代化构想》，《文学评论》2001 年第 2 期。

④ 卞之琳：《〈雕虫纪历〉自序》，见《人与诗：忆旧说新》（增订本），安徽教育出版社 2007 年版，第 285 页。

综合矛盾经验的客观性写作，更能达到震惊而非感动的审美效果，这就导致一些诗人在现代化道路上面对感伤与口号式的现状时，把善于在矛盾冲突中实现平衡的戏剧化理论作为诗歌现代化的方向，“现代诗的‘由分析到综合’与新诗戏剧化理论的倡导，是‘中国新诗’派的诗人群体在‘使晚近的中英两国诗坛取得对照的态势’中，实现中国新诗现代性美学品格构建的努力之一”①。

其次，从意象化抒情到事件化抒情。中国古代诗歌具有悠久的抒情传统，诗缘情而绮靡、情景交融的理念一直是传统诗歌的美学趣味，这种抒情传统也延续到现代诗歌中。古代诗歌注重意象的凝练与意境的营造，将主体的情绪和感受融入客观的自然物象中，有时通过一个典型意象来抒情，有时连缀一串意象来表达情思，主体的情是通过意象呈现、传达出来的，这种传情的方式可以称为意象化抒情。意象化抒情方式，立足于汉语“字”的思维结构与语言的诗性特点，诗中的意象彼此独立，不存在必然的逻辑关系，意在通过意象的美感达到意境，从而实现象外之象、韵外之致的审美效果。山水田园诗在意象展现这方面表现得尤为突出，“池塘生春草，园柳变鸣禽”“明月松间照，清泉石上流”等诗句均是几个实词意象叠加表达诗人面对自然的欣喜之情。“春江潮水连海平，海上明月共潮生。滟滟随波千万里，何处春江无月明！……”整个诗歌围绕一个主要意象“月”来展开，表达出对世事与人生的慨叹。

近代以来西方哲学、科学及文学潮流的涌入，尤其是现代主义诗歌理论对诗人学者的熏陶，西方文学中史诗及叙事的传统影响到现代诗歌，在叙事的展开中呈现诗美，用故事或者事件的整体结构来传达情感，可以说是事件化抒情，也就是通过生活场景或事件的展开表达情感的方式，它是与西方现代诗歌的戏剧化理论发展联系在一起的。

---

① 孙玉石：《中国现代主义诗潮史论》，北京大学出版社1999年版，第432页。

如果说中国古代诗歌以意象的凝练、以静态美为审美旨归，崇尚一种静止、和谐的平衡美。现代诗歌则是立足于动荡复杂的现代生活经验，通过戏剧式的艺术手段，展现社会生活百态及现代人处于世界中而在内心产生的紧张、冲突与绝望，诗歌成为一种动态的演出或叙事。“物价已是抗战的红人。/从前同我一样，用腿走，/现在不但有汽车，坐飞机，/还结识了不少要人，阔人，/……虽然我已经把温暖的家丢掉，/把好衣服厚衣服，把心爱的书丢掉，/而我还是太重，太重，走不动，/让物价在报纸上，陈列窗里，/统计家的笔下，随便嘲笑我。”（杜运燮《追物价的人》）这首讽刺诗，想抒发的是对政府与社会的不满之情，选择的是“物价”这个抽象的概念作为入口，使用是拟人化与戏剧化的手法，从物价红人入手，一步步展开了这个红人与“我”的故事，他飞得太高太快，“我”丢掉温暖的家还是赶不上，被嘲笑为不服从抗日的大局，在这种荒谬的、矛盾的事件或者事件的展开中，渺小、无奈、心酸、愤激的情感透射出来，这种动态展开的手法“增加了诗的戏剧性，扩大并复杂化了，人类的感觉能力”①。

二　现代诗歌的知性趣味

与戏剧化一样，知性趣味也是现代诗歌在审美选择上的新动向。这里的知性是作为一个诗学概念，暂不考虑它在哲学领域的复杂内涵。作为一个诗学概念，知性最早由柯勒律治在《文学生涯》中提出，认为它是“使对立的或不协调的品质取得平衡”的力量。后来新批评派的艾略特和瑞恰兹对这个概念进行了扩展生发，知性逐渐成为西方现代诗歌传统中的重要概念。艾略特认为“诗不是感情的放纵，而是感情的脱离”，提出了“非个性化”的主张；瑞恰兹认为诗是经验的组

---

① 袁可嘉：《新诗现代化的再分析》，见《论新诗现代化》，生活·读书·新知三联书店1988年版，第17页。

织与冲动的平衡，提出“包容的诗”的主张，他们认为“睿智正是诗人最应当信任的东西”①。在这些关于知性的原则、途径及趣味探讨的基础上，瓦雷里、里尔克、奥登等后期象征主义诗人在诗歌实践中逐渐呈现出一种知性化的倾向。知性概念传入国内，经过叶公超、金克木、穆旦、袁可嘉等人的译介、发挥，“新的智慧诗”成为中国新诗发展的途径之一，知性也成为现代诗歌的美学选择。

首先，意象意蕴的智性化倾向。现代诗歌的意象系统较之古代诗歌迥然不同，一个较为明显的表现是传统诗歌中不能入诗的题材和意象，如天文学、数学、物理学、地质学等自然科学知识进入诗歌中，包括自然科学在内的哲学思想与文化观念必然渗透到诗歌创作中，“近二三十年来的新的科学的突飞发展，虽然也还只是个开始，而崭新的宇宙观已经显露了远景。……相对论的出现也无疑的要使人类思想再起巨变”②，身处这个时代的诗人不可能漠视环境和思想的巨变，自然意象题材的知识化或者概念化成为诗歌知性趣味的一个方面。《水成岩》借用岩石沉积的知识作比喻，“古代人的感情像流水/积下了层叠的悲哀”，悲哀如岩石般“层叠”可见哀伤之重，感性的情具有了理性的历史感和厚重感。《泪》中“巷中人与墙内树/彼此岂满不相干？/岂止沾衣肩掉一滴宿雨/人并非无泪，/而明白露水因缘。/你来画一笔切线，/我为你珍惜这空虚的一点”，这首写感情的诗，起手烘托的是古典的氛围，“巷中人”与“墙内树”，沾衣的露水因缘，这人生中得之不可的感情，使用了几何中的切线与虚点的关系象征，在柔情的感受添入了冷冰冰却直观的喻示，不仅意味深长，更显得新鲜、形象。对于意象的这些变化，王泽龙认为“意象的智性化倾向是中国现代主义诗歌区别于传统诗歌意象的又一重要特征。……大量的诗歌

① 杨匡汉、刘福春编：《西方现代诗论》，花城出版社 1988 年版，第 196 页。

② 金克木：《论中国新诗的新途径》，见谢冕主编《中国新诗总系》（第 9 卷），人民文学出版社 2010 年版，第 219 页。

呈现出鲜明的智性化倾向，开始把意象作为体悟人生，表达心智的媒介”①。也就是说，意象不仅是情感载体，也是思想的载体，意象构成的复杂性是知性美学趣味的另一个方面。古代诗歌意象内涵相对单纯、确定，象与意合，寄托诗人的感情心意，春天意味希望，秋日代表愁绪，折柳寄寓相思，登临抒发伤悲，意象与情感大多能对应。现代诗歌意象的内涵具有不确定性，因为现代世界是一个动的世界、复杂的世界、精密的世界，人的内心世界相应动荡、纠结，外世界与内世界的变动、无序相应地带来意象的变动常态，从而形成一种流动性结构。意象的复杂性还表现为，情感与思想的双向互动，也就是说情感抽象化，把情感冷处理以期上升到哲理层面；同时思想知觉化，把抽象观念和具体形象相结合，意象是作为哲学思考与人生经验的表达载体，这样就形成意象的多层次结构。“成熟的葵花朝着太阳移转，/太阳走去时他还有感情，/在被遗留的地方忽然是黑夜，//从此便残酷地望着前面，/送人上车，掉回头来背弃了/动人的忠诚//稍一沉思听见失去的生命，/落在时间的激流里，向他呼救”，穆旦想表达的是“人生智慧”，每一节用了具体的实例来隐喻，开篇用葵花朝向太阳比喻人生的幸福，而不幸福的人则是黑夜，而摆脱黑夜的办法是背弃“动人的真诚”，冷漠而残酷起来，把自我隐藏或者消灭掉然后投入这社会，可是这样做“会听见失去的生命”“向他呼救”，人的内心深处抗拒面具化的生存，抽象的异化理念，冲突、纠葛、世故、初心等多种思考聚合在短短的诗行中。由此而来，意象也由古典时期的具象、透明风格向现代时期的抽象、朦胧风格转变，而正是意象的这种“多重暗示性”进一步拓宽了诗歌的容量体积和情绪深度，更具有现代艺术的审美意味。

其次，倡导包容的、综合的诗美趣味。瑞恰兹提出了“包容诗”

① 王泽龙：《中国现代主义诗歌与古典诗歌意象艺术》，《人文杂志》1996 年第 5 期。

和“排他诗”的概念，表现为不同的诗的经验，“一类是通过缩小反应而获得稳定性和条理性的经验，一类是通过拓宽反应而获得稳定性和条理性的经验”[①]，并肯定“包容诗”是优于“排他诗”的。他的这个观点衍生出新批评的关键理论，维姆萨特的“反讽”论、退特的“张力”说，这些后续理论可以回溯到瑞恰兹早期提出的“美是综感”理论。通过这些现代派诗论来看，我们可以说现代诗歌是经验的综合与冲动的平衡，综感是现代诗歌的美学趣味。而综感之所以成为诗歌的审美趣味之一，在于诗歌面临的环境——人类文明发生了巨大改变，那些曾经支撑着我们信仰的阐释发生了改变，中世纪的宗教信仰、古典时期的理性信仰随着科学技术的快速发展而被摧毁，只有知识成为我们形成新的信仰不得不凭借的依赖[②]，科学的智识打破了人类曾经相对稳定的信仰及情感体系，生存的环境较之以前发生了剧烈的变化，自然科学与工业文明成为现代社会主要的存在，作为诗人只有真切了解“一般的情势”，才可能为诗歌注入新的活力与价值。

现代诗歌的综感美表现为个人经验与历史经验的综合。诗歌是一代人历史的活化石，理论家们也强调个人获得历史意识与历史经验的重要性，诗人“要写出时代的精神和本质来”[③]，而不只是缺乏思考的浮光掠影式的生活表象。追求个人经验与历史经验的融合，是现代诗人尤其是1940年代诗人的艺术选择。“当野草悄悄透青的时候，/有个消息低声传遍了宇宙——//从一个点引伸出无数条线，/一个点、一个小小的原点，/它通向无数个更大的圆。/啊，不能让狡猾的谎言/把我们欺骗！让我们出发，/在每一个抛弃了黑夜的早晨!”（陈敬容《出发》）这首写于1948年的诗作，可以视为诗人对光明未来的预言。诗

---

① 杨匡汉、刘福春编：《西方现代诗论》，花城出版社1988年版，第192页。

② 徐葆耕编：《瑞恰慈：科学与诗》，清华大学出版社2003年版，第34页。

③ 袁可嘉：《九叶集·序》，见《半个世纪的脚印——袁可嘉诗文选》，人民文学出版社1994年版，第137页。

人身处风云动荡的上海，正处在国家民族转型的关键时刻，她时刻能感受到社会的变迁、人心的向背及政治力量的较量，她用女性特有的细腻感受，从野草透青嗅到光明的信息，相同的句子重复 3 次出现，形成了光明到来的不容置疑。同时，节选的最后一节，用小的“点”与“线”象征光明的力量会越来越强，范围会越来越广。诗题“出发”，既可以看作国家民族光明前程的隐喻，也可以看作诗人个人开启新的生活的象征。在这个特殊时期，诗人们表达了更为复杂和宽厚的时代情绪，艾青的《树》、阿垅《纤夫》、穆旦《防空洞里的抒情诗》、杜运燮《露营》等莫不如此，历史意识的融入赋予了现代诗歌深沉的历史感。从个体角度来讲，个人经验与历史经验的遇合，有时候还会表现为内在冲动与外在经验的冲突与平衡，因为在剧烈变化的现代环境中，生活与个人都变得更加脆弱而难以掌控，理想与现实时常发生撕裂错位。“我已经疲倦了，我要去寻找异方的梦。/那儿有碧绿的大野，有成熟的果子，有晴朗的天空，/大野里永远散发着日炙的气息，使季节滋长，/那时候我得以自由，我要在蔚蓝的天空下酣睡。//……自然我可以跟着她走，走进一座诡秘的迷宫，/在那里像一头吐丝的蚕，抽出青春的汁液来团团地自缚；/散步，谈电影，吃馆子，组织体面的家庭，请来最懂礼貌的朋友茶会，/然而我是期待着野性的呼喊，我蜷伏在无尽的乡愁里过活。”（穆旦《玫瑰之歌》）这首反映诗人情感追求的诗作充满张力，内在“期待野性的呼喊”得以自由，饱含青春的激情；可实际是“走进一座诡秘的迷宫”“散步，谈电影，吃馆子，组织体面的家庭”，空有刻板无趣的程序，“感不到一点温热”，“在单调疲倦中死去”。但不能就这样消沉，“一颗充满熔岩的心期待深沉明晰的固定”，在对情感的追求中，内在的激情遭遇到外来的冷漠与烦琐，诗人又不愿坠入流俗，造成的结局是求之不得的悲伤，但诗人在绝望中抗争，希冀自我的新生。原始欲望与社会规则，内心感受与世俗评价，死去与新生，诸多冲突在诗中实现情与理的平衡。

结　语

在“五四”之后中国文学发展流变的历程中，政治导向与科技文化是影响文学发展变化最重要的外部资源，这两种力量从思维模式、创作素材、语言表述、文本样式等方面由外而内渗透到文学创作与文艺理论本身，进而规约了中国现代文学的历史面貌。诗歌作为中国文学历来的主要文学样式，在新文学运动中所受到的冲击最大、面临的转型压力最大，尤其是科学作为来自西方的强势思想资源，改变了中国传统诗歌单方面受到道统影响的局面，为诗思、诗形、诗语、诗美新的建构提供了另一种维度，也为诗歌的现代传播创造了基础。

由16世纪兴起的物理学发展而来的现代自然科学，包括了理性求真的科学精神、逻辑推演的思维方式、尚实量化的知识风格，这些自然科学所具有的特征属性，在救亡图存、奋发图强的近现代中国被历史地放大了，科学泛化为科学主义。这种泛化的倾向与手法并不像学者们预估的那样制约或者阻碍了人文艺术学科的建设，在承认作为一种主义的科学存在着对其他知识系统及文化领域的过度使用等负面影响之后，在古老的农业文明向工业文明转型、古代文学向现代文学转型的过程中，科学所起到的正面作用或许更大，正是科学的一些突出属性如逻辑性、真实性恰恰改造了古代文化与文学中所存在的诸多顽疾，为新的文化、新的文学、新的语言的诞生提供了实实在在的参照物。也正是在科学盛行的文化环境中，现代诗歌突破了古代诗歌的思维框架与话语体系，赋予了现代诗歌才具有的“现代性”，从而在古代诗歌与现代诗歌之间划出了历史的界限。

科学对于现代诗歌发生发展的所起到的作用，会在诗歌理论与诗歌实践两个方面表现出来。从诗歌理论这个方面来看，科学精神与科学知识为中国现代诗论的建构提供了有力的理论武器，首先是西方科学的专门化与分科性质为文学学科及学术研究提供了一种新的意识和范式，同时也是为包括诗论在内的文学理论的确立提供了一种合法的身份，这是现代诗论得以产生、存在并逐步发展的前提。其次，科学精神影响了现代诗论的学术品格，理性精神、批判精神、材料优先、逻辑推理等自然科学研究的特质成为诗歌理论的特质，虽然科学与诗歌之间存在学科属性间的鸿沟，诗歌理论不可能严格遵循自然科学研究的规律，但自然科学的这些特质打破了中国古代诗论直观、感性、简省、辩证的传统，使建立与时代合拍的现代诗歌理论成为可能。所以，我们看到胡适从材料出发考察了近代数十年的文学发展状况，提出的观点能站住脚跟；梁宗岱将求真与求美结合起来，倡导超脱政治功利的“纯诗”；卞之琳愿意做“冷血动物”；穆旦呼唤综合性的“新的抒情”。最后，自然科学为诗论家们提供了分析思考的武器，郭沫若移植生物学的发育理论描述诗歌酝酿成熟的过程，陆志韦采用统计学的方法尝试创制新诗的音节、节奏，朱光潜借鉴心理学方法分析意象的形成过程等，一些研究者甚至直接将诗歌置于科学理论的框架内予以。无论诗论家们使用科学的效果如何，这些尝试都为现代诗歌诗论的发展做出了历史的铺垫。

在诗歌实践方面，科学主要是从诗思、意象、语言、审美等几个角度影响现代诗歌的创作过程和创作结果。从诗歌思维模式讲，科学精神所蕴含的理性实证精神，推动着现代诗歌以情理综合性取代了古代诗歌以情为主的思维模式，构思的重心发生了转移，而以句思维为主的思维程式为现代诗的语言、审美、诗意的变化搭建了实验的平台，具体的技巧实践可以在这个现代的思维框架下展开。从诗歌意象看，以科学知识、技术成果及现代大都市为代表的物质世界，为诗歌意象提供了新鲜的素材源头，也赋予了古代经典意象新的时代内涵。科学逻辑、复杂的思维模式，也影响了意象的组合方式注重逻辑的关联而显得越发复杂。从诗歌语言看，科学的分析性、逻辑性和数量性影响着汉语语言系统，汉语语言由传统的不重语法、灵活诗性的意合语言，在扩增词汇系统的基础上，借鉴西方语法实行汉语语法的精密化、逻辑化之后，建立了严密规范的现代汉语系统，现代诗歌便是使用新的语言来进行创作的结晶，在诗语上也表现出注重整体诗意、多音词为主、虚词增多等特点。从诗歌审美看，古代诗歌以情为主又趋向道统的审美趣味被面向现实、面向内心、求真平实的审美趣味取代，单一的直抒胸臆扩展为戏剧化、小说化等多种表达方式。

瑞恰兹在《科学与诗》中提出了“科技时代的诗之惑”的问题，他认为诗歌应是在社会“一般的情势”下进行创作，也就是说情势改变了诗也就相应要变。现代诗歌的发生发展便是在“千年未有之大变局”的情势下进行的，科学、技术、商业是不同于中国古代社会的新的情势，它们是现代社会与现代世界的主要力量，不管认可不认可，它们与我们的生活方式息息相关，也就意味着与我们的思维、趣味关联在一起。在当时的环境下，科学既推动了诗歌的现代转型，也压缩了诗歌的发展空间，甚至与小说一道将诗歌边缘化，而这种边缘化到现在更加严重，图片、电影、网络的侵蚀力量更胜于小说。现在重提瑞恰兹之惑或许正当其时，新一轮的信息技术、大数据、人工智能革命如火如荼，人们的生活方式再次发生重大改变，在语言碎片化、表达个性化的时代，诗歌自身的文体优势是否能够再次借助科学的力量重新焕发出生机呢？诗歌，只要通向真实的心灵、通向人类的思考，就一定具有恒久的生命力。

参考文献

一　作品类

艾青：《艾青作品精选》，张永健选编，长江文艺出版社 2004 年版。

卞之琳：《人与诗：忆旧说新》（增订本），安徽教育出版社 2007 年版。

蔡元培：《蔡元培全集》，高平叔编，中华书局 1984 年版。

陈独秀：《陈独秀文集》，人民出版社 2013 年版。

陈独秀、李大钊、瞿秋白主编：《新青年》，中国书店 2011 年版。

陈鼓应注译：《老子今注今译》，商务印书馆 2003 年版。

陈鼓应注译：《庄子今注今译》，中华书局 1983 年版。

陈良运编：《中国历代诗学论著选》，百花洲文艺出版社 1995 年版。

陈梦家：《新月诗选》，上海科学技术文献出版社 2014 年版。

杜运燮等编：《一个民族已经起来：怀念诗人、翻译家穆旦》，江苏人民出版社 1987 年版。

樊洪业、张久春选编：《科学救国之梦——任鸿隽文存》，上海科学技术出版社 2002 年版。

冯至：《冯至全集》，河北教育出版社 1999 年版。

傅斯年：《人生问题发端——傅斯年学术散论》，学林出版社 1997 年版。

郭沫若：《郭沫若全集》（文学编），人民文学出版社 1982 年版。

郭沫若:《郭沫若谈创作》,彭放编,黑龙江人民出版社 1982 年版。
郭绍虞主编:《中国历代文论选》,上海古籍出版社 2001 年版。
胡适:《胡适全集》,季羡林主编,郑大华整理,安徽教育出版社 2003 年版。
黄霖、蒋凡主编:《中国历代文论选新编》,上海教育出版社 2007 年版。
季镇淮等选注:《历代诗歌选》,中国青年出版社 1980 年版。
李穆旦:《穆旦诗文集》,人民文学出版社 2006 年版。
梁实秋:《梁实秋文集》,杨迅文编,鹭江出版社 2002 年版。
梁宗岱:《梁宗岱文集》,刘志侠、卢岚编,中央编译出版社 2003 年版。
刘半农:《刘半农文选》,徐瑞嶽编,人民文学出版社 1986 年版。
(唐)刘禹锡:《刘禹锡集》,卞孝萱校订,中华书局 2000 年版。
柳宗元:《柳宗元集》,中华书局 2000 年版。
鲁迅:《鲁迅全集》,人民文学出版社 2005 年版。
(北宋)沈括:《梦溪笔谈》,侯真平校点,岳麓书社 1998 年版。
施蛰存:《施蛰存七十年文选》,陈子善、徐如麒编选,上海文艺出版社 1996 年版。
唐湜:《新意度集》,生活·读书·新知三联书店 1990 年版。
(汉)王充著,张宗祥校注,郑绍昌标点:《论衡校注》,上海古籍出版社 2013 年版。
闻一多:《闻一多全集》,朱自清编,生活·读书·新知三联书店 1982 年版。
谢冕主编:《中国新诗总系》(10 卷),人民文学出版社 2009 年版。
徐弘祖:《徐霞客游记》,褚绍唐、吴应寿整理,上海古籍出版社 2010 年版。
徐志摩:《徐志摩全集》,韩石山编,天津人民出版社 2005 年版。
许结主编:《历代诗词鉴赏》,长江文艺出版社 2009 年版。
袁可嘉:《半个世纪的脚印——袁可嘉诗文选》,人民文学出版社 1994

年版。

袁可嘉:《论新诗现代化》,生活·读书·新知三联书店 1988 年版。

张君劢、丁文江等:《科学与人生观》,黄山书社 2008 年版。

章培恒等主编:《张衡诗文选译》,张在义等译注,刘仁清审阅,巴蜀书社 1990 年版。

赵家璧主编:《中国新文学大系·建设理论集》,上海文艺出版社 1980 年版。

赵家璧主编:《中国新文学大系·诗集》,上海文艺出版社 1981 年版。

赵家璧主编:《中国新文学大系·散文二集》,上海文艺出版社 1981 年版。

周振甫:《文心雕龙今译》,中华书局 1986 年版。

周振甫译注:《诗经译注》(修订本),中华书局 2010 年版。

周作人:《谈虎集》,河北教育出版社 2002 年版。

周作人:《艺术与生活》,河北教育出版社 2002 年版。

朱自清:《朱自清全集》,朱乔森编,江苏教育出版社 1988 年版。

二 论著类

[英] A. N. 怀特海:《科学与近代世界》,何钦译,商务印书馆 2009 年版。

包忠文主编:《现代文学观念发展史》,江苏教育出版社 1992 年版。

北京大学等编:《中国现代文学史参考资料》,上海教育出版社 1979 年版。

北京大学哲学系美学教研室编:《西方美学家论美和美感》,商务印书馆 1980 年版。

北京大学哲学系美学教研室编:《中国美学史资料选编》,中华书局 1981 年版。

［英］布尔顿：《诗歌解剖》，傅浩译，生活·读书·新知三联书店 1992 年版。

［美］布龙菲尔德：《语言论》，袁家骅等译，钱晋华校，商务印书馆 1980 年版。

曹而云：《白话文体与现代性——以胡适的白话文理论为个案》，上海三联书店 2006 年版。

曹文彪：《科学与人文——关于两种文化的社会学比较研究》，学林出版社 2008 年版。

常文昌：《中国现代诗歌理论批评史》，人民文学出版社 2004 年版。

陈良运：《中国诗学体系论》，中国社会科学出版社 1992 年版。

陈绍伟：《中国新诗集序跋选（一九一八——一九四九）》，湖南文艺出版社 1986 年版。

陈万雄：《五四新文化的源流》，生活·读书·新知三联书店 1997 年版。

陈望衡：《中国美学史》，人民出版社 2005 年版。

陈永志：《论郭沫若的诗歌创作》，上海外语教育出版社 1994 年版。

陈植锷：《诗歌意象论　微观诗史初探》，中国社会科学出版社 1990 年版。

［法］程抱一：《中国诗画语言研究》，涂卫群译，江苏人民出版社 2006 年版。

［法］丹纳：《艺术哲学》，傅雷译，安徽文艺出版社 1998 年版。

董学文主编：《西方文学理论名著提要》，江西人民出版社 2013 年版。

段从学：《穆旦的精神结构与现代性问题》，人民出版社 2014 年版。

段治文：《中国现代科学文化的兴起：1919—1936》，上海人民出版社 2001 年版。

［德］恩斯特·卡西尔：《人论》，李琛译，光明日报出版社 2009 年版。

［德］恩斯特·卡西尔：《人文科学的逻辑：五项研究》，关子尹译，上海译文出版社 2013 年版。

樊洪业、段异兵编：《竺可桢文录》，浙江文艺出版社 1999 年版。

范玉吉：《审美趣味的变迁》，北京大学出版社 2006 年版。

高名凯：《语言论》，商务印书馆 1995 年版。

高瑞泉：《中国现代精神传统——中国的现代性观念谱系》（增补本），上海古籍出版社 2005 年版。

高玉：《现代汉语与中国现代文学》，中国社会科学出版社 2003 年版。

葛兆光：《汉字的魔方——中国古典诗歌语言学札记》，复旦大学出版社 2008 年版。

耿传明：《决绝与眷恋：清末民初社会心态与文学转型》，复旦大学出版社 2010 年版。

郭延礼：《近代西学与中国文学》，百花洲文艺出版社 2008 年版。

郭英德、过常宝：《中国古代文学史》，中国人民大学出版社 2012 年版。

郭英德主编：《多维视角：中国古代文学史的立体建构》，北京师范大学出版社 2011 版。

［美］郭颖颐：《中国现代思想中的唯科学主义（1900—1950）》，雷颐译，江苏人民出版社 1990 年版。

杭州大学宋史研究室编：《沈括研究》，浙江人民出版社 1985 年版。

胡经之、王岳川、李衍柱：《西方文艺理论名著教程》（第二版），北京大学出版社 2003 年版。

胡仰曦：《一颗清亮的大星：胡适传》，人民文学出版社、江苏文艺出版社 2010 年版。

黄侯兴：《郭沫若正传》，凤凰出版传媒集团 2010 年版。

黄晋凯、张秉真、杨恒达主编：《象征主义·意象派》，中国人民大学出版社 1989 年版。

黄曼君：《现代化与中国 20 世纪文学》，高等教育出版社 2013 年版。

黄曼君：《中国现代文坛的“双子星座”——鲁迅、郭沫若与新文学主潮》，华中师范大学出版社 1992 年版。

江弱水：《中西同步与位移：现代诗人丛论》，安徽教育出版社 2003 年版。

姜涛：《“新诗集”与中国新诗的发生》，北京大学出版社 2005 年版。

蒋绍愚：《唐诗语言研究》，语文出版社 2008 年版。

蒋寅：《古典诗学的现代诠释》，中华书局 2003 年版。

金吾伦选编：《自然观与科学观》，知识出版社 1985 年版。

金耀基：《从传统到现代》（增订版），法律出版社 2010 年版。

旷新年：《中国现代文学理论批评概念》，清华大学出版社 2014 年版。

蓝棣之：《现代诗歌理论：渊源与走势》，清华大学出版社 2002 年版。

［美］勒内·韦勒克、奥斯汀·沃伦：《文学理论》，刘象愚译，江苏教育出版社 2005 年版。

［美］勒内·韦勒克：《批评的诸种概念》，丁泓、余徵译，周新校，四川文艺出版社 1988 年版。

［英］雷蒙德·威廉斯：《关键词：文化与社会的词汇》，刘建基译，生活·读书·新知三联书店 2005 年版。

［英］雷蒙德·威廉斯：《文化与社会》，吴松江、张文定译，北京大学出版社 1991 年版。

李欧梵：《现代性的追求：李欧梵文化评论精选集》，生活·读书·新知三联书店 2000 年版。

李怡：《中国现代新诗与古典诗歌传统》，北京大学出版社 2008 年版。

李怡：《中国新诗讲稿》，中国人民大学出版社 2014 年版。

［英］李约瑟：《中国科学技术史》，袁翰、王冰、于佳译，科学出版社 1990 年版。

李泽厚：《中国近代思想史论》，生活·读书·新知三联书店 2008 年版。

林毓生：《中国传统的创造性转化》（增订本），生活·读书·新知三联书店 2011 年版。

刘东方：《“五四”时期胡适的文体理论》，齐鲁书社 2007 年版。

刘进才:《语言运动与中国现代文学》,中华书局 2007 年版。

刘纳:《嬗变:辛亥革命时期至五四时期的中国文学》,中国人民大学出版社 2010 年版。

刘琴:《现代汉语与现代文学的关联性研究》,中国社会科学出版社 2010 年版。

刘为民:《科学与现代中国文学》,安徽教育出版社 2000 年版。

龙泉明:《中国新诗的现代性》,武汉大学出版社 2005 年版。

龙泉明:《中国新诗流变论》,人民文学出版社 1999 年版。

卢桢:《现代中国诗歌的城市抒写》,中国社会科学出版社 2012 年版。

鲁品越:《西方科学历程及其理论透视》,中国人民大学出版社 1992 年版。

罗钢:《历史汇流中的抉择:中国现代文艺思想与西方文学理论》,中国社会科学出版社 2000 年版。

骆寒超:《20 世纪新诗综论》,学林出版社 2001 年版。

吕乃基、樊浩:《科学文化与中国现代化》,安徽教育出版社 1993 年版。

[苏] 米·贝京:《艺术与科学:问题·悖论·探索》,任光宣译,文化艺术出版社 1987 年版。

孟华:《汉字:汉语和华夏文明的内在形式》,中国社会科学出版社 2004 年版。

[美] M. H. 艾布拉姆斯:《文学术语词典》,吴松江等编译,北京大学出版社 2014 年版。

[美] M. W. 瓦托夫斯基:《科学思想的概念基础——科学哲学导论》,范岱年等译,求实出版社 1989 年版。

敏泽:《中国美学思想史》(第 1 卷),齐鲁书社 1987 年版。

潘颂德:《中国现代诗论 40 家》,重庆出版社 1991 年版。

齐沪扬等编:《现代汉语虚词研究综述》,安徽教育出版社 2002 年版。

钱学森:《钱学森讲谈录:哲学、科学、艺术》,九州出版社 2013 年版。

[美] 乔治·萨顿:《科学的生命》,刘珺珺译,上海交通大学出版社 2007 年版。

[美] 乔治·萨顿:《科学史和新人文主义》,陈恒六等译,上海交通大学出版社 2007 年版。

任福君、翟杰全:《科技传播与普及概论》,中国科学技术出版社 2012 年版。

申小龙:《汉语与中国文化》,复旦大学出版社 2003 年版。

税海模:《郭沫若与中西文化撞击》,东方出版社 2008 年版。

[日] 松浦友久:《中国诗歌原理》,孙昌武、郑天刚译,辽宁教育出版社 1990 年版。

孙玉石:《中国现代诗歌艺术》,长江文艺出版社 2007 年版。

孙玉石:《中国现代诗学丛论》,北京大学出版社 2010 年版。

谭好哲、任传霞、韩书堂:《现代性与民族性:中国文学理论建设的双重追求》,社会科学文献出版社 2005 年版。

[美] 托马斯·库恩:《科学革命的结构》,金吾伦、胡新和译,北京大学出版社 2003 年版。

[美] 托马斯·门罗:《走向科学的美学》,石天曙、滕守尧译,中国文联出版公司 1985 年版。

[英] T. S. 艾略特:《艾略特文集》,卞之琳、李赋宁等译,上海译文出版社 2012 年版。

汪耀进:《意象批评》,四川文艺出版社 1989 年版。

汪应果:《科学与缪斯——自然科学架往下中国现代文学的桥梁》,上海文艺出版社 1991 年版。

汪云霞:《知性诗学与中国现代诗歌》,上海书店出版社 2009 年版。

王光明:《现代汉诗的百年演变》,河北人民出版社 2003 年版。

王锦厚:《五四新文学与外国文学》,四川大学出版社 1989 年版。

王力:《汉语史稿》,中华书局 1980 年版。

王力：《王力汉语散论》，商务印书馆 2002 年版。

王世朝主编：《中国诗歌》，同济大学出版社 2007 年版。

王书婷：《新诗节奏和意象的理论与实践（1917—1937）》，华中科技大学出版社 2007 年版。

王晓生：《语言之维：1917—1923 年新诗问题研究》，上海三联书店 2010 年版。

王瑶：《中国新文学史稿》，上海文艺出版社 1982 年版。

王元忠：《艰难的现代：中国现代诗歌特征性个案研究》，中国社会科学出版社 2007 年版。

王泽龙：《反思与重构——中国现代文学史观综论》，新华出版社 2005 年版。

王泽龙：《中国现代诗歌意象论》，中国社会科学出版社 2008 年版。

王佐良：《王佐良文集》，外语教学与研究出版社 1997 年版。

［德］威廉·冯·洪堡特：《论人类语言结构的差异及其对人类精神发展的影响》，姚小平译，商务印书馆 2009 年版。

温儒敏、李细尧编：《寻求跨中西文化的共同文学规律——叶维廉比较文学论文选》，北京大学出版社 1987 年版。

吴廷玉：《中国诗学精要》，四川大学出版社 2012 年版。

伍蠡甫等编：《西方文论选》，上海译文出版社 1988 年版。

奚密：《现代汉诗：1917 年以来的理论与实践》，奚密、宋炳辉译，上海三联书店 2008 年版。

席泽宗：《科学史十论》，复旦大学出版社 2003 年版。

席泽宗主编：《中国科学思想史》，科学出版社 2009 年版。

夏晓虹、王风等：《文学语言与文章体式——从晚清至“五四”》，安徽教育出版社 2005 年版。

夏征农、陈至立主编：《大辞海》，上海辞书出版社 2011 年版。

夏之放：《文学意象论》，汕头大学出版社 1993 年版。

夏志清：《新文学的传统》，新星出版社 2005 年版。
谢冕等：《百年中国新诗史略——〈中国新诗总学〉导言集》，北京大学出版社 2010 年版。
邢福义：《汉语复句研究》，商务印书馆 2001 年版。
邢福义、吴振国主编：《语言学概论》，华中师范大学出版社 2002 年版。
邢兆良：《中国传统科学思想研究》，江西人民出版社 2001 年版。
徐葆耕编：《瑞恰慈：科学与诗》，清华大学出版社 2003 年版。
许霆：《中国现代诗歌理论经典》，苏州大学出版社 2008 年版。
严云受：《诗词意象的魅力》，安徽教育出版社 2003 年版。
杨春时：《现代性与中国文学思潮》，生活·读书·新知三联书店 2009 年版。
杨春时：《中国文化转型》，黑龙江教育出版社 1994 年版。
杨国荣：《科学的形上之维——中国近代科学主义的形成与衍化》，华东师范大学出版社 2009 年版。
杨匡汉、刘福春编：《中国现代诗论》，花城出版社 1985 年版。
杨匡汉、刘福春编：《西方现代诗论》，花城出版社 1988 年版。
杨联芬：《晚清至五四：中国文学现代性的发生》，北京大学出版社 2003 年版。
叶维廉：《中国诗学》，生活·读书·新知三联书店 1992 年版。
伊夫·瓦岱：《文学与现代性》，田庆生译，北京大学出版社 2001 年版。
俞兆平、王文勇：《中国现代作家论科学与人文》，广西师范大学出版社 2013 年版。
俞兆平：《写实与浪漫——科学主义视野中的“五四”文学思潮》，上海三联出版社 2001 年版。
袁行霈：《中国诗歌艺术研究》，北京大学出版社 1996 年版。
袁进：《中国文学的近代变革》，广西师范大学出版社 2006 年版。
张斌：《现代汉语语法十讲》，复旦大学出版社 2005 年版。

张岱年、成中英等：《中国思维偏向》，中国社会科学出版社 1991 年版。

张涤云：《中国诗歌通论》，浙江大学出版社 2006 年版。

张辉：《冯至：未完成的自我》，文津出版社 2005 年版。

张卫中：《20 世纪中国文学语言变迁史》，中国社会科学出版社 2013 年版。

张卫中编著：《汉语与汉语文学》，文化艺术出版社 2006 年版。

张向东：《语言变革与现代文学的发生》，人民文学出版社 2010 年版。

张岩泉：《20 世纪 40 年代中国现代主义诗歌研究——九叶诗派综论》，华中师范大学出版社 2012 年版。

章士嵘：《科学发现的逻辑》，人民出版社 1986 年版。

赵敏俐主编：《中国诗歌史通论》，人民文学出版社 2013 年版。

赵毅衡编选，卞之琳等译：《“新批评”文集》，百花文艺出版社 2001 年版。

郑春：《留学背景与中国现代文学》，山东教育出版社 2002 年版。

郑敏：《诗歌与哲学是近邻：结构—解构诗论》，北京大学出版社 1999 年版。

中国现代文学研究会编：《在东西古今的碰撞中——对“五四”新文学的文化反思》，中国城市经济社会出版社 1989 年版。

周晓明：《多源与多元：从中国留学族到新月派》，华中师范大学出版社 2001 年版。

周有光：《世界文字发展史》，上海教育出版社 2011 年版。

朱德发：《中国五四文学史》，山东文艺出版社 1986 年版。

朱光潜：《朱光潜全集》，安徽教育出版社 1987 年版。

朱恒：《现代汉语与现代汉诗关系研究》，中国社会科学出版社 2013 年版。

庄桂成：《中国文学批评现代转型发生论》，中国社会科学出版社 2007 年版。

三　论文类

鲍昌宝：《中国现代诗歌都市话语研究》，博士学位论文，南京大学，2002 年。

陈望衡：《“天人合一”的美学意义》，《武汉大学学报》（哲学社会科学版）1998 年第 3 期。

高秀芹：《“字思维”与中国现代诗学研讨会综述》，《诗探索》1997 年第 1 期。

何锡章、王书婷：《云水相生：百年中国文学与科学掠影》，《江汉论坛》2007 年第 10 期。

胡忱：《郭沫若“女神体”研究》，硕士学位论文，华中师范大学，2011 年。

胡苏珍：《跨语际实践中的新诗“戏剧化”研究》，博士学位论文，浙江大学，2009 年。

黄林非：《理性话语与中国现代文学的理性精神》，博士学位论文，湖南师范大学，2009 年。

金观涛、刘青峰：《中国近现代观念起源研究和数据库方法》，《史学月刊》2005 年第 5 期。

蓝棣之：《黑牡丹与诗的灵感——谈郭沫若早期新诗中的科学色彩》，《中国现代文学研究丛刊》1980 年第 1 期。

李婧：《中国古代科技与人文结合的典范：当代美学视野中的张衡》，博士学位论文，山东师范大学，2010 年。

李俊国、陈璇：《科学精神与新感觉派都市叙事》，《江汉论坛》2007 年第 10 期。

刘进才：《现代文学的“创格”之举——新式标点符号的修辞功能探寻》，《中国文学研究》2007 年第 3 期。

刘云：《普实克中国现代文学研究的科学主义倾向》，博士学位论文，武汉大学，2014 年。

马海：《科学思潮与中国现代诗歌思维方式的转换》，《北方论丛》2013 年第 1 期。

马新春：《美国意象派诗学思想研究》，博士学位论文，南开大学，2013 年。

欧阳骏鹏：《现代诗歌语言研究的基本路径》，《湖南社会科学》2010 年第 4 期。

祁志祥：《中国古代美学思想系统整体观》，《文学评论》2003 年第 3 期。

钱韧韧：《现代汉语虚词与现代汉语诗歌研究》，博士学位论文，华中师范大学，2014 年。

钱中文：《文学理论现代性问题》，《文学评论》1999 年第 2 期。

沈杨：《科学与文学关系视域下的多恩诗歌研究》，博士学位论文，浙江大学，2012 年。

宋剑华：《实用科学理性与“五四”新文学的结盟的逻辑关系》，《文学评论》2007 年第 1 期。

谭桂林：《西方影响与九叶诗人的新诗现代化构想》，《文学评论》2001 年第 2 期。

王齐洲：《观乎天文：中国古代文学观念的滥觞》，《文艺研究》2007 年第 9 期。

王乾坤：《文学与科学理性》，《江汉论坛》2007 年第 10 期。

王书婷：《“中国 20 世纪文学与科学”学术研讨会综述》，《中国现代文学研究丛刊》2006 年第 6 期。

王雪松：《中国现代诗歌节奏原理与形态研究》，博士学位论文，华中师范大学，2011 年。

王泽龙：《科学思潮与现代汉语诗歌的形式变革》，《兰州大学学报》（社会科学版）2017 年第 5 期。

王泽龙、钱韧韧：《现代汉语虚词与新诗形式变革》，《中国社会科学》2014 年第 9 期。

魏家川：《科学与文学：从“两种文化”看文学的祛魅》，《文艺争鸣》2006 年第 3 期。

严蓓雯：《文学与科学的新关系》，《外国文学评论》2011 年第 2 期。

姚文放：《文学传统与科学传统》，《文学评论》2000 年第 3 期。

岳凯华：《科学精神与五四文学的理性品格》，《南京师范大学文学院学报》2005 年第 2 期。

张超：《“为大中华，造新文学”——论胡适的科学理性与中国文学的现代转型》，博士学位论文，山东师范大学，2010 年。

张桃洲：《析分与整合：百年新诗形式探索的非线性梳理》，《社会科学辑刊》2004 年第 4 期。

张清民：《科学主义与中国现代文学理论的兴起》，《江西社会科学》2008 年第 3 期。

张向东：《“五四”文学革命中的“书写形式”革命——横行书写分段新式标点符号》，《兰州学刊》2010 年第 3 期。

张艳华：《五四文学的语言选择与文体流变》，博士学位论文，山东大学，2007 年。

张毅：《“赛先生”与中国文学研究》，《中国社会科学》2007 年第 2 期。

赵天一：《中国古典意象史论》，博士学位论文，西南大学，2012 年。

周晓明：《现代科学技术实践与现代中国文化生态》，《江汉论坛》2007 年第 10 期。

朱利民：《西方理论中国化的步伐：进化论与中国文学理论的变异》，博士学位论文，四川大学，2007 年。

朱寿桐：《论汉语新文学传统中的科学因素》，《学术月刊》2013 年第 3 期。

后　记

文章经国之大业，学术兴国之重器。一百多年前的呐喊音犹在耳，一百年后的复兴时不我待。面对百年未有之大变局，经济转型、技术迭代、文明碰撞、人类大同等，作为我辈学人该如何为国家的富强与民族的复兴贡献力量呢？我想，立足现实、回望过去，从历史中汲取智慧和力量，用理性的思考与仔细的甄别，还原一段文学岁月中的思潮变化与社会变迁，或许可为当下的困惑与迷茫找到方向。

科学与文学关系的讨论不是新话题，但科学与中国现代诗歌关系的系统性梳理却不多见。我之所以选择科学与中国现代诗歌这个话题，一方面是想做一些中国现代诗歌研究补充性的工作。既往的诗歌研究多从文化、国民性、民主政治等角度分析文学现象、文本体制、科学对现代诗歌形式发生与变革的影响，尤其是对诗歌传播接受影响的研究较为薄弱。另一方面，对数字化时代人文学科日趋式微的思考。随着人工智能、大数据、机器学习等新一代信息技术的快速迭代，科学技术、产业模式、资本力量对社会组织的重塑与对个体表达的改造，正以不可阻挡之势闯入每个人的生活，潜移默化改变着文学的传播接受方式，影响着大众诗歌的阅读习惯、审美趣味，文学尤其是诗歌在新兴科学技术面前何以自处、何以自兴，是摆在每个学人面前的课题。

从接触现代诗歌研究伊始，我的导师王泽龙先生就嘱咐系统研究科学与中国现代诗歌的关系问题，亲自拟定了研究框架、研究领域、方法路径等内容。其间寒暑相易、岁月更迭，随着史料逐步丰富、思考逐渐深入，对研究视角进行了适当调整，从客观性的关系梳理与文体辨析，调整为传播接受视角下的科学与中国现代诗歌的关系，从诗歌理论、诗歌思维、诗歌意象、诗歌语言、审美趣味等五个方面展开科学与诗歌之间的互动关联考察，较为系统地讨论了“五四”以来科学在现代诗歌发生发展与传播接受中的渗透与流变。

写作的过程是求学精进的过程。在跟随王泽龙先生读书写作的过程中，先生的人品、学识、智慧、风度教会我做人、做事、做学术的许多道理，这些道理将成为我永恒的财富。其中最让我动容的是先生对学术的热情和投入，不由地感染了我，让我重新思考学术的趣味、价值和意义。于是写写停停、不敢放弃，从学术观点提炼到文本资料查找，先生耳提面命、字字求真，密密麻麻的批注化作书稿中的字句，终于有了这本小书献给读者。

写作的过程也是相濡以沫的过程。家人的支持无以言表，年迈的父母、远在外地的岳父岳母，也许没有太多言语，但一碗粥、一杯水就能激活写作的神经。幼小的骐宝、贤惠的妻子，悄然长大、默默奉献，少却了许多欢聚的时光，宽裕了读书写作的空间。这充溢着爱的支持给了我学术与人生前进的力量。

金新利

2021 年五一劳动节于桂子山